古典文學研究輯刊

二五編

曾永義 主編

第4冊

唐代類書《藝文類聚》與文學批評研究

韓建立 著

國家圖書館出版品預行編目資料

唐代類書《藝文類聚》與文學批評研究／韓建立 著 -- 初版
-- 新北市：花木蘭文化事業有限公司，2022〔民111〕
目 4+274 面；19×26 公分
（古典文學研究輯刊　二五編；第4冊）
ISBN 978-986-518-786-6（精裝）
1.CST：藝文類聚 2.CST：研究考訂
820.8　　110022407

古典文學研究輯刊
二五編　第四冊　　ISBN：978-986-518-786-6

唐代類書《藝文類聚》與文學批評研究

作　　者　韓建立
主　　編　曾永義
總 編 輯　杜潔祥
副總編輯　楊嘉樂
編輯主任　許郁翎
編　　輯　張雅淋、潘玟靜、劉子瑄　美術編輯　陳逸婷
出　　版　花木蘭文化事業有限公司
發 行 人　高小娟
聯絡地址　235 新北市中和區中安街七二號十三樓
　　　　　電話：02-2923-1455／傳真：02-2923-1452
網　　址　http://www.huamulan.tw 信箱 service@huamulans.com
印　　刷　普羅文化出版廣告事業
初　　版　2022年3月
定　　價　二五編19冊（精裝）台幣48,000元

唐代類書《藝文類聚》與文學批評研究

韓建立 著

作者簡介

韓建立，吉林省吉林市人。吉林大學古籍所博士。目前執教於吉林大學文學院，教授，博士生導師。講授中國語文教育史、唐宋詩詞欣賞等課程。主要研究方向為中國古代文學與文獻、語文課程與教學。

提　　要

本書以唐代類書《藝文類聚》為切入點，探討其與文學批評的關係，諸如《藝文類聚》視域下的意象批評、《藝文類聚》視域下的辨體批評、《藝文類聚》視域下的摘句批評、《藝文類聚》視域下的選本批評。

從《藝文類聚》與文學批評的視角出發，廣泛運用類書學、文學批評學、文獻學、文化學等理論，深入研究《藝文類聚》所反映的文學批評形態，突出問題意識，擴展學術視野。從《藝文類聚》的文本出發，堅持實證學術傳統，同時將史料考證與理論闡釋相結合，立論在求實、求深中有所創新。

本書研究視角新穎、獨特，研究領域有新的開拓；論點紮實，結論可靠。

本書為國家社會科學基金項目
「唐代類書《藝文類聚》與文學批評研究」
成果（項目批准號：13BZW033）

目 次

前言：關於《藝文類聚》與文學批評

本書以唐代類書《藝文類聚》為切入點，探討其與文學批評的關係。《藝文類聚》「於諸類書中，體例最善」（《四庫全書總目・藝文類聚》）；它奉唐高祖之敕編纂，反映當時主流意識形態和官方話語，頗具典型性、代表性。

研究《藝文類聚》這樣一部具有較高文學價值的類書，有一個很重要卻被學界忽視的著眼點，即《藝文類聚》本身具有的文學批評價值。縱觀中國古代文學批評史著作，迄今未有一部涉及《藝文類聚》與文學批評的內容，也未涉及其他類書與文學批評的內容。既然文學選本及注本（如《文選》、李善《文選注》、《古文辭類纂》等）可以進入文學批評史視野，那麼，具有選本功能、既「引文」又「隸事」的類書《藝文類聚》（當然也包括其他一些類書），也毫無疑問應該成為文學批評史著作論述的對象。類書文學批評的缺席，是中國古代文學批評史著作的一大不足。

其實，關於類書與文學批評的關係，早在清代已有學者關注，如四庫館臣認為，明代俞安期編纂的類書《唐類函》「以唐以前為斷，蓋明之季年，猶多持七子之餘論」（《四庫全書總目・淵鑒類函》），只選唐以前典故而不及唐以後，這種取捨標準反映出明代文學觀念；惜未能對此做系統詳細論述。

二十世紀的學者中，錢鍾書較早注意《藝文類聚》與文學批評的關係。如，在談及陶淵明《閒情賦》時，錢鍾書指出：「《藝文類聚》卷一八《美婦人》門引蔡邕賦題作《檢逸賦》，復引陳琳、阮瑀各有《止欲賦》、王粲《閒邪賦》、應瑒《正情賦》、曹植《靜思賦》等，而獨不取陶潛此賦，亦窺初唐於潛之詞章尚未重視也。」（《管錐編》1986 年版，第 1219～1220 頁）正如吳承學、何詩海在《從類書與文學批評說起》（2005 年）中所說：「古代文學批評研究的推進，除了研究領域與觀念的開拓和更新之外，史料的發掘和處理也是相當重要的方面。」「學術界對類書編纂本身與文學觀念、文學批評及文體學研究的關係似乎注意得還很少」，應該加強。「類書與選本、摘句等批評形態的異同，是值得深入研究的問題。」此說頗能指引研究方向與路徑，但是，類書與文學批評的研究進展卻十分緩慢，成果寥寥。

學術界對類書與文學批評的關係關注較少，其中重要的原因在於，類書與文學批評的關係是隱性的、潛在的，不如詩話、評點那樣直接與顯豁，鉤沉比較困難。

本書在現有《藝文類聚》研究成果基礎上生成、發展、拓展與提高；同時，借鑒中外文學批評理論成果。

第一，《藝文類聚》視域下的意象批評。雖然意象批評在中國文學理論批評史上源遠流長，但是，迄今為止，學術界關於意象批評內涵的界定，卻較為紛紜，在不同學者筆下表述各異，甚至有較大差異。例如，張伯偉在《中國古代文學批評與方法研究》中，列舉鍾嶸《詩品》、張德瀛《詞徵》等作為例證，加以說明。張伯偉說：「詩歌批評，如鍾嶸《詩品》卷上謝靈運條：『然名章迥句，處處間起；麗章新聲，絡繹奔會。譬猶青松之拔灌木，白玉之映塵沙，未足貶其高潔也。』」他認為類似這樣的批評方法，就是意象批評。張伯偉給意象批評所下的定義為：意象批評是「指以具體的意象，表達抽象的理念，以揭示作者的風格所在」。張伯偉同時說明，這種批評方法，研究者已經指出，但是稱謂不同。羅根澤在《中國文學批評史》中，稱為「比喻的品題」；郭紹虞在《中國文學批評史》中，稱為「象徵的批評」；葉嘉瑩在《鍾嶸詩品評詩之理論標準及其實踐》一文中，稱為「意象化的喻示」或「意象式的喻示」；羅宗強在《我國古代詩歌風格論中的一個問題》一文中，稱為「形象性概念」；廖棟樑在《六朝詩評中的形象批評》一文中，稱為「形象批評」；謝建中在《中國文學批評方法》中，稱為「比喻式批評」。從諸位學者的命名和實際運用上考察，將其統稱為「意象批評」，不夠全面，也不太準確。張伯偉所說的「意象批評」，以及羅根澤等諸位學者所說的「比喻的品題」「象徵的批評」「意象化的喻示」「意象式的喻示」「形象性概念」「形象批評」「比喻式批評」等，就其實質而言，均屬於印象批評。這些批評方法不同於意象批評之處在於：「印象批評體現了批評者的主觀愛好，偏向於描述個人對於作品的感受，而意象批評主要是對作品客體的批評，是一種客觀的分析方法。」（劉鋒傑主編：《文學批評教程》）本書所使用的意象批評的定義，採自劉鋒傑主編的《文學批評教程》，即「意象批評是指以研究文本意象的構成、特徵、功能等為主要內容的文學批評方法。」以此為出發點，考察《藝文類聚》中的意象批評方法。以「月」「雨」「桑」「柳」「雁」「馬」等意象為例，闡釋自然意象批評、植物意象批評、動物意象批評的生成與傳承。

第二，《藝文類聚》視域下的辨體批評。辨體批評一是辨析文體的類別，二是辨析文體的風格，三是辨析文體的源流。《藝文類聚》在「文」的部分，輯錄大量的各體作品；輯錄本身就是一種辨體批評。就《藝文類聚》而言，辨體批評主要是辨析文體的類別，即辨析文章的體裁。本書主要考察《藝文類聚》的賦學辨體批評和詩學辨體批評。

第三，《藝文類聚》視域下的摘句批評。摘句是中國文學批評的傳統方式。所謂摘句批評是指通過摘引文本字詞、句子或段落的形式，去例說和印證所批評觀點及所闡釋文學理論觀點與原則的方法。《藝文類聚》中的摘句批評是類書的摘句批評，與一般運用在詩話、詞話、文話中的摘句批評相近而又略有不同，即它的用法較為單一，對文學觀點的闡釋隱含在摘句的行為之中，而不是用文字明白地表述出來。本書梳理唐前摘句批評的流變，探討其對《藝文類聚》摘句批評的影響，考察《藝文類聚》對《詩經》《楚辭》的摘句批評，以及《藝文類聚》摘句批評所體現的審美價值取向。

第四，《藝文類聚》視域下的選本批評。《藝文類聚》的編纂體例是「事居其前，文列於後」，事文並舉。全書的子目一般分為「事」和「文」兩部分。「事」的部分輯錄經史子部的資料；「文」的部分輯錄各體作品，或是全篇，或是片段。編纂《藝文類聚》，是為了「覽者易為功，作者資為用」，即為了閱覽與資料的搜集，以及給文士寫作提供必備的典故和語彙，具有選本的目的性；它的選編限定的時間斷限，是先秦至唐朝以前，且以六朝為主，具有選本的限定性；它是按照一定的審美標準，諸如追求善與美、追求佳辭麗句、刪汰說理、排斥敘述等標準選擇作品的，具有選本的選擇性；它最終以事文兼採的類書形式面世，具有選本的群體性。《藝文類聚》是具有選本性質的類書。按照傳統目錄學，選本歸屬於集部總集類，總集則屬於文學批評著作的範疇。凡是選錄詩文，都要憑著鑒別的標準，這就是具體批評的表現。本書從編纂體例和具體作品的選錄上，考察其選本批評價值；以選錄的先秦兩漢魏晉南北朝名賦為例，說明《藝文類聚》所選多為歷代名作。

本書採用多學科綜合研究的方法，視野廣闊。從《藝文類聚》與文學批評的視角出發，廣泛運用類書學、文學批評學、文獻學、文化學等理論，深入研究《藝文類聚》所反映的文學批評形態，突出問題意識，擴展學術視野。從《藝文類聚》的文本出發，堅持實證學術傳統，同時將史料考證與理論闡釋相結合，力求立論在求實、求深中有所創新。全面論述《藝文類聚》文學批評形態，將傳統文學批評視野延伸到類書，視角新穎、獨特，豐富了傳統文學批評的內容，拓展了傳統文學批評研究的領域，系統、全面揭示了《藝文類聚》與文學批評的關係。在類書共性特徵的基礎上，闡發《藝文類聚》在材料取捨、詩文選錄與編排、體例設置等方面的獨特性以及從中反映出的文學批評觀念。立足本土學術資源，並將中外文學批評理論研究成果相互融合，站在今天的高度，審視《藝文類聚》的文學批評理念。發掘和處理了文學批評史料，開拓了類書、文學批評研究領域。改變了類書的文學批評在文學批評史論著中的「失語」狀態，豐富了類書的研究成果，充實了唐代文學批評的相關內容。提供了《藝文類聚》與文學批評研究方面的新的學術生長點。與一般的文學批評專著或專論不同，《藝文類聚》不主一家，其批評觀念更能代表當時集體意識與普遍知識。從文學研究角度看，《藝文類聚》對選錄作品的有意識排列與分類，反映出文學批評的思想觀念。通過類書考察中國古代文學批評觀念，具有相當獨特且無可替代的價值和意義。

第一章　《藝文類聚》視域下的意象批評

雖然意象批評在中國文學理論批評史上源遠流長，但是，迄今為止，學術界關於意象批評內涵的界定，卻較為紛紜，在不同學者筆下表述各異，甚至有較大差異。例如，張伯偉在《中國古代文學批評方法研究》中，列舉鍾嶸《詩品》、張德瀛《詞徵》等作為例證，加以說明。張伯偉說：「詩歌批評，如鍾嶸《詩品》卷上謝靈運條：『然名章迥句，處處間起；麗章新聲，絡繹奔會。譬猶青松之拔灌木，白玉之映塵沙，未足貶其高潔也。』」〔註1〕他認為類似這樣的批評方法，就是意象批評。張伯偉給意象批評所下的定義為：意象批評是「指以具體的意象，表達抽象的理念，以揭示作者的風格所在」〔註2〕。

張伯偉同時說明，這種批評方法，研究者已經指出，但是稱謂不同。如羅根澤在《中國文學批評史》中，稱為「比喻的品題」〔註3〕；郭紹虞在《中國文學批評史》中，稱為「象徵的批評」〔註4〕；葉嘉瑩在《鍾嶸詩品評詩之理論標準及其實踐》一文中，稱為「意象化的喻示」或「意象式的喻示」〔註5〕；

〔註1〕張伯偉：《中國古代文學批評方法研究》，中華書局，2002年5月第1版，第194頁。

〔註2〕張伯偉：《中國古代文學批評方法研究》，第198頁。

〔註3〕羅根澤：《中國文學批評史》，商務印書館，2015年12月第1版，第634頁。

〔註4〕郭紹虞：《中國文學批評史》，百花文藝出版社，1999年3月第1版，第238頁。

〔註5〕葉嘉瑩：《鍾嶸詩品評詩之理論標準及其實踐》，葉嘉瑩：《中國古典詩歌評論集》，廣東人民出版社，1982年5月第1版，第18頁。

羅宗強在《我國古代詩歌風格論中的一個問題》一文中，稱為「形象性概念」〔註6〕；廖楝樑在《六朝詩評中的形象批評》一文中，稱為「形象批評」〔註7〕；謝建中在《中國文學批評方法》中，則稱為「意象批評」〔註8〕。從諸位學者的命名和實際運用上考察，將其統稱為「意象批評」，不夠全面，也不太準確。張伯偉、謝建忠所說的「意象批評」，以及羅根澤等諸位學者所說的「比喻的品題」「象徵的批評」「意象化的喻示」「意象式的喻示」「形象性概念」「形象批評」等，就其實質而言，均屬於印象批評。這些批評方法不同於意象批評之處在於：「印象批評體現了批評者的主觀愛好，偏向於描述個人對於作品的感受，而意象批評主要是對作品客體的批評，是一種客觀的分析方法。」〔註9〕筆者所使用的意象批評的定義，採自劉鋒傑主編的《文學批評教程》，即「意象批評是指以研究文本意象的構成、特徵、功能等為主要內容的文學批評方法。」〔註10〕以此為出發點，考察《藝文類聚》中的意象批評方法。

第一節 自然意象批評的生成與傳承——以「月」「雨」為例

「月」「雨」分別是《藝文類聚》卷一天部上、卷二天部下的子目名稱，同時也是這兩個子目輯錄的文學作品中的意象。

在《藝文類聚》卷一天部上·月「文」的部分，輯錄有「詩」「賦」兩種文體的文學作品，見下表：

〔註6〕羅宗強：《我國古代詩歌風格論中的一個問題》，《文學評論》編輯部：《文學評論叢刊》(第五輯)，中國社會科學出版社，1980年3月第1版，第191頁。

〔註7〕廖楝樑：《六朝詩評中的形象批評》，《文學評論》(第八輯)，(臺灣)黎明文化事業公司，1984年2月第1版，第21頁。

〔註8〕謝建忠：《中國文學批評方法》，電子科技大學出版社，1995年4月第1版，第277頁。

〔註9〕劉鋒傑主編：《文學批評學教程》，華東師範大學出版社，2010年7月第1版，第86頁。

〔註10〕劉鋒傑主編：《文學批評學教程》，第84頁。

《藝文類聚》卷一天部上・月「文」的部分輯錄的詩、賦

文 體	朝 代	作 者	作品的題目
詩	晉代	陸機	《詩》（安寢北堂上）
	南朝宋代	孝武帝	《齋中望月詩》
		鮑照	《玩月詩》
	南朝齊代	虞羲	《詠秋月詩》
	南朝梁代	簡文帝蕭綱	《望月詩》（流輝入畫堂）
			《望月詩》（今夜月光來）
		孝元帝蕭繹	《望江中月影詩》
		邵陵王蕭綸	《詠新月詩》
		沈約	《詠月詩》
		何遜	《望初月詩》
		庾肩吾	《和徐主簿望月詩》
			《望月詩》
		蕭子範	《望秋月詩》
		虞騫	《視月詩》
		劉瑗	《在縣中庭看月詩》
		劉孝綽	《望月有所思詩》
			《林下映月詩》
			《望月詩》
		鮑泉	《江上望月詩》
	北周	王褒	《詠月贈人詩》
	隋代	江總	《賦得三五明月滿詩》
賦	南朝宋代	周祗	《月賦》
		謝靈運	《怨曉月賦》
		謝莊	《月賦》
	南朝梁代	沈約	《八詠・望秋月》

上述作品中，除陸機《詩》（安寢北堂上）一首外，其他作品的題目均含有「月」字。陸機《詩》（安寢北堂上），在今本陸機集中，題目作《擬明月何皎皎》〔註 11〕，是一首擬樂府詩，題目中也含有「月」字。《藝文類聚》運用

〔註 11〕（晉）陸機著，楊明校箋：《陸機集校箋》，上海古籍出版社，2016 年 7 月第 1 版，第 316 頁。

「篇題法」，即將題目中含有與子目「月」相同詞語的作品，收錄在其下。

輯錄的都是晉代南北朝隋代的作品，這與《藝文類聚》輯錄文學作品的側重點有關。在這個時期，隨著作品數量的增加，詠月抒懷的作品逐漸增加，月意象的蘊含也極為豐富。

一、月亮由作品的局部物象到主體意象的演變

根據宋俊麗的研究，上古時期，詩中寫到月亮，都是「日月」對舉，或者是「日月星辰」對舉，沒有單獨描寫月亮的語句。春秋戰國時期，大部分寫到月亮的詩，也是「日月」對舉，或者是「日月星辰」對舉。《楚辭》中寫到月亮的作品總計十五首，全都如此。《詩經》中寫到月亮的有十四首，其中十二首詩「日月」對舉，只有兩首是單獨寫到月亮，即《齊風．雞鳴》和《陳風．月出》〔註 12〕。

我們來考察《齊風．雞鳴》和《陳風．月出》。在《齊風．雞鳴》中，只有「匪東方則明，月出之光」這兩句中有一句寫到月亮，意思是說，不是什麼東邊的天亮了，天亮還早呢，那只是一片明亮的月光。寫到月亮，卻不是描寫性的句子，只是順便帶出而已，更不是藉此抒發什麼情感。《陳風．月出》與此不同。全詩分三章，每一章都以描寫月亮開頭：「月出皎兮，……月出皓兮，……月出照兮，」這就與《陳風．月出》完全不同了。皎、皓、照三字意思相近，都是形容月亮皎潔明亮。這首詩的主旨，《毛詩序》說是諷刺陳國統治者的好色〔註 13〕；朱熹《詩集傳》認為是「男女相悅而相念之辭」〔註 14〕；高亨《詩經今注》則認為是作者目睹一位英俊人物被殺的慘劇而創作的哀悼短歌〔註 15〕。現在多數研究者認為這首詩寫的是月下相思，是一首愛情詩〔註 16〕。通過對月亮的反覆詠歎，隱約描繪出月下美人亭亭玉立的倩影。詩中的月亮，已經不僅是一般的自然意象，而是與抒情主人公的情感表達聯繫在一起，開創以月亮比擬人，並以此來表達相思之情的文學傳統。正如《詩

〔註 12〕宋俊麗：《「月」意蘊在中國古典詩詞中的嬗變》，《河北學刊》2011 年第 2 期，第 242 頁。

〔註 13〕（漢）毛亨傳，鄭玄箋，（唐）孔穎達等正義：《毛詩正義》，（清）阮元校刻：《十三經注疏》，中華書局，1980 年 9 月第 1 版，第 378 頁。

〔註 14〕（宋）朱熹：《詩集傳》，上海古籍出版社，1980 年 2 月新 1 版，第 83 頁。

〔註 15〕高亨：《詩經今注》，上海古籍出版社，1980 年 10 月第 1 版，第 184 頁。

〔註 16〕姜亮夫、夏傳才等：《先秦詩鑒賞辭典》，上海辭書出版社，1998 年 12 月第 1 版，第 275 頁。

毛氏傳疏》所說：「《月出》喻美色。」〔註 17〕

《藝文類聚》輯錄《楚辭》涉及月亮的詩句有：「《楚辭》曰：夜光何德，死而又育？厥利維何，顧兔在腹？」〔註 18〕這四句詩出自《楚辭．天問》。王逸注曰：「夜光，月也。育，生也。」〔註 19〕這四句詩是說，月亮於天有何德，死了又能夠復生？月中的兔子為何貪圖利益，居於月亮之腹，而顧望呢？古人把月亮的陰晴圓缺比附為生死循環，所以屈原有此疑問。這裡的月，只是作者言說的一個物象，《天問》全篇並非寫月。《藝文類聚》輯錄《楚辭》涉及月亮的詩句還有：「(《楚辭》) 又曰：何泛濫之浮雲，欻擁蔽於明月。思耿耿而願見，然陰曀而不達。」〔註 20〕這四句詩出自宋玉的《九辯》。《九辯》全篇並不寫月，這幾句只是用月來比喻忠良之士。王逸說：「夫浮雲行則蔽月之光，讒佞進則忠良壅也。」〔註 21〕

在先秦時期，還沒有全篇均描寫月亮的作品，就是說，月亮還沒有成為作品中的主體。這一時期作品中的月亮、月光等物象，或者是作為背景出現，或者是作為普通的物象出現，或者是作為比喻的物象出現，都只占作品中的局部，都只能稱為月象而不是月意象。

而《藝文類聚》子目「月」中「文」的部分輯錄的作品則不同，這些作品均可以稱為描寫月意象的，月在這些作品中不僅僅是作為一般的物象出現。

關於意象，唐代司空圖在《二十四詩品》中說：「是有真蹟，如不可知。意象欲出，造化已奇。」〔註 22〕意思是說，作品中確實存在真切的形貌，似乎難以察知，難以把握。意境形象即將栩栩如生出現之際，詩人所要表現的自然就變得神奇起來。司空圖把自然之美的「物象」與融合著作者情感的「心象」聯繫起來，明確提出意象論的文學主張。所謂意象，「是主觀的心意（我）和客觀的物象（象）在藝術創作過程中的融合與具現。」〔註 23〕

〔註 17〕（清）陳奐：《詩毛氏傳疏》，中國書店，1984 年 6 月第 1 版。

〔註 18〕（唐）歐陽詢撰，汪紹楹校：《藝文類聚》，上海古籍出版社，1999 年 5 月新 2 版，第 8 頁。以下簡稱「《藝文類聚》」。

〔註 19〕（宋）洪興祖撰，白化文等點校：《楚辭補注》(重印修訂本)，中華書局，1983 年 3 月第 1 版，第 88 頁。

〔註 20〕《藝文類聚》，第 8 頁。

〔註 21〕（宋）洪興祖撰，白化文等點校：《楚辭補注》(重印修訂本)，第 193 頁。

〔註 22〕杜黎均：《二十四詩品譯注評析》，北京出版社，1988 年 6 月第 1 版，第 130 頁。

〔註 23〕楊中興：《從月象到月意象》，《常州教育學院學刊》1994 年第 2 期，第 53 頁。

據《藝文類聚》的輯錄，南北朝時已經出現全篇詠月的作品，即全篇描摹月亮、月色、月光，歌詠月亮的作品。具體有：蕭繹的《望江中月影詩》、蕭綸的《詠新月詩》、沈約的《詠月詩》、庾肩吾的《和徐主簿望月詩》《望月詩》、劉瑗的《在縣中庭望月詩》、劉孝綽的《林下映月詩》《望月詩》、江總的《賦得三五明月滿詩》、周祗的《月賦》、謝靈運的《怨曉月賦》、謝莊的《月賦》、沈約《八詠・望秋月》。除周祗、謝靈運、謝莊、江總外，均為南朝梁代的作者，可見梁代詠月風氣之盛。這些作品，不像前代那樣，月亮只是詩中的點綴，而是將月亮作為描寫對象，全篇寫月亮，可以稱為寫景詠月詩（賦），月亮完全是詩（賦）的主體，或者說全部。

僅以蕭繹的《望江中月影詩》、江總的《賦得三五明月滿詩》、謝莊的《月賦》為例加以說明。

蕭繹的《望江中月影詩》，詩題較為獨特，別人大多是詠月，而蕭繹是詠「江中月影」，顯得與眾不同。前兩句「澄江涵皓月，水影若浮天」〔註 24〕，視野開闊，畫面浩瀚。「風來如可泛」〔註 25〕等四句具體描繪江中月影：風吹來時，江水搖盪，月影隨波湧動，好像乘風航行在江上。江中波浪翻滾，本應該圓圓的江中月影，也被扭曲得不成圓形——月影變成秦地出產的彎彎的鉤，時而被拗斷，時而被連接上；又像是和氏璧，被擊碎了，還能復原。「裂紈依岸草，斜桂逐船行」〔註 26〕兩句描寫兩個畫面：月光像撕裂的白絹照射在岸邊的綠草上；月亮中的桂樹倒映江中，被水波衝擊得樹影歪斜，卻一直伴隨著航船。結尾兩句「即此春江上，無俟百枝然（燃）」〔註 27〕，寫夜晚春江之上，月光普照，朗朗如晝，不用憑藉點燃燈火來照明。「百枝」是燈名。《藝文類聚》卷八十輯錄有晉代孫惠的《百枝燈賦》，其文曰：「曄若雲停，爛已星布。」〔註 28〕這首詩用典貼切、易懂，體現六朝詩喜好用典的特點。用典中還兼有比喻、借代，如用秦鉤、和璧、裂紈、斜桂等比喻、代指月影，用語錯綜變化。

江總的《賦得三五明月滿詩》是一首賦得體詩；詩題中的「賦得」，是指按照指定的題目（或用韻）來創作，常常用於應制之作或詩人聚會時的分題

〔註 24〕《藝文類聚》，第 8 頁。
〔註 25〕《藝文類聚》，第 8 頁。
〔註 26〕《藝文類聚》，第 8 頁。
〔註 27〕《藝文類聚》，第 8 頁。
〔註 28〕《藝文類聚》，第 1369 頁。

而作。「三五明月滿」是詩人歌詠的對象——陰曆十五日的月亮，「滿」是指月圓；這時的月亮最圓、最亮。《古詩十九首・孟冬寒氣至》中有「三五明月滿」〔註29〕之句，是江總詩題所出。前兩句「三五兔成輝，浮陰冷復輕」〔註30〕，傳說月中有兔，故稱月光為「兔輝」。「浮陰」指太空中的月光。《藝文類聚》引《淮南子》曰：「月，天之使也，積陰之寒氣」〔註31〕。所以用「冷」來形容太空中的月亮。「輕」寫出月亮的輕柔、漂浮。三、四句「只輪非戰反，團扇少歌聲」〔註32〕，只輪，李善注潘岳《西征賦》「曾只輪之不反（返）」說：「《公羊傳》曰：『晉人敗秦師於殽，匹馬只輪而無反（返）者。』」〔註33〕這裡，作者展開想像，把圓圓的月亮想像成戰車上滾圓的車輪，但不是去打仗；月亮在天空移動，就像戰車滾圓的車輪駛過。圓圓的月亮又像一把團扇，卻沒有美人曼妙的歌聲；這句描寫月亮靜靜地掛在天空，無聲無息。五、六句「雲前來往色，水上動搖明」〔註34〕，一上一下寫月色；月亮在雲朵間穿行，灑下清輝；月影倒映在水中，搖曳閃亮。結尾兩句「況復高樓照，何嗟攬不盈」〔註35〕，何況已經是月滿高樓，不必歎息月光不能盈手盈懷。「攬不盈」：《淮南子・覽冥訓》說：「手徵忽怳，不能覽（攬）其光。」高誘注：「天道廣大，手雖能征其忽怳無形者，不能覽（攬）得日月之光也。」〔註36〕

謝莊的《月賦》假託陳王曹植、王粲展開鋪敘，描寫月夜清麗的景色，抒發「怨遙」「傷遠」的情感。賦作從虛構曹植初喪應瑒、劉楨而「端憂多暇」發端，寫曹植「弗怡中夜」，乃「臨濬壑而怨遙，登崇岫而傷遠」，於是命王粲作賦。鋪陳有關月亮的種種典故，體現賦「鋪采摛文」的特點；這是虛筆寫月。「若夫氣霽地表」〔註37〕等數句描寫月夜淒清寂寞的境界，則是全賦的重

〔註29〕（梁）蕭統編，（唐）李善注：《文選》，上海古籍出版社，1986年8月第1版，第1349頁。
〔註30〕《藝文類聚》，第9頁。
〔註31〕《藝文類聚》，第7頁。
〔註32〕《藝文類聚》，第9～10頁。
〔註33〕（梁）蕭統編，（唐）李善注：《文選》，第448頁。
〔註34〕《藝文類聚》，第10頁。
〔註35〕《藝文類聚》，第10頁。
〔註36〕（漢）劉安著，（漢）高誘注：《淮南子注》，《諸子集成》（7），上海書店，1986年7月第1版，第91頁。
〔註37〕《藝文類聚》，第10頁。

點，而正如許槤所言此「數語無一字說月，卻無一字非月。清空澈骨，穆然可懷」〔註 38〕。君王「厭晨歡，樂宵宴」的描寫，為整個畫面增添了動感，也與開頭「悄焉疚懷，不怡中夜」的內心刻畫相呼應。最後以兩首月夜長歌作結，表達離別之情與遲暮之感，與前文的「怨遙」「傷遠」之情相呼應，「深情婉致，有味外味」〔註 39〕。篇題雖為《月賦》，但描寫月只是鋪墊，實則抒發作者的惆悵之情，體現出六朝小賦由體物為主向抒情為主的轉變。此賦對月夜的刻畫取得前所未有的成功，成為抒情賦的名作。

二、月亮由客觀物象到主客觀融合的月意象的演變

前面說過，先秦時期，詩中的月亮，往往只是作為客觀物象出現，月亮多是作為一般的自然景物加以描寫，就是說，月亮還沒有與人的主觀情感發生緊密聯繫。而在《藝文類聚》所輯錄的詩賦中，月亮不再是普通的客觀物象，也不是獨立於主體之外的客觀物象，而是與人的情感有機融合的月意象。與之相配適，月意象的內蘊有了拓展，月亮被賦予異於前代作品的情感因素。在《藝文類聚》視域下，月意象表現的情感有：女子情思、朋友之誼、相思之情、故鄉之思、知音難覓之悲、歲月易逝之歎。

對女子情思的表達，在《藝文類聚》輯錄的詩賦中尤為突出。這些作者均為梁代人，諸如沈約、何遜、蕭綱、蕭繹、庾肩吾等，都是宮體詩的重要作家，豔情是他們作品中的重要內容。

月亮之所以被用來表達女子的情思，與月亮獨特的文化內涵密不可分，與自古以來月亮的女性形象有關。《藝文類聚》引《呂氏春秋》曰：「月，群陰之本。」〔註 40〕這句話出自《呂氏春秋・季秋紀・精通》，是說月亮是各種屬陰之物的根本。《藝文類聚》引《淮南子》曰：「月者，陰之宗。」〔註 41〕這句話出自《淮南子・天文訓》。《淮南子・天文訓》將日與月對舉：「日者，陽之主也」，「月者，陰之宗也」。高誘注：「宗，本也。」〔註 42〕是說太陽是陽類萬物的主宰，月亮是陰類萬物的主宰。《禮記・禮器》也有類似的表述：

〔註 38〕（清）許槤評選，黎經誥箋注：《六朝文絜箋注》，中華書局，1962 年 8 月第 1 版，第 7 頁。

〔註 39〕（清）許槤評選，黎經誥箋注：《六朝文絜箋注》，第 9 頁。

〔註 40〕《藝文類聚》，第 7 頁。

〔註 41〕《藝文類聚》，第 7 頁。

〔註 42〕（漢）劉安著，（漢）高誘注：《淮南子注》，《諸子集成》（7），第 36 頁。

「大明生於東，月生於西，此陰陽之分，夫婦之位也。」鄭玄注：「大明，日也。」〔註 43〕是說太陽在東方出升，月亮在西方出升，這是陰陽的分界，夫妻的定位。天上的月亮與女性是互為對應的。陰陽是中國哲學的基本概念和出發點，哲學家用陰陽來解釋萬物，也用來作為男女基本特徵的性符號。陰為女性，月亮屬陰，月亮因而成為女性的象徵。

月亮與女性發生聯繫，還與古老的神話傳說有關。最典型的月亮神話，就是嫦娥奔月的故事。《藝文類聚》輯錄《淮南子》中記載的這個故事：羿從西王母那裡求來長生不老藥，姮娥拿來偷吃了，奔上月宮。「姮娥，羿妻也。服藥得仙，奔入月中為月精。」〔註 44〕嫦娥即月亮，月亮即嫦娥，兩者已經二而合一，這也是常用嫦娥代指月亮的原因。歷史上更有許多感月而孕的傳說，例如，《藝文類聚》所引《漢書》李氏感月的故事〔註 45〕。這個故事出自《漢書・元后傳》：當初，漢元後的母親李氏懷著政君（即王政君，漢元帝後）的時候，「夢月入其懷」而生後〔註 46〕。類似的傳說還有很多。在這些傳說中，月亮扮演的是母親的形象，她創造出一個個神奇不凡的生命，加深了人們意識之中月亮——母親的對應形象。

《藝文類聚》輯錄的月意象作品，多出自南朝梁代，這正是宮體詩盛行的時期，因而表達女子情思的作品尤其多。具體有：梁簡文帝的《望月詩》（流輝入畫堂）、《望月詩》（今夜月光來），蕭子範的《望秋月詩》。這些作品都是借詠月表達女子的情思。梁簡文帝的《望月詩》（流輝入畫堂），將月亮比喻為女性化特徵極強的「七子鏡」「團扇」〔註 47〕，藉以表達女子的情思。七子鏡，源自《漢書・外戚傳上》：漢代沿襲秦朝的稱號，嫡妻稱為皇后，妾都稱為夫人。「又有美人、良人、八子、七子、長使、少使之號焉。」〔註 48〕「七子」等是後宮侍妾的稱號。團扇亦與女性相關，如《玉臺新詠》收錄的桃葉的《答王團扇歌》：「團扇復團扇，持許自遮面。憔悴無復理，羞與郎

〔註 43〕（漢）鄭玄注，（唐）孔穎達等正義：《禮記正義》，（清）阮元校刻：《十三經注疏》，中華書局，1980 年 9 月第 1 版，第 1440～1441 頁。

〔註 44〕《藝文類聚》，第 7 頁。

〔註 45〕《藝文類聚》，第 7 頁。

〔註 46〕（漢）班固撰，（唐）顏師古注：《漢書・元后傳》，中華書局，1962 年 6 月第 1 版，第 4015 頁。

〔註 47〕《藝文類聚》，第 8 頁。

〔註 48〕（漢）班固撰，（唐）顏師古注：《漢書・外戚傳上》，中華書局，1962 年 6 月第 1 版，第 3935 頁。

相見。」〔註 49〕梁簡文帝的《望月詩》(今夜月光來)中有「正上相思臺」〔註 50〕之句，暗點女子的相思之情。相思臺，指能夠引起人的思念之情的高臺。《太平御覽》卷一七九引《漢宮殿名》曰:「長安有臨山觀、渭橋觀、……相思觀」。〔註 51〕蕭子範的《望秋月詩》寫月下思婦，著力描寫月光的皎潔，渲染居住環境的華貴，室內有珠被、寶瑟，院子裏栽種著蘭花、橘樹，但這些都不能消除女子心頭的空虛、寂寞:「獨見傷心者，孤燈坐幽室」〔註 52〕，女子的情感是借助於月的襯托表達出來的。

借詠月表達朋友之誼的作品，《藝文類聚》輯錄的有:鮑照的《玩月詩》、王褒的《詠月贈人詩》。鮑照的《玩月詩》，在通行本《鮑照集》中，題目作「《玩月城西門廨中》」〔註 53〕。《文選》此詩題下李周翰注曰:「廨，公府也。」〔註 54〕《藝文類聚》是節錄。詩云:「三五二八時，千里與君同。」〔註 55〕張銑注曰:「千里與君同者，言思友朋，遠與同也。」〔註 56〕末句云:「留酌待情人。」劉良注曰:「情人，友人之別離者。」〔註 57〕王褒《詠月贈人詩》的結尾兩句云:「高陽懷許掾，對此益相思。」〔註 58〕用許詢的典故，表達秋天月夜裏對朋友的思念。《世說新語・言語》記載，東晉劉惔作丹陽尹，許詢前往京城，在劉家住宿。劉惔為許詢提供的床帳簇新華麗，飲食豐盛甜美，足見兩人情誼深厚。劉惔說:「清風朗月，輒思玄度。」許詢，高陽人，字玄度。曾為司徒掾，人稱許掾〔註 59〕。

借詠月表達相思之情的作品，在宮體詩時代，無非是表達對「佳人」的

〔註 49〕(南朝陳)徐陵編,(清)吳兆宜注，程琰刪補:《玉臺新詠箋注》，中華書局，1985 年 6 月第 1 版，第 472 頁。

〔註 50〕《藝文類聚》，第 8 頁。

〔註 51〕(宋)李昉等:《太平御覽》，中華書局，1960 年 2 月第 1 版，第 873 頁。

〔註 52〕《藝文類聚》，第 9 頁。

〔註 53〕(南朝宋)鮑照著，丁福林、叢玲玲校注:《鮑照集校注》(典藏本)，中華書局，2016 年 10 月第 1 版，第 607 頁。

〔註 54〕(南朝梁)蕭統編,(唐)李善、呂延濟、劉良、張銑、呂向、李周翰注:《六臣注文選》，中華書局，2012 年 5 月第 1 版，第 566 頁。

〔註 55〕《藝文類聚》，第 8 頁。

〔註 56〕(南朝梁)蕭統編,(唐)李善、呂延濟、劉良、張銑、呂向、李周翰注:《六臣注文選》，第 566 頁。

〔註 57〕(南朝梁)蕭統編,(唐)李善、呂延濟、劉良、張銑、呂向、李周翰注:《六臣注文選》，第 566 頁。

〔註 58〕《藝文類聚》，第 9 頁。

〔註 59〕余嘉錫:《世說新語箋疏》，中華書局，1983 年 8 月第 1 版，第 134 頁。

思念，《藝文類聚》輯錄的有：虞騫的《視月詩》、劉孝綽的《望月有所思詩》。虞騫的《視月詩》寫詩人在一個清淨宜人的夜晚，「未雲疲」〔註 60〕，因為懷人心憂，感覺不到疲勞，更毫無睡意。徘徊月下，俯視水中月；沐浴著沁涼的露水，舉頭遙望即將西墜的一輪暗月，不僅傷懷；因為「佳人復千里」〔註 61〕，路途遙遠，山川阻隔，不知何時才能一見？不覺相思滾滾而來。劉孝綽的《望月有所思詩》所思的，便是「長門隔清夜」〔註 62〕的女子，即在這個清淨的夜晚獨守空房的佳人。夢見她的「容色」，更覺相思難耐，於是「懷情滿胸臆」〔註 63〕。

借詠月表達故鄉之思的作品，《藝文類聚》輯錄的有：陸機的《詩》（安寢北堂上）、何遜的《望初月詩》、鮑泉的《江上望月詩》。陸機的《詩》（安寢北堂上），在通行本《陸機集》中，題目作「《擬明月何皎皎》」〔註 64〕。《藝文類聚》只節錄描寫月亮的前四句。此詩結尾有：「遊宦會無成，離思難常守。」〔註 65〕遠離家鄉在官府任職應是無所成就，而離別的思念常常令人難以忍受。這是一首久客思歸之作，表達對故鄉的思念。何遜的《望初月詩》，在通行本《何遜集》中，題目作「《望新月示同羈》」〔註 66〕。同羈，指同是寄居異鄉的朋友。《藝文類聚》為節錄，刪去詩的結尾兩句：「望鄉皆下淚，非我獨傷情。」〔註 67〕這兩句表達的懷鄉之旨明晰。鮑泉的《江上望月詩》寫「客行」思鄉。因為是「月將弦」的彎月，所以「影難圓」，由於這種缺憾，轉而產生「無因轉還泛，回首眷前賢」〔註 68〕的感歎，說自己不能隨著彎彎曲曲轉折的江水回到故鄉，只能從前賢那裡尋找感情的慰藉。

借詠月表達知音難覓之悲的作品，《藝文類聚》輯錄的有：虞羲的《詠秋月詩》。虞羲的《詠秋月詩》雖然也可以歸入借詠月表達女子情思一類，但

〔註 60〕《藝文類聚》，第 9 頁。
〔註 61〕《藝文類聚》，第 9 頁。
〔註 62〕《藝文類聚》，第 9 頁。
〔註 63〕《藝文類聚》，第 9 頁。
〔註 64〕（晉）陸機著，楊明校箋：《陸機集校箋》，第 316 頁。
〔註 65〕（晉）陸機著，楊明校箋：《陸機集校箋》，第 316 頁。
〔註 66〕（梁）何遜著，李伯齊校注：《何遜集校注》（修訂本），中華書局，2010 年 1 月第 1 版，第 150 頁。
〔註 67〕（梁）何遜著，李伯齊校注：《何遜集校注》（修訂本），第 150～151 頁。
〔註 68〕《藝文類聚》，第 9 頁。

其中還多了一層含義，即借詠月表達知音難覓之悲。詩有「光入長門殿」〔註 69〕之句；長門殿，即長門宮，是漢武帝陳皇后失寵後居住的地方；作者用此表達女子的失意情緒，也藉以抒發未遇知音之憾。結尾說：「倘遇賞心者，照之西園宴。」〔註 70〕如果遇到使自己心意歡樂的知己好友，月光就會照著我們一同前往西園去赴豪華的宴會。從「倘遇」二字揣摩，女子是沒有遇到讓自己心意歡樂的知己；內心的躊躇滿志、知音難覓的悲慨，溢於詩句之外。

借詠月表達歲月易逝之歎的作品，《藝文類聚》輯錄的有：宋孝武帝的《齋中望月詩》。詩寫在一個清涼的、微風吹拂的夜晚，朦朧的月色勾起作者對往事的美好回憶，不由地「因思往物深」〔註 71〕，產生歲月易逝的感歎。

借歌詠月亮表達女子情思、朋友之誼、相思之情、故鄉之思、知音難覓之悲、歲月易逝之歎，這些內容與主題在後代文學中均得到繼承和發展。

在《藝文類聚》卷二天部下・雨「文」的部分，輯錄的詩、賦，見下表：

《藝文類聚》卷二天部下・雨「文」的部分摘錄的詩、賦

文　體	朝　代	作　者	作品的題目
詩	三國魏	曹植	《喜雨詩》
		阮瑀	《詩》（苦雨滋玄冬）
	晉代	張載	《霖雨詩》
		張協	《苦雨詩》
			《雜詩》（金風扇素節）
			《雜詩》（朝霞迎白日）
		傅玄	《詩》（徂暑未一旬）
	南朝宋代	謝莊	《喜雨詩》
		謝惠連	《喜雨詩》
		鮑照	《喜雨詩》
			《苦雨詩》
	南朝齊代	謝朓	《觀雨詩》
	南朝梁代	簡文帝蕭綱	《賦得入階雨詩》

〔註 69〕《藝文類聚》，第 8 頁。
〔註 70〕《藝文類聚》，第 8 頁。
〔註 71〕《藝文類聚》，第 8 頁。

		孝元帝蕭繹	《詠細雨詩》
		劉苞	《望夕雨詩》
		虞騫	《擬雨詩》
		劉孝綽	《秋雨臥疾詩》
		劉孝威	《和皇太子春林晚雨詩》
			《望雨詩》
		庾肩吾	《從駕喜雨詩》
		朱超	《對雨詩》
	北齊	劉逖	《對雨有懷詩》
	北周	庾信	《和趙王喜雨詩》
			《喜雨詩》
			《對雨詩》
	南朝陳代	陰鏗	《閒居對雨詩》
			《詩》（蘋藻降靈祇）
賦	三國魏	魏文帝曹丕	《愁霖賦》
		陳思王曹植	《愁霖賦》（迎朔風而爰邁兮）
			《愁霖賦》（夫何季秋之淫雨兮）
		應瑒	《愁霖賦》
	晉代	潘尼	《苦雨賦》
		陸雲	《愁霖賦》
		傅咸	《患雨賦》
			《喜雨賦》
		成公綏	《陰霖賦》
			《時雨賦》
	南朝宋代	傅亮	《喜雨賦》
	南朝梁代	張纘	《秋雨賦》

曹植的《愁霖賦》（夫何季秋之淫雨兮），嚴可均考證說，明代刻本《曹子建集》有《愁霖賦》兩篇，即《藝文類聚》輯錄的這兩篇。其中「夫何季秋之淫雨兮」一篇凡六句，張溥本《陳思王集》也是這樣。其實，《愁霖賦》（夫何季秋之淫雨兮）不是曹植的作品，這兩個版本的《曹植集》將兩篇賦列在曹植名下，是因為《藝文類聚》兩篇賦連載的緣故。「考《文選》曹植《美女

篇》注、張協《雜詩》注，知第二賦（即『夫何季秋之淫雨兮』）為蔡邕作，《類聚》誤編耳。」〔註 72〕今從此說。

三、《詩經》《楚辭》以「賦」的手法描繪的自然界的雨

雨是常見的自然現象，段玉裁《說文解字注》云：「雨，水從雲下也。引申之，凡自上而下者稱雨。」〔註 73〕雨也是詩、賦等文學作品中常見的意象。《詩經》《楚辭》已經出現不少關於雨的詩句。僅就《藝文類聚》卷二天部下・雨「文」的部分所摘錄的就有：「《毛詩》曰：有渰萋萋，興雲祁祁。雨我公田，遂及我私。」〔註 74〕這是《小雅・大田》中的詩句。「(《毛詩》) 又曰：月離于畢，俾滂沱矣。」〔註 75〕這是《小雅・漸漸之石》中的詩句。還有：「《楚辭》曰：雷填填兮雨冥冥。令飄風兮先驅，使涷雨兮灑塵。」〔註 76〕其中，第一句出自《九歌・山鬼》；第二句、第三句出自《九歌・大司命》。這處摘文將兩篇作品毫無分別地輯錄在一起，體例稍亂。據汪紹楹校記：「本卷（指卷二）宋本缺，據明本補。」〔註 77〕體例的混亂，或是由於《藝文類聚》原編散佚後補錄，或者由於編者當初疏漏。

《小雅・大田》中這四句詩，是描寫雨前和雨後的情形：前一句寫下雨前：天空中陰雲密布，天氣冷冷清清，後三句直接描寫下雨；「興雲」，《毛詩正義》作「興雨」〔註 78〕。詩意按照《毛詩》的文字理解：細細的小雨慢慢飄落下來，雨點落在公田裏，同時也灑落在我的私田裏。這四句詩純粹描寫自然界中的雨。《小雅・大田》全詩並不是以雨為主要描寫對象，雨只是為敘事作鋪墊。全詩的主旨，《毛詩》小序說：「大田，刺幽王也。言矜寡不能自存焉。」〔註 79〕這樣的主旨顯然不能將雨作為主要描寫對象。《小雅・漸漸之石》中的兩句詩是說，月亮靠近畢星，大雨滂沱嘩嘩下。全詩也不是主要描寫雨。

〔註 72〕（清）嚴可均：《全三國文》，商務印書館，1999 年 10 月第 1 版，第 125 頁。
〔註 73〕（清）段玉裁：《說文解字注》，中華書局，2013 年 7 月第 1 版，第 577 頁。
〔註 74〕《藝文類聚》，第 26 頁。
〔註 75〕《藝文類聚》，第 26～27 頁。
〔註 76〕《藝文類聚》，第 26 頁。
〔註 77〕《藝文類聚》，第 21 頁。
〔註 78〕（漢）毛亨傳，鄭玄箋，（唐）孔穎達等正義：《毛詩正義》，（清）阮元校刻：《十三經注疏》，第 477 頁。
〔註 79〕（漢）毛亨傳，鄭玄箋，（唐）孔穎達等正義：《毛詩正義》，（清）阮元校刻：《十三經注疏》，第 477 頁。

《毛詩》小序說這首詩是諸侯國「刺幽王」的〔註80〕。《九歌・山鬼》的「雷填填兮雨冥冥」〔註81〕，描寫雷聲隆隆，雨下得昏暗迷蒙；描寫的是自然界中的雨。《九歌・大司命》中的兩句詩，也是寫自然界的雨，寫大司命神力無比，來到人間，命令旋風在前面為他開路，讓暴雨清除路途的塵土。

《藝文類聚》輯錄的《詩經》《楚辭》片段，強調雨意象的「賦」的功能，而沒有關注雨意象的比興功能。關於「賦」的解釋，一般沿用朱熹的觀點：「賦者，敷陳其事而直言之者也。」〔註82〕《小雅・大田》中的這四句詩，鋪敘雨水滋潤莊家的情境。《小雅・漸漸之石》鋪敘大雨將至的徵兆。古人以為月亮靠近畢星，天就要下大雨。《尚書・洪範》說：「月之從星，則以風雨。」〔註83〕這裡的「星」就是指畢星。《九歌・山鬼》用雨來渲染淒涼的山林夜景，襯托思念女神卻不至的愁思。《九歌・大司命》用旋風開路、暴雨灑塵表現大司命下凡時的威風、氣勢。

《藝文類聚》輯錄《詩經》《楚辭》中的雨意象，都是自然界中的雨，還沒有附加比興、象徵的功能。雖然《詩經》《楚辭》中雨意象有比興的功能，但是用例較少，也不典型，《藝文類聚》未選。

《藝文類聚》輯錄《詩經》《楚辭》中雨意象的詩並不多，但是這些選文片段已經概括出《詩經》《楚辭》中雨意象特點：雨意象在《詩經》《楚辭》中，雖然也與詩中人物的情感發生一定的聯繫，但是，基本上還是自然界的雨，沒有與人的情感發生更為緊密的聯繫，雨的審美意蘊不甚豐厚，更不具備各種象徵意蘊。

這種情況一是反映了《詩經》《楚辭》中雨意象的實際狀況；二是因為《詩經》《楚辭》是置於「雨」這個子目「事」的部分，需要與其他的資料和諧一致。在「事」的部分，輯錄的都是關於自然界的雨的資料。有關於雨的各種解釋和說法的，例如，「《爾雅》」條解釋暴雨、小雨、久雨、淫雨的含義；「《尸子》」條解釋什麼是「行雨」「穀雨」「時雨」。「《曾子》」條說天地之氣和，則雨。《山海經》」條記載雲彩呈應龍（神話傳說中有翼的龍）之狀便要下

〔註80〕（漢）毛亨傳，鄭玄箋，（唐）孔穎達等正義：《毛詩正義》，（清）阮元校刻：《十三經注疏》，第499頁。

〔註81〕《藝文類聚》，第21頁。

〔註82〕（宋）朱熹：《詩集傳》，第3頁。

〔註83〕（漢）孔安國傳，（唐）孔穎達等正義：《尚書正義》，阮元校刻：《十三經注疏》，中華書局，1980年9月第1版，第192頁。

雨的說法。又「《山海經》」條記載羽山多雨，符陽山多怪雨。有介紹觀雨方法的，例如「《相雨》」條。有記載和雨有關的人物的，例如，「《列仙傳》」條說赤松子是神農時的雨師。有敘述人和雨的故事的，例如，「《戰國策》」條寫魏文侯因天降雨而取消出獵計劃的故事。「《東觀漢記》」條記載皇帝與沛獻王劉輔占卜求雨的故事。「《左氏傳》」條記衛國大旱，興師討邢而天降雨的故事。有記載雨和人世、天道關係的，例如，「《尚書大傳》」條說上天好久沒有狂風暴雨了，想來中國會有聖人出現〔註 84〕。類似的資料還有一些，不再繁瑣舉例。子目「雨」「事」的部分輯錄的這些資料，記載的都是自然界的雨，與《詩經》《楚辭》中描繪的自然界中的雨意象的詩句和諧統一。

四、三國至南北朝詩賦借雨抒懷的手法和雨意象類型的多樣化

《藝文類聚》編者對雨意象的選擇，可以說正合我們今天的眼光，雖然《藝文類聚》並不是為我們今天的人所預先編纂的。正如我們今天所得到的共識性的認識——魏晉是「文學的自覺時代」〔註 85〕一樣，《藝文類聚》輯錄的含有雨意象的詩、賦，也是從這一時期開始的。在成為一種自覺的活動後，文人們創作的積極性、主動性大大增強，對於表現手法的運用更加自覺，作品數量急劇增加，表現題材範圍日益擴大。對於雨的描繪，不再是那樣單調、平板，而是借助對各種類型的雨意象的塑造，表達多種情感，與前代雨意象相比，發生巨大變化，呈現出異彩紛呈的形態。

因為《藝文類聚》是利用「篇題法」輯錄作品的，所以從直觀上就可以看出，三國、兩晉、南北朝時期的雨意象，以「苦雨」意象為最多，其次是「喜雨」意象，還有「細雨」意象、「飛雨」意象、「大雨」意象、「太陽雨」意象等。

「苦雨」意象的作品有：阮瑀的《詩》（苦雨滋玄冬）、張載的《霖雨詩》、張協的《苦雨詩》、傅玄的《詩》（徂暑未一旬）、鮑照的《苦雨詩》、曹丕的《愁霖賦》、曹植的《愁霖賦》、應瑒的《愁霖賦》、潘尼的《苦雨賦》、陸雲的《愁霖賦》、傅咸的《患雨賦》、成公綏的《陰霖賦》。

「喜雨」意象的作品有：曹植的《喜雨詩》、謝莊的《喜雨詩》、謝惠連

〔註 84〕《藝文類聚》，第 26～27 頁。

〔註 85〕魯迅：《魏晉風度及文章與藥及酒之關係》，《魯迅全集》（第三卷），人民文學出版社，2005 年 11 月第 1 版，第 526 頁。

的《喜雨詩》、鮑照的《喜雨詩》、庾肩吾的《從駕喜雨詩》、庾信的《和趙王喜雨詩》《喜雨詩》、傅咸的《喜雨賦》、成公綏的《時雨賦》、傅亮的《喜雨賦》。

「細雨」意象的作品有：張協的《雜詩》（金風扇素節）（朝霞迎白日）、蕭綱的《賦得入階雨詩》、蕭繹的《詠細雨詩》、劉苞的《望夕雨詩》、虞騫的《擬雨詩》、張纘的《秋雨賦》。

「飛雨」意象的作品有：謝朓的《觀雨詩》、劉孝威的《望雨詩》、劉逖的《對雨有懷詩》。

「大雨」意象的作品有：劉孝綽的《秋雨臥疾詩》、朱超的《對雨詩》、庾信的《對雨詩》、陰鏗的《閑居對雨詩》《詩》（蘋藻降靈祇）。

「太陽雨」意象的作品有：劉孝威的《和皇太子春林晚雨詩》。

我們對作品意象歸類的標準，一是根據其標題，二是根據其內容。有幾篇作品，特殊說明一下劃分情況。

阮瑀的《詩》（苦雨滋玄冬），標題沒有「苦雨」字樣，但是首句「苦雨滋玄冬」有「苦雨」〔註86〕二字，全詩反映的是當時淫雨成災的狀況，歸入「苦雨」意象類。歸入「苦雨」意象類的，還有《霖雨詩》《愁霖賦》《陰霖賦》等標題中含有「霖」字樣的詩、賦。《左傳》云：「凡雨，自三日以往為霖」。〔註87〕許慎亦云：「霖，雨三日已往。」〔註88〕《藝文類聚》引《爾雅》曰：「霪謂之霖。」〔註89〕段玉裁認為：「已往」當作「以往」。「自三日以往，謂雨三日又不止，不定其日數也。雨三日止，不得謂霖矣。」〔註90〕雨久下不停，會給人們帶來不便，甚至災害，這類作品歸入「苦雨」意象類。傅咸的《患雨賦》開篇即云：「患淫雨之有經」〔註91〕，說明是「苦雨」類賦。又說：「自流火以迄今，歷九旬而無寧。」〔註92〕淫雨從七月到今天，下了三個月還沒停。傅咸的《患雨賦》屬於「苦雨」意象類。

〔註86〕《藝文類聚》，第26頁。
〔註87〕（晉）杜預注，（唐）孔穎達等正義：《春秋左傳正義》，（清）阮元校刻：《十三經注疏》，中華書局，1980年9月第1版，第1734頁。
〔註88〕（漢）許慎撰，（宋）徐鉉校定：《說文解字》，中華書局，2013年7月第1版，第241頁。
〔註89〕《藝文類聚》，第26頁。
〔註90〕（清）段玉裁：《說文解字注》，第578頁。
〔註91〕《藝文類聚》，第31頁。
〔註92〕《藝文類聚》，第31頁。

成公綏的《時雨賦》，標題沒有「喜雨」字樣，此賦已殘，文中也未見「喜雨」字樣。「時雨」是指應時而下的雨。《藝文類聚》引《尚書・洪範・休徵》曰：「肅，時雨若。」〔註 93〕意思是說，君王仁敬，是好的徵兆，就像及時降雨；《時雨賦》歸入「喜雨」意象類。

歸入「細雨」類的作品，除蕭繹的《詠細雨詩》外，標題中都沒有「細雨」字樣。這些作品的歸類，以其內容為依據。張協的《雜詩》（金風扇素節）（朝霞迎白日），並不是全篇寫雨，《藝文類聚》只是摘錄其中描寫雨的詩句。將兩首詩歸入「細雨」類，是因為《雜詩》（金風扇素節）有「密雨如散絲」〔註 94〕之句，《雜詩》（朝霞迎白日）有「森森散雨足」〔註 95〕之句；均是描寫春天雨絲綿密，「森森」形容雨絲綿密，「雨足」指雨點。蕭綱的《賦得入階雨詩》有「細雨階前入」〔註 96〕之句，也歸入此類。劉苞的《望夕雨詩》有「緣階起素沫，竟水散圓文」〔註 97〕，描寫水滴沿著石階激起白色的泡沫，整個水塘都是濺起的圓形波紋。這種景象符合細雨的特點。又有「河柳低未舉」〔註 98〕，說河邊的柳樹，因為無風，而在雨中低垂著；無風，也不可能形成「飛雨」。虞騫的《擬雨詩》有「細雨織斜文」〔註 99〕之句。張纘的《秋雨賦》有「泫高枝而疏落」〔註 100〕之句，歸入「細雨」意象類。

謝朓的《觀雨詩》有「朔風吹飛雨」〔註 101〕，劉孝威的《望雨詩》有「飛雨入階廊」〔註 102〕，劉遜的《對雨有懷詩》有「斜飛覺帶風」〔註 103〕，這三首詩歸入「飛雨」意象類。

劉孝綽的《秋雨臥疾詩》有寫雨「滂沱」〔註 104〕之句，朱超的《對雨詩》有寫疾雨形成「奔流」〔註 105〕之句，陰鏗的《閒居對雨詩》有「四溟

〔註 93〕《藝文類聚》，第 26 頁。
〔註 94〕《藝文類聚》，第 26 頁。
〔註 95〕《藝文類聚》，第 26 頁。
〔註 96〕《藝文類聚》，第 29 頁。
〔註 97〕《藝文類聚》，第 29 頁。
〔註 98〕《藝文類聚》，第 29 頁。
〔註 99〕《藝文類聚》，第 29 頁。
〔註 100〕《藝文類聚》，第 32 頁。
〔註 101〕《藝文類聚》，第 28 頁。
〔註 102〕《藝文類聚》，第 29 頁。
〔註 103〕《藝文類聚》，第 29 頁。
〔註 104〕《藝文類聚》，第 29 頁。
〔註 105〕《藝文類聚》，第 29 頁。

飛旦雨」〔註 106〕，陰鏗的《詩》（蘋藻降靈祗）有「八川奔巨壑，萬頃溢澄陂」〔註 107〕，這四首詩歸入「大雨」意象類。庾信的《對雨詩》有「蟻封」〔註 108〕的典故。漢代焦延壽《易林》說：「蟻封戶穴，大雨將集。」〔註 109〕《對雨詩》也歸入「大雨」意象類。

劉孝威的《和皇太子春林晚雨詩》有「雨日共成虹」〔註 110〕，說太陽雨形成絢麗彩虹，歸入「太陽雨」意象類。

第二節　植物意象批評的生成與傳承——以「桑」「柳」為例

「桑」「柳」分別是《藝文類聚》卷八十八木部（上）、卷八十九木部（下）的子目名稱，同時也是這兩個子目下輯錄的文學作品中的意象。需要說明的是，卷八十九木部下的子目名稱其實為「楊柳」，但輯錄的大都是只含有柳意象的作品。詳見下文。

在《藝文類聚》卷八十八木部（上）·桑中，輯錄的文學作品有詩、賦、贊三種文體。這裡僅重點考察詩、賦兩種文體中桑意象的生成與傳承，具體作品如下：

《藝文類聚》卷八十八木部上·桑「文」的部分輯錄的詩、賦

文　體	朝　代	作　者	作品的題目
詩	東漢	宋子侯	《董嬌饒詩》
	三國魏	曹植	《豔歌》
	南朝梁代	簡文帝	《採桑詩》
		吳筠	《採桑詩》
			《陌上桑詩》
		劉邈	《萬山見採桑人詩》
		王臺卿	《詠陌上桑詩》
	南朝陳代	徐伯陽	《賦得日出東南隅詩》

〔註 106〕《藝文類聚》，第 30 頁。
〔註 107〕《藝文類聚》，第 30 頁。
〔註 108〕《藝文類聚》，第 30 頁。
〔註 109〕芮執儉：《易林注譯》，敦煌文藝出版社，2001 年 10 月第 1 版，第 775 頁。
〔註 110〕《藝文類聚》，第 29 頁。

賦	三國魏	繁欽	《桑賦》
	晉代	陸機	《桑賦》
		潘尼	《桑樹賦》
		傅咸	《桑樹賦》

以上作品的題目中，大多含有「桑」字，是按照「篇題法」輯錄的；只有東漢宋子侯的《董嬌饒詩》、曹植的《豔歌》，題目中沒有「桑」字，但詩中均語涉「桑」字，是按照「子目標題法」輯錄的。子目「桑」下輯錄的作品，都是採桑主題的作品，展示了採桑主題史發生與發展流變的一個側面。我們沿著《藝文類聚》編者提供的思路做一考察。

一、桑意象的文化內涵

桑意象最早出現在古代神話中，這也是採桑主題作品產生的文化內涵，顯示出深厚的文化底蘊。《藝文類聚》引「《山海經》曰：宣山上有桑，大五十尺，其枝四衢，葉大尺，赤理青華，名之曰帝女之桑。」〔註111〕這是最早的關於帝女桑的神話。其後，《列仙傳》《搜神記》《廣異記》均有記述，而以《廣異記》為最詳。《太平御覽》引《廣異記》云，南方赤帝的女兒學道成仙，居住在南陽愕山的桑樹上。正月一日，像鳥一樣銜柴草作窩窠。到正月十五日，窩窠終於壘成。帝女有時化作白鵲，有時又變成女人。赤帝見愛女這般模樣，非常悲痛，想勸她從桑樹上下來，但沒有成功。於是用火燒她，逼她下樹，帝女在火中焚化昇天而去，因此人們把桑樹稱作「帝女桑」〔註112〕。這是關於帝女桑的神話。《藝文類聚》引《搜神記》還記載著「馬皮蠶女」的傳說故事，也是有關桑意象的，非常淒美。《搜神記》說，這是個遠古的傳說：父親出家遠征，家裏只剩下一個女兒和一匹雄馬。女兒思念父親，就跟馬開玩笑說：「你能夠為我把父親接回來，我將會嫁給你。」馬聽了這話，便掙開韁繩跑了，來到父親駐紮的地方，把他接回來。從此以後，馬每次見到女兒便發怒。父親問女兒其中的原委，女兒如實稟告。父親殺掉這匹馬，把馬皮晾曬在庭院中。女兒對馬皮說：「你是馬，卻想要娶人做媳婦嗎？被屠殺剝皮，是你自找的，怎麼樣？」話還沒說完，馬皮突然躍起，捲起女兒飛走了。父親失去女兒後，在大桑樹的樹枝間，發現女兒和馬皮，都變成了蠶，在樹

〔註111〕《藝文類聚》，第1519頁。
〔註112〕（宋）李昉等：《太平御覽》，第4086頁。

上結網，那繭絲又厚又大，異乎尋常。「鄰女取養之，其收亦倍。今世謂蠶為女兒，古之遺語也。」〔註 113〕鄰居家的婦女取來飼養，得到的繭絲又增加幾倍。今天說蠶是女兒，是古代流傳下來的說法。較之今天的通行本，《藝文類聚》在「其收亦倍」下少摘錄一句重要的話：「因名其樹曰『蠶』。桑者，喪也。」〔註 114〕之所以說遺漏的這句話重要，是因為它對形成桑意象特有的「傷感、悲歎」的基調舉足輕重。

二、桑意象在先秦時期的傳承

關於先秦時期桑意象在文學作品中的傳承，《藝文類聚》輯錄的《詩經》中的詩作，見下表：

《藝文類聚》的摘錄	《詩經》中的篇名
《毛詩》曰：蠶月條桑。	《豳風・七月》
（《毛詩》）又曰：猗彼女桑。	《豳風・七月》
（《詩》曰：）春日載陽。爰求柔桑。	《豳風・七月》
（《詩》曰：）烝在桑野。	《豳風・東山》
（《毛詩》）又曰：肅肅鴇行，集於包桑。	《唐風・鴇羽》
《詩》曰：桑之未落，其葉沃若。	《衛風・氓》
（《詩》曰：）交交黃鳥，止于桑。	《秦風・黃鳥》
（《詩》曰：）星言夙駕，稅於桑田。	《鄘風・定之方中》

這些包含桑意象的詩，均出自《詩經》的《國風》。一般的觀點認為，《國風》為民間作品。《詩經》產生的地域，主要在長江以北。當時，北方廣植桑樹，採桑與農事有關。在中國古代，農事幾乎就是人們生活的全部，桑也就成為民間作者特別關注、重點描摹的對象。《藝文類聚》輯錄的《詩經》中的幾首詩（片段），描摹桑意象，用意各不相同，但是其中主要的兩首詩《七月》《氓》均與女性和愛情有關。《七月》的「春日載陽」〔註 115〕，是描寫農曆春二月的太陽開始變得溫暖起來。這正是採桑的好時節。「爰求

〔註 113〕《藝文類聚》，第 1521 頁。

〔註 114〕（晉）干寶著，黃滌明譯注：《搜神記全譯》（修訂版），貴州人民出版社，2008 年 9 月第 1 版，第 303 頁。

〔註 115〕《藝文類聚》，第 1522 頁。

柔桑」〔註 116〕是說女子輕輕採下初生的桑葉。「蠶月條桑」〔註 117〕是指女子農曆三月裏修剪桑樹枝葉。「猗彼女桑」〔註 118〕是指女子用手拉著桑枝採摘嫩嫩的桑葉。「女桑，小桑也。」〔註 119〕《衛風・氓》現在一般認為是棄婦詩。自漢代以來，這首詩的主旨被認為是「刺淫奔」。如《毛詩正義》云：宣公的時候，淫風盛行，男女「遂相奔誘」，「復相棄背」，故作此詩以「刺淫泆」〔註 120〕。《詩集傳》說：「此淫婦為人所棄，而自敘其事以道其悔恨之意也。」〔註 121〕對《衛風・氓》主題的理解，雖然與今天有別，但是這首詩涉及的題材是愛情，古今的看法卻是一致的。借詠桑（桑葉）起興，交代時間的轉換，也有比喻女子容貌的意思，這與女子的勞作方式——採桑相關聯。

可以說，文學作品中桑意象的生成，源自《詩經》，桑意象大多又與愛情有關。桑的種植較早，桑與人們的物質生活關係異常密切。《周禮》中有「中（仲）春之月，令會男女」〔註 122〕的記載。在周代，政府以法令的形式規定，仲春時節，未經媒約的青年男女可以自由相會，自由戀愛。男女相會的地點，或者在祭祀的場所，或者在桑林，或者在水邊。《墨子・明鬼下》說：燕國有祭祀的祖澤，相當於「齊之社稷，宋之有桑林，楚之有雲夢」一樣，這些又是男女聚會和遊覽的地方〔註 123〕。孫詒讓說：「桑林，蓋大林之名。湯禱旱於彼，故宋亦立其祀。」〔註 124〕孫詒讓的說法大概來自《呂氏春秋》。《呂氏春秋・慎大覽》記載，周武王滅掉商後，「立成湯之後於宋，以奉桑林。」高誘注曰：「桑山之林，湯所禱也，故使奉之。」〔註 125〕可見，宋國在桑林祭

〔註 116〕《藝文類聚》，第 1522 頁。
〔註 117〕《藝文類聚》，第 1519 頁。
〔註 118〕《藝文類聚》，第 1519 頁。
〔註 119〕（宋）朱熹：《詩集傳》，第 91 頁。
〔註 120〕（漢）毛亨傳，鄭玄箋，（唐）孔穎達等正義：《毛詩正義》，（清）阮元校刻：《十三經注疏》，第 324 頁。
〔註 121〕（宋）朱熹：《詩集傳》，第 37 頁。
〔註 122〕（漢）鄭玄注，（唐）賈公彥疏：《周禮注疏》，（清）阮元校刻：《十三經注疏》，中華書局，1980 年 9 月第 1 版，第 733 頁。
〔註 123〕（清）孫詒讓：《墨子閒詁》，《諸子集成》（4），上海書店，1986 年 7 月第 1 版，第 142 頁。
〔註 124〕（清）孫詒讓：《墨子閒詁》，《諸子集成》（4），第 142 頁。
〔註 125〕（漢）高誘注：《呂氏春秋》，《諸子集成》（6），上海書店，1986 年 7 月第 1 版，第 160 頁。

祀由來已久。在這裡，「祖澤」和「桑林」最初應該是地名。從名稱來看，祖澤應該是位於水邊；桑林應該是生長桑樹林的地方，或者就是在桑樹林裏；社稷是祭祀土神和谷神的地方。祖澤、桑林、雲夢與社稷，應該是同類性質的地方，即是祭祀之地。「桑林」與「社稷」是二而合一的。這些地方，既是祭祀的地方，又是春天男女相會的地方。採桑在春季，男女相會也是在春季，又多在桑林，桑林便成為男女戀愛的場所，成為愛情的策源地。《漢書・地理志》說：「衛地有桑間濮上」，男女聚會，「聲色生焉」〔註126〕。這也從另一個側面說明桑林與愛情的關係。

三、秋胡戲妻故事與採桑女形象的轉變

《藝文類聚》輯錄的齊宿瘤女、陳辯女，特別是魯秋胡妻等三人的故事，使桑意象的內涵發生變化，由桑林中的相悅相戀，轉變為桑林中對非禮之舉的嚴詞拒絕，採桑女也成為堅守貞潔的女子形象。

據汪紹楹考證，《藝文類聚》卷八十八木部上・桑「事」的部分所輯《列女傳》之「秋胡子納妻」一段文字，「有脫文」〔註127〕，故事的主要情節消失殆盡，好在《藝文類聚》運用參見法將這個故事又輯錄在卷八十三寶玉部上・金「事」的部分，出處也是標注為「《列女傳》」。因為子目標題是「金」，所以只摘錄與「金」相關的文字，突出秋胡「吾有金，願與夫人」的自我炫耀，以及採桑女（實際就是秋胡妻）「吾不願人之金」的自我表白〔註128〕；情節有刪減，較《列女傳》原文簡單。

《藝文類聚》對《列女傳》中《齊宿瘤女》也做了大量刪節，只輯錄齊閔王出遊東郭、百姓盡觀、而宿瘤女採桑如故不予理睬的故事，保留其中宿瘤女對閔王責備的回答：「妾受父母教採桑，不受教觀大王。」〔註129〕突出宿瘤女的嚴詞拒絕之舉。

《藝文類聚》中「陳辯女」的故事也是節錄。解君甫調戲陳辯女，讓她作歌，陳辯女機智作答；其答歌即《詩經・陳風・墓門》。

這三個故事均是節錄，為完整體現故事的主旨，我們結合《列女傳》的

〔註126〕（漢）班固撰，（唐）顏師古注：《漢書・地理志》，中華書局，1962年6月第1版，第1665頁。

〔註127〕《藝文類聚》，第1521頁。

〔註128〕《藝文類聚》，第1422頁。

〔註129〕《藝文類聚》，第1520頁。

原文進行考察。在《列女傳》中，《魯秋潔婦》《陳辯女》《齊宿瘤女》三則故事都可以歸結為桑林中男子對採桑女的愛悅與追求。《魯秋潔婦》中的秋胡「見路傍婦人採桑」而「悅之」，進而下車調戲〔註 130〕。《陳辯女》中的解居甫「遇採桑之女，止而戲之」〔註 131〕。《齊宿瘤女》與《魯秋潔婦》《陳辯女》稍有不同，沒有齊閔王對宿瘤女「戲之」的內容，但「悅之」的內容還是有的，如，「（閔）王大悅之」，「（閔王曰：）『今日出遊，得一聖女』」，「閔王大感，立瘤女以為後。」〔註 132〕

三則故事的桑林題材性質未變，均與男女情愛有關，但它們的主旨不在表彰「愛情」，而是用來「勸誡」。《列女傳》的「勸誡」主旨，與編纂其書時的社會現實有關。當時的社會習俗日益「奢淫」，後宮「踰禮制」〔註 133〕。曾鞏在《(列女傳）目錄序》中總結說：「初漢承秦之敝，風俗已大壞」，「成帝後宮」「尤自放」，所以劉向「列古女善惡所以致興亡者，以戒天子」〔註 134〕。這就是劉向編纂《列女傳》的目的，書中的列女故事也都體現了這樣的編纂目的。

《列女傳》「勸誡」的主旨，不僅表現在行文敘述上，也表現在篇末的「頌」。按照《列女傳》的體例，每篇末尾皆有「頌」，用以評論傳主，彰顯勸誡、教化之旨。《魯秋潔婦》的「頌」譴責秋胡「心有淫思」，讚揚秋胡妻「執無二」的忠貞，肯定其「恥夫無義，遂東赴河」的剛烈性格〔註 135〕。《陳辯女》稱道辯女「貞正而有辭，柔順而有守」〔註 136〕。《齊宿瘤女》讚美宿瘤女「不為變常」的沉穩性格、「諫辭甚明」的智慧，終於被立為王後，聲名顯赫〔註 137〕。本篇旨在表彰宿瘤女做事通達，遵行禮儀，而不是敘述宿瘤女與齊閔王的愛情。

雖然這三則故事均發生在漢代以前，但是《列女傳》編纂於漢初，編者

〔註 130〕張濤：《列女傳譯注》，山東大學出版社，1990 年 8 月第 1 版，第 186 頁。

〔註 131〕張濤：《列女傳譯注》，第 299 頁。

〔註 132〕張濤：《列女傳譯注》，第 236 頁。

〔註 133〕（漢）班固撰，（唐）顏師古注：《漢書 · 楚元王傳》，中華書局，1962 年 6 月第 1 版，第 1957 頁。

〔註 134〕（宋）曾鞏：《(列女傳）目錄序》，張濤：《列女傳譯注》，山東大學出版社，1990 年 8 月第 1 版，第 352 頁。

〔註 135〕張濤：《列女傳譯注》，第 186 頁。

〔註 136〕張濤：《列女傳譯注》，第 300 頁。

〔註 137〕張濤：《列女傳譯注》，第 237 頁。

劉向是有現實考量的，他是想通過表彰採桑女的貞操來宣揚一種道德規範，而對採桑女美貌的讚美則退居次要位置，其中「宿瘤女」則可以說是醜陋的。採桑女拒絕返鄉官員、使臣、國王的引誘，被刻畫得義正辭嚴、機智果敢、從容不迫，這無非是編者操控著男性權力話語，對女性的一種勸誡，告訴她們要守住道德的底線。這三則故事借助採桑女進行說教的意味十分明顯。

四、採桑作品的多樣主題

《藝文類聚》摘錄的採桑主題的作品，分布在東漢、三國魏、晉代、南朝梁代、陳代。從這些詩文來看，表達的旨趣有以下幾種情況：

第一，直接歌詠採桑，即為詠桑（桑樹）的詩文。如三國魏曹植的《豔歌》、三國魏繁欽的《桑賦》、晉代陸機的《桑賦》、晉代潘尼的《桑樹賦》、晉代傅咸的《桑樹賦》，南朝梁代王臺卿的《詠陌上桑詩》。曹植的《豔歌》現存只有四句，歌詠桑樹的「枝枝自相植，葉葉自相當」〔註 138〕，應該不是全篇。此詩，逯欽立《先秦漢魏晉南北朝詩》題作《豔歌行》〔註 139〕。《樂府詩集》引《古今樂錄》說《豔歌行》也稱《豔歌》〔註 140〕。繁欽的《桑賦》先用比喻手法描寫桑樹，如「上似華蓋」，「下象鳳闕」；再直接描寫桑樹，寫其「叢枝互出」，「微條纖繞」，末云：「玩庇蔭之厚惠，情眷眷而愛深。」〔註 141〕享受著桑樹豐厚恩惠賜予的濃密的蔭涼，作者情意依戀，愛之深切。但是，「此篇下筆突兀，疑似斷簡，而非全篇。」〔註 142〕陸機的《桑賦》、潘尼的《桑樹賦》、傅咸的《桑樹賦》為同題賦作，所詠對象均為晉武帝司馬炎所植桑樹。楊明認為，陸機的《桑賦》與傅咸的《桑樹賦》是「同時之作」〔註 143〕。潘尼的《桑樹賦》中有「從明儲以省膳」句，可知作於太子舍人任上。據《晉書．潘尼傳》記載和陸侃如的考證，潘尼擔任太子舍人的時間是元康二年

〔註 138〕《藝文類聚》，第 1522 頁。

〔註 139〕逯欽立輯校：《先秦漢魏晉南北朝詩》，中華書局，1983 年 9 月第 1 版，第 440 頁。

〔註 140〕（宋）郭茂倩：《樂府詩集》，中華書局，1979 年 11 月第 1 版，第 579 頁。

〔註 141〕《藝文類聚》，第 1523 頁。

〔註 142〕龔克昌、周廣璜、蘇瑞隆：《全三國賦評注》，齊魯書社，2013 年 6 月第 1 版，第 247 頁。

〔註 143〕（晉）陸機著，楊明校箋：《陸機集校箋》（全二冊），上海古籍出版社，2016 年 7 月第 1 版，第 189 頁。

（公元 292 年）至元康六年（公元 296 年）〔註 144〕。陸侃如將此賦與陸機的《桑賦》繫於元康三年（293 年）〔註 145〕。據此可以判斷，三篇賦作於同時，是一次同題唱和，因此在表達上有相互借鑒之處。如開篇均言這棵桑樹非同一般。陸機的《桑賦》說它「豈民黎之能植，乃世武之所營」〔註 146〕。傅咸的《桑樹賦》也說此樹非同一般，乃「降皇躬以斯植」，所以「弘茂於聖世」〔註 147〕；潘尼的《桑樹賦》說這棵「特瑋」的桑樹，乃「先皇之攸植」〔註 148〕。這三篇賦以詠桑為主，但又不是單純詠桑，而是賦予桑樹以某些人格上的美質。陸機的《桑賦》讚美桑樹是「形瑰族類，體豔眾木」的「佳木」，它「依物」「表德」，「跨百世而勿翦，超長年以永植」〔註 149〕。傅咸的《桑樹賦》讚美這棵桑樹的「巨偉」，是「皇晉之基命，爰於斯而發祥」〔註 150〕。潘尼的《桑樹賦》讚美桑樹品行的「端直」，是晉朝的「貞瑞」〔註 151〕。三篇賦都提到這棵桑樹旺盛不衰的生命力。陸機《桑賦》說它「年漸三紀，扶疏豐衍」；傅咸《桑樹賦》說它「迄今三十餘年，其茂盛不衰」；潘尼《桑樹賦》說它「蔚蕭森」，「邈洪傭」〔註 152〕。這旺盛的生命力正是它各種「美質」的根基。南朝梁代王臺卿的《詠陌上桑詩》:「令月開和景，處處動春心。桂筐須葉滿，息倦重枝陰。」〔註 153〕春和景明的美好季節裏，景色宜人，採桑女心情怡悅；採得滿筐的桑葉，帶著勞動的疲倦，在濃密的樹蔭下休息。既寫採桑之「事」，也寫採桑女之「情」。此詩作者，《玉臺新詠》作蕭子顯，桂，作「掛」〔註 154〕，《樂府詩集》「桂」亦作「掛」〔註 155〕。

〔註 144〕（唐）房玄齡等：《晉書‧潘尼傳》，中華書局，1974 年 11 月第 1 版，第 1510 頁。陸侃如：《中古文學系年》，人民文學出版社，1985 年 6 月第 1 版，第 746、760 頁。

〔註 145〕陸侃如：《中古文學系年》，人民文學出版社，1985 年 6 月第 1 版，第 752 頁。

〔註 146〕《藝文類聚》，第 1523 頁。

〔註 147〕《藝文類聚》，第 1524 頁。

〔註 148〕《藝文類聚》，第 1524 頁。

〔註 149〕《藝文類聚》，第 1523～1524 頁。

〔註 150〕《藝文類聚》，第 1524 頁。

〔註 151〕《藝文類聚》，第 1524 頁。

〔註 152〕《藝文類聚》，第 1523～1524 頁。

〔註 153〕《藝文類聚》，第 1523 頁。

〔註 154〕（南朝陳）徐陵編，（清）吳兆宜注，程琰刪補：《玉臺新詠箋注》，中華書局，1985 年 6 月第 1 版，第 529 頁。

〔註 155〕（宋）郭茂倩：《樂府詩集》，中華書局，1979 年 11 月第 1 版，第 413 頁。

第二，表達採桑女對時光和命運的感傷。如東漢宋子侯的《董嬌饒詩》。董嬌饒最初應該是一個女子的名字，不過此處已經成為樂府詩題。詩借花起興，引出「提籠行採桑」〔註156〕的採桑女。宋代郭知達說這首詩是「言採桑事」〔註157〕，其實並不確切。採桑只是由頭，落腳點卻不在採桑本身，而是「以花落比盛年之易逝」〔註158〕。「纖手折其枝，花落何飄颻」〔註159〕數句，託興於花，虛構採桑女與鮮花的對話，道出花朵「零落」可再「芬芳」，而女子的「盛年」一去，則「歡如永相忘」〔註160〕。這裡不僅是感歎盛年易逝、盛顏難駐，更是嗟歎色衰愛弛的不幸命運。

第三，描寫採桑女的美麗。如南朝梁簡文帝的《採桑詩》。關於《採桑詩》的主題，《樂府詩集》說是「歌美人好合」〔註161〕。詩寫採桑女的美麗，運用的是側面烘托的手法。「春色」四句用旖旎春光、院邊梅開、初萍重疊、新花爛漫，襯托採桑女居住環境之美。「忌跌」四句以打扮與著裝襯托採桑女妝飾之美。同時，「訝今春日短」「枝高攀不及，葉細籠難滿」〔註162〕等數句，也流露出青春易逝、情緣難覓的淡淡的哀愁。

第四，描寫採桑女的離別相思之苦。如南朝梁吳筠的《採桑詩》《陌上桑詩》。《採桑詩》，《藝文類聚》卷三十二人部十六閨情題作《古意詩》〔註163〕，《玉臺新詠》題一作《和蕭洗馬子顯古意》〔註164〕。詩云：「賤妾思不堪」，以至於「帶減連枝繡，髮亂鳳皇簪」，但是「無由報君信，流涕向春蠶」〔註165〕，沒有辦法回覆丈夫的音訊，只好含著思念的眼淚飼養著春蠶。採桑這一特定的行為，成為女子消解相思之情的慰藉方式。《陌上桑詩》借樂府舊題寫女子的離愁別思。《玉臺新詠》卷六此詩末尾有「故人寧知此，離恨煎

〔註156〕《藝文類聚》，第1522頁。
〔註157〕（宋）郭知達編，陳廣忠校點：《九家集注杜詩》，安徽大學出版社，2020年4月第1版，第369頁。
〔註158〕（清）沈德潛選，聞旭初標點：《古詩源》，中華書局，2017年8月第1版，第53頁。
〔註159〕《藝文類聚》，第1522頁。
〔註160〕《藝文類聚》，第1522頁。
〔註161〕（宋）郭茂倩：《樂府詩集》，中華書局，1979年11月第1版，第410頁。
〔註162〕《藝文類聚》，第1523頁。
〔註163〕《藝文類聚》，第567頁。
〔註164〕（南朝陳）徐陵編，（清）吳兆宜注，程琰刪補：《玉臺新詠箋注》，中華書局，1985年6月第1版，第227頁。
〔註165〕《藝文類聚》，第1523頁。

人腸」〔註 166〕，點明詩的主旨。桑樹枝條柔長，隨風擺動，蔭蔽小路，披垂池塘，黃鸝在林間鳴叫，用明媚幽美的景致襯托女子「煎人腸」的「離恨」；又用蠶饑思食比喻採桑女久別思夫。因「蠶饑」而去採桑，借採桑而望遠盼夫歸。

第五，對漢樂府《陌上桑》的擬作。自從南朝宋鮑照擬漢樂府《陌上桑》創作《採桑》後，代有擬作。僅以《藝文類聚》摘錄的作品就有：南朝梁代劉邈的《萬山見採桑人詩》、南朝陳代徐伯陽的《賦得日出東南隅詩》。這裡的所謂擬作，特指那些演繹漢樂府《陌上桑》古辭本事的詩作，而那些只取古辭素材中的一個或幾個要點敷衍成篇的詩作，不屬於我們所說的擬作範疇。劉邈的《萬山見採桑人詩》的詩意，由漢樂府《陌上桑》化出，只是情節沒有古辭曲折，人物形象也欠清晰與豐滿，但對人物形象的刻畫也有細緻處。「倡女不勝愁」，點明閨怨；「絲繩掛且脫，金籠寫（瀉）復收」〔註 167〕的細節描寫，洩露出女子心緒的煩亂。相思懷人情感的點染，為古辭所沒有表現。最後女子以「蠶饑日已暝，詎為使君留」〔註 168〕為由，拒絕使君的挽留。與其他擬作多為五言詩不同，徐伯陽的《賦得日出東南隅詩》為七言古詩，與古辭的情節與人物有較高的契合度。與古辭相同，《賦得日出東南隅詩》渲染、描寫羅敷的美麗，或正面寫：「羅敷妝粉能佳麗，鏡前新梳倭墮髻。」或側面描寫：「圓籠嫋嫋掛青絲，鐵鉤冉冉勝丹桂。」〔註 169〕雖然羅敷的形象刻畫得不具體，比較模糊，甚至有些做作，不如古辭的藝術性高，卻也是古辭中的應有之義。羅敷誇耀夫婿的內容，是古辭的重點，也為徐作所保留；儘管脫胎於古辭，卻也有其特色。「妾婿府中輕小吏，即今來往專城裏。欲識東方千騎歸，藹藹日暮紅塵起。」〔註 170〕比較鮮明地刻畫出羅敷對使君的輕蔑與鄙夷，以及果敢的性格、應對的機巧與智慧。

在《藝文類聚》卷八十九木部下・楊柳中，輯錄的文學作品有「詩」「賦」「序」三種文體。這裡僅考察詩、賦兩種文體中柳意象的生成與傳承，具體如下：

〔註 166〕（南朝陳）徐陵編，（清）吳兆宜注，程琰刪補：《玉臺新詠箋注》，第 232 頁。
〔註 167〕《藝文類聚》，第 1523 頁。
〔註 168〕《藝文類聚》，第 1523 頁。
〔註 169〕《藝文類聚》，第 1523 頁。
〔註 170〕《藝文類聚》，第 1523 頁。

《藝文類聚》卷八十九木部下·楊柳「文」的部分摘錄的詩、賦

文 體	朝 代	作 者	作品的題目
詩	漢代	無名氏	《古詩》（白楊初生時）
	南朝梁代	簡文帝	《詠柳詩》
			《折楊柳詩》
			《和湘東王陽雲樓簷柳詩》
		元帝蕭繹	《詠陽雲樓簷柳詩》
			《折楊柳詩》
			《淥柳詩》
		劉邈	《折楊柳詩》
		沈約	《玩庭柳詩》
	南朝陳代	祖孫登	《詠柳詩》
賦	三國魏	曹丕	《柳賦》
		應瑒	《楊柳賦》
		繁欽	《柳賦》
		王粲	《柳賦》
	晉代	成公綏	《柳賦》
		伍輯之	《柳花賦》
		傅玄	《柳賦》

這些作品的主要意象是「柳」，而不是「楊」。從當今植物學知識考察，楊和柳是兩種不同的樹木，但是，古人對楊、柳卻不做細緻區分。《藝文類聚》引《說文》曰：「楊，薄柳也，從木昜聲。」「柳，小楊也，從木丣聲也。」〔註 171〕又引《爾雅》說：「楊，蒲柳。」〔註 172〕《說文》《爾雅》是經典性著作，勢必影響人們對楊和柳的識認。人們習慣上把楊和柳看作同一種植物。雖然在詩文中，楊和柳有時不是指同一樹種，但在《藝文類聚》的子目「楊柳」中多涉及柳意象，而不涉及楊意象，所以，這裡只考察柳的意象批評。

〔註 171〕《藝文類聚》，第 1531 頁。
〔註 172〕《藝文類聚》，第 1530 頁。

五、《詩經》中的柳意象

柳意象被採入詩作，始於《詩經》。《藝文類聚》子目「楊柳」中，輯錄《詩經》中五首含有柳的句子，詳見下表：

《藝文類聚》輯錄的《詩經》中詠柳的詩句及相關文字

《藝文類聚》的輯錄（按照輯錄順序）	《詩經》中的篇名及作品節錄
《詩》曰：楊柳依依。	出自《小雅．采薇》：「昔我往矣，楊柳依依。今我來思，雨雪霏霏。行道遲遲，載渴載飢。我心傷悲，莫知我哀。」
《毛詩》曰：昔我往矣，楊柳依依。	
《毛詩．東方未明》曰：折柳樊圃。	出自《齊風．東方未明》：「折柳樊圃，狂夫瞿瞿。不能辰夜，不夙則莫。」
（《毛詩》）又曰：東門之楊，其葉牂牂。	出自《陳風．東門之楊》：「東門之楊，其葉牂牂。昏以為期，明星煌煌。」
（《毛詩》）又曰：菀彼柳斯，鳴蜩嘒嘒。	出自《小雅．小弁》：「菀彼柳斯，鳴蜩嘒嘒。有漼者淵，萑葦淠淠。譬彼舟流，不知所屆。心之憂矣，不遑假寐。」
（《毛詩》）又曰：有菀者柳，不尚息焉。	出自《小雅．菀柳》：「有菀者柳，不尚息焉。上帝甚蹈，無自暱焉。俾予靖之，後予極焉。」

這五首詩中，多是將柳作為寫實意象，如寫柳枝的柔軟、柳枝的沙沙作響、高柳鳴蟬、弱柳莫倚等，只是將柳作為一種物象的再現，僅僅停留在視覺與聽覺感受上，還沒有賦予柳以象徵、暗示、隱喻的意味。這是《詩經》中柳意象的特點。《齊風．東方未明》寫勞工天不亮就去上工，砍伐柳枝圍編菜園的籬笆。詩中的柳，就是實實在在的一種植物，可以用來編制籬笆，寫出柳樹的實用功能。《陳風．東門之楊》寫東門的楊柳在微風吹拂下，樹葉發出沙沙聲響。《小雅．小弁》寫茂密的柳樹上，蟬鳴清脆，聲聲急切。《小雅．菀柳》寫柳樹枯萎，勸告人們不要依傍它來憩息。《陳風．東門之楊》《小雅．小弁》《小雅．菀柳》三首詩中的柳，主要是作為「興」的手法在使用，並不是主要描寫柳。即使是《小雅．采薇》中為後人所稱道的「楊柳依依」的描寫，也不過是展現楊柳枝繁葉茂的樣子；寫柳主要是為了狀物。劉勰認為「依依」句曲盡描摹柳樹的輕柔姿態〔註 173〕。因為「楊柳依依」渲染的是士兵離開家

〔註 173〕（南朝梁）劉勰著，詹瑛義證：《文心雕龍義證》，上海古籍出版社，1989 年 8 月第 1 版，第 1736 頁。

鄉遠征時的景物，也就與離別有了不解之緣，在客觀上將自然之柳和人的主觀情感發生關聯，楊柳逐漸被解讀為離別的符號。劉熙載評「昔我」四句是「雅人深致，正在借景抒情」〔註174〕。但是，這樣的描寫也僅僅停留在借物（柳）言情（或者叫借景言情）的初級階段。在《詩經》中，柳還沒有作為獨立的表現對象加以刻畫。

六、柳意象與陽剛之美

魏晉時期，柳逐漸成為某種人格的象徵，且多與男性有關，代表著男性的陽剛的俊美、高潔的志向、出眾的才智、瀟灑的風度、可貴的品格、生命的哲思等。《藝文類聚》所輯的五柳、武昌柳、王恭柳、張緒柳、桓溫柳（也叫金城柳），成為文學作品中常用典故和經典意象。

五柳的記載，見於《藝文類聚》所輯「陶潛」條、陶淵明的《五柳先生傳》，詳見下表：

五柳的典故

《藝文類聚》卷八十九木部下・楊柳所輯	陶淵明《五柳先生傳》中的描述
陶潛曰：五柳先生，不知何許人，亦不詳姓字，宅邊有五柳，因以為號。	先生不知何許人也，亦不詳其姓字，宅邊有五柳樹，因以為號焉。

陶淵明性格倔強，潔身自好，追求心靈的純淨，與官場的污濁環境格格不入，毅然拋棄仕途官位，歸隱田園，在門前植有五棵柳樹，獲得五柳先生的雅號。陶淵明的五柳代表著高潔的志向、超脫的情懷。

武昌柳的典故，見於《藝文類聚》所輯「《晉中興書》」條、《晉書・列傳・陶侃》，詳見下表。

武昌柳的典故

《藝文類聚》卷八十九木部下・楊柳所輯	《晉書・列傳・陶侃》的記載
《晉中興書》曰：陶侃明識過人。武昌道種柳，人有竊之，植於其家。侃見而識之，問何以盜官柳種。於時以為神。	（陶侃）嘗課諸營種柳，都尉夏施盜官柳植之於己門。侃後見，駐車問曰：「此是武昌西門前柳，何因盜來此種？」施惶怖謝罪。

〔註174〕（清）劉熙載著，王氣中箋注：《藝概箋注》，貴州人民出版社，1986年6月第1版，第241頁。

比較兩書的記載，《晉書・列傳・陶侃》較為詳細。陶侃考核各個軍營種植柳樹的情況，都尉夏施偷來公家的柳樹種在自己家門前。陶侃後來路過時發現了，停下車詢問：「這是武昌西門前面的柳樹，為什麼偷來種在這裡面？」夏施嚇得驚慌失措，趕緊謝罪。記載的是陶侃為官生涯中的一件小事，從中看出陶侃出眾的才智、縝密的性格、精細的心思、廉潔的作風、嚴明的紀律，這些都是為官的優良品格，因此人們「於時以為神」，佩服得五體投地，無限敬仰和崇拜。

王恭柳的典故，見於《藝文類聚》所輯《晉書》條、《晉書・列傳・王恭》、《世說新語》，詳見下表。

王恭柳的典故

《藝文類聚》卷八十九 木部下・楊柳所輯	《晉書・列傳・王恭》的記載	《世說新語》容止 39 的記載
《晉書》：王恭，字孝伯，美姿容，人多悅之，或目之濯濯如春月之柳。	（王）美姿儀，人多愛悅，或目之云「濯濯如春月柳」。	有人歎王恭形茂者，云：「濯濯如春月柳。」

王恭身姿優雅，相貌非凡，卓然飄逸，性格溫和，人緣極好，人多喜愛，誇讚他明淨清新，像春天剛剛吐綠的柳樹。王恭柳象徵陽剛的俊美、瀟灑的風度。

張緒柳的典故，見於《藝文類聚》所輯「《齊書》」條、《南史・列傳・張緒》，詳見下表：

張緒柳的典故

《藝文類聚》卷八十九 木部下・楊柳所輯	《南史・列傳・張緒》的記載
《齊書》：劉悛之為益州刺史，獻蜀柳數株，條甚長，狀若絲縷。武帝植於太昌雲和殿前，常玩嗟之，曰：「楊柳風流可愛，似張緒當時。」見賞如此。	（張）緒吐納風流，聽者皆忘饑疲，見者肅然如在宗廟。……劉悛之為益州，獻蜀柳數株，枝條甚長，狀若絲縷。……武帝以植於太昌靈和殿前，常賞玩諮嗟，曰：「此楊柳風流可愛，似張緒當年時。」其見賞愛如此。

兩書文字大體相同。只是栽柳的地點，《藝文類聚》作「雲和殿」，《南史・列傳・張緒》作「靈和殿」〔註 175〕；《藝文類聚》說「劉悛之為益州刺

〔註 175〕（唐）李延壽：《南史・列傳・張緒》，中華書局，1975 年 6 月第 1 版，第 810 頁。

史」〔註 176〕，《南史・列傳・張緒》只說「為益州」〔註 177〕，但兩書展現的張緒風流倜儻的形象是一致的。張緒談吐風流，聽者都會忘記飢餓和疲勞，見到他的人也都肅然起敬，如同在宗廟裏一般。劉悛在益州做刺史時，把幾株蜀柳進獻給朝廷。這幾株蜀柳，枝條很長，形狀像絲縷。齊武帝把它們栽種在太昌靈和殿前，常常對著這幾株蜀柳賞玩、讚歎，說：「這種楊柳風流可愛，好比正當年時的張緒。」張緒就是這樣受到人們的賞識與喜愛。張緒柳代表的是男性風流的美、俊逸的美。

桓溫柳（也稱「金城柳」）的典故，見於《藝文類聚》「《晉書》」條、《晉書・桓溫傳》、《世說新語》，詳見下表：

桓溫柳的典故

《藝文類聚》卷八十九 木部下・楊柳所輯	《晉書・列傳・桓溫》 的記載	《世說新語》 言語 55 的記載
《晉書》：桓溫自江陵北行，往少時所種柳處，皆十圍，慨然歎曰：「木猶如此，人何以堪！」攀枝執條，泫然流涕。	（桓）溫自江陵北伐，行經金城，見少為琅邪時所種柳皆已十圍，慨然曰：「木猶如此，人何以堪！」攀枝執條，泫然流涕。	桓公北徵，經金城，見前為琅邪時種柳，皆已十圍，慨然曰：「木猶如此，人何以堪！」攀枝執條，泫然流涕。

「木猶如此，人何以堪！」是桓溫從江陵北伐，路過金城時，見到柳樹發出的感歎。這柳樹是當年桓溫作琅邪刺史時栽種的，如今已經長大，有十圍粗了。桓溫一生有過三次北伐，這一次是第三次，時年五十七歲；想到霸業未成，看到昔日所植柳樹已經成材，枝幹粗壯，高大挺立，不禁感慨歎籲。桓溫金城泣柳，面對柳樹發出的，是對時光流逝、功業未就的感歎，是生命的哲思。

七、柳意象與女子相思

柳的早期意蘊，往往與女性有關。《藝文類聚》引《易大過卦》：「枯楊生梯，老夫得其女妻。」〔註 178〕梯，《周易》通行本作「稊」。原句作：「枯楊生

〔註 176〕《藝文類聚》，第 1532 頁。
〔註 177〕（唐）李延壽：《南史・列傳・張緒》，中華書局，1975 年 6 月第 1 版，第 810 頁。
〔註 178〕《藝文類聚》，第 1531 頁。

稊，老夫得其女妻，无不利。」王弼注曰：「稊者，楊之秀也。」〔註179〕《爾雅》說：「不榮而實者謂之秀。」〔註180〕阮元校勘記曰：「陸德明云：『眾家並無『不』字。』按，當從眾家無『不』字。」〔註181〕《爾雅》的解釋是說，開花又結果實稱為「秀」。《周易》「大過」卦的意思是說，枯老的楊柳長出嫩芽，老夫迎娶少女為妻，並無不吉利。在早期文獻中，楊柳便有寓指女性之意。南北朝時期，描寫柳意象的作品增多，特別是齊梁宮體詩為柳賦予特有的柔相媚意，使柳成為比擬相思春情之物。

由喻指男性的陽剛之美，發展到喻指女性，用來比擬相思春情，其間的轉變，一是上引早期文獻《易大過卦》《周易》所記載的楊柳與女性、生育的關聯，這是柳喻指女性，或者說是柳女性化的民族文化心理基礎。二是在魏晉喻指男性的柳意象中，往往包含「俊美」的意思，這就使柳意象多了幾分陰柔與嫵媚，為柳意象的「華麗轉身」，找到「接榫點」，搭建了「橋樑」。三是柳樹吐綠，是春天到來的標誌。花紅柳綠的春天是撩動人情思的季節。《詩經．豳風．七月》毛傳說：「春，女悲」，是由於感其物化。孔穎達正義說：「春，女感陽氣而思男」〔註182〕。柳在春天萌發生機，就是「物化」；作為春天標誌的柳，成為誘發春情的觸媒，這就是「感物化」。

《藝文類聚》輯錄的柳意象詩作，除漢代無名氏的《古詩》（《樂府詩集》題作《豫章行》）以外，都是南朝梁代和陳代的作品，屬於宮體詩範疇。與其他時期作品中柳意象不同的是，這幾首宮體詩中柳意象具有表現女子相思春情的特徵。梁簡文帝的《詠柳詩》寫柳蔭垂地、柳枝招展，柳的意象被擬人化、女性化。詩結句云：「欲散依依採，時要歌吹人。」〔註183〕借柳點出離別，因柳生情，逢春思豔；詩中的柳已是女性化身，所以「時要歌吹人」所抒發的，便是女子春情。梁元帝《詠陽雲樓簷柳詩》中的「枝邊通紅粉，葉裏映紅巾」〔註184〕，

〔註179〕（魏）王弼、（晉）韓康伯注，（唐）孔穎達等正義：《周易正義》，（清）阮元校刻：《十三經注疏》，中華書局，1980年9月第1版，第41頁。

〔註180〕（晉）郭璞注，（宋）邢昺疏：《爾雅注疏》，（清）阮元校刻：《十三經注疏》，中華書局，1980年9月第1版，第2630頁。

〔註181〕（晉）郭璞注，（宋）邢昺疏：《爾雅注疏》，（清）阮元校刻：《十三經注疏》，中華書局，1980年9月第1版，第2636頁。

〔註182〕（漢）毛亨傳，鄭玄箋，（唐）孔穎達等正義：《毛詩正義》，（清）阮元校刻：《十三經注疏》，第389、390頁。

〔註183〕《藝文類聚》，第1533頁。

〔註184〕《藝文類聚》，第1533頁。

極寫柳樹旁爭豔的百花、柳葉間樓中的美人，為柳著上濃豔的色彩。沈德潛評云：「詠楊柳者，唐人佳句甚多，然不如梁元二語，有天然之致。」〔註185〕「拂簷應有意，偏宜桃李人」〔註186〕中的「桃李人」，「指年輕貌美的佳人。」〔註187〕這兩句詩明顯體現出南朝詠物詩的特點，即常常將所詠之物與美人聯繫在一起。梁簡文帝的和詩《和湘東王陽雲樓簷柳詩》將詠柳與抒發閨情融合，委婉細膩，「佳人有所望，車聲非是雷」〔註188〕，直接點明女子情思，寫出春柳吐綠在女子心頭引起的感發力量。梁元帝的《折楊柳詩》借折柳抒寫女子情懷：「同心宜同折」〔註189〕。張玉穀評云：此乃「閨怨詩」，「借折楊柳為引端」〔註190〕。梁元帝的《淥柳詩》，陳志平等認為：「『淥』疑為『綠』之訛。」〔註191〕此詩並無深意，但寫法上有其特點，詩句中沒有一個「柳」字，卻始終綰合柳。有人認為它可以作為「燈謎作品」，而「詩題就是謎底」〔註192〕。這是否定性的評價，不過也從側面說明詩寫得比較含蓄。全詩無涉女子相思，但「長條垂拂地，輕花上逐風」〔註193〕，寫柳的柔媚，突出柳的依人之姿，刻畫出柳的女性化特點。沈約的《玩庭柳詩》中的柳，雖然茂密有「輕陰」，高大「夾道」，但是因為生長在有「建章」「未央」的深宮，寂寞淒苦。「楚妃思欲絕，班女淚成行。」〔註194〕女主人公以楚妃、班女自比，抒發閨思。梁簡文帝的《折楊柳詩》、劉邈的《折楊柳詩》、祖孫登的《詠柳詩》，則將柔弱的柳樹比擬為被損害、被蹂躪的女子，柳意象的相思情韻中又增加被「攀折」「攀枝」的意蘊。如梁簡文帝《折楊柳詩》中的「楊柳亂成絲，攀折上春時」〔註195〕，劉邈《折楊柳

〔註185〕（清）沈德潛選，聞旭初標點：《古詩源》，中華書局，2017年8月第1版，第242頁。

〔註186〕《藝文類聚》，第1533頁。

〔註187〕（南朝梁）蕭繹著，陳志平、熊清元校注：《蕭繹集校注》，上海古籍出版社，2018年12月第1版，第243頁。

〔註188〕《藝文類聚》，第1533頁。

〔註189〕《藝文類聚》，第1533頁。

〔註190〕（清）張玉穀著，許逸民點校：《古詩賞析》，中華書局，2017年2月第1版，第475頁。

〔註191〕（南朝梁）蕭繹著，陳志平、熊清元校注：《蕭繹集校注》，上海古籍出版社，2018年12月第1版，第394～395頁。

〔註192〕史禮心：《御苑翰藻——帝王詩概》，雲南人民出版社，1992年5月第1版，第131頁。

〔註193〕《藝文類聚》，第1533頁。

〔註194〕《藝文類聚》，第1533頁。

〔註195〕《藝文類聚》，第1533頁。

詩》中的「摘葉驚開駛，攀枝恨久離」〔註 196〕，祖孫登《詠柳詩》中的「欲驗傷攀折，三春橫笛中」〔註 197〕。雖然「折柳」為「贈別」與「送別」的代稱，但這些地方用「攀折」，則有主觀上隨意欺凌之意。這種柳樹被「攀折」的意象，很容易使人聯想到敦煌曲子詞中的《望江南》:「莫攀我，攀我太心偏。我是曲江臨池柳，者人折了那人攀，恩愛一時間。」〔註 198〕女子如柳被「攀折」，被侮辱、被欺凌的慘痛與積憤，在寥寥數語中表達得淋漓盡致。這是唐五代時期的創作，宋代也有受此影響產生的作品。《花草粹編》引宋代楊湜《古今詞話》所載無名氏的《望江南》:「這癡呆，休恁淚漣漣。他是霸陵橋畔柳，千人攀了到君攀，剛甚別離難。」〔註 199〕柳因為被「攀折」而生出「恨」與「傷」，實際就是抒寫被損害、被蹂躪女子的「恨」與「傷」。

八、柳意象與「感類傷情」「重於事形」

《藝文類聚》卷八十九木部下・楊柳之文體「賦」中，摘錄七篇柳賦，即三國魏曹丕、繁欽、王粲的《柳賦》，應瑒的《楊柳賦》；晉代成公綏、傅玄的《柳賦》，伍輯之的《柳花賦》。這七篇賦的表現手法與同子目「詩」不同，主要是「感類傷情」和「重於事形」。

曹丕、繁欽、王粲、應瑒的幾篇賦，都是詠桑樹之作，屬於託物言志，其中蘊含著淡淡的人生感歎，我們稱之為「感類傷情」。它們的作者都是曹魏集團的文人，是同題共作，主題接近。

曹丕的《柳賦》留存較為完整。其《柳賦序》所說，這棵柳樹是建安五年曹操與袁紹在官渡作戰時，作者栽下的。到如今已經過去十五年，其間世事發生很大變化，很多人都去世了，今天再看到這棵柳樹，不禁無限悲傷，懷念故人，感慨時光流逝。賦首先描寫柳樹曼妙的風姿，讚揚柳樹是「中域之偉木」〔註 200〕：柳樹修長的樹幹高高聳立，如同虹霓一般伸展；柔軟的枝條

〔註 196〕《藝文類聚》，第 1533 頁。

〔註 197〕《藝文類聚》，第 1533 頁。

〔註 198〕任中敏編著，何劍平、張長彬整理：《敦煌歌辭總編》，鳳凰出版社，2014 年 9 月第 1 版，第 199 頁。

〔註 199〕（明）陳耀文：《花草粹編》，河北大學出版社，2007 年 4 月第 1 版，第 392 頁。

〔註 200〕《藝文類聚》，第 1533 頁。

美麗多姿，像盤曲的蛇。向上的枝葉，茂密地自由延展；向下的枝葉，又像龍的鱗片層迭相連。這樣的狀物描寫，是為下文展開抒情作鋪墊。作者感慨時光的流逝：「嗟日月之逝邁」〔註 201〕，真是無法形容的匆促、飛快。由物及人，「昔周遊」四句，寫作者面對昔日出征栽下的柳樹，如今這麼快就改變了形狀，從幼苗長成大樹。看到這棵柳樹，作者懷念故人，進退俯仰，心頭充滿無限惆悵。此賦不是單純地寫柳，而是將詠物與抒情相結合。柳與感歎時光流逝發生關聯，大概源於桓溫泣柳（即桓溫柳、金城柳）的典故。（詳見上）柳樹是生長迅速的植物，從幼樹到成材，變化很大，容易使人聯想到時光飛逝、歲月如梭、年華不再，甚至是物是人非、功業無成，因此產生傷感的情緒。王琳說：曹丕《柳賦》「這種睹木興歎，在永恆的自然與短暫的人生的對比中抒寫懷舊之情、遷逝之悲的作品，在漢賦中是罕見的」，它與作者的其他詩文「同為魏晉感物歎逝文學的前奏」〔註 202〕。吳曾說：「睹木而興歎，代有之矣。」〔註 203〕而此類作品，曹丕的創作較早。馬積高評價說：這篇賦「借物抒情，在詠物賦中又自成一格，幾可與賈誼的《鵩鳥賦》和禰衡的《鸚鵡賦》鼎足而立」〔註 204〕。

王粲的《柳賦》，與曹丕的《柳賦》具有相同的主題，在描寫柳樹的同時，還抒發睹物傷懷、感歎時光流逝的情緒。因為是奉和之作，除了回憶當年植柳的情形外，還以「枝扶疏」兩句，讚揚柳樹旺盛的生機力：枝條繁密紛披，細長展布；枝幹茂盛高聳，奮力生長。曹丕賦中「感遺物」兩句抒發物是人非、時光流逝的感慨，作為奉和之作，王粲的賦回應曹丕的這種情感：「人情感與舊物，心惆悵以增慮。」（此二句《藝文類聚》未引）又說，有感於曹丕賦中傷感的話語，「信思難而存懼」（此句《藝文類聚》未引）——回憶當年征戰的艱難，實在讓人心存恐懼。

應瑒的《楊柳賦》專門詠柳，而無涉楊。開頭兩句說，正趕上陽春溫暖的時節，種下這纖纖細柳，以備炎熱的天氣裏納涼之用。開宗明義，交待因春季種植柳樹而作柳賦，期待它長得茂密後，可以供人們乘涼。此賦的主旨

〔註 201〕《藝文類聚》，第 1533 頁。

〔註 202〕王琳：《六朝辭賦史》，世界圖書出版西安有限公司，2014 年 6 月第 1 版，第 51 頁。

〔註 203〕（宋）吳曾：《能改齋漫錄》，上海古籍出版社，1979 年 11 月新 1 版，第 225 頁。

〔註 204〕馬積高：《賦史》，上海古籍出版社，1987 年 7 月第 1 版，第 152 頁。

是從功用上讚美柳樹。前兩句是立足點，下面的描寫都是作者的懸想之詞。柳樹舒展開茂密的枝條，散佈至周邊廣泛的區域，紛繁的枝葉普遍承受著陽光的照射。春天轉瞬就過去，太陽明亮亮照射下來，酷熱的夏天來到。柳樹伸開粗大繁茂的枝葉，遮住熾熱的陽光，像傘蓋般的濃陰把大門至廳堂的小路遮蓋得嚴嚴實實。應瑒的《楊柳賦》詠柳而不拘泥於實物，而是展開想像，騰挪搖曳，舒展自如。與漢大賦相比，應瑒的賦沒有華辭麗句，文風質樸。此賦為殘篇。

繁欽的《柳賦》詠眼前的柳樹。開篇兩句展示的是一棵「孤柳」的形象：它寄居生長著，孤零零地依託在作者房屋的南牆角。描寫柳樹孤獨、寄居的處境，似又有所寄託，有感而發，但因為是殘篇，作者要表達的真正主旨，已經不甚明晰。接著寫孤柳從剛剛吐露嫩芽，到枝繁葉茂的生長過程。最後兩句寫柳樹迎著朝陽，柔美的葉片上的露珠被陽光映照得五彩耀目。

傅玄、成公綏的《柳賦》是西晉的賦作，伍輯之的《柳花賦》是南朝宋代的作品（《藝文類聚》將伍輯之的朝代標注為「晉」)。饒宗頤說：西晉賦「重於事形，而減於情義」〔註 205〕。「重於事形」是說西晉賦在描寫上更加工細。

傅玄的《柳賦》描摹枝繁葉茂的柳樹：「長莖舒而增茂兮，密葉布而重陰。」（此二句《藝文類聚》未引）生長在水池周圍鬱鬱「成林」。帶給人們享受：「居者觀而彌思兮，行者樂而忘返。」（此二句《藝文類聚》未引）它生命力頑強：「雖尺斷而逾滋」，「無邦壤而不植」。（此二句《藝文類聚》未引）枝條輕盈，隨風飄蕩。它「長枝夭夭」，時而「四垂」於地，時而隨風搖盪。作者讚美柳是「豐葩茂樹」。《藝文類聚》對傅玄的《柳賦》刪減過多。

成公綏的《柳賦》，推測可能表現的是傳統的折柳惜別題材。賦寫在京城洛陽城西，因為「愍行旅之靡休」〔註 206〕，所以在「通衢」「大路」兩側，種下兩棵柳樹。幾年後長得枝條交錯，綠柳成蔭。

伍輯之的《柳花賦》，寫在「江皐」望「依依」之「春柳」。柳花，即「揚零華而雪飛」〔註 207〕的柳絮。柳絮在風中在霧中飄飛，紛紛揚揚。

〔註 205〕 饒宗頤：《選堂賦話》，何沛雄：《賦話六種》，（香港）三聯書店，1982 年 12 月第 1 版，第 105 頁。

〔註 206〕 《藝文類聚》，第 1534 頁。

〔註 207〕 《藝文類聚》，第 1534 頁。

以上三篇賦均為殘篇，傅玄的《柳賦》文字稍長，從殘存的文字看，都長於體物。雖然傅玄沒有像稍後的左思、皇甫謐提出「徵實」的賦學理論，但是在其賦作中明顯地表現出「徵實」的特色，這就是左思所說的：「美物者貴依其本，贊事者宜本其實。」〔註 208〕所謂「徵實」，即「重於事形」。傅玄的《柳賦》表現出這樣的特點，成公綏的《柳賦》也表現出這樣的特點，雖然伍輯之的《柳花賦》是南朝宋代的作品，也同樣表現出這樣的特點。

第三節　動物意象批評的生成與傳承——以「雁」「馬」為例

「雁」「馬」分別是《藝文類聚》卷九十一鳥部中、卷九十三獸部上的子目名稱，同時也是這兩個子目下「文」的部分輯錄的文學作品的意象。

在《藝文類聚》卷九十一鳥部中．雁「文」的部分，輯錄「詩」「賦」兩種文體的作品，見下表：

《藝文類聚》卷九十一鳥部中．雁輯錄的詩、賦

文體	朝代	作者	作品題目及選文
詩	三國魏	應瑒	《詩》（朝雁鳴雲中）
	南朝梁代	簡文帝	《賦得隴坻雁初飛詩》
			《夜望單飛雁詩》
		沈約	《詠湖中雁詩》
		劉孝綽	《賦得始歸雁詩》
		蕭子範	《夜聽雁詩》
	北周	王褒	《詠雁詩》
		庾信	《賦得集池雁詩》
			《詠雁詩》
賦	三國魏	曹植	《離繳雁賦》
	晉代	羊祜	《雁賦》
		孫楚	《雁賦》

〔註 208〕（晉）左思：《三都賦序》，（清）嚴可均：《全晉文》，中華書局，1999 年 10 月第 1 版，第 776 頁。

雁是一種常見的候鳥，南來北往，遷徙奔忙。日常生活中人們能夠經常見到雁，雁也成為文學作品中描寫的對象，被賦予象徵性的文化意蘊，成為人格化的意象。

受選錄作品的限制，《藝文類聚》未能展現雁意象的全部文化意蘊。僅據《藝文類聚》卷九十一鳥部中・雁輯錄的詩、賦，分析其中雁意象所表達的文化意蘊。

一、《詩經》中的雁意象與「比」「興」表現手法

雁的意象最早出現在《詩經》中，《藝文類聚》所引「《毛詩》」即是，見下表：

《藝文類聚》卷九十一鳥部中・雁	《詩經・邶風・匏有苦葉》中的相關詩句
《毛詩》曰：雍雍鳴雁，旭日始旦。	雝雝鳴雁，旭日始旦。士如歸妻，迨冰未泮。

在《邶風・匏有苦葉》中，「雁」僅僅出現一次，還不是主要描寫對象，只是用來起到「興」的作用。女主人公聽到大雁嘎嘎相互鳴叫，看到初升的太陽剛剛照耀大地。這裡寫雁，不是一隻，而是兩隻，目的是興，言大雁而引起婚姻之事。她擔心對方忘記結婚的日期；因為如果迎娶新娘，要趁著河水還沒有融化的時候，否則就來不及了。借雁起興，寫出女主人公對婚事的焦躁情緒。古人結婚多在秋、冬兩季農閒時節。《荀子・大略篇》和《孔子家語・本命解》都有類似的記載；兩書的記載繁簡有別，但意思接近。《荀子・大略》是說，從霜降開始娶妻，到第二年「冰泮」時，即冰雪融化的時候，婚娶的活動就停止〔註209〕。《孔子家語・本命解》說：霜降時節，女子把應該做的事都作完，「嫁娶者行」，嫁娶的人就開始操辦。待到冰雪融化，農耕、蠶桑之事開始，婚禮之事到此結束〔註210〕。

《詩經》中描寫雁的筆墨較多的，是《小雅》中的《鴻雁》。《藝文類聚》卷九十鳥部上・鴻引《毛詩》說：「《鴻雁》，美宣王也。」〔註211〕這是《鴻雁》的小序。《藝文類聚》未引《鴻雁》的正文。《鴻雁》共三章，每章均以「鴻雁于飛」開頭，分別寫其「肅肅其羽」（嗖嗖地扇動翅膀），「集于中澤」

〔註209〕（清）王先謙：《荀子集解》，《諸子集成》（2），上海書店，1986年7月第1版，第327頁。

〔註210〕張濤：《孔子家語譯注》，人民出版社，2017年11月第1版，第274頁。

〔註211〕《藝文類聚》，第1561頁。

（聚集在湖泊的中央），「哀鳴嗷嗷」（哀鳴陣陣聲音淒涼）〔註212〕。（宋）朱熹《詩集傳》說：「流民以鴻雁哀鳴自比而作此歌也。」〔註213〕《鴻雁》中的雁，運用的是「比」的表現手法。

《詩經》中的雁，主要是作為比、興手法出現，並無太多意蘊。

二、雁的候鳥特點與人的思鄉戀土情感

中國自古是農業民族，自有獨特的天性，即安土重遷。雁卻與之相反，南來北往，長途遷徙。為了生計和功名，人們往往要奔走他鄉，四處闖蕩，心中不免鄉情蕩漾。這時候，就會寄情於與自己有著同樣境遇、南飛北歸的大雁，借雁的意象表達思鄉戀土情結。

雁的候鳥特點，在《藝文類聚》所引的《禮記》中就有記載。這一處文字出自《禮記・月令》，但引文有刪減、割裂之處，見下表：

《藝文類聚》卷九十一鳥部（中）・雁所引	《禮記・月令》所記
《禮記》曰：季冬之月，雁北向。	季冬之月，……雁北鄉（向），鵲始巢，雉雊，雞乳。

與《禮記・月令》相對照，《藝文類聚》的引文可能引起誤會，以為雁在嚴寒的季節就會北飛歸故鄉；其實從《禮記・月令》的記載可知，雁北飛的時節，已經是喜鵲開始築巢、野雞鳴叫、母雞生蛋的時候。孔穎達疏曰：雁向北飛，有的早些，有的晚些，「早者，則此月（指季冬之月，引者注）北鄉；晚者，二月乃北鄉。」〔註214〕季冬之月是指農曆十二月。在《禮記・月令》其他段落，對雁的遷徙時間，記載得比較明確：孟春之月，即四季的第一個月，東風勁吹，冰凍的大地融化了，冬眠的蟲類開始蘇醒活動，江河湖泊裏的魚躍出水面的薄冰，水獺入水捕魚，將魚排放在水邊以待食用，像祭祀時陳列物品似的，「鴻雁來」〔註215〕。這個時節，大雁才從南方飛回來。鴻和雁，本是兩種動物，《藝文類聚》也將其列為兩個子目——卷九十鳥部上有子目「鴻」，

〔註212〕（漢）毛亨傳，鄭玄箋，（唐）孔穎達等正義：《毛詩正義》，（清）阮元校刻：《十三經注疏》，第431～432頁。

〔註213〕（宋）朱熹：《詩集傳》，第119頁。

〔註214〕（漢）鄭玄注，（唐）孔穎達等正義：《禮記正義》，（清）阮元校刻：《十三經注疏》，中華書局，1980年9月第1版，第1383頁。

〔註215〕（漢）鄭玄注，（唐）孔穎達等正義：《禮記正義》，（清）阮元校刻：《十三經注疏》，第1355頁。

卷九十一鳥部中有子目「雁」，但是，在具體運用時，古人常常混用，《禮記·月令》中的「鴻雁」就是指大雁。那麼，雁是什麼時候飛往南方呢？《禮記·月令》說：仲秋之月，也就是農曆秋八月，疾風勁吹，「鴻雁來」〔註 216〕，大雁從北方飛來。陳澔說：「孟春言『鴻雁來』，自南而來北也。此言『來』，自北而來南也。」〔註 217〕

雁隨季節遷徙的特點，在《藝文類聚》所引鄭眾的《婚禮謁文贊》也有描述：「雁候陰陽，待時而舉。東南夏北，貴其有所。」〔註 218〕可以和《禮記·月令》的記載相印證。

雁是在北方生育雛燕的，北方是雁的故鄉。當人們看到天空飛行的大雁，往往思鄉戀土，因而雁也就用來表達思鄉戀土的情感。

「鴻雁傳書」的典故中由雁傳達出來的思鄉戀土情感，成為歷代文人的心理積澱。《藝文類聚》摘引「鴻雁傳書」的典故作「《史記》曰」，出處標注有誤；這個典故其實出自《漢書·李廣蘇建傳》中的《蘇武傳》。《藝文類聚》所引與《漢書·李廣蘇建傳》的主要情節雖然無誤，都是說天子在上林苑射獵時，抓到一隻大雁，大雁的腿上綁著一封帛書，帛書上寫著蘇武等人在一個大湖泊附近；但《藝文類聚》與今本《漢書·李廣蘇建傳》在細節的記述上有不同。今本《漢書·李廣蘇建傳》說，見漢使的是常惠；《藝文類聚》引文說，見漢使的是蘇武。《藝文類聚》引文中有「武思歸」〔註 219〕三字，而今本《漢書·李廣蘇建傳》中沒有。「武思歸」三個字，將「鴻雁傳書」的典故與人的思鄉戀土情節「綁定」了，使雁沉澱為後世表現思念盼歸的特有意象。

在《詩經》之後的《楚辭》以及漢代的《古詩十九首》中，沒有看到其中有較為典型的「雁」意象出現。

應瑒的《詩》(朝雁鳴雲中)，《文選》題作《侍五官中郎將建章臺集詩》〔註 220〕，列為「公宴」詩類。《藝文類聚》節錄前六韻。建安十六年（公元 211 年），曹丕被任命為五官中郎將；建安二十二年（公元 217 年），被立為太子。應瑒的詩當作於這個時期，是他參加曹丕在建章臺舉行的宴會而作。宴

〔註 216〕（漢）鄭玄注，（唐）孔穎達等正義：《禮記正義》，（清）阮元校刻：《十三經注疏》，中華書局，1980 年 9 月第 1 版，第 1373 頁。
〔註 217〕（元）陳澔：《禮記集說》，上海古籍出版社，1987 年 3 月第 1 版，第 93 頁。
〔註 218〕《藝文類聚》，第 1579 頁。
〔註 219〕《藝文類聚》，第 1578 頁。
〔註 220〕（南朝梁）蕭統編，（唐）李善注：《文選》，第 946 頁。

飲詩（或稱公讌詩）當以應酬開篇才對，但這首詩卻從雁的描寫入手，似乎言不及義，而這正是此詩有別於其他同類作品之處。沈德潛說：三國魏時的公讌詩都極其平庸，只有應瑒的這首詩「代雁為詞，音調悲切，異於眾作」〔註 221〕。全詩有二十八句，前十八句都是描寫雁（《藝文類聚》節錄前十二句）。詩的前半篇寫雁，當然就是寫作者自己，是以雁自喻。「問子游何鄉」是作者的詢問，在答話中，雁述說自己是從「塞門」飛來，將要飛到「衡陽」去棲息過冬。又說，往年的春天飛往「朔土」，今年冬天要客居在「南淮」。「塞門」「朔土」均代指北方，「南淮」代指南方。衡陽，在湖南中南部，據說是大雁南飛的目的地。詩寫雁的遷徙，蘊含著思鄉戀土的情結，也比喻作者為躲避戰亂、四處逃亡的漂泊生涯。由雁的長途跋涉，又生發出旅途可能遭遇「霜雪」，羽毛可能受到摧折毀壞的聯想，使雁意象又成為旅途兇險的暗喻。此點詳下。這種聯想是很自然的，是作者遭遇連年戰亂的恐懼憂慮心理在雁意象上的折射。

沈約的《詠湖中雁詩》是思鄉戀土這一主題的延續。描寫湖中的群雁，有的在啄食，有的在寒霜中靜立，有的在湖面上戲水，重點是描寫「還故鄉」的飛雁。把雁稱為「旅雁」，突出大雁秋去冬來、宛如做客他鄉的特點。湖只是大雁返回故鄉途中暫時的棲息地，大雁並不留戀這裡。「懸飛竟不下」寫大雁飛掠湖面，沒有迷戀湖光水色，而是一門心思地急匆匆飛返故鄉，因此出現從水面上「亂起未成行」的情況。它們一邊在天空飛行，一邊梳理著羽毛，「搖漾」奮飛。搖漾，李善注曰：「飛貌。」〔註 222〕末句「一舉還故鄉」，寫大雁如此匆匆飛行，是歸鄉心切，希望早日返回北方的故鄉；這一句照應第二句詩中的「旅雁」二字，完成借雁意象表達思鄉戀土情感的主題。

三、雁意象與倫理次序

羊祜的《雁賦》全篇寫雁。賦說：大雁鳴叫的時候，相互應和，十分協調；大雁飛行的時候，彼此跟隨，隊列整齊。前雁和後雁，前後排列有序，沒有掉隊的，也沒有超越隊列隨意飛行的。雁們同心協力，不用特殊約定，就能集合在一起；雁們有著共同的追求，不用邀請，就能自動匯聚起來。賦的

〔註 221〕（清）沈德潛選，聞旭初標點：《古詩源》，中華書局，2017 年 8 月第 1 版，第 111 頁。
〔註 222〕（南朝梁）蕭統編，（唐）李善注：《文選》，第 1424 頁。

這幾句是寫「雁序」，強調雁的「不越序」〔註 223〕。說燕群是一個秩序井然的群體，突出燕群的倫理秩序。雁在飛行時，排成「人」字形狀或者「一」字形狀，井然有序，毫不錯亂。這種有序的行為方式，在禽鳥中極為少見。在羊祜的《雁賦》中，寫雁的鳴叫是有序的，此起彼落，絕不混雜；雁的隊形是有序的，沒有插隊、掉隊的，紀律良好；雁的行動是有序的，不用約定，不用邀請，就能「並至」，「齊聚」，因為雁們「齊力」，「同趣」〔註 224〕。雁的這種特徵，被人格化並被比附為人的倫理品格，並樹立為楷模。

雁所具有的倫理秩序的象徵意蘊，並不是源於羊祜，但在雁題材的作品裏，如此大量筆墨加以描寫「雁序」的，羊祜的《雁賦》是較早的一篇。

作為一種文化積澱，描寫雁陣序列的作品，很早就出現了。如《詩經・鄭風・大叔于田》，有「兩驂雁行」〔註 225〕的詩句，是說兩邊的驂馬像飛雁的行陣。這不是直接描寫雁陣，而是用「比」的手法，用雁陣的整齊行列比喻車兩邊的驂馬。

大雁的排列本是無意識的行為，但是因為雁的這種行為在禽鳥中極為罕見，所以便引起人們格外的關注，在作品中給予描寫，大加褒揚，闡釋為人類一種值得讚美的倫理規範，這種倫理規範含有對秩序的認同，對長幼的尊重，對彼此關係的維繫。大雁群飛，次第有序，展現大雁精密的組織、嚴明的紀律、互助的精神，被人們讚譽為倫理的楷模。

儒家倫理主張「愛有差等」。在《墨子・耕柱》中，儒家的巫馬子對墨子說：「我與子異，我不能兼愛。」我愛鄒地的人勝過愛越地的人，愛魯地的人勝過愛鄒地的人，愛我家鄉的人勝過愛魯地的人，愛我家裏的人勝過愛我家鄉的人，愛我的父母勝過愛我家裏其他的人，愛自己的身體勝過愛我的父母，這是因為接近我的緣故〔註 226〕。巫馬子的話可能有誇大其詞之處，但其基本精神表現的是儒家的「愛有差等」。孟子與墨家的夷子在辯論時，也認為，人們愛自己的侄兒一定勝過愛鄰居家的嬰兒〔註 227〕。在孟子看來，這是

〔註 223〕《藝文類聚》，第 1580 頁。
〔註 224〕《藝文類聚》，第 1580 頁。
〔註 225〕（漢）毛亨傳，鄭玄箋，（唐）孔穎達等正義：《毛詩正義》，（清）阮元校刻：《十三經注疏》，第 338 頁。
〔註 226〕（清）孫詒讓：《墨子閒詁》，《諸子集成》（4），第 262 頁。
〔註 227〕（清）焦循：《孟子正義》，《諸子集成》（1），上海書店，1986 年 7 月第 1 版，第 237 頁。

完全正常的，因為愛是有差等的。在《孟子・滕文公章句上》中，孟子說：君子對於萬物，「愛之而弗仁」，愛惜它們，卻不用施仁義給它們；對於百姓，「仁之而弗親」，施仁義給他們，卻不用親愛他們〔註 228〕。對人的愛是有差等的，對物的愛也是有差等的。在「愛有差等」的思想中，封建時代官階的品秩排序，官民的等級序列，以及父母、夫婦、兄弟等的倫理關係，無不講究等級序列。南朝丘遲的《與陳伯之書》說：「今功臣名將，雁行有序」〔註 229〕。《金樓子》說：「玳簪之客，雁行接踵，珠劍之賓，肩隨鱗次」〔註 230〕。都是強調官場的上下排列，高低有序，進而統治秩序才能有效建立，執政能力才能加強。

人類社會的一切方面，都像「雁序」一般錯落排列，則是「有序」的，合理的；否則，就是「失序」的，混亂的。例如，《史記・三王世家》說：使皇子建「家」為列侯，「則尊卑相踰，列位失序」，不可以作為一種法度綱常傳於後世〔註 231〕。《三國志・吳書・孫權》：「天降喪亂，皇綱失敘」〔註 232〕。這是吳國與蜀國訂立盟書中的話，說若是上天降下災難禍亂，皇統綱紀就會失去秩序。古人推崇雁群的序列秩序，其目的是要規範、強化人類社會成員的倫常觀念。

古時常用大雁作賀禮。《儀禮・士相見禮》說：「下大夫相見以雁」。鄭玄注曰：「雁，取……飛翔有行列也。」賈公彥疏曰：「雲飛翔有行列也者，義取大夫能依其位次，尊卑有敘也。」〔註 233〕下大夫之間初次相見，用大雁作為禮物。關於下大夫，《禮記・王制》說：「諸侯之上大夫卿、下大夫，……凡五等。」〔註 234〕作為見面禮的雁，身上要裹著繡有花紋的布，雙足用繩子係著。以大雁為見面禮，取其飛行有序，行陣有列，象徵大夫侍奉君王、奉行

〔註 228〕（清）焦循：《孟子正義》，《諸子集成》（1），第 559 頁。

〔註 229〕（清）嚴可均：《全梁文》，商務印書館，1999 年 10 月第 1 版，第 615 頁。

〔註 230〕（南朝梁）蕭繹撰，陳志平、熊清元疏證校注：《金樓子校注》，上海古籍出版社，2014 年 11 月第 1 版，第 622 頁。

〔註 231〕（漢）司馬遷：《史記・三王世家》，中華書局，1982 年 11 月第 2 版，第 2107 頁。

〔註 232〕（晉）陳壽撰，（南朝宋）裴松之注：《三國志・吳書・孫權》，中華書局，1982 年 7 月第 2 版，第 1134 頁。

〔註 233〕（漢）鄭玄注，（唐）賈公彥疏：《儀禮注疏》，（清）阮元校刻：《十三經注疏》，中華書局，1980 年 9 月第 1 版，第 976 頁。

〔註 234〕（漢）鄭玄注，（唐）孔穎達等正義：《禮記正義》，（清）阮元校刻：《十三經注疏》，中華書局，1980 年 9 月第 1 版，第 1321 頁。

職事能夠自律。《藝文類聚》輯引《說苑》中公孫支用雁送禮的故事：秦穆公獲得百里奚，對公孫支說：「我十分欣賞百里奚的言論，他就像聖人一樣。」公孫支於是回去取來大雁，向秦穆公表示祝賀，說：「君王得到治國安邦的聖臣，請允許我祝賀國家的福分。」〔註235〕公孫支「取雁以賀」，表達的是對君王獲得國家棟樑之才、使得國家秩序穩定與加強的祝賀。

四、雁意象與避世隱居

孫楚的《雁賦》呈現的則是另一種景觀——描寫大雁任性自然的特質。賦說：有舒緩優游、俊美瀟灑的禽鳥，秉承著天地間陰氣與陽氣交合而成之氣的清新、沖淡。等待時序的變化而遷徙，隨著寒暑的交替而上下翻飛。在曠野上飛快地聚集，在雲朵中成群地飛翔。雁群龐大，遮蔽朝陽的光芒；在晨風中較量著浩蕩的聲勢。雁族繁多，數量達到千億。迎著白色的秋天飛往南方，趁著綠色的春天來到北方棲息。鳴叫著，扇動著翅膀，飛越長長的波濤洶湧的大河。聽憑物候的變化，始終相伴而行；飛行的軌跡窮盡天地，達到八方極遠的地方。這就是孫楚《雁賦》所表現的大雁。它們有著廣闊的生存空間，常常棲息在「長川」「洪波」等人跡罕至的地方，遠離喧囂、熱鬧與紛爭，是名副其實的「野雁」。

這種「野雁」的形象，常常用作避世隱居的意象。揚雄《法言》說：「鴻飛冥冥，弋人何篡焉？」〔註236〕鴻雁高飛，遠在玄遠的天空，已經不見蹤影，捕鳥的獵人無計可施，還能得到什麼呢？這裡的鴻雁是有比喻意義的。宋衷注云：「喻賢者深居，亦不罹暴亂之害。」〔註237〕隱居是現實與內心矛盾的一種調和，是避禍遠害的一種方法。《晉書．孫楚傳》記載，孫楚「才藻卓絕」，「多所陵傲，缺鄉曲之譽」；早年曾有隱居之志，對他的朋友說：「當欲枕石漱流。」〔註238〕《雁賦》莫非蘊含著作者的影子？

儒家主張調整個人行為準則，努力適應群體規範。在孫楚的《雁賦》中，我們找到了物我契合之點。作為地球萬物的一個物種，大雁只能適應外界的

〔註235〕《藝文類聚》，第1578～1579頁。

〔註236〕（漢）揚雄著，（晉）李軌注：《法言》，《諸子集成》（7），上海書店，1986年7月第1版，第17頁。

〔註237〕轉引自：韓敬譯注：《法言》，中華書局，2012年10月第1版，第157頁。

〔註238〕（唐）房玄齡等：《晉書．孫楚傳》，中華書局，1974年11月第1版，第1539～1543頁。

環境，它們冬去春回，就是主動適應環境的一種方式。「候天時」「隨寒暑」是對環境的主動適應，「任自然」是一種隨遇而安的心態。這象徵著一種「天下有道則見（現），無道則隱」〔註 239〕的高潔耿介的情懷；雁意象在這裡體現著人格化的內蘊。

五、雁意象在三國至南朝詩文中的多種象徵意蘊

大雁的孤飛無朋，又成為孤獨、寂寞的象徵。大雁一般是群飛的，成群結隊地遷徙，但是詩人們有時卻喜歡描寫單飛的大雁，藉以表達內心的淒苦、孤獨、寂寞。南朝梁簡文帝蕭綱的《夜望單飛雁詩》，全詩四句，從詩題就可以看出，這是一首描寫孤雁的詩。在一個月光皎潔、星光點點的夜晚，夜空中一隻大雁飛過，還發出一聲聲淒切幽咽的鳴叫。這只大雁為什麼悲鳴呢？三四兩句道出大雁內心的淒苦：「早知半路應相失，不如從來本獨飛。」〔註 240〕原來這只最初結伴而行的大雁，在半路上失去伴侶，這真讓它無比傷感，內心被思念煎熬著。在不能自拔的極度哀傷中，大雁不由抱怨說：早知道飛到半路就要失去伴侶，只能獨自孤單地飛行，還不如當初就獨自飛行，免得受到中途失去伴侶的情感打擊。詩的構思很巧妙，從大雁的角度來抒情，顯得情真意切。結尾兩句看似偏激的話，卻正道出孤雁內心無法擺脫的巨大傷感。後世描寫孤雁的詩、詞不少，蕭綱的這首詩，是同題材作品中較早的。全詩七言四句，胡應麟認為這首詩是「七言絕」〔註 241〕，將其看作唐代七言絕句的先導。蕭子範的《夜聽雁詩》也屬於這一主題的作品。詩寫在一個秋天的夜晚，作者聽到大雁的鳴叫而引起的愁思。大雁的叫聲是「嘹唳」的，它是「獨南歸」，還要「犯霜飛」，「辭朔氣」，因此它的叫聲便「悽悽不可聽」了。其中「夜長寒復靜，燈光曖欲微」〔註 242〕，渲染聽到雁叫時淒苦的景色，襯托作者孤寒的心境。《梁書・蕭子恪附蕭子範傳》中記載，蕭子範入梁後，降爵為子，仕途不順，「而諸弟並登顯列」，子范常悒悒不平〔註 243〕。《夜聽雁詩》以「孤雁」自喻，展現這位具有南齊皇族驕傲情結的作者抱負

〔註 239〕（清）劉寶楠：《論語正義》，《諸子集成》（1），上海書店，1986 年 7 月第 1 版，第 163 頁。
〔註 240〕《藝文類聚》，第 1579 頁。
〔註 241〕（明）胡應麟：《詩藪》，上海古籍出版社，1979 年 11 月新 1 版，第 107 頁。
〔註 242〕《藝文類聚》，第 1579 頁。
〔註 243〕（唐）姚思廉：《梁書・蕭子恪附蕭子範傳》，中華書局，1973 年 5 月第 1 版，第 510 頁。

空落、沉淪下僚的困境，抒發內心的傷感與孤獨。曹植的《離繳雁賦》描寫一隻受了箭傷的孤雁。根據賦序，這只受傷的孤雁，是曹植在玄武池中發現的。它被人射傷，飛不起來了，曹植讓船夫將其救起。曹植懷著悲憫之心，寫下這篇賦。悲傷雁的孤獨，更悲傷雁的不幸。雁因受傷而成為孤雁，與雁群脫離，這似乎也隱喻著人間的孤寂、傷害、離散等種種痛苦。

大雁南來北往，長路漫漫，旅途多有兇險，古代行旅不便，人們由此生出旅途兇險的聯想；雁意象的描寫，成為旅途兇險的暗喻。梁簡文帝蕭綱的《賦得隴坻雁初飛詩》屬於詠雁懷人的題材，表達征夫對妻子的思念。這種思念來自離家日久，更來自征途漫漫、路途兇險。這樣的意思是通過對雁飛的描寫傳達出來的。大雁從隴坻（即隴山，指六盤山的南段）南飛，路上充滿重重阻礙、種種兇險。向上飛，畏懼天空遼遠，迷失方向；向下飛，又擔心狩獵者設下的機關。何況還有「隴狹」（隴山陡峭）、「霧暗」（霧濃光暗）、「風急」（狂風迅疾）等惡劣的自然條件和氣候環境。雁意象的描寫，在這首詩中成為旅途兇險的暗喻。王褒的《詠雁詩》是懷鄉之作，但又暗喻著旅途的兇險，所以放在這裡來論述。詩中說，不像伺潮雞那樣過著安定的生活，也不像翬（五彩的野雞）那樣有自己穩定的生活空間，雲中飛行的大雁，要在秋天裏千里迢迢、歷盡艱辛地飛往南方。更難以預料的是，「河長猶可涉，海闊故難飛。」〔註 244〕河流雖長，但是寬度有限，還可以飛越；而海（此指大的湖泊）遼闊無邊，充滿種種不測的風險；還有「霜多」的困擾，「虞機」（獵人暗設的捕獵用的弓箭）需要提防。這種種情況，都使得飛行的路途變得艱辛、危險。這首詩用雁飛路途的艱辛、危險，暗喻回鄉途中可能遇到的各種麻煩與阻礙。

大雁的特點是熱天就飛回北方避暑，冷天則飛往南方避寒，以接近和氣。所謂「和氣」，《漢語大詞典》解釋說：「古人認為天地間陰氣與陽氣交合而成之氣。萬物由此『和氣』而生。」「引申指能導致吉利的祥瑞之氣。」〔註 245〕這種遷徙特點，又引發出借雁意象表達對舒適生活的追慕。庾信的《詠雁詩》《賦得集池雁詩》就是這一主題的作品。沒有抒發雁的思鄉，沒有抒發雁的旅愁，也沒有寫旅途的艱險和勞頓，而是把雁的旅行詩意化：雁的南來

〔註 244〕《藝文類聚》，第 1579 頁。

〔註 245〕羅竹風主編：《漢語大詞典》，漢語大詞典出版社，1997 年 4 月第 1 版，第 1557 頁。

北往無非就是去追慕舒適的生活。《詠雁詩》說大雁對南方的洞庭水非常留戀，對北方家鄉的雁門關也異常懷想。關於雁門，《藝文類聚》引《海內經》曰：「雁門山，雁出其間。在高柳北。」〔註 246〕《藝文類聚》的這處引文見於今本《山海經・海內西經》。今本《山海經・海內西經》其後有：「高柳在代北。」〔註 247〕代為古地名，在今山西、河北一帶。但是，不論是南方，還是北方，只要有「稻粱」（此泛指充足的供給、舒適的生活），就能夠使大雁迷戀，所以它年年「飛去復飛還」〔註 248〕。大雁捨不得的不是什麼故園，而是富足的供給、舒適的環境，因此沒有故土難離的惆悵。為了得到這些，大雁不惜付出長途跋涉的代價。《賦得集池雁詩》寫大雁頂風逆行，奮力往高遠的天空飛翔，有時被風吹得不得不後退，但依然勇猛地追逐著伴侶，恐怕掉隊，因為它的心裏想著那汪「方塘水」，期待著秋天的時候就能飛到那裡。這「方塘」不是指具體的地點，而是泛指南方的水域。大雁在那裡棲息，那裡給大雁以溫暖和舒適的環境。「方塘」是它眷戀的地方；就算是秋風勁吹，也不能阻擋大雁奮飛的雙翅，它要追慕自己理想的生活。在詠雁詩中借助雁的意象表達對舒適生活的追慕，庾信的這兩首詩是較早的。唐代杜甫的《重簡王明府》有「君聽鴻雁響，恐致稻粱難」〔註 249〕，則是反其意而用之。宋代曾鞏的《鴻雁》有「長無矰繳意自閒，不飽稻粱心亦足」〔註 250〕，則是在庾信《賦得集池雁詩》的基礎上，開拓出新的含義。

由大雁奮飛追慕的形象，詩中的雁意象又有追求仕宦、熱衷功名的內涵。劉孝綽的《賦得始歸雁詩》表現的就是這一主題，描寫的是春回大地、旅雁北飛的情景。開頭兩句寫春天的洞庭湖水泛起綠波，旅居他鄉、棲息在衡陽過冬的大雁，開始向北方飛行。大雁的目的地不是北方的故園；故園可能早就面影模糊，或者荒蕪已久，大雁已經不再留戀那裡。它調整航程，調轉航向，朝向它汲汲熱衷之地：「差池高復下，欲向龍門飛。」〔註 251〕差池，指雁的飛行忽上忽下，寫出奮力飛行的身姿。龍門，即禹門口，在山西河津西

〔註 246〕《藝文類聚》，第 1578 頁。

〔註 247〕袁珂：《山海經校注》，上海古籍出版社，1980 年 7 月第 1 版，第 290 頁。

〔註 248〕《藝文類聚》，第 1580 頁。

〔註 249〕（唐）杜甫撰，（清）仇兆鰲詳注：《杜詩詳注》，上海古籍出版社，1992 年 11 月第 1 版，第 332 頁。

〔註 250〕（宋）曾鞏著，陳杏珍、晁繼周點校：《曾鞏集》，中華書局，1984 年 11 月第 1 版，第 76 頁。

〔註 251〕《藝文類聚》，第 1579 頁。

北黃河流經的峽谷中。這裡兩岸峭壁聳立對峙，形狀如同門闕，因而得名。後來常以「龍門」比喻豪族顯貴之人的府第。「龍門」是這只大雁熱衷追求之地，那裡有功名利祿、榮華富貴，有它一生渴望獲得的東西。《賦得始歸雁詩》借寫北飛的大雁，表達對功名仕途的熱切追求。

在《藝文類聚》卷九十三獸部上・馬「文」的部分，輯錄若干首詩、賦。見下表：

《藝文類聚》卷九十三獸部上・馬「文」的部分輯錄的詩、賦

文　體	朝　代	作　者	作品的題目
詩	漢代	無名氏	《天馬歌》（太一貺）
			《天馬歌》（天馬來）
		無名氏	《古歌詩》（平陵東）
	晉代	劉恢	《詩》（東皋有一駿）
	南朝梁代	簡文帝	《西齋行馬詩》
			《紫騮馬詩》
			《繫馬詩》
			《登山馬詩》
			《和人愛妾換馬詩》
		元帝	《賦登山馬詩》
			《後園看騎馬詩》
			《紫騮馬詩》
		劉孝威	《和王竟陵愛妾換馬詩》
		庾肩吾	《以妾換馬詩》
	南朝陳代	劉刪	《賦得馬詩》
		沈炯	《賦得邊馬有歸心詩》
		祖孫登	《賦得紫騮馬詩》
		王由禮	《賦得驄馬詩》
賦	三國魏	應瑒	《慜驥賦》
	晉代	曹毗	《馬射賦》
		傅玄	《乘輿馬賦》
			《馳馬射賦》
	南朝宋代	顏延之	《赭白馬賦》
		謝莊	《乘輿舞馬賦應詔》

六、「騏驥不遇」與「士不遇」的感歎

唐代韓愈的《馬說》是為千里馬不被賞識，甚至被摧殘而鳴不平：「世有伯樂然後有千里馬。千里馬常有，而伯樂不常有；故雖有名馬，只辱於奴隸人之手，駢死於槽櫪之間，不以千里稱也。」〔註252〕韓愈託物言志，用千里馬生不逢時、不遇伯樂作比喻，抒發賢才難遇明主的感慨，悲歎自己沉淪下僚、懷才不遇。在《藝文類聚》輯錄的作品中，就有以馬的不被賞識，甚至被摧殘為象徵，來表現「士不遇」主題的作品。

千里馬的被埋沒，與千里馬的難識，有一定關係。在《藝文類聚》輯錄的《列子》中的故事，頗富有啟發意義。這個故事出自《列子・說符篇》，《藝文類聚》是節錄：秦穆公對相馬的高手伯樂說：「你的年紀大了，你的子孫裏有沒有可以派出去尋訪良馬的人？」伯樂回答：「一般的良馬可以憑藉形體、外貌、筋骨等這些外表的特徵來鑒別，這個還不算難。但是，世上稀有的良馬，表面上看起來，平時的精氣神卻在恍惚迷離、似有似無之間。像這樣的馬，一旦奔馳起來，便極其迅疾，馬蹄落地都不沾塵土，駕駛的車子駛過都看不見轍印。世上稀有良馬的內在氣質與外在的表露，不一致，很難把握。單憑鑒別一般的良馬的方法，從形體、外貌、筋骨、毛色等去鑒別世上稀有的良馬，這個辦法是行不通的；要洞察其本質，但要做到這一點，又很難。我的子孫都是下等的人才，可以識別、鑒定出一般的良馬，卻不能夠識別、鑒定出天下稀有的良馬。我有一個朋友，是以前與我一起挑擔子、砍柴的，叫九方皋，他相馬的本領不在我之下，請允許我把他引見給您。」秦穆公召見九方皋，派他出去尋訪良馬。三個月後，九方皋回來了，向秦穆公彙報說：「已經找到一匹好馬，在沙丘這個地方。」秦穆公問：「是一匹什麼樣的馬？」九方皋回答：「是一匹黃色的母馬。」秦穆公派人到沙丘去察看，一看，卻是一匹黑色的公馬。秦穆公很不高興，把伯樂召來，對他說：「你推薦的那位相馬的人不行啊。他連馬是黃色還是黑色，是公還是母，都分辨不清楚，又怎麼能鑒別馬的好壞呢？」伯樂長長歎了口氣，說：「九方皋相馬竟達到這樣精湛的水平啊！這正是他比我高明千萬倍還不止的地方呵！像九方皋所看到的，是馬的天賦的靈性、內在的神機。他觀察到馬的精粹，而忽略馬的粗淺的方面；洞察到馬的實質，而忘記毛色、公母等外表的特點。九方皋

〔註252〕（唐）韓愈：《雜說》（其四），（唐）韓愈著，錢仲聯、馬茂元校點：《韓愈全集》，上海古籍出版社，1997年10月第1版，第128頁。

只觀察他應該觀察的方面，忽略他不必觀察的方面。像九方皋這樣相馬，他的做法當中包含著比鑒別馬還要重要的意義。」「馬至，果天下之馬也。」〔註 253〕「馬至，果天下之馬也」一句，《藝文類聚》作「至，果天下之良馬也」〔註 254〕。《藝文類聚》輯錄的《列子・說符篇》中「九方皋相馬」的故事，在馬意象的傳承中至關重要。選馬就是選人，這個故事為馬意象表現的「士不遇」主題作品的解讀，增加一個特別的角度：士之不遇，除了主人的不賞識、甚至是有意排斥以外，還與人才的複雜性有關係。人才，有時不能一眼就被識別出來，要長時間的觀察；而觀察的方法很重要。伯樂的子孫可以說都是善於相馬的，但他們更多的是注意馬的外在的、次要的方面，容易被表象所蒙蔽，看不清主要的東西，也就不能真正尋訪到貨真價實的千里馬。識別人才，要具備獨特的眼光。九方皋相馬則技高一籌，他不被表象所蒙蔽，而是關注一般人忽略的地方，洞悉馬的內蘊；只有這樣才能識別真貨，尋訪到名副其實的、舉世無雙的千里馬。九方皋相馬，其中蘊含著辨正哲學的思想：「得其精而忘其粗，在其內而忘其外」〔註 255〕。這是相馬的一條重要的取捨原則。不論是相馬，還是察人，是看外在的、細枝末節的，還是注重內在的、本質的，其結果大不一樣。九方皋真的是不辨馬的顏色和雌雄嗎？肯定不是的。對於無關緊要的細枝末節，他視而不見，所關注的是千里馬之所以為千里馬的本質。相馬如此，察人又何嘗不是這樣呢？選人、用人，要看主流、本質。人非聖賢孰能無過？若用放大鏡把人的無關痛癢的缺點放大，進而吹毛求疵，橫加指責，無端打擊，勢必造成千里馬無人賞識、無人重用的情況，產生「士不遇」的慨歎。黃庭堅的詩：「世上豈無千里馬，人中難得九方皋。」〔註 256〕道出世間一切懷才不遇者的真諦。

《藝文類聚》輯錄的《韓詩外傳》中田子方贖老馬的故事，已經含有用馬比喻「士不遇」的意蘊。這個故事出自《韓詩外傳》卷八，又見於《淮南子・人間訓》：從前，田子方外出，在路上看到一匹老馬，他很有感慨，就問趕車的人：「這是什麼馬呀？」趕車的人說：「這是原來公家的馬，因為太

〔註 253〕（晉）張湛注：《列子》，《諸子集成》（3），上海書店，1986 年 7 月第 1 版，第 95 頁。
〔註 254〕《藝文類聚》，第 1613 頁。
〔註 255〕《藝文類聚》，第 1613 頁。
〔註 256〕（宋）黃庭堅：《過平輿懷李子先，時在并州》，（清）曾國藩：《十八家詩鈔》，嶽麓書社，2009 年 1 月第 1 版，第 1070 頁。

老，體力不行了，就不再使用，所以把它放了出來。」田子方說：「這匹馬在年輕的時候，用盡它的力氣，到老了，不中用了，就被拋棄了，仁慈的人是不會做出這種事情的。」田子方拿出五匹帛把這匹老馬贖回家餵養。「窮士聞之，知所歸心矣。」〔註 257〕《韓詩外傳》中的這則故事，通過對一匹老馬「少盡其力，而老棄其身」不幸遭遇的敘述，揭露「拉完磨就殺驢」的不仁不義。這匹老馬是宿臣老將的縮影。而懷才不遇者在聽到這件事後，卻做了另外的解讀：年輕的馬身強力壯，是良馬的象徵；被冷遇，被拋棄的老馬，則是士人懷才不遇的象徵。「窮士聞之，知所歸心焉。」懷才不遇的人在田子方的做法中看到希望，心中有了依附。這則故事的隱喻意義是，當權者不僅要善於識別人才，還要合理使用人才，要才當其位，發揮作用。能及時發現人才，合理使用人才，還能妥善安置人才；人才有了歸附，就會源源不斷地脫穎而出。

良馬的不遇，往往是由於天性被戕害，不能順應其成長規律。《藝文類聚》輯錄的《莊子》片段中的馬，就是處在這樣一種情況下。這段文字出自《莊子・馬蹄》：馬，它的蹄子可以踐踏霜雪，它的毛可以抵御風寒。餓了，吃青草；渴了，飲泉水；高興時，揚起馬蹄，奮力跳躍，這是馬的天性。即使為馬建造舉行儀式的高臺，修築能夠安臥的正室，馬也不能使用它們。等到伯樂，他說：「我善於訓練馬。」用滾燙的鐵器在馬的身上打印標記，用剪刀修剪馬鬃，用刀子刻削馬蹄甲，給馬帶上籠頭，用繩索將馬拴住，在馬槽、馬棚中為每匹馬編排架搭，這樣做的結果是，「馬之死者十二三矣！」〔註 258〕《莊子・馬蹄》中描寫的馬，本來是非常率性，它在陸地上隨意地吃草飲水，高興了，就彼此搭勾著脖子相互摩擦；生氣了，就彼此背對背，用後蹄相互踢打。馬的智慧不過如此。馬喜歡天然的東西，即使為它建造高臺和正室，它也不會喜歡，因為這些東西不符合馬的天性，馬不能適應那樣的環境，這些東西對馬來說是多餘的，沒有任何用處的。然而，在伯樂的強力訓導下，馬則痛苦不堪。「馬之死者十二三」是違反馬的成長規律的必然結果。

〔註 257〕（漢）韓嬰撰，許維遹校釋：《韓詩外傳集釋》，中華書局，1980 年 6 月第 1 版，第 303 頁。

〔註 258〕（清）王先謙：《莊子集解》，《諸子集成》(3)，上海書店，1986 年 7 月第 1 版，第 56～57 頁。

良馬的不遇，常常是苦於沒有人賞識。《藝文類聚》引《新論》說：薛翁是長安善於相馬的人，從邊境地區求得一匹駿馬。薛翁騎著這匹馬來到鬧市，來來往往的人們都視而不見，沒有注意。後來有人來慰問薛翁，想趁機看一下那匹馬。薛翁說：「諸位沒有鑒賞的眼力，不足以給你們看。」〔註259〕薛翁善於識別馬的優劣，他相中的馬一定是良馬，但是普通的人卻沒有這種眼光。相馬更要注重馬的本質，而不是僅僅看其外表。在《藝文類聚》所輯《新論》「於邊郡求得駿馬」後，今本《新論》有「惡貌而正走，名驥子」八字，並言此八字「依《文選》左太沖《蜀都賦》注」〔註260〕。查此八字，即見《文選》李善注〔註261〕。這是理解這段文字的關鍵性的一句話。「惡貌而正走」正是「諸卿」不能識馬的原因，他們只看到馬的「惡貌」（樣子難看），認識被遮蔽，而馬的「正走」（善於奔跑）這一優良品質卻被忽略。良馬不遇，無人賞識，主要是因為其外表蒙蔽了其本質。

找尋良馬，還要有發展的眼光，而不是凝滯的眼光，否則也會造成「士不遇」的悲劇。《藝文類聚》引《符子》記載：齊景公喜歡馬，讓畫工按照自己的想像畫了一匹馬，派人按照畫上的樣子去尋訪良馬，可是找了一年也沒有找到。符子借題發揮道：「今人君考古籍以求賢，亦不可得也。」〔註262〕時代在發展，標準在變化，如膠柱鼓瑟，則會錯失良才。

《藝文類聚》輯錄的表現「士不遇」主題的作品有：三國魏應瑒的《愍驥賦》。據《三國志・魏書・王粲傳》記載，應瑒於建安初入曹操幕為掾屬，又為平原侯曹植庶子，後轉入曹丕府為五官將文學〔註263〕。這一類職務，自然不是應瑒的理想目標，於是不被重用、懷才不遇的悲歎自然會流露在作品中。《愍驥賦》以「良驥之不遇」自況，寫其「抱天飛」的高遠志向、「懷殊姿」的卓越才能、「思奮行」宏大抱負、「抱精誠」的忠誠美質，希望「展心力於知己」，報效明主，建功立業，卻受迫於「輿僕」的拘縛，而內心「悚栗」又充滿怨怒，於是寄希望於「薛翁」「伯樂」這樣的知馬者和王良、造父這樣

〔註259〕《藝文類聚》，第1617頁。

〔註260〕（漢）桓譚撰，朱謙之校輯：《新輯本桓譚新論》，中華書局，2009年8月第1版，第55頁。

〔註261〕（南朝梁）蕭統編，（唐）李善注：《文選》，第187頁。

〔註262〕《藝文類聚》，第1618頁。

〔註263〕（晉）陳壽撰，（南朝宋）裴松之注：《三國志・魏書・王粲傳》，中華書局，1982年7月第2版，第601頁。

的善馭者，可惜他們都已經辭世，徒有「時不遘」的感慨。作者以驥喻人，愍驥就是自憫。

七、「天馬」意象的神仙道化色彩

「天馬」在《史記》等書中均有記載，而且越是久遠的記載，越使它蒙上神仙道化色彩。《藝文類聚》引《史記》說：當初，天子打開《易》占卜，說：「神馬當從西北來。」得到烏孫的好馬，命名為「天馬」。等到獲得大宛的汗血馬，越發健壯，就把烏孫馬改名為「西極馬」，把大宛馬命名為「天馬」〔註 264〕。這段文字出自《史記・大宛列傳》，今本《史記》「西極馬」作「西極」〔註 265〕。《藝文類聚》引《西域傳》（即「《漢書・西域傳》」）說：「大宛國多善馬，馬汗血」，傳說這些馬的祖先是天馬之子〔註 266〕。《藝文類聚》引《神異經》的記載，與《漢書・西域傳》中的汗血馬相映成趣：「西南大宛宛丘，有良馬，其大二丈，鬣至膝，尾委於地，蹄如汗，腕可握，日行千里，至日中而汗血。乘者當以棉絮纏頭腰小腹，以避風病」〔註 267〕。為搶奪大宛馬，漢朝與大宛之間還發生過戰爭。《藝文類聚》節引《史記》（即「《史記・大宛列傳》」）說：大宛有好馬在二師城，藏起來不肯給漢朝使者。天子喜歡大宛的馬，派壯士拿著千金和金馬，以求大宛的好馬。大宛國已經有漢朝的很多東西，相互商量，不肯把好馬給漢朝使者。漢朝使者生氣，怒罵，用椎擊打金馬而離去。（椎，《藝文類聚》作「推」，誤。）大宛的貴人發怒了，攔截攻擊漢朝使者，奪取他們的財物。天子大怒，任命李廣利為貳師將軍，調動屬國騎兵及各郡國品行惡劣的少年數萬人，率領前往進攻大宛，希望到達貳師城獲取好馬〔註 268〕。《藝文類聚》的引文至此結束。這個故事的結局是：大宛「乃出其善馬，令漢自擇之」，「漢軍取其善馬數十匹」〔註 269〕。這種馬之所以被稱為「天馬」，一是因為它來自遙遠神奇的西域，二是因為它體態雄健，耐力和速度驚人，三是外貌奇特——汗血，流出的汗液像血一樣，故稱「汗血馬」。這也是漢天子發重兵遠赴西域搶奪它的原因。

〔註 264〕《藝文類聚》，第 1615 頁。

〔註 265〕（漢）司馬遷：《史記・大宛列傳》，中華書局，1982 年 11 月第 2 版，第 3170 頁。

〔註 266〕《藝文類聚》，第 1615 頁。

〔註 267〕《藝文類聚》，第 1615 頁。

〔註 268〕《藝文類聚》，第 1614～1615 頁。

〔註 269〕（漢）司馬遷：《史記・大宛列傳》，第 3177 頁。

馬的超強能力與非凡外表，使得上古初民常常將其與神異的動物「龍」相提並論。《藝文類聚》引《周官》曰：「凡馬八尺以上為龍」〔註 270〕。此句見於今本《周禮・夏官・廋人》〔註 271〕。馬與龍的這種「血緣關係」是怎樣形成的呢？一是龍的神秘奇特與馬極為相似。《說文解字》說：龍是「鱗蟲之長，能幽能明，能細能巨，能短能長。春分而登天，秋分而潛淵」〔註 272〕。二是龍的形狀與馬極其相似。《太平御覽》引《尚書中候》說：「白雲起回風，搖龍馬御甲，赤文綠色」，句下有附注：「龍形象馬也。」〔註 273〕《禮記・禮運》「河出馬圖」鄭玄注：「馬圖，龍馬負圖而出也。」孔穎達疏引《尚書中候・握河紀》云：「龍而形象馬，故云馬圖，是龍馬負圖而出。」〔註 274〕這些都反映了古人對龍與馬關係的認識。在《藝文類聚》引《山海經》中，馬與龍幾乎完全融為一體：「白國之民，白身被發，有乘黃，其狀如狐，背上有角，乘之壽二千歲。」〔註 275〕《山海經》郭璞注引應劭注云：「訾黃一名乘黃，龍翼而馬身，黃帝乘之而仙。」〔註 276〕「龍翼而馬身」，其形狀就是龍與馬的合體。

對馬的神化還可以追溯到更遠古的時期。《藝文類聚》引《山海經》說：「犬戎之國有文馬，縞身，朱鬣，目若黃金，名曰吉量，乘之壽千歲。」〔註 277〕這段文字見於今本《山海經・海內北經》〔註 278〕。這樣的描述有寫實的一面，因為西陲確為我國古代出產良馬之地，「縞身，朱鬣」是對馬的據實描繪；「目若黃金」是形象的比喻兼有誇張；「乘之壽千歲」則完全是對馬的神化。《藝文類聚》引《山海經》又曰：「大樂之野，夏后啟於此舞九代馬。」〔註 279〕此見於今本《山海經・海外西經》：「大樂之野，夏后啟於此儛

〔註 270〕《藝文類聚》，第 1612 頁。

〔註 271〕（漢）鄭玄注，（唐）賈公彥疏：《周禮注疏》，（清）阮元校刻：《十三經注疏》，中華書局，1980 年 9 月第 1 版，第 861 頁。

〔註 272〕（漢）許慎撰，（宋）徐鉉校定：《說文解字》，第 245 頁。

〔註 273〕（宋）李昉等：《太平御覽》，第 373 頁。

〔註 274〕（漢）鄭玄注，（唐）孔穎達等正義：《禮記正義》，（清）阮元校刻：《十三經注疏》，中華書局，1980 年 9 月第 1 版，第 1427 頁。

〔註 275〕《藝文類聚》，第 1611 頁。

〔註 276〕轉引自：袁珂：《山海經校注》，上海古籍出版社，1980 年 7 月第 1 版，第 226 頁。

〔註 277〕《藝文類聚》，第 1611 頁。

〔註 278〕袁珂：《山海經校注》，第 309～310 頁。

〔註 279〕《藝文類聚》，第 1611 頁。

九代，乘兩龍，雲蓋三層。左手操翳，右手操環，佩玉璜。」〔註 280〕在大樂之野，夏后啟舉行盛大儀式，九代馬作盤旋之舞蹈，乘著兩條巨龍，祥雲像三層傘蓋一樣。左手拿著用羽毛作的華蓋，右手拿著玉環，身上佩戴者玉璜。《山海經》郭璞注云：「《歸藏・鄭母經》曰：『夏后啟筮：御飛龍登於天，吉。』明啟亦仙也。」〔註 281〕夏后啟用蓍草占卜，預測吉凶，占得「御飛龍登於天」的吉卦，表明夏后啟也是神仙。《釋名》說：「老而不死曰仙。」〔註 282〕夏后啟是禹的兒子，也是夏的開國君主；在典籍中，他既是駕著飛龍登天的天神，又是神化了的人間帝王。隨著對古代君王的神化，與之相關聯的馬也被神化了。

《藝文類聚》輯錄的「天馬」主題的作品是《漢天馬歌》，一共兩首，是漢武帝劉徹前後兩次為獲良馬而作。關於它的創作時間，《漢書・武帝紀》說：元鼎四年，「秋，馬生渥窪水中，作《寶鼎》《天馬之歌》。」〔註 283〕而《漢書・禮樂志》在《天馬歌》（太一況）後云：「元狩三年馬生渥窪水中作。」在《天馬歌》（天馬徠）後云：「太初四年誅宛王獲宛馬作。」〔註 284〕這樣，就出現三個創作時間：《漢書・武帝紀》認為兩首《天馬歌》都作於元鼎四年（公元前 113 年），而《漢書・禮樂志》則記載，《天馬歌》（太一況）作於元狩三年（公元前 120 年），《天馬歌》（天馬徠）作於太初四年（公元前 101 年），兩處所記的寫作時間差距較大。鄭文認同作於元鼎四年說〔註 285〕。劉躍進雖然也將《天馬歌》繫年在元鼎四年，但也結合有關史料交代了異說〔註 286〕。而王淑梅等則認為，《天馬歌》（太一況）作於元狩二年（公元前 121 年）夏，《天馬歌》（天馬徠）作於元鼎四年（公元前 113 年）〔註 287〕。

雖然由於史料記載的互異與訛誤，學界對《天馬歌》的創作年代有不同

〔註 280〕袁珂：《山海經校注》，第 209 頁。
〔註 281〕轉引自：袁珂：《山海經校注》，第 210 頁。
〔註 282〕（漢）劉熙：《釋名》，中華書局，2016 年 4 月第 1 版，第 40 頁。
〔註 283〕（漢）班固撰，（唐）顏師古注：《漢書・武帝紀》，中華書局，1962 年 6 月第 1 版，第 184 頁。
〔註 284〕（漢）班固撰，（唐）顏師古注：《漢書・禮樂志》，中華書局，1962 年 6 月第 1 版，第 1060～1061 頁。
〔註 285〕鄭文箋注：《漢詩選箋》，上海古籍出版社，1986 年 2 月第 1 版，第 81 頁。
〔註 286〕劉躍進：《秦漢文學編年史》，商務印書館，2006 年 5 月第 1 版，第 170～171 頁。
〔註 287〕王淑梅、於盛庭：《再論漢武帝〈天馬歌〉》的寫作緣由和年代問題》，《樂府學》（第五輯），學苑出版社，2009 年 12 月第 1 版，第 130～136 頁。

說法，但它是漢武帝獲「天馬」之後所作，這一點是沒有異議的。《漢書．武帝紀》稱元鼎四年（公元前 113 年）作《天馬之歌》〔註 288〕，又稱太初四年（公元前 101 年）作《西極天馬之歌》〔註 289〕。但均未錄原作；《漢書．禮樂志》錄有《郊祀歌》十九章，第十章題作《天馬》〔註 290〕，是兩首，均為三言。《史記．樂書》稱漢武帝得神馬於渥窪水中，作《太一之歌》，即「太一貢兮天馬下」一首；又稱於大宛獲得名為蒲梢的千里馬，作歌〔註 291〕。其中，於大宛獲名為蒲梢的千里馬作歌，未雲詩題，實即「天馬徠兮從西極」一首。「天馬徠兮從西極」一首，《廣文選》《古詩紀》《古詩源》題作《蒲梢天馬歌》〔註 292〕，兩首詩均是七言。《漢書．禮樂志》所載的兩首《天馬》與《史記．樂書》所載的《太一之歌》、「天馬徠兮從西極」，文字頗為相似，詳見下表：

《史記．樂書》所載	《漢書．禮樂志》所載
太一貢兮天馬下，沾赤汗兮沫流赭。 騁容與兮跇萬里，今安匹兮龍為友。	太一況，天馬下，沾赤汗，沫流赭。 志俶儻，精權奇，籋浮雲，晻上馳。 體容與，迣萬里，今安匹，龍為友。
天馬徠兮從西極，經萬里兮歸有德。 承靈威兮降外國，涉流沙兮四夷服。	天馬徠，從西極，涉流沙，九夷服。 天馬徠，出泉水，虎脊兩，化若鬼。 天馬徠，歷無草，徑千里，循東道。 天馬徠，執徐時，搖將舉，誰與期？ 天馬徠，開遠門，竦予身，逝崑崙。 天馬徠，龍之媒，遊閶闔，觀玉臺。

《史記．樂書》所載兩首《天馬歌》，均為兮字句，是楚騷體，而《漢書》所載，則將「兮」字全部刪掉，詩也由七言變成三言。《史記．樂書》應接近漢武帝原作，《漢書．禮樂志》所載當是宮廷樂師為配樂而做的刪改。王先謙認

〔註 288〕（漢）班固撰，（唐）顏師古注：《漢書．武帝紀》，中華書局，1962 年 6 月第 1 版，第 184 頁。

〔註 289〕（漢）班固撰，（唐）顏師古注：《漢書．武帝紀》，第 202 頁。

〔註 290〕（漢）班固撰，（唐）顏師古注：《漢書．禮樂志》，中華書局，1962 年 6 月第 1 版，第 1061 頁。

〔註 291〕（漢）司馬遷：《史記．樂書》，中華書局，1982 年 11 月第 2 版，第 1178 頁。

〔註 292〕（明）劉節：《廣文選》，《四庫全書存目叢書》（集 297 冊），齊魯書社，1997 年 7 月第 1 版，第 694 頁。（明）馮惟訥：《古詩紀》，《景印文淵閣四庫全書》（第 1379 冊），臺灣商務印書館，1983 年，第 83 頁。（清）沈德潛選，聞旭初標點：《古詩源》，中華書局，2017 年 8 月第 1 版，第 36 頁。

為這些「兮」字是班固所刪〔註 293〕，似不確，因為班固非宮廷樂師，他的任務是編纂史書而不是刪改樂歌。

《藝文類聚》輯錄的《漢天馬歌》與《漢書．禮樂志》所載，文字接近，唯「況」「權」「徠」，《藝文類聚》作「貺」「摧」「來」；《藝文類聚》無「天馬徠，出泉水，虎脊兩，化若鬼」「天馬徠，執徐時，搖將舉，誰與期」數句。漢武帝在元朔六年（公元前 123 年）六月下詔說：「今中國一統而北邊未安，朕甚悼之。」〔註 294〕安邊成為漢家之長策。《天馬歌》「緣事而發」，借頌讚天賜神馬，述寫征服四夷的宏韜大略。詩中誇讚天馬容貌的神奇：「沾赤汗，沫流赭」〔註 295〕，它奔跑時，渾身浸漬著血色的汗水，流著紅褐色的飛沫。「虎脊兩，化若鬼」〔註 296〕，馬的毛色像虎的脊背一樣有兩面，它本領奇異，如同鬼神般富於變化。描寫天馬的矯健勇武：「籋浮雲，晻上馳。體容與，迣萬里」〔註 297〕，天馬踏上浮雲，很快就飛上天。它身體放任不羈，騰躍萬里。漢武帝以龍自喻：「今安匹，龍為友」〔註 298〕，現在有什麼可以和它匹敵的呢？惟有龍可以和它為友。漢武帝把自己比喻為龍，說上天賜予的神馬，只有真龍天子才配駕馭去馳騁疆場。漢武帝最終目的是建立能使「九夷服」的功德，彰顯得到良馬神威相助以鎮撫眾夷的壯志雄心。劉熙載評漢武帝《秋風辭》《瓠子歌》等說：「後世得其一體，皆足成一大宗。」〔註 299〕同樣，得《天馬歌》一體也可以成一大宗。

八、寶馬賞讚與英雄崇拜

英雄豪傑縱馬馳騁，成就功名偉業，是何等風光彪悍之舉！寶馬與英雄，從來都是互相輝映，相得益彰的。俗諺說：「馬上看壯士，月下觀美人。」正如皎潔的月光更能襯托美人的嬌媚風姿一樣，寶馬的風神，也更能襯托勇士的威

〔註 293〕（清）王先謙：《漢書補注：外二種》，上海古籍出版社，2008 年 1 月第 1 版，第 487 頁。

〔註 294〕（漢）班固撰，（唐）顏師古注：《漢書．武帝紀》，第 173 頁。

〔註 295〕《藝文類聚》，第 1620 頁。

〔註 296〕（漢）班固撰，（唐）顏師古注：《漢書．禮樂志》，中華書局，1962 年 6 月第 1 版，第 1060 頁。

〔註 297〕《藝文類聚》，第 1620 頁。

〔註 298〕《藝文類聚》，第 1620 頁。

〔註 299〕（清）劉熙載著，王氣中箋注：《藝概箋注》，貴州人民出版社，1986 年 6 月第 1 版，第 149 頁。

武雄壯。《藝文類聚》引《曹瞞傳》(出自《三國志・呂布傳》注引《曹瞞傳》)說:「呂布乘馬名赤兔。人語曰:『人中有呂布,馬中有赤兔。』」〔註 300〕人中的呂布與馬中的赤兔,均為俊傑,為人所稱賞。赤兔為呂布立下赫赫戰功。《三國志・魏書・呂布傳》記載:呂布有匹良馬叫赤兔,呂布騎之攻破燕軍〔註 301〕。而《後漢書・呂布傳》的記載較為詳細:呂布經常騎著能飛過城牆、跨過壕溝、名叫赤兔的良馬,與手下健將成廉、魏越等數十名騎兵奔馳衝擊張燕的軍陣,有時一天進攻三四次,每次都砍下敵人的首級返回。「連戰十餘日,遂破燕軍。」而當時敵我的形勢是,張燕有「精兵萬餘,騎數千匹」〔註 302〕。在敵眾我寡的情況下仍能取勝,不能不說是靠著良馬赤兔的佐助。史書中對赤兔的記載不多,而文學作品中卻對它作了誇張式的描繪,如《三國演義》第三回,李肅獻給呂布赤兔,誇其:「日行千里,渡水登山,如履平地」。呂布看那匹馬,果然與眾不同:「渾身上下,火炭般赤,無半根雜毛」;長一丈,高八尺;「嘶喊咆哮,有騰空入海之狀。」〔註 303〕呂布得到赤兔寶馬,可謂如虎添翼,從此後,騎著赤兔,手握方天畫戟,征戰沙場,威風顯赫。

《藝文類聚》引《東觀漢記》說:馬援在交阯鑄造銅馬,上奏曰:「臣聞行天者莫如龍,行地者莫如馬。」〔註 304〕將馬與龍並稱,可見馬在人們心中的地位。《後漢書・五行志》記載:漢靈帝用四頭白驢駕車,在皇宮的西園中親自操持轡繩,自己駕馭,轉圈奔跑,作為娛樂。公卿大臣貴族皇親爭相傚仿,甚至用驢駕馭輜車、軿車作為出行的車騎,互相搶奪毛驢,驢的價格和馬一樣。當時的易家、史家紛紛指責這種行為不妥,認為「行天者莫如龍,行地者莫如馬」,而驢是不過是馱載重物、遠途運輸、上下山谷、被山野之人所驅使的牲畜,哪有帝王君子用驢來代替馬駕車的?漢文帝及其臣子在宮中用驢車,被史家批評為「賢愚倒植」〔註 305〕。當時人們對馬的崇尚,從中可見一斑。

〔註 300〕《藝文類聚》,第 1618 頁。

〔註 301〕(晉)陳壽撰,(南朝宋)裴松之注:《三國志・魏書・呂布傳》,中華書局,1982 年 7 月第 2 版,第 220 頁。

〔註 302〕(南朝宋)范曄撰,(唐)李賢等注:《後漢書・呂布傳》,中華書局,1965 年 5 月第 1 版,第 2445 頁。

〔註 303〕(明)羅貫中:《三國演義》,人民文學出版社,1973 年 12 月第 3 版,第 28 頁。

〔註 304〕《藝文類聚》,第 1616 頁。

〔註 305〕(南朝宋)范曄撰,(唐)李賢等注:《後漢書・五行志》,中華書局,1965 年 5 月第 1 版,第 3272 頁。

對寶馬英雄比較典型的記載，是《藝文類聚》引《史記》（出自《史記·項羽本紀》）一段：項羽的駿馬叫騅，項羽常騎著它縱橫疆場。等到被圍困在垓下，乃慷慨悲歌曰：「力拔山兮氣蓋世，時不利兮騅不逝。騅不逝兮可奈何，虞兮虞兮奈若何！」（《藝文類聚》未引此詩後兩句）項羽逃到烏江岸邊，對烏江亭長說：「吾騎此馬五歲，所當無敵，常一日千里，不忍殺之，以賜公。」〔註 306〕「力拔山兮」等四句，首見於《史記·項羽本紀》〔註 307〕，《漢書·項籍傳》亦因之〔註 308〕，兩書均未有標題。宋代郭茂倩《樂府詩集》卷五十八題作《力拔山操》〔註 309〕，宋代朱熹《楚辭後語》卷一題作《垓下帳中之歌》〔註 310〕，明代馮惟訥《古詩紀》卷十二題作《垓下歌》〔註 311〕。此後各選本所載，都以《垓下歌》為題，正文無異文。《史記·項羽本紀》說：項羽「有美人名虞，常幸從；駿馬名騅，常騎之。」〔註 312〕《垓下歌》是「霸王別姬」時所唱的悲歌，既是向虞姬訣別，也是與寶馬傾訴，英雄末路之悲盪氣迴腸。宋代朱熹評云：「慷慨激烈，有千載不平之餘憤」〔註 313〕。清代沈德潛評云：「『可奈何』，『奈若何』，嗚咽纏綿，從古真英雄必非無情者。」〔註 314〕項羽身陷絕境，英雄本色再次放出光輝。《垓下歌》把寶馬英雄的失路之悲，演繹得萬種低回，纏綿嗚咽。

九、「愛妾換馬」與「風流倜儻」

「愛妾換馬」本為樂府舊題，產生較早。吳兢《樂府古題要解》說：「其詞有淮南王，作者不知是劉安否？」〔註 315〕郭茂倩《樂府詩集》引《樂府解

〔註 306〕《藝文類聚》，第 1614 頁。

〔註 307〕（漢）司馬遷：《史記·項羽本紀》，中華書局，1982 年 11 月第 2 版，第 333 頁。

〔註 308〕（漢）班固撰，（唐）顏師古注：《漢書·項籍傳》，中華書局，1962 年 6 月第 1 版，第 1817 頁。

〔註 309〕（宋）郭茂倩：《樂府詩集》，中華書局，1979 年 11 月第 1 版，第 849 頁。

〔註 310〕（宋）朱熹：《楚辭後語》，（宋）朱熹撰，蔣立甫校點：《楚辭集注》，上海古籍出版社、安徽教育出版社，2001 年 12 月第 1 版，第 221 頁。

〔註 311〕（明）馮惟訥：《古詩紀》，《景印文淵閣四庫全書》（第 1379 冊），臺灣商務印書館，1983 年版，第 87 頁。

〔註 312〕（漢）司馬遷：《史記·項羽本紀》，第 333 頁。

〔註 313〕（宋）朱熹：《楚辭後語》，（宋）朱熹撰，蔣立甫校點：《楚辭集注》，上海古籍出版社、安徽教育出版社，2001 年 12 月第 1 版，第 222 頁。

〔註 314〕（清）沈德潛選，聞旭初標點：《古詩源》，中華書局，2017 年 8 月第 1 版，第 30 頁。

〔註 315〕（唐）吳兢：《樂府古題要解》，丁福保：《歷代詩話續編》（上），中華書局，1983 年 8 月第 1 版，第 61 頁。

題》亦有類似說法〔註316〕。古辭已失傳，其作者也就不能完全確知。

「愛妾換馬」的故事，今見於《獨異志》《纂異記》等書；《纂異記》所載的《韋鮑生妓》為唐文宗開成年間事，茲不述。《獨異志》所載「愛妾換馬」條：三國時曹魏宗室曹彰，性格倜儻。一次偶然遇到一匹駿馬，頗為喜歡，想要買來，但馬主人捨不得，不願出賣。曹彰說：「我有美妾可以交換，任你挑選。」馬主人於是指定一妓，曹彰當即與他交換。馬的名字叫「白鶻」。後來因為打獵，將這匹馬獻給了文帝〔註317〕。「愛妾換馬」在那個時代常被看作風流倜儻的韻事。錢鍾書說，唐代的人不僅明用「妾換馬」為題目，而且暗用作典故〔註318〕。可見這樣的事情往往是人們津津樂道，而一般不會受到道德上的指責。

《藝文類聚》輯錄表現「愛妾換馬」主題的三首詩，即梁簡文帝蕭綱的《和人愛妾換馬詩》、劉孝威的《和王竟陵愛妾換馬詩》、庾肩吾的《以妾換馬詩》。這三首詩亦輯錄在郭茂倩《樂府詩集》中。三首詩當是一時即興的唱和之作，如蕭綱《和人愛妾換馬詩》中有「必取匣中釧，回作飾金羈」，庾肩吾《以妾換馬詩》中以「琴聲悲玉匣」相應和〔註319〕。

以今天的觀點看，蕭綱《和人愛妾換馬詩》、劉孝威《和王竟陵愛妾換馬詩》、庾肩吾《以妾換馬詩》中的所謂「愛妾」，就是可以被主人隨意買賣的女子，其身份地位與家妓無異。「以妾換馬」是當時的一種純粹的商業活動，是畸形的奴隸貿易。這些女子被賣掉，完全是不情願的，內心是悽楚的。劉孝威《和王竟陵愛妾換馬詩》說：「驎膠妾猶有，請為急弦彈。」〔註320〕用來黏合樂器的麟角膠我還有，請主人考慮再讓我為你彈奏一支曲子；這兩句詩的言外之意是女子希望主人迴心轉意。庾肩吾《以妾換馬詩》用「山路泣蘼蕪」〔註321〕表達女子被賣時的悲傷心情。蕭綱《和人愛妾換馬詩》所表達的對主人的怨恨情緒，比較明顯和強烈。「誰言似白玉，定是愧青驪！」哪知我這樣一位如花似玉的女子，竟連一匹低賤的青黑馬都不如！最後兩句「真成恨不已，願得路旁兒」所表達的怨恨就更為直接了：這種結局真的讓我怨恨不

〔註316〕（宋）郭茂倩：《樂府詩集》，中華書局，1979年11月第1版，第1042頁。
〔註317〕（唐）李冗：《獨異志》，中華書局，1983年6月第1版，第31頁。
〔註318〕錢鍾書：《管錐編》（第二冊），中華書局，1986年6月第2版，第789頁。
〔註319〕《藝文類聚》，第1620、1621頁。
〔註320〕《藝文類聚》，第1621頁。
〔註321〕《藝文類聚》，第1621頁。

已，早知如此，不如當初就嫁給一個平民出身的郎君，遠勝於做貴介公子的小妾！從全詩表達的情緒上看，以妾換馬者，非蕭綱本人，蕭綱只是用樂府舊題與人唱和，所寫不一定實指某一具體事件。作為宮中貴族、宮體詩的主要作家、後來的梁朝皇帝，蕭綱沒有對以妾換馬這種司空見慣的現象表現出絲毫的欣賞，而是對這種踐踏人格、違反人性的行為提出批評，對詩中女子的不幸表現出更多的同情，這在當時是非常難能可貴的。《梁書・簡文帝蕭綱本紀》贊其「實有人君之懿」〔註 322〕，讚美他是一個有道德的好皇帝。

〔註 322〕（唐）姚思廉：《梁書・簡文帝蕭綱本紀》，中華書局，1973 年 5 月第 1 版，第 109 頁。

第二章　《藝文類聚》視域下的辨體批評

蕭子顯《南齊書・文學傳論》有仲恰「區判文體」的話，說的是摯虞（字仲恰）編的《文章流別集》是用來辨析文體的。《文章流別集》是一部彙集各體文章的總集。依照《隋書・經籍志》的說法，總集的編纂始於《文章流別集》，它的體例是「類聚區分」〔註 1〕；這裡的「類」是指文體的類別，「類聚區分」就是對文體的辨析。傅剛說：「以總集編選文章來辨析文體，是摯虞的一大貢獻。」辨體批評一是辨析文體的類別，二是辨析文體的風格，三是辨析文體的源流〔註 2〕。《藝文類聚》在「文」的部分，輯錄大量的各體作品；輯錄本身就是一種辨體批評。就總集與類書而言，辨體批評主要是辨析文體的類別，即辨析文章的體裁。

第一節　《藝文類聚》的賦學辨體批評

《藝文類聚》賦學辨體批評，是類書與文學批評的樣態之一。

就目前賦學研究現狀而言，學者多注重歷代賦作文本的研究，而較少關注賦家和文學理論家的賦學批評，對《藝文類聚》的賦學辨體批評更是沒有

〔註 1〕（唐）房玄齡等：《晉書・摯虞傳》，中華書局，1974 年 11 月第 1 版，第 1427 頁。

〔註 2〕傅剛：《〈昭明文選〉研究》，中國社會科學出版社，2000 年 1 月第 1 版，第 94、53 頁。

涉及。研究者往往從作家別集、史書、筆記、文學理論等著作中，考察唐代的賦學批評狀況，因為《新唐書·藝文志》和《宋史·藝文志》著錄的唐人論賦專著，如張仲素的《賦樞》、范傳正的《賦訣》、浩虛舟的《賦門》、白行簡的《賦要》等，均已久佚；佚名的《賦譜》，在國內絕跡已久，近年方傳入本土。唐代賦的創作與賦學批評是不協調的：創作上，千家競秀，據韓暉統計，唐賦今存五百八十餘家，一千七百多篇〔註3〕，遠超前代，也超過其後的宋代；百體爭豔，騷、散、詩、駢、文、律、俗，諸體兼備；但是，何新文等認為，在賦學批評方面，唐代遠不及漢魏六朝豐富，也不如宋、元、明、清各代，而成為賦學批評史上「一個相對遲滯期」〔註4〕。賦學批評著作較少，給賦學批評研究帶來極大限制，儘管如此，對賦學批評史料的挖掘，仍有進一步拓展的空間，《藝文類聚》的賦學批評，就是值得探討的課題。《藝文類聚》「於諸類書中，體例最善」〔註5〕；它是奉唐高祖李淵之敕編纂的，反映了當時主流意識形態和官方話語，頗具典型性、代表性。這裡擬將《藝文類聚》賦學辨體批評，置於當時學術史視野中進行考察，看其為學術史增添了什麼新內容，又如何改寫了沿襲已久的觀點。

一、唯名是從，以題定體

賦非詩非文，而又亦詩亦文，在中國所有文體中，恐怕是最難把握的。馬積高說：「要對辭賦給一個絕對確切的定義和劃定一個非常清楚的範圍，都是不可能的」〔註6〕。當然，理論闡述和實際操作並不完全一致。《藝文類聚》輯錄賦作，首先要有一個可供操作的標準，即界定何者為賦，何者非賦。如果沒有標準，面對與某些其他文體糾結不清的賦，見仁見智，又言人人殊，選編工作就無法開展。可惜當時的實施方案散佚淨盡，這個標準今天已經無從知曉，我們只能從《藝文類聚》文本加以考察了。

《藝文類聚》編者面對的是紛紜複雜的學術傳統：賦與其他相近的文體，常常界限不清，混淆難辨，有時頗難裁定，此略舉數例：

〔註3〕韓暉：《隋及初盛唐賦風研究》，廣西師範大學出版社，2002年版，第2頁。

〔註4〕何新文、蘇瑞隆、彭安湘：《中國賦論史》，人民出版社，2012年4月第1版，第123頁。

〔註5〕（清）永瑢等：《四庫全書總目·藝文類聚》，中華書局，1965年6月第1版，第1141頁。

〔註6〕馬積高：《歷代辭賦研究史料概述》，中華書局，2001年4月第1版，第1頁。

揚雄的《甘泉》，《漢書・揚雄傳》作「《甘泉賦》」〔註 7〕，王充《論衡・讉告》作「《甘泉頌》」〔註 8〕。《甘泉》是賦？還是頌？

《漢書・地理志》云：「始楚賢臣屈原被讒放流，作《離騷》諸賦以自傷悼。……而吳有嚴助、朱買臣，貴顯漢朝，文辭併發，故世傳《楚辭》。」〔註 9〕先說「《離騷》諸賦」，再說「世傳《楚辭》」，可知在班固看來，《離騷》以及《楚辭》諸作屬於賦。

《漢書・藝文志》著錄「枚乘賦九篇」〔註 10〕，《七發》當在其中。崔駰評論自己寫的《七依》時，有「揚雄有言：童子雕蟲篆刻。俄而曰：壯夫不為也」以及「賦者將以諷」〔註 11〕數語，這是《法言・吾子》中揚雄論賦之言，可見崔駰將《七依》視為賦；而《文選》卻將《七發》收錄在文體「七」中〔註 12〕。《七發》《七依》等以「七」為題的作品是「七」體？還是賦？

《說文解字・氏部》：「楊雄賦：『響若氏隤。』」〔註 13〕「響若氏隤」出自揚雄的《解嘲》，可見許慎認為《解嘲》是賦。《文選》有文體「設論」，收錄東方朔《答客難》、揚雄《解嘲》、班固《答賓戲》，蕭統是將《解嘲》看作設論。《解嘲》是賦？還是設論？

《文選》設「弔文」一體，收錄賈誼《弔屈原文》，而《史記・屈原賈生列傳》則云：「（賈誼）為賦以弔屈原。」〔註 14〕認為此文是賦。《弔屈原》是弔文？還是賦？

〔註 7〕（漢）班固撰，（唐）顏師古注：《漢書・揚雄傳》，中華書局，1962 年 6 月第 1 版，第 3522 頁。

〔註 8〕（漢）王充：《論衡》，《諸子集成》（7），上海書店，1986 年 7 月第 1 版，第 144 頁。

〔註 9〕（漢）班固撰，（唐）顏師古注：《漢書・地理志》，中華書局，1962 年 6 月第 1 版，第 1668 頁。

〔註 10〕（漢）班固撰，（唐）顏師古注：《漢書・藝文志》，中華書局，1962 年 6 月第 1 版，第 1747 頁。

〔註 11〕（漢）崔駰：《七依》，（清）嚴可均：《全後漢文》，商務印書館，1999 年 10 月第 1 版，第 447 頁。

〔註 12〕（南朝梁）蕭統編，（唐）李善注：《文選》，上海古籍出版社，1986 年 8 月第 1 版，第 1559 頁。

〔註 13〕（漢）許慎撰，（宋）徐鉉校定：《說文解字》，中華書局，2013 年 7 月第 1 版，第 266 頁。

〔註 14〕（漢）司馬遷：《史記・屈原賈生列傳》，中華書局，1982 年 11 月第 2 版，第 2492 頁。

《漢書・陳遵傳》載:「先是黃門郎揚雄作《酒箴》以諷諫成帝」〔註 15〕。將其看作「箴」體文;而曹植《酒賦序》則云:「余覽揚雄《酒賦》」〔註 16〕。揚雄之作,是題作《酒箴》,屬於箴體文?還是題作《酒賦》,屬於賦?

面對如此紛紜的學術傳統,《藝文類聚》的編者怎麼辦?我們先看看編者是怎麼裁奪上面提到的作品的。

《甘泉》為揚雄所作,《漢書》、桓譚《新論》、《文選》均作「《甘泉賦》」,《藝文類聚》從之,作《甘泉賦》。解決了《甘泉》文體界限混淆的問題。

《離騷》是《楚辭》一書的首篇;《藝文類聚》別《楚辭》於賦,將《楚辭》中的作品,輯錄在相關子目「事」的部分,不與賦體相混淆。詳見下文。

《藝文類聚》卷五十七「雜文部三」設立有子目「七」,將凡是題目中含有「七」字的作品,均輯錄在「七」體中,使之與「賦」相區別。

《藝文類聚》多遵從《文選》,但《藝文類聚》中沒有「設論」一體,《文選》「設論」選錄的《答客難》《解嘲》《答賓戲》,被輯錄在《藝文類聚》卷二十五「人部九・嘲戲」文體「答客難」下。「答客難」並不是文體。筆者在《〈藝文類聚〉選錄的文體名稱和數量辨正》中指出:「『答客難』不是文體名稱,而是文章篇名。」《答客難》就是回答別人的責問,它首創對問體,設主客問答,揚雄的《解嘲》、班固的《答賓戲》等,皆為仿傚之作。對問、設論、難等三種文體,都具有「問答」這樣一個共同的文體特徵,明代吳訥的《文章辨體》、徐師曾的《文體明辨》將對問、設論、難等三種文體合併為「問對」一體。《藝文類聚》未列「對問」「設論」兩種文體,我們認為應該將《答客難》《解嘲》諸篇歸入「難」體〔註 17〕。雖然《藝文類聚》對《解嘲》諸篇的文體歸類並不恰當,卻已顯示出編者「難」有別於「賦」的文體辨析意識。

《弔屈原文》被輯錄在《藝文類聚》卷四十「禮部下・弔」之文體「文」中,沒有依照《史記》,也沒有遵從《文選》,而是將其定為「文」,是因為題目《弔屈原文》中有一個「文」字,這是《藝文類聚》「由題定體」的編輯原則決定的。

〔註 15〕(漢)班固撰,(唐)顏師古注:《漢書・陳遵傳》,中華書局,1962 年 6 月第 1 版,第 3712 頁。

〔註 16〕(魏)曹植:《酒賦序》,(清)嚴可均輯:《全三國文》,商務印書館,1999 年 10 月第 1 版,第 136 頁。

〔註 17〕韓建立:《〈藝文類聚〉選錄的文體名稱和數量辨正》,《孝感學院學報》2012 年第 4 期,第 24 頁。

揚雄的《酒賦》，依《漢書・遊俠・陳遵傳》當作《酒箴》，考其體式，與揚雄的箴體文相近，故作《酒箴》較為妥當；但《北堂書鈔》作「《酒賦》」〔註 18〕；《太平御覽》亦作「《酒賦》」〔註 19〕，當有所據。《初學記》雖也作「《酒賦》」〔註 20〕，但文字與《藝文類聚》小異，當不錄自《藝文類聚》，而是另有所據。嚴可均云：「《酒賦》，……《北堂書鈔》作《都酒賦》。」嚴說不知何據，他解釋說：「都酒者，酒器名也。驗文，當以都酒為長。」〔註 21〕張震澤認為「嚴說非是」〔註 22〕。鄭文認為：「此文最早見於《漢書・陳遵傳》，自應以《漢書》為準。雖各書題作《酒賦》，皆後人所擬之名，不可以代《漢書》也。」〔註 23〕鄭文的說法有一定道理，但是，就算題名是後人所改，最晚也就在曹植所處的時代，因為曹植的《酒賦序》中有「余覽揚雄《酒賦》」之類的話；從班固（32～92）編寫《漢書》，到曹植（192～232）所處的時代，不過百餘年時間。揚雄此作，題名《酒賦》者多，而題名《酒箴》者少，《藝文類聚》從一時之眾作《酒賦》。

為了能夠在選編操作時統一標準，整齊劃一，不至於造成歧義，在具體作品的認定上，《藝文類聚》編者採用「唯名是從，以題定體」的方法，即凡是文題含有「賦」的，便確定為賦。《藝文類聚》輯錄的賦，文題多為《××賦》的形式。這實際上包含兩部分：一個部分是表明文章內容的文字，用「××」代替；另一個部分是表明文章體裁的文字，用「賦」標出。題目中的「賦」字，不一定都是作者寫作時就有的，有的可能是《藝文類聚》編者加的，有的可能遵從當時一般的看法。如荀況的幾篇作品，在《荀子・賦篇》中只有一字的題目「雲」「禮」「針」「智」等，輯錄到《藝文類聚》中，則分別變成《雲賦》《禮賦》《針賦》《智賦》，顯然，題目中的「賦」字，是編者因為《荀子・賦篇》有個「賦」字，連類而及加上的。又如，《史記・司馬相如列傳》載：「（司馬）相如得與諸生遊士居數歲，乃著《子虛》之賦。」〔註 24〕《漢書・

〔註 18〕（唐）虞世南：《北堂書鈔》（2），學苑出版社，2015 年 5 月第 1 版，第 499 頁。
〔註 19〕（宋）李昉等：《太平御覽》，中華書局，1960 年 2 月第 1 版，第 3380 頁。
〔註 20〕（唐）徐堅等：《初學記》，中華書局，2004 年 2 月第 2 版，第 635 頁。
〔註 21〕（清）嚴可均：《全漢文》，商務印書館，1999 年 10 月第 1 版，第 529 頁。
〔註 22〕（漢）揚雄著，張震澤校注：《揚雄集校注》，上海古籍出版社，1993 年 10 月第 1 版，第 153 頁。
〔註 23〕鄭文：《揚雄文集箋注》，巴蜀書社，2000 年 6 月第 1 版，第 304 頁。
〔註 24〕（漢）司馬遷：《史記・司馬相如列傳》，中華書局，1982 年 11 月第 2 版，第 2999 頁。

敘傳》載:「(班固)作《幽通》之賦,以致命遂志。」〔註 25〕《藝文類聚》輯錄《子虛》《幽通》兩篇賦,題名為《子虛賦》《幽通賦》,則是遵從人們對這兩篇作品的一般看法。

「唯名是從,以題定體」的辦法,簡單易行地完成了對賦體的界定,給編纂工作帶來便利,使《藝文類聚》輯錄的各種文體的外在特徵明顯,彼此界限分明。文體分類細密,名目繁多,便於讀者按文體揣摩文章技法。文體細化,劃分嚴格,還在某種程度上避免了選文定體上的見仁見智,主觀隨意。

《藝文類聚》輯錄的賦作,多以《××賦》為題,而與賦相近的文體,諸如頌、七、弔文、難、連珠等,沒有與賦混雜在一起,而是將它們作為獨立的文體,單獨標注,分別輯錄。之所以這樣操作,不僅因為頌、七、弔文、難、連珠等文體的作品題目中沒有「賦」字,更因為這些文體有的只是賦的旁衍。劉勰稱對問、七、連珠等三種文體為「文章之枝派」〔註 26〕。程千帆承襲劉勰的觀點,且明確指出這三種文體為「賦體之旁衍」〔註 27〕。

《藝文類聚》清晰、明細的賦體觀,淵源有自,與魏晉以來出現的文體劃分逐漸細化的傾向一脈相承。僅就賦體及與其相近的文體而言,當時的文論著作、總集和史著已將它們分列。西晉陸機說:「賦體物而瀏亮」,「頌優游以彬蔚」〔註 28〕,將頌作為與賦平列的文體來論述。西晉摯虞分別對賦、頌、七等文體做了較為詳細的闡釋,認為:「賦者,敷陳之稱也。」「頌,詩之美者也。」自枚乘創作《七發》之後,「其流遂廣,其義遂變」〔註 29〕。南朝劉勰說:賦是用來「鋪采摛文,體物寫志」的〔註 30〕;頌是用來「美盛德而述形容」的〔註 31〕;弔是君子去世後確立稱號時,「賓之慰主,以至到為

〔註 25〕(漢)班固撰,(唐)顏師古注:《漢書・敘傳》,中華書局,1962 年 6 月第 1 版,第 4213 頁。

〔註 26〕(南朝梁)劉勰著,詹瑛義證:《文心雕龍義證》,上海古籍出版社,1989 年 8 月第 1 版,第 496 頁。

〔註 27〕程千帆:《閒堂文藪》,齊魯書社,1984 年 1 月第 1 版,第 146 頁。

〔註 28〕(晉)陸機:《文賦》,(清)嚴可均輯:《全晉文》,商務印書館,1999 年 10 月第 1 版,第 1025 頁。

〔註 29〕(晉)摯虞:《文章流別論》,(清)嚴可均:《全晉文》,商務印書館,1999 年 10 月第 1 版,第 819～820 頁。

〔註 30〕(南朝梁)劉勰著,詹瑛義證:《文心雕龍義證》,第 270 頁。

〔註 31〕(南朝梁)劉勰著,詹瑛義證:《文心雕龍義證》,第 313 頁。

言也」〔註32〕。他在論及七體時說：枚乘「首制《七發》」，「誇麗風駭。」其後，「作者繼踵」〔註33〕。劉勰把賦、頌、弔、七均作為獨立的文體加以考察。南朝任昉《文章緣起》記載先秦至晉代的賦、頌、七發、弔文、連珠、難等八十四種文體的作品名稱及體制。南朝梁代蕭統《文選》在選錄作品時，也是將賦、頌、七、弔文、難、連珠等，作為獨立文體看待。

這些論著之所以把賦、頌、七、弔文等作為獨立的文體看待，是因為自東漢以來，人們已經逐漸按照文體分類來編纂文人的著述，形成較為鮮明的文體分類意識。如《後漢書．劉蒼傳》記載，劉蒼死後，皇帝下詔告訴中傅，封存並獻上劉蒼所作「書、記、賦、頌、七言、別字、歌詩」等各體文字，彙集在一起以便閱覽〔註34〕。《後漢書．蔡邕列傳》記載：「（蔡邕）所著詩、賦、碑、誄、銘、贊、連珠、箴、弔、論議……凡百四篇，傳於世。」〔註35〕《後漢書．文苑列傳．傅毅》說：「（傅）毅早卒，著詩、賦、誄、頌、祝文、七激、連珠凡二十八篇。」〔註36〕《三國志．吳書．薛綜傳》說：薛綜「凡所著詩、賦、難、論數萬言，名曰《私載》」〔註37〕。《私載》的編纂，是按照文體分類的體例進行的。《晉書．文苑列傳．李充》載：「（李充有）詩、賦、表、頌等雜文二百四十首，行於世。」〔註38〕《宋書．列傳．自序》記載沈亮所作的各體文字有詩、賦、頌、贊、連珠等一百八十九首〔註39〕。同傳記載沈璞所作的各體文字有「賦、頌、贊、祭文、誄、七、弔」等〔註40〕。《魏書．列傳．刁雍》載：「（刁雍）凡所為詩、賦、頌、論並雜文，百有餘篇。」〔註41〕

〔註32〕（南朝梁）劉勰著，詹瑛義證：《文心雕龍義證》，第474頁。

〔註33〕（南朝梁）劉勰著，詹瑛義證：《文心雕龍義證》，第491、507頁。

〔註34〕（南朝宋）范曄撰，（唐）李賢等注：《後漢書．劉蒼傳》，中華書局，1965年5月第1版，第1441頁。

〔註35〕（南朝宋）范曄撰，（唐）李賢等注：《後漢書．蔡邕列傳》，中華書局，1965年5月第1版，第2007頁。

〔註36〕（南朝宋）范曄撰，（唐）李賢等注：《後漢書．文苑列傳．傅毅》，中華書局，1965年5月第1版，第2613頁。

〔註37〕（晉）陳壽撰，（南朝宋）裴松之注：《三國志．吳書．薛綜傳》，中華書局，1982年7月第2版，第1254頁。

〔註38〕（唐）房玄齡等：《晉書．文苑列傳．李充》，中華書局，1974年11月第1版，第2391頁。

〔註39〕（南朝梁）沈約：《宋書．列傳．自序》，中華書局，1974年10月第1版，第2452頁。

〔註40〕（南朝梁）沈約：《宋書．列傳．自序》，第2465頁。

〔註41〕（北齊）魏收：《魏書．列傳．刁雍》，中華書局，1974年6月第1版，第871頁。

《後漢書》是南朝宋范曄撰,《三國志》是晉代陳壽撰,《晉書》為唐代房玄齡等撰,《宋書》為南朝梁沈約撰,《魏書》是北齊魏收撰。這些史書中對傳主各體著述的著錄,反映了傳主當時的文體狀況,也說明了史書撰者對文體的劃分。在《隋書·經籍志》《舊唐書·經籍志》《新唐書·藝文志》中,著錄了唐前這些文體的單體作品集,如《靖恭堂頌》《頌集》《木連理頌》(《隋志》)、《皇帝瑞應頌集》(《新唐志》)專收頌體作品,《七集》《七林》(《隋志》)、《七林集》(《舊唐志》)專收枚乘《七發》及其仿作,《弔文》《弔文集》(《隋志》)專收弔體作品,《設論集》《客難集》(《隋志》)專收東方朔以來的答難體作品,《連珠集》《制旨連珠》(《舊唐志》)專收連珠體作品。這些記載表明,從東漢以來,歷經魏晉南北朝,文體劃分趨於細密,頌、七體、弔文、難、連珠等,已經從賦中分離,作為獨立的文體了。

賦由一個寬泛的文體,分化為若干獨立體裁,從漢代模糊的賦體觀,轉變為清晰的賦體觀:賦與頌「分道揚鑣」,七、弔文與賦「涇渭分明」,難體、連珠與賦「大相徑庭」。這種文體分類狀況自然會影響《藝文類聚》對賦體的考量。《藝文類聚》的文體分類,沿襲了前代的做法,賦的界限進一步明確。

二、據實輯錄,以實定體

「唯名是從,以題定體」,簡單易行,給《藝文類聚》的編纂工作帶來極大便利,同時也暴露出一定的侷限性——對那些文體特徵兼容而題目中又沒有明顯體裁標識的作品,則很難措手。以賦為例,題目作《××賦》者,可以按照「唯名是從,以題定體」的原則,將其輯錄在相關子目的文體「賦」中;而對於那些題目中沒有明顯體裁標識的賦,編者則採用「據實輯錄,以實定體」的方法,體現了重名更重實的賦學辨體意識,詳見下表:

《藝文類聚》輯錄的不是以「××賦」為題名的賦作

朝 代	作品題目	作者	所在部類、子目及所屬文體	句型特徵
西漢	《反騷》	揚雄	卷五十六雜文部二·賦·「賦」	均為兮字句
東漢	《悼離騷》	班彪	卷五十六雜文部二·賦·「賦」	均為虛字句

三國・魏	《九詠》	曹植	卷五十六雜文部二・賦・「賦」	多為兮字句
晉	《春可樂》	夏侯湛	卷三歲時上・春・「賦」	有二個兮字句，其餘為虛字句
	《秋可哀》		卷三歲時上・秋・「賦」	有三個兮字句，其餘為虛字句
	《秋夕哀》			全篇十六句，其中十個兮字句
	《寒苦謠》		卷五歲時部下・寒・「賦」	均為虛字句
	《春可樂》	王廙	卷三歲時部上・春・「賦」	有一個兮字句，其餘為虛字句
	《悲四時》	李顒		有三個兮字句，其餘為虛字句
	《秋夜詩》（詩，汪紹楹校記曰：「馮校本作『清』」）	湛方生	卷三歲時部上・秋・「賦」	有一個兮字句，其餘為虛字句
	《將離詠》	殷仲堪	卷十九人部三・嘯・「賦」	均為虛字句
	《愍騷》	摯虞	卷五十六雜文部二・賦・「賦」	均為虛字句
南朝・宋	《雜言詠雪》	謝莊	卷二天部下・雪・「賦」	均為虛字句
	《秋夜長》	謝琨	卷三歲時部上・秋・「賦」	有一個兮字句，其餘為虛字句
	《秋夜長》	蘇彥		均為虛字句
	《悲秋夜》	何瑾		全篇十二句，其中八個兮字句
	《秋懷》	伏系之		均為虛字句
	《歸去來》	陶潛	卷三十六人部二十・隱逸上・「賦」	多為虛字句，只有四個兮字句
南朝・梁	《八詠・望秋月》	沈約	卷一天部上・月・「賦」	有三言句、五言句、七言句，有兩個兮字句、十個虛字句
	《八詠・臨春風》		卷一天部上・風・「賦」	有三言句、五言句，有四個兮字句、十個虛字句

	《八詠·守山東》		卷三十六人部二十·隱逸上·「賦」	有一個三言句、一個七言句，有十二個虛字句
	《八詠·悲落桐》		卷八十八木部上·桐·「賦」	有一個三言句，其餘為五言句
	《八詠·聽曉鴻篇》		卷九十鳥部上·鴻·「賦」	有三言句、五言句、七言句，有四個兮字句，多半為虛字句
	《八詠·聞夜鶴篇》		卷九十鳥部上·玄鵠·「賦」	有一個三言句、六個虛字句，其餘為五言句
	《擬秋氣搖落》	元帝	卷五十六雜文部二·賦·「賦」	均為兮字句
	《擬古有人兮》	張纘	卷五十六雜文部二·賦·「賦」	均為兮字句
	《賦體》	武帝	卷五十六雜文部二·賦·「賦」	均為虛字句
	《賦體》	任昉	卷五十六雜文部二·賦·「賦」	八句中，有二個兮字句，其餘為虛字句
	《賦體》	王僧孺	卷五十六雜文部二·賦·「賦」	八句中，有六個兮字句，其餘為虛字句
	《賦體》	陸倕	卷五十六雜文部二·賦·「賦」	均為虛字句
	《賦體》	柳憕	卷五十六雜文部二·賦·「賦」	八句中，有四個兮字句，其餘為虛字句
隋	《聽鳴蟬》	盧思道	卷九十七蟲豸部·蟬·「賦」	除三個三言句外，其餘為五言句和七言句

這些賦涉及《藝文類聚》數個子目，題目中都沒有明顯體裁標識。按照句型特徵，大致分為四類：

第一類是全篇均為兮字句或以兮字句為主的作品，有揚雄《反騷》、曹植《九詠》、夏侯湛《秋夕哀》、何瑾《悲秋夜》、梁元帝《擬秋氣搖落》、張纘《擬古有人兮》、王僧孺《賦體》、柳憕《賦體》。

第二類是全篇只有少量兮字句，而以虛字句為主或含有虛字句的作品，有夏侯湛《春可樂》《秋可哀》、王廙《春可樂》、李顒《悲四時》、湛方生《秋夜清》、謝琨《秋夜長》、陶潛《歸去來》、沈約《八詠·望秋月》《八詠·臨春風》《八詠・聽曉鴻篇》、任昉《賦體》。

第三類是均為虛字句或只含有虛字句的作品，有班彪《悼離騷》、夏侯湛《寒苦謠》、殷仲堪《將離詠》、摯虞《愍騷》、謝莊《雜言詠雪》、蘇彥《秋夜長》、伏系之《秋懷》、沈約《八詠・守東山》《八詠・聞夜鶴篇》、梁武帝《賦體》、陸倕《賦體》。

第四類是既無兮字句又無虛字句的作品，有沈約《八詠・悲落桐》、盧思道《聽鳴蟬》。

所謂虛字句，是指句腰含有虛字的句子，如其字句、之字句、而字句、於字句、以字句、乎字句。這是騷體的重要形式特徵。劉熙載說：「騷調以虛字為句腰，如之、於、以、其、而、乎、夫，是也。」「《九歌》以『兮』字為句腰。」〔註 42〕聞一多說，《九歌》中的「兮」字可以還原為之、其等虛詞，認為「兮」是「一切虛字的總替身」〔註 43〕。郭紹虞進一步指出：「《楚辭》中的『兮』字用法，更有表達其他虛詞意義的作用。」〔註 44〕虛字句特別是兮字句的運用，是騷體的重要形式特徵，這種形式使騷體與五言詩、六言詩、七言詩有了形式上的區別。五言詩、六言詩、七言詩不僅一般沒有虛字，而且都是三個節拍，而含有虛字句（包括兮字句）的騷體是兩個節拍。如果不從句型這個整體語言特徵來區分騷體是詩還是賦，而僅僅從是否表現悲怨情緒上來區分，幾乎是不可能的。《藝文類聚》編者的高明之處，在於抓住了文體辨析的根本：作品的整體語言特徵，這是辨別文體的關鍵。

需要說明的是，揚雄的《反騷》，《漢書・揚雄傳》收錄全文，題作「《反離騷》」〔註 45〕；對句型的統計，參酌了《漢書》。曹植的《九詠》，《北堂書鈔》卷一百三十八、卷一百五十八和《太平御覽》卷三十四、卷三百五十九、卷七百六十五等，均有輯錄；對句型的統計，參酌了以上幾處所錄文字。李顒的《悲四時》分別輯錄在卷三歲時部上・春・文體「賦」和卷三歲時部上・夏・文體「賦」，改題為《悲四時賦》；《北堂書鈔》卷一百五十四所引，題作

〔註 42〕（清）劉熙載著，王氣中箋注：《藝概箋注》，貴州人民出版社，1986 年 6 月第 1 版，第 298 頁。

〔註 43〕聞一多：《怎樣讀九歌》，聞一多：《聞一多全集》（5），湖北人民出版社，1993 年 12 月第 1 版，第 381 頁。

〔註 44〕郭紹虞：《釋「兮」》，郭紹虞：《照隅室語言文字論集》，上海古籍出版社，2009 年 7 月第 2 版，第 320 頁。

〔註 45〕（漢）班固撰，（唐）顏師古注：《漢書・揚雄傳》，中華書局，1962 年 6 月第 1 版，第 3515 頁。

《悲四季詩》;《太平御覽》卷十二所引,題作《悲四時》;對句型的統計,參酌了這四處所錄文字。陶潛的《歸去來》,《文選》全篇收錄;對句型的統計,參酌了《文選》。梁元帝的《擬秋氣搖落》,《文苑英華》卷三百五十八所引,題作《秋風搖落》;對句型的統計,參酌了《文苑英華》。沈約的《八詠》,《玉臺新詠》卷九全篇收錄,《藝文類聚》輯錄的諸篇分別題作「《登臺望秋月》」「《會圃臨春風》」「《霜來悲落桐》」「《夕行聞夜鶴》」「《晨征聽曉鴻》」「《披褐守山東》」〔註 46〕;對句型的統計,參酌了《玉臺新詠》。盧思道的《聽鳴蟬》,《古詩紀》卷一百三十二收錄,篇首有「聽鳴蟬」三字;對句型的統計,參酌了《古詩紀》。

參酌不同的文本來源統計作品的句型,主要是為了盡可能還原作品的本來樣貌,因為《藝文類聚》在輯錄具體作品時,「並非忠實抄錄原文,而是有意識地加以刪略改造」〔註 47〕,所以輯錄的作品多不是全篇,據此評斷,可能失當。由於文獻的散佚,不是每篇作品都能找到原初文本。即便如此,我們也能看到《藝文類聚》編者對騷體賦的界定,乃以是否含有虛字句特別是兮字句等整體語言特徵為標準,凡是含有兮字句、虛字句的,均視為騷體賦。

其實,在先唐學術視野中,騷體賦被看作是賦之一體。諸如西漢賈誼的《鵩鳥賦》、司馬相如的《弔秦二世賦》《大人賦》《長門賦》、劉徹的《李夫人賦》、班婕妤的《自傷賦》,東漢班彪的《北征賦》、馮衍的《顯志賦》、班固的《幽通賦》,三國魏王粲的《登樓賦》,晉代向秀的《思舊賦》、潘岳的《秋興賦》《寡婦賦》《籍田賦》,等等,均是騷體賦。說它們是騷體賦,是因為具備騷體賦的兩個基本條件,一是採用以兮字句為基本句型的「楚騷」的文體形式,二是「以賦名篇」〔註 48〕。這些作品被收錄在《史記》《漢書》《後漢書》《晉書》等史書和《文選》時,均被認定為賦。《藝文類聚》輯錄它們時,遵從時代共識,將其分別置於相關子目的文體「賦」中。

《藝文類聚》對騷體賦有兩種處理方法,一是對以「××賦」為題名的

〔註 46〕(南朝陳)徐陵編,(清)吳兆宜注,程琰刪補:《玉臺新詠箋注》,中華書局,1985 年 6 月第 1 版,第 417～418、440～446 頁。

〔註 47〕林曉光:《論〈藝文類聚〉存錄方式造成的六朝文學變貌》,《文學遺產》2014 年第 3 期,第 34 頁。

〔註 48〕褚斌傑:《中國古代文體概論》(增訂本),北京大學出版社,1990 年 10 月第 1 版,第 87 頁。

騷體賦，如類似上面提到的那些作品，一律按照「賦」輯錄；二是對不是以「××賦」為題名的騷體賦，也按照「賦」輯錄，只是放在相關子目中標有「××賦」的作品之後，以示區別，屬於「據實輯錄，以實定體」。

例如，在《藝文類聚》卷三「歲時上・春」文體「賦」之末，輯錄晉代夏侯湛的《春可樂》、王廙的《春可樂》、李顒的《悲四時》；在卷三「歲時上・秋」文體「賦」之末，輯錄晉代夏侯湛的《秋可哀》《秋夕哀》、湛方生的《秋夜清》、南朝宋謝琨的《秋夜長》、蘇彥的《秋夜長》、何瑾的《悲秋夜》、伏系之的《秋懷》。編者雖然將這些作品劃歸賦體，卻置於具有「××賦」這樣標準賦題形態的諸作之後，以示區別，說明這些作品的體裁特徵較弱，不是典型的賦。

又如，在卷五十六「雜文部二・賦」之文體「賦」中，共輯錄有：晉代陸機的《文賦》、西漢楊雄的《反騷》、東漢班彪的《悼離騷》、晉代摯虞的《愍騷》、三國魏曹植的《九詠》、南朝梁元帝的《擬秋氣搖落》、張纘的《擬古有人兮》、梁武帝的《賦體》、任昉的《賦體》、王僧孺的《賦體》、陸倕的《賦體》、柳憕的《賦體》。這個排序稍微打亂了時間序列，把本應放在序列中間位置的《文賦》，放在了第一位，原因可能是《文賦》的題名是《××賦》的形式，與其他子目中多數賦作的命名方式相同，而另外幾篇作品則不是這種命名方式。從作品的題目看，《藝文類聚》其他子目輯錄的賦作，題目多作《××賦》的形式，而這裡除了《文賦》作《××賦》外，其餘幾篇作品均呈現非標準化的標題；而從對這些非標準化標題賦作的輯錄中，可以窺見《藝文類聚》編者的賦學辨體觀。

雖然關於騷體賦是賦還是詩，擬騷之作是辭還是賦，仍存在一定分歧，但是現在多數觀點還是將騷體賦視為賦之一體。何謂騷體賦，褚斌傑認為，「所謂『騷體』賦是指在體制上極力模仿『楚辭』並且以賦名篇的作品。」〔註49〕郭建勳解釋楚騷的文體形式，就是「以『兮』字句」為基本句型〔註50〕。這種類型的騷體賦，在先唐時期是被看作賦之一體的。秉承著這樣的學術傳統，《藝文類聚》將這類騷體賦一律按照賦輯錄。茲舉數例：

關於西漢的騷體賦，《漢書・賈誼傳》記載：賈誼做長沙王太傅第三年，

〔註49〕褚斌傑：《中國古代文體概論》（增訂本），第87頁。

〔註50〕郭建勳：《騷體文學研究在當代楚辭學中的定位》，郭建勳：《先唐辭賦研究》，人民出版社，2004年5月第1版，第21頁。

有一隻鵩鳥飛入房間，「乃為賦以自廣。」〔註 51〕此賦即《鵩鳥賦》。《史記・司馬相如列傳》記載：「相如奏賦以哀二世行失」〔註 52〕，相如所奏之賦即《弔秦二世賦》。同傳又載：司馬相如見皇帝喜好仙道，「乃遂奏《大人賦》。」〔註 53〕《文選》在「賦」體「哀傷」類收錄司馬相如的《長門賦》（一作《陳皇后長門賦》）。《漢書・外戚傳》記載：「（漢武帝劉徹）自為作賦，以傷悼（李）夫人」〔註 54〕。此賦即《李夫人賦》。同傳又載：「（班倢伃）退處東宮，作賦自傷悼。」〔註 55〕此賦即《自傷賦》。

關於東漢的騷體賦，《文選》在「賦」體「紀行」類選錄班彪的《北征賦》。《後漢書・馮衍傳》記載：「（馮）衍不得志，退而作賦」〔註 56〕，所作之賦即《顯志賦》。《漢書・敘傳》說：「（班固）弱冠而孤，作《幽通》之賦」，並錄全文〔註 57〕。篇名與體裁名之間雖有「之」字，但觀其正文，正是《藝文類聚》所輯《幽通賦》，可見班固是將自己的這篇作品看作賦的。《文選》在「賦」體「志」類收錄《幽通賦》。

關於三國的騷體賦，《文選》在「賦」體「遊覽」類收錄王粲的《登樓賦》。

關於晉代的騷體賦，《晉書・向秀傳》記載：「（向）秀乃自此役，作《思舊賦》」〔註 58〕。《文選》在「賦」體「哀傷」類收錄《思舊賦》。《文選》在「賦」體「物色」類收錄潘岳的《秋興賦》，在「賦」體「哀傷」類收錄其《寡婦賦》，在「賦」體「耕藉」類收錄其《籍田賦》。《晉書・潘岳傳》記載：「武

〔註 51〕（漢）班固撰，（唐）顏師古注：《漢書・賈誼傳》，中華書局，1962 年 6 月第 1 版，第 2226 頁。

〔註 52〕（漢）司馬遷：《史記・司馬相如列傳》，中華書局，1982 年 11 月第 2 版，第 2591 頁。

〔註 53〕（漢）司馬遷：《史記・司馬相如列傳》，中華書局，1982 年 11 月第 2 版，第 2592 頁。

〔註 54〕（漢）班固撰，（唐）顏師古注：《漢書・外戚傳・孝武李夫人》，中華書局，1962 年 6 月第 1 版，第 3952 頁。

〔註 55〕（漢）班固撰，（唐）顏師古注：《漢書・外戚傳・孝成班倢伃》，中華書局，1962 年 6 月第 1 版，第 3985 頁。

〔註 56〕（南朝宋）范曄撰，（唐）李賢等注：《後漢書・馮衍傳》，中華書局，1965 年 5 月第 1 版，第 985 頁。

〔註 57〕（漢）班固撰，（唐）顏師古注：《漢書・敘傳》，第 4213 頁。

〔註 58〕（唐）房玄齡等：《晉書・向秀傳》，中華書局，1974 年 11 月第 1 版，第 1375 頁。

帝躬耕籍田，（潘）岳作賦以美其事」〔註 59〕，用以「美其事」的賦即《籍田賦》。

綜上，《藝文類聚》輯錄的騷體賦，諸如西漢賈誼的《服（同「鵩」）鳥賦》、司馬相如的《弔秦二世賦》《大人賦》《長門賦》、劉徹的《李夫人賦》、班婕妤的《自傷賦》，東漢班彪的《北征賦》、馮衍的《顯志賦》、班固的《幽通賦》，三國魏王粲的《登樓賦》，晉代向秀的《思舊賦》、潘岳的《秋興賦》《寡婦賦》《籍田賦》，在先唐史書與總集中，均被看作賦，《藝文類聚》也尊從時代的學術共識而將這些作品輯錄在相關子目的文體「賦」中，其文體形式均是以「兮」字句為基本句型，且以「賦」作為題名。

在上表中，只有兩篇作品在形式上例外，即沈約的《八詠・悲落桐》、盧思道的《聽鳴蟬》，它們既無兮字句又無虛字句，《藝文類聚》也將其按照「賦」輯錄。《八詠・悲落桐》是《八詠》之一。沈約的《八詠》，《藝文類聚》輯錄七首，均是按照「賦」輯錄的，分別是上表中的《八詠・望秋月》《八詠・臨春風》《八詠・守山東》《八詠・悲落桐》《八詠・聽曉鴻篇》《八詠・聞夜鶴篇》，以及卷八十一藥香草部上・草之文體「賦」輯錄的《愍衰草賦》〔註 60〕。《愍衰草賦》《玉臺新詠》作《歲暮愍衰草》，是《八詠》之一〔註 61〕。雖然《八詠・悲落桐》既無兮字句又無虛字句，但是由於其他六首作品都是按照「賦」輯錄，那麼這一首也就連類而及地按照「賦」輯錄了。

盧思道的《聽鳴蟬》輯錄在卷九十七蟲豸部・蟬之文體「賦」中〔註 62〕。關於其創作背景，《隋書・盧思道傳》記載：周武帝平定北齊後，盧思道被任命為儀同三司，隨周武帝來到長安，與陽休之等人同作《聽鳴蟬篇》。「思道所為，詞意清切，為時人所重。」庾信對盧作也「深歎美之」〔註 63〕。同題之作，有即興性質，篇幅一般不會長。全篇以五言和七言句式為主，只有三個三字句。後世將《聽鳴蟬》看作「詩」的，多於將其看作「賦」的，如明代

〔註 59〕（唐）房玄齡等：《晉書・潘岳傳》，中華書局，1974 年 11 月第 1 版，第 1500 頁。

〔註 60〕《藝文類聚》，第 1389 頁。

〔註 61〕（南朝陳）徐陵編，（清）吳兆宜注，程琰刪補：《玉臺新詠箋注》，第 439 頁。

〔註 62〕《藝文類聚》，第 1680 頁。

〔註 63〕（唐）魏徵、令狐德棻：《隋書・盧思道傳》，中華書局，1973 年 8 月第 1 版，第 1398 頁。

馮惟訥的《古詩紀》將其收錄在卷一百三十二，題作《聽鳴蟬篇》〔註 64〕。清代張玉穀的《古詩賞析》卷二十二題作《聽鳴蟬篇》，並注曰：「雜曲歌辭」〔註 65〕，將其看作樂府詩。清代陳祚明的《采菽堂古詩選》卷三十五也題作《聽鳴蟬篇》〔註 66〕。但是，「六朝小賦，每以五、七言相雜成文」〔註 67〕，六朝賦有詩化現象，出現了五七言詩體賦〔註 68〕。這種賦，用馬積高的說法，可以稱為「詩體賦」〔註 69〕。這種「五、七言詩體賦，是指以五、七言句為主要句型的賦」〔註 70〕。詩與賦文體兼類，既可以將其看作詩，也可以將其看作賦。這種現象是詩、賦兩種文體的相互融合、此消彼長的結果。《聽鳴蟬篇》就是這樣一篇詩體賦。《藝文類聚》將《聽鳴蟬》看作「賦」，是對六朝賦體詩化現象的一種認可。

在《藝文類聚》卷五十六雜文部二・賦之文體「賦」的最後，輯錄南朝梁代幾位作者題名《賦體》的作品，它們是梁武帝、任昉、王僧孺、陸倕、柳憕的《賦體》。《賦體》的題名與一般賦作的命名方式有別。賦是一種文體，以「賦」為題名的作品，一般作「××賦」的形式。「賦體」一詞在魏晉南朝文獻中多不用作某篇作品的題目。如皇甫謐《三都賦序》中「詩人之作，雜有賦體」〔註 71〕之「賦體」，指詩中運用的賦（鋪陳）的表現方法；《文心雕龍・詮賦》中「雖合賦體，明而未融」〔註 72〕之「賦體」，指「賦的體裁」。《藝文類聚》中這幾篇題名《賦體》的作品，其「賦體」的含義可以理解為「賦的體制」。將賦作題名為《賦體》，有違庸常的命名方式。《藝文類聚》輯錄的這幾篇題名「賦體」的作品可能並非全篇，或改易題目，或節略正文，但這並不是

〔註 64〕（明）馮惟訥：《古詩紀》，《景印文淵閣四庫全書》（第 1380 冊），臺灣商務印書館，1983 年版，第 462 頁。

〔註 65〕（清）張玉穀著，許逸民點校：《古詩賞析》，中華書局，2017 年 2 月第 1 版，第 562 頁。

〔註 66〕（清）陳祚明評選，李金松點校：《采菽堂古詩選》（下），上海古籍出版社，2019 年 5 月第 1 版，第 1174 頁。

〔註 67〕（清）許槤評選，黎經誥箋注：《六朝文絜箋注》，中華書局，1962 年 8 月第 1 版，第 38 頁。

〔註 68〕郭建勳：《辭賦文體研究》，中華書局，2007 年 4 月第 1 版，第 27、26 頁。

〔註 69〕馬積高：《賦史》，上海古籍出版社，1987 年 7 月第 1 版，第 6 頁。

〔註 70〕郭建勳：《辭賦文體研究》，中華書局，2007 年 4 月第 1 版，第 30 頁。

〔註 71〕（晉）皇甫謐：《三都賦序》，（清）嚴可均：《全晉文》，商務印書館，1999 年 10 月第 1 版，第 756 頁。

〔註 72〕（南朝梁）劉勰著，詹瑛義證：《文心雕龍義證》，第 274 頁。

我們關注的重點。我們關注的是《藝文類聚》的編者緣何將這幾篇作品看作賦，擬從中窺探編者的賦學辨體觀。從句式和篇幅上看，它們很像是詩，有的像六言詩，如梁武帝所作、陸倕所作；有的像騷體詩，如任昉所作、王僧孺所作、柳憕所作。可是《藝文類聚》並沒有把這些作品當作詩輯錄，而是作為賦輯錄。因為從體制上看，這些作品的語言形式全用俳體，即每兩句為對，如梁武帝的「草回風以照春，木承雲以含化」〔註 73〕，對偶雖不十分工穩，但對偶的意味卻十分濃鬱。這樣的體制與當時盛行的駢賦相同。駢賦又稱俳賦，其真正成熟是在南朝，「齊、梁而降」，「古賦一變而為駢賦」〔註 74〕。而「對偶精工是駢賦成熟的重要條件」〔註 75〕，其特點是「通章無句不對」〔註 76〕。基於此，《藝文類聚》編者將這幾篇在句式和篇幅上接近詩，而語言形式是俳體的作品看作賦輯錄，反映出編者重名更重實的賦學辨體意識。根據孔德明考證，這幾篇題名《賦體》的作品，創作於梁武帝即位不久的天監二年（503 年）春〔註 77〕，是幾位作者與梁武帝的唱和之作，同題，同韻（每篇均以化、夜、舍、駕為韻腳），是梁武帝要求臣子們用「賦體」的形式與自己唱和。

三、別《楚辭》於賦，彰顯其獨特地位

《藝文類聚》編者面對的學術背景是，從漢代到南北朝，人們多是將屈原的作品以及《楚辭》中的非屈原作品視為賦。司馬遷說屈原「作《懷沙》之賦」〔註 78〕。揚雄認為「賦莫深於《離騷》」〔註 79〕。王充說班固的「賦象屈原、賈生」〔註 80〕。班固說屈原被放，「作《離騷》諸賦」〔註 81〕。王逸說淮南

〔註 73〕《藝文類聚》，第 1016 頁。

〔註 74〕（清）孫梅：《四六叢話》，王水照：《歷代文話》（第五冊），復旦大學出版社，2007 年 11 月第 1 版，第 4309 頁。

〔註 75〕程章燦：《魏晉南北朝賦史》，江蘇古籍出版社，2001 年 6 月第 1 版，第 218 頁。

〔註 76〕（清）李調元：《賦話》，王冠：《賦話廣聚》（3），北京圖書館出版社，2006 年 12 月第 1 版，第 11 頁。

〔註 77〕孔德明：《梁武帝君臣〈賦體〉文學意蘊闡釋》，《昆明學院學報》2016 年第 2 期，第 109 頁。

〔註 78〕（漢）司馬遷：《史記・屈原賈生列傳》，第 2486 頁。

〔註 79〕（漢）班固撰，（唐）顏師古注：《漢書・揚雄傳》，第 3583 頁。

〔註 80〕（漢）王充：《論衡》，《諸子集成》（7），上海書店，1986 年 7 月第 1 版，第 279 頁。

〔註 81〕（漢）班固撰，（唐）顏師古注：《漢書・地理志》，中華書局，1962 年 6 月第 1 版，第 1668 頁。

小山「作《招隱士》之賦」〔註82〕。曹丕發出「屈原、相如之賦孰愈」〔註83〕的疑問。摯虞稱「《楚辭》之賦」是「賦之善者也」〔註84〕。張纘稱「屈平《懷沙》之賦」〔註85〕。蕭繹將屈原、宋玉與枚乘、司馬相如並稱為擅長辭賦的文學家〔註86〕。顏之推自許「作賦凌屈原」〔註87〕。如果沿著這樣的認知，應該將《楚辭》輯錄在《藝文類聚》相關子目「文」的部分文體「賦」中才是。然而，《藝文類聚》卻是將《楚辭》作為一個整體，單獨輯錄在相關子目「事」的部分，而不是像其他文學作品一樣輯錄在「文」的部分。按照《藝文類聚》的體例，其子目下輯錄的資料，分為「事」「文」兩部分。「事」包括經、史、子類著作，「文」是集部著作。《楚辭》是文學作品，屬於集部，本應順理成章地輯錄在「文」的部分，但《藝文類聚》卻「一反常態」，將其輯錄在「事」的部分，這種別樣的處理方式，顯得特立獨行。

《藝文類聚》輯錄《楚辭》有三種表述方式：

一是「楚辭」書名加具體篇名，如卷一「天部上．天」：「《楚辭．天問》曰：圖則九重，孰營度之？八柱何當？東南何虧？日月安屬？列星安陳？」〔註88〕《天問》是屈原的作品。對照今本《楚辭》，引文第二句、第四句後均有省略；「圖」，今本《楚辭》作「圜」〔註89〕。又如卷二「天部下．雪」：「《楚辭．招魂》曰：魂兮來歸，北方不可以止，增冰峨峨，飛雪千里。」〔註90〕《招魂》是宋玉的作品。「來歸」，今本《楚辭》作「歸來」；今本《楚辭》在「北方不可以止」和「飛雪千里」兩句後均有「些」字〔註91〕。

〔註82〕（宋）洪興祖撰，白化文等點校：《楚辭補注》（重印修訂本），中華書局，1983年3月第1版，第232頁。

〔註83〕（三國魏）曹丕：《典論．論文》，（清）嚴可均：《全三國文》，商務印書館，1999年10月第1版，第83頁。

〔註84〕（晉）摯虞：《文章流別論》，（清）嚴可均輯：《全晉文》，商務印書館，1999年10月第1版，第819頁。

〔註85〕（唐）姚思廉：《梁書．張纘傳》，中華書局，1973年5月第1版，第500頁。

〔註86〕（南朝梁）蕭繹撰，陳志平、熊清元疏證校注：《金樓子校注》，上海古籍出版社，2014年11月第1版，第770頁。

〔註87〕（北齊）顏之推：《古意詩二首》，逯欽立輯校：《先秦漢魏晉南北朝詩》，中華書局，1983年9月第1版，第2283頁。

〔註88〕《藝文類聚》，第2～3頁。

〔註89〕（宋）洪興祖撰，白化文等點校：《楚辭補注》（重印修訂本），第86頁。

〔註90〕《藝文類聚》，第23頁。

〔註91〕（宋）洪興祖撰，白化文等點校：《楚辭補注》（重印修訂本），第200～201頁。

二是泛稱《楚辭》，但不標出具體篇名。如卷一「天部上・日」：「《楚辭》曰：暾將出兮東方，照吾檻兮扶桑。」〔註 92〕引文出自《楚辭・九歌・東君》。「暾」，今本《楚辭》作「暾」〔註 93〕。又如卷一「天部上・雲」：「《楚辭》曰：雲霏霏而承宇。又曰：青雲衣兮白霓裳。又曰：冠青雲之崔嵬。」〔註 94〕「《楚辭》」條出自《楚辭・九章・涉江》，引文與今本《楚辭》同；第一處「又曰」條出自《楚辭・九歌・東君》，引文與今本《楚辭》同；第二處「又曰」條出自《楚辭・九章・涉江》，「青雲」，今本《楚辭》作「切雲」〔註 95〕。

三是徑稱《離騷》，實則並非都出自《離騷》，而是出自《楚辭》中的其他作品。如卷八十八「木部上・松」：「《離騷》曰：山中人兮芳杜若，飲泉石兮蔭松柏。」〔註 96〕引文非出自《離騷》，而是出自《楚辭・九歌・山鬼》，「泉石」，今本《楚辭》作「石泉」〔註 97〕。又如卷九十「鳥部上・鳳」：「《離騷》曰：為鳳皇作鶉籠，雖翕其不容。」〔註 98〕引文非出自《離騷》，而是出自嚴忌的《哀時命》；這兩句，今本《楚辭》作「為鳳皇作鶉籠兮，雖翕翅其不容」〔註 99〕。漢代王逸的《楚辭章句》將其認為是屈原的作品均置於「離騷」的名目下，開創以「離騷」代稱屈原作品的先河，進而發展到以「騷」代稱《楚辭》中的全部作品。湯炳正考證說：「自漢以來，多以《離騷》之名代《楚辭》全書，此乃古人以小名代大名之通例。」或以《離騷》稱《九歌》，或以《離騷》稱《天問》，或以《離騷》代《楚辭》中的《涉江》《遠遊》等〔註 100〕。可見，《藝文類聚》用《離騷》代《楚辭》中的具體作品的指稱方式，淵源有自。

在「事」的部分，以上面三種表述方式輯錄的《楚辭》中的作品，既有屈原的《離騷》《九歌》（除《禮魂》外）、《天問》《九章》（《惜往日》《橘頌》《悲回風》除外）、《遠遊》《卜居》《漁父》《大招》，也有宋玉的《九辯》《招魂》、

〔註 92〕《藝文類聚》，第 6 頁。
〔註 93〕（宋）洪興祖撰，白化文等點校：《楚辭補注》（重印修訂本），第 74 頁。
〔註 94〕《藝文類聚》，第 14 頁。
〔註 95〕（宋）洪興祖撰，白化文等點校：《楚辭補注》（重印修訂本），第 128 頁。
〔註 96〕《藝文類聚》，第 1512 頁。
〔註 97〕（宋）洪興祖撰，白化文等點校：《楚辭補注》（重印修訂本），第 81 頁。
〔註 98〕《藝文類聚》，第 1512 頁。
〔註 99〕（宋）洪興祖撰，白化文等點校：《楚辭補注》（重印修訂本），第 262 頁。
〔註 100〕湯炳正：《楚辭類稿》，巴蜀書社，1988 年 1 月第 1 版，第 63～64 頁。

賈誼的《惜誓》，還有淮南小山的《招隱士》、東方朔的《七諫》（《怨世》《謬諫》兩篇）、嚴忌的《哀時命》、王褒的《九懷》（《蓄英》《陶壅》《株昭》三篇）。

《藝文類聚》是將《楚辭》作為一個整體看待的，只要是《楚辭》中的作品，就一律輯錄在「事」的部分，而對於非《楚辭》中的作品，雖然也是《楚辭》作者的作品，卻不放在「事」的部分。比如同是宋玉的作品，因《九辯》《招魂》是《楚辭》中的作品而被輯錄在「事」的部分，而宋玉的其他作品，諸如《風賦》《登徒子好色賦》《大言賦》《小言賦》《諷賦》《釣賦》《笛賦》《高唐賦》《神女賦》等，因不在《楚辭》中而沒有輯錄在「事」的部分，而是輯錄在不同子目下「文」的部分的文體「賦」中。之所以這樣操作，是因為這些作品的題目中都有「賦」字。這反映出《藝文類聚》編者「別《楚辭》於賦」的辨體批評意識。

《藝文類聚》對《楚辭》獨特的處理方式，可以從《楚辭》的學術史中尋找依據。屈原創立「楚辭」體後，繼踵者不斷。屈原弟子宋玉作《九辯》。漢興，劉向、王褒之徒，「依而作詞」〔註 101〕。對「楚辭」的研究，也相繼出現，特別是到了漢代，出現了劉向編輯的《楚辭》、劉安的《離騷傳》、劉向與揚雄的《天問解說》、班固與賈逵的《離騷經章句》等整理著作和以單篇形式注解屈原作品的研究著作。東漢的王逸的《楚辭章句》更是楚辭研究集大成之作，確定《楚辭》的篇章範圍，彙集諸家關於楚辭的評說，給出詳盡有據的注釋，對屈原及其作品予以高度評價，從而宣告了「楚辭學」的建立。

一些目錄學著作，對《楚辭》的處理，也是頗為獨特的。從目錄學史上看，《楚辭》獨立成類，始於南朝梁阮孝緒《七錄》；其文集錄內篇分為四部，「楚辭部」居首。唐代撰《隋書・經籍志》，其集部「楚辭」類亦列首位〔註 102〕。公私書目將《楚辭》獨設一類的是非，不屬於本文探討範疇，我們只是想陳述這樣的史實：目錄學對《楚辭》的獨特處理，為《藝文類聚》編者提供了學術資源與編輯思路，因此，《楚辭》有別於其他集部著作被獨立出來，安排在「事」的部分。《藝文類聚》將《楚辭》做了與一般集部著作不同

〔註 101〕（宋）洪興祖撰，白化文等點校：《楚辭補注》（重印修訂本），第 182 頁。

〔註 102〕（唐）魏徵、令狐德棻：《隋書・經籍志》，中華書局，1973 年 8 月第 1 版，第 1055 頁。

的處理，並不是空穴來風，而是有一定的根據。

據《隋書・經籍志》記載，漢魏晉南北朝已有數種《楚辭》著作，即王逸注《楚辭》、郭璞注《楚辭》、楊穆《楚辭九悼》、皇甫遵訓《參解楚辭》、徐邈《楚辭音》、諸葛氏《楚辭音》、孟奧《楚辭音》、無名氏《楚辭音》、釋道騫《楚辭音》、劉杳《離騷草木疏》。雖然不能說是蔚為大觀，但也具有一定規模，而且這種情況在集部著作中也是絕無僅有的。這反映出「楚辭學」在唐初已經成為專門之學，《楚辭》獲得了與一般集部作品不同的崇高地位。

似乎目錄學家比文史學家更關注《楚辭》的文體特徵，將《楚辭》在目錄學著作中獨立成類，顯示了其文體的獨特性。這種認知為《藝文類聚》編者所接受。從現存文獻考察，唐前別《楚辭》於賦的現象，僅見於兩部文學總集，即南朝宋代孔逭的《文苑》和梁代昭明太子的《文選》。《文苑》輯錄漢代以後的文章，分賦、頌、騷等「十屬目錄」〔註 103〕，但此書已佚，詳情不曉。《文選》文體「騷」中，除選錄屈原的《離騷》《九歌》等外，還選錄宋玉的《九辯》《招魂》、劉安的《招隱士》，諸篇均域不出《楚辭》。雖然唐前更多的時候是將《楚辭》納入賦中，這可以說是一種時代共識，但是正如力之所說：從一般意義上講，《楚辭》應當屬於賦，但是，嚴格地說，《楚辭》與一般的賦又有所不同〔註 104〕。《藝文類聚》「文」的部分，更像一部總集，因此便取法《文苑》與《文選》的編輯方法，將《楚辭》從賦中獨立出來編排。同時，因為《楚辭》中的作品沒有一篇題作「××賦」，這也是編者將其區別於賦在題目上的考量。

四、「序題加選文」的辨體批評價值

《藝文類聚》「雜文部」包括卷五十五、卷五十六和卷五十七。這三卷中，有九個子目是以文體名稱作為子目名稱的，分別是：史傳、集序、詩、賦、七、連珠、書、檄、移。根據《藝文類聚》事前文後的體例，在這九個子目（也是九種文體）「事」的部分，首先輯錄古書之言，用以題其大意，序其次第，即闡述該文體淵源流變、指義與體制特色等。這類似於《文章流別集》

〔註 103〕（宋）王應麟：《玉海》，《景印文淵閣四庫全書》（第 944 冊），臺灣商務印書館，1983 年版，第 436 頁。

〔註 104〕力之：《關於「騷」「賦」之同異問題——兼論吳子良等批評〈文選〉別「騷」於「賦」之得失》，力之：《〈楚辭〉與中古文獻考說》，巴蜀書社，2005 年 12 月第 1 版，第 197 頁。

等總集的「序題」〔註 105〕。其次，在每種文體「文」的部分，按照朝代先後，依次輯錄若干代表性作品。《藝文類聚》這種「序題加選文」的編纂體例，上承摯虞《文章流別集》，下啟吳訥《文章辨體》、徐師曾《文體明辨》，具有獨到的文體批評價值。劉勰在《文心雕龍・序志》總結其文體批評方法說：「原始以表末，釋名以章義，選文以定篇，敷理以舉統」〔註 106〕。這具有內在關聯性的四個層次，構築了完整的文體批評體例。《藝文類聚》「雜文部」在九個子目（即九種文體）「事」的部分，輯錄的是有關文體的言論，符合劉勰「原始以表末，釋名以章義」，「敷理以舉統」的文體研究思路；而「文」的部分則類似總集，符合「選文以定篇」。

就卷五十六「雜文部二・賦」而言，在「事」的部分，輯錄有關「賦」的言論及文人作賦的事類；在「文」部分，輯錄從漢代揚雄到南朝梁代柳憕的各種樣式的賦作。這種「序題加選文」的編纂體例，作為一種批評形式，具有獨到的賦學辨體批評特色與價值。

第一，「序題」部分突出了賦體的淵源與基本特徵。這一點集中體現在卷五十六「雜文部二・賦」開頭的三個條目：「《毛詩序》曰：詩有六義，其二曰賦。《釋名》曰：賦，敷也，敷布其義，謂之賦也。《漢書》曰：不歌而誦謂之賦。登高能賦，可以為大賦。」〔註 107〕這是先唐時期關於「賦」的幾種較有影響的論述。

「《毛詩序》」條的「詩有六義，其二曰賦」，出自《詩大序》，即《毛詩序》：「故詩有六義焉：一曰風，二曰賦，三曰比，四曰興，五曰雅，六曰頌。」〔註 108〕這是現存文獻中最早關於「六義」的表述。《藝文類聚》節錄其前半句。此說又見於《周禮・春官・大師》，稱之為「六詩」：「（大師）教六詩：曰風，曰賦，曰比，曰興，曰雅，曰頌。」〔註 109〕三國皇甫謐《三都賦序》、西晉左思《三都賦序》、西晉摯虞《文章流別論》，也將詩「六義」之「賦」與作

〔註 105〕吳承學：《論「序題」——對中國古代一種文體批評形式的定名與考察》，吳承學：《中國古代文體形態研究》（第三版），北京大學出版社，2013 年 9 月第 1 版，第 314 頁。

〔註 106〕（南朝梁）劉勰著，詹瑛義證：《文心雕龍義證》，第 1924 頁。

〔註 107〕《藝文類聚》，第 1012 頁。

〔註 108〕（漢）毛亨傳，鄭玄箋，（唐）孔穎達等正義：《毛詩正義》，（清）阮元校刻：《十三經注疏》，中華書局，1980 年 9 月第 1 版，第 271 頁。

〔註 109〕（漢）鄭玄注，（唐）賈公彥疏：《周禮注疏》，（清）阮元校刻：《十三經注疏》，中華書局，1980 年 9 月第 1 版，第 796 頁。

為文體之「賦」聯繫起來論述。以今天的認識標準看，將詩「六義」之「賦」與作為文體之「賦」聯繫的說法並不切當，但是這種說法卻強調了詩與賦的淵源關係，是從淵源上探討詩與賦的關係。班固說賦是「古詩之流」〔註 110〕，就是說賦是詩的衍變；認為荀子和屈原「皆作賦以風（諷）」，都有哀傷的「古詩之義」〔註 111〕，所以在《漢書・藝文志》中，他將詩賦列在一類，共著錄詩賦類著作一百零六種，作品一千三百一十八篇。賦的起源與賦詩言志密切相關。程千帆說：賦詩言志的方法，有「借古詩言志」和「自作詩言志」兩種〔註 112〕。《藝文類聚》引《漢書・藝文志》說：春秋以後，諸侯國之間遣使訪問時的賦詩活動不再出現，「而賢人失志之賦作矣」〔註 113〕。程千帆總結說：「春秋以降」，「詩與樂分」，「繼承詩中諷諫之義」，「《詩三百篇》言志之篇章變而為賦」〔註 114〕。雖然將詩「六義」之「賦」與作為文體之「賦」相聯繫的說法並不切當，但是，在唐初編纂《藝文類聚》之時，這樣的看法在一定程度上卻是學術共識，因此以編輯共識知識為目的的類書《藝文類聚》將其輯錄。

值得注意的是「《釋名》」條摘引的「賦，敷也，敷布其義，謂之賦也」。此見於東漢劉熙《釋名・釋典藝》。今本《釋名》無「賦，敷也」三字，《北堂書鈔》所引與《藝文類聚》相同〔註 115〕，《太平御覽》所引亦同〔註 116〕，可見此三字不一定是《藝文類聚》編者所加，大概《釋名》的古本如此。「賦」通「敷」的用例，如《管子・山權數》：「丁氏歸，革築室，賦籍藏龜。」房玄齡（實為尹知章）注：「賦，敷也。」〔註 117〕又如，《左傳・僖公二十七年》

〔註 110〕（漢）班固：《兩都賦序》，（清）嚴可均：《後全漢文》，商務印書館，1999 年 10 月第 1 版，第 235 頁。

〔註 111〕（漢）班固撰，（唐）顏師古注：《漢書・藝文志》，中華書局，1962 年 6 月第 1 版，第 1756 頁。

〔註 112〕程千帆：《賦之隆盛及旁衍——漢魏六朝文學散論之一》，程千帆：《閒堂文藪》，齊魯書社，1984 年 1 月第 1 版，第 133 頁。

〔註 113〕《藝文類聚》，第 1012 頁。

〔註 114〕程千帆：《賦之隆盛及旁衍——漢魏六朝文學散論之一》，程千帆：《閒堂文藪》，第 133 頁。

〔註 115〕（唐）虞世南：《北堂書鈔》（2），學苑出版社，2015 年 5 月第 1 版，第 145 頁。

〔註 116〕（宋）李昉等：《太平御覽》，中華書局，1960 年 2 月第 1 版，第 2643 頁。

〔註 117〕（唐）房玄齡注，（明）劉績補注：《管子》，上海古籍出版社，2015 年 8 月第 1 版，第 435 頁。

趙衰引《夏書》曰：「賦納以言，明試以功，車服以庸。」〔註 118〕《尚書．益稷》作：「敷納以言，明庶以功，車服以庸。」〔註 119〕也可見「賦」通「敷」。所引《釋名》條，雖與《毛詩序》條不同，但探討的都是詩「六義」中的「賦」。《釋名》條是從「賦」的原初意義探尋作為文體的「賦」的含義，其實兩者並不能完全等同。《文心雕龍．詮賦》則云：「《詩》有六義，其二曰賦。賦者，鋪也，鋪采摛文，體物寫志也。」〔註 120〕劉勰參酌前人的論述，即兼述《毛詩序》和《釋名》的說法，對賦體做出定義，明確賦體的屬性，而其精神旨歸與《毛詩序》和《釋名》是相同的。

所引「《漢書》」條「不歌而誦謂之賦」，最為知名，被認為是古人對賦體做出的「比較有權威性的說法」〔註 121〕。此出自《漢書．藝文志》。《漢書．藝文志》是班固將劉歆《七略》「刪其要」而成，而劉歆《七略》是在其父劉向《別錄》基礎上撰成，所以，此觀點歸屬於班固、還是劉向父子，向無定論。《漢書．藝文志》在「不歌而誦謂之賦」之上，有「《傳》曰」二字，似此句又是引述他人之言。《文心雕龍．詮賦》則作：「傳云：『登高能賦，可為大夫。』」〔註 122〕考《詩經．鄘風．定之方中》之毛傳，有「升高能賦……可以為大夫」〔註 123〕的話，劉勰所引是對毛傳的節略，所以「傳曰」二字應在「不歌而誦謂之賦」之後無疑。程千帆、徐有富即持此觀點〔註 124〕。皇甫謐《三都賦序》云：「古人稱不歌而誦謂之賦。」〔註 125〕泛稱「古人」，可見對此句的著作權已不知歸屬。劉勰云：「劉向明不歌而頌」〔註 126〕，又將此句的著作權劃歸劉向。雖然此句著作權的歸屬莫衷一是，但不降低其影響力，

〔註 118〕（晉）杜預注，（唐）孔穎達等正義：《春秋左傳正義》，（清）阮元校刻：《十三經注疏》，中華書局，1980 年 9 月第 1 版，第 1822 頁。

〔註 119〕（漢）孔安國傳，（唐）孔穎達等正義：《尚書正義》，（清）阮元校刻：《十三經注疏》，中華書局，1980 年 9 月第 1 版，第 143 頁。

〔註 120〕（南朝梁）劉勰著，詹瑛義證：《文心雕龍義證》，第 270 頁。

〔註 121〕馬積高：《賦史》，上海古籍出版社，1987 年 7 月第 1 版，第 1 頁。

〔註 122〕（南朝梁）劉勰著，詹瑛義證：《文心雕龍義證》，第 272 頁。

〔註 123〕（漢）毛亨傳，鄭玄箋，（唐）孔穎達等正義：《毛詩正義》，（清）阮元校刻：《十三經注疏》，第 316 頁。

〔註 124〕程千帆、徐有富：《校讎廣義．目錄編》，齊魯書社，1998 年 4 月第 2 版，第 43 頁。

〔註 125〕（晉）皇甫謐：《三都賦序》，（清）嚴可均輯：《全晉文》，商務印書館，1999 年 10 月第 1 版，第 756 頁。

〔註 126〕（南朝梁）劉勰著，詹瑛義證：《文心雕龍義證》，第 272 頁。

許多研究者把「不歌而誦謂之賦」看作「賦」得名的圭臬。

第二，「序題」部分還包含一部微型的故事體的賦史。今天的文學史，大都是論述體，缺乏必要的歷史細節和文學故事，而《藝文類聚》中的「文學史」卻是有故事的，展現了賦體評價與創作的歷史現場。「(《漢書》) 又曰」條是關於「賦」的議論：漢宣帝命令王褒和張子僑等人一起待詔，多次讓他們作為侍從參加大規模遊獵，每到一個宮館，就讓其作賦歌頌，評定所作文章的高下，按照文章的水平等級賜予布帛。「議者多以為淫靡不急。上曰：『不有博弈者乎，為之猶賢乎已！辭大者與古詩同義，小者辨麗可嘉。譬如女工有綺縠，音樂有鄭衛，今世俗猶皆以此娛悅耳目，辭賦比娛耳悅目，有仁義風諭鳥獸草木多聞之觀，賢於倡優博弈遠矣。』」〔註 127〕此段文字摘自《漢書・王褒傳》，文字小異，是漢宣帝的賦論。王褒等人作賦遭到非議，被看作是「淫靡不急」之事，漢宣帝給予辯護，認為賦具有娛樂功能（「娛悅耳目」）、教化功能（「仁義風諭」）、博物功能（「鳥獸草木多聞之觀」）。皇帝褒獎賦，鼓勵賦的創作，對賦的繁榮意義重大。黃侃說：「此讚揚辭賦之詞最先者」〔註 128〕。

接下來的幾條輯錄的是作賦的掌故——故事與言論，大都是以故事為主，涉及的朝代，從西漢到東晉，依次為：「(《漢書》) 又曰」條，敘枚皋被漢武帝徵召至宮中，受詔為平樂館作賦，得到武帝賞識。枚皋和東方朔作《皇太子生賦》。枚皋為文迅疾，司馬相如為文遲緩。「《漢書》」條，記成帝時揚雄上《甘泉賦》。揚雄作賦摹擬司馬相如。「《東觀漢記》」條，敘皇帝每次外出視察，班固往往獻賦。「桓子《新論》」條，述說桓譚自己少時作賦，思慮甚苦而致病。又引揚雄自述，稱因作《甘泉賦》殫精竭慮而元氣大傷，臥病一年。又引揚雄言：能讀千賦，則善為之。「《禰衡別傳》」條，記禰衡作《鸚鵡賦》。「《魏略》」條，記卞蘭獻賦，讚頌太子美德，被賞賜一頭牛。「(《魏略》) 又曰」條，記邯鄲淳作《投壺賦》，得帛十匹。「《魏志》」條，記曹植援筆立就《銅爵臺賦》，令曹操大為驚奇。「王隱《晉書》」條，記阮籍、成公綏誇讚張華的《鷦鷯賦》。「《文士傳》」條，記何楨作《許都賦》。「(《文士傳》) 又曰」條，記潘尼作《琉璃碗賦》。「《世說》」條，記孫綽作《天台山賦》，以及范榮期對此賦的評價。以上各條，或記著名賦家，或記賦作名篇。按照時

〔註 127〕《藝文類聚》，第 1012 頁。
〔註 128〕黃侃：《文心雕龍箚記》，中華書局，2014 年 9 月第 1 版，第 51 頁。

代先後依次排列。其中「(《漢書》) 又曰」條，敘漢武帝招攬枚皋、東方朔、司馬相如等賦家，令其作賦，按時代次序，漢武帝在前，漢宣帝在後，此條本應放在上一個「(《漢書》) 又曰」條漢宣帝論賦之前，只是因為漢宣帝論賦的內容與本子目開頭三條緊密相關，所以就將其提前，放在含有漢武帝內容的條目之前。

第三，「序題」與輯錄的賦作，構成彼此呼應的有機整體。卷五十六雜文部二·賦「事」的部分，承擔了「序題」的功能，是提綱挈領式的對賦體特徵的概括、對作者創作情況的敘述以及對賦作的評論，但不涉及具體作品的正文；然後通過「文」的部分輯錄具體賦作，儼然一部小型的歷代賦選，以配合「序題」來辨析文體。「事」之「序題」與「文」之賦作，互相印證，又互相補充，構成彼此呼應的有機整體，共同完成賦的文體辨析。只有把「事」與「文」兩者結合，才能得到《藝文類聚》編者關於賦的完整的認識。要真正全面準確把握《藝文類聚》編者的賦體文學觀，不能僅看「事」之「序題」，還要結合「文」之具體賦作。

「事」之「序題」是始辨其體——論賦之體，敘賦之特徵與作者創作之事蹟，這種辨體意味一直延續到「文」的部分，就是說要確知《藝文類聚》編者的賦體文學觀，就一定要把「事」之「序題」與「文」之賦作聯繫起來考察。「事」的部分的一些賦作，諸如《鸚鵡賦》《投壺賦》《鷦鷯賦》《許都賦》等，題目中均有「賦」字，這無疑是告訴讀者，所謂賦者，就是題目為「××賦」的作品。但這種認識並不全面，還要結合「文」之賦作進行綜合考察。「文」的部分輯錄的賦，首列晉代陸機的《文賦》，題為「××賦」，這無非是承接「事」的部分，也是《藝文類聚》輯錄賦作的一般做法，即以題定體，凡是題目為「××賦」的，均按照賦作輯錄。而以題定體只是《藝文類聚》輯錄賦作、對賦進行辨體批評的一種方式，卻不是唯一的方式。接下來輯錄的揚雄的《反騷》、班彪的《悼離騷》，又說明在《藝文類聚》編者的眼中，騷體也屬於賦。「文」的部分最後八篇作品，即曹植的《九詠》到柳憕的《賦體》，題目均不是「××賦」的形式，但《藝文類聚》的編者同樣把它們輯錄在「賦」體中，這又說明它們也屬於賦。此點論析，已見上文。

第二節 《藝文類聚》的詩學辨體批評

在《藝文類聚》輯錄的 51 種文體〔註 129〕中，標注有「歌」「吟」「歎」「引」「詠」「謳」「樂府」「樂府古詩」的幾種文體，都可以劃歸到「詩」體，但編者卻將它們與「詩」體分開輯錄與標注，體現了鮮明的詩學辨體意識。

一、關於歌、吟、歎、引、詠、謳的辨體批評

郭茂倩《樂府詩集》卷六十一「雜曲歌辭一」引《宋書·樂志》說，漢魏時期，詩之流有八名，總謂之曲；其中有歌、吟、歎、引、詠〔註 130〕。唐代元稹《樂府古題序》論及詩之流有二十四名，其中十七種為樂府詩，歌、吟、歎、引、詠、謳幾種類名均包括在內〔註 131〕，可見歌、吟、歎、引、詠、謳都屬於樂府詩。按照元稹的觀點，這些樂府詩在入樂上分為兩類，一是「因聲以度詞」，包括引、謳、歌等八類題名；二是「選詞以配樂」，包括詠、吟、歎等九類題名〔註 132〕。從這兩則資料可知，在古人眼中，歌、吟、歎、引、詠、謳均屬於樂府詩的種類。

關於歌，《藝文類聚》卷四十三樂部三有子目「歌」，輯錄若干首「歌」體的作品，另外，卷一天部上·日之文體「歌」中，輯錄東漢李尤的《九曲歌》、晉代傅玄的《日昇歌詠》《三光篇》；卷八水部上·江水之文體「歌」中，輯錄晉代夏侯湛的《江上泛歌》；卷八十八木部上·柏之文體「歌」中，輯錄《古歌》（平陵東）、《古豔歌》（南山石嵬嵬）、《歌》（行行隨道）〔註 133〕。對《藝文類聚》輯錄的「歌」體作品的考察，以卷四十三樂部三·歌中輯錄的作品為主。

為了清晰展示《藝文類聚》輯錄的這些「歌」體作品，以及它們在後人眼中的文體定位，我們把這些作品按照時代先後重新排序，再與宋代郭茂倩《樂府詩集》中的收錄情況作比對，詳見下表：

〔註 129〕韓建立：《文獻學視域下的〈藝文類聚〉研究》，花木蘭文化事業有限公司，2019 年 9 月第 1 版，第 166 頁。

〔註 130〕（宋）郭茂倩：《樂府詩集》，中華書局，1979 年 11 月第 1 版，第 884 頁。

〔註 131〕（唐）元稹：《樂府古題序》，（唐）元稹撰，冀勤點校：《元稹集》，中華書局，1982 年 8 月第 1 版，第 254 頁。

〔註 132〕（唐）元稹：《樂府古題序》，（唐）元稹撰，冀勤點校：《元稹集》，第 254 頁。

〔註 133〕《藝文類聚》，第 6、160、1516 頁。

《藝文類聚》中的朝代及作者	《藝文類聚》中的題目	《樂府詩集》中的題目	《樂府詩集》中對應的類別
	《虞舜作歌》(元首明哉)	未收	
	《歌》(元首叢脞哉)	未收	
	《歌》(南風之薰兮)	未收	
	《卿雲歌》	《卿雲歌》	雜歌謠辭
	《西王母為天子謠》	《白雲謠》	雜歌謠辭
	《古東飛伯勞等歌》	《東飛伯勞歌》	雜曲歌辭
	《古河中之水向東流》	《河中之水歌》	雜歌謠辭
	《古歌》(平陵東)	《平陵東》	相和歌辭
	《古豔歌》(南山石嵬嵬)	《豔歌行》	相和歌辭・瑟調曲
	《歌》(行行隨道)	未收	
(先秦齊)寧戚	《扣牛角歌》	《商歌》	雜歌謠辭
(先秦燕)荊軻	《蕭蕭歌》	《渡易水》	琴曲歌辭
(西漢)高祖	《大風歌》	《大風起》	琴曲歌辭
(西漢)武帝	《歌》(瓠子決兮將奈何)	《瓠子歌》	雜歌謠辭
(西漢)司馬相如	《琴歌》	《琴歌》二首	琴曲歌辭
(西漢)烏孫公主	《烏孫公主歌》	《烏孫公主歌》	雜歌謠辭
(東漢)李尤	《九曲歌》	未收	
(東漢)無名氏	(漢章帝時)《童謠》(城中好高髻)	《城中謠》	雜歌謠辭
(東漢)無名氏	(漢桓帝詩)《童謠》(城上烏)	《後漢桓帝初城上烏童謠》	雜歌謠辭
(晉代)傅玄	《日昇歌詠》	未收	
	《三光篇》	未收	
	《燕人美兮歌》	《吳楚歌》	雜歌謠辭
(晉代)夏侯湛	《江上泛歌》	未收	
(晉代)劉琨	《扶風歌》	《扶風歌》	雜歌謠辭
(晉代)陸機	《百年歌》	未收	
(晉代)王獻之	《情人桃葉歌》	《桃葉歌》	清商曲辭

(晉代)桃葉	《答王團扇歌》(三首)	《團扇郎》	清商曲辭・吳聲歌曲
(晉代)孫綽	《情人詩》	《碧玉歌》	清商曲辭・吳聲歌曲
(南朝宋)鮑照	《白紵辭歌》	《白紵歌》	舞曲歌辭
	《中興歌》	《中興歌》	雜歌謠辭
(南朝宋)謝莊	《明堂歌辭》	《宋明堂歌》	郊廟歌辭
(南朝齊)陸厥	《李夫人及貴人歌》	《李夫人及貴人歌》	雜歌謠辭
(南朝齊)謝朓	《郊廟歌辭》	《歌青帝》《歌赤帝》《歌黃帝》《歌白帝》《歌黑帝》	郊廟歌辭
(南朝齊)王融	《明王歌辭》	《齊明王歌辭》	舞曲歌辭
(南朝梁)武帝	《春歌》	《子夜四時歌》	清商曲辭
	《夏歌》	《子夜四時歌》	清商曲辭
	《秋歌》	《子夜四時歌》	清商曲辭
	《襄陽白銅堤歌》	《襄陽蹋銅蹄》	清商曲辭・西曲歌
	《團扇歌》	《團扇郎》	清商曲辭・吳聲歌曲
(南朝梁)沈約	《郊廟歌》	《梁明堂登歌》	郊廟歌辭
	《元會歌辭》	《梁雅樂歌》	郊廟歌辭
	《胤雅》	《胤雅》	燕射歌辭
	《介雅》	《介雅》	燕射歌辭
	《襄陽白銅鞮歌》	《襄陽蹋銅蹄》	清商曲辭・西曲歌
	《春白紵歌》	《春白紵》	舞曲歌辭・雜舞
	《夏白紵歌》	《夏白紵》	舞曲歌辭・雜舞
	《秋白紵歌》	《秋白紵》	舞曲歌辭・雜舞
	《冬白紵歌》	《冬白紵》	舞曲歌辭・雜舞
(南朝梁)劉孝威	《行幸甘泉歌》	《行幸甘泉宮》	雜歌謠辭・歌辭

從上表可以看出,《藝文類聚》輯錄在文體「歌」中的作品,大部分被《樂府詩集》收錄,說明在郭茂倩看來,它們大部分是樂府詩。現就《樂府詩集》中未收錄和雖然收錄卻與《藝文類聚》標注的信息不同的幾首詩作一分析。

《虞舜作歌》(元首明哉)、《歌》(元首叢脞哉)、《歌》(南風之薰兮)三首詩,《藝文類聚》輯錄在卷四十三樂部三・歌〔註 134〕,《樂府詩集》未

〔註 134〕《藝文類聚》,第 772 頁。

收。《虞舜作歌》(元首明哉)、《歌》(元首叢脞哉)兩首出自《尚書・益稷》〔註 135〕,《史記・夏本紀》中也有記載〔註 136〕,均是舜帝所唱,為先秦古歌。《歌》(南風之薰兮)出自於《孔子家語・辯樂解》,其中有舜「造《南風》之詩」〔註 137〕的話,是舜帝所唱,為先秦古歌。《歌》(行行隨道),《藝文類聚》輯錄在卷八十八木部上・柏之文體「歌」中,是漢代樂府詩,《詩紀》題作「《古詩》」,逯欽立改題為「《古豔歌》」〔註 138〕。

李尤的《九曲歌》,《藝文類聚》輯錄在卷一天部上・日之文體「歌」中,《樂府詩集》未收。《九曲歌》被早期的類書諸如《編珠》卷一、〔註 139〕《北堂書鈔》卷一百四十九〔註 140〕、《藝文類聚》等收錄,文體歸屬,當遵從《藝文類聚》等類書的意見,歸為「歌」。

傅玄的《日昇歌詠》《三光篇》,《藝文類聚》輯錄在卷一天部上・日之文體「歌」中,《樂府詩集》未收。《日昇歌詠》為明代梅鼎祚的《古樂苑》卷三十五收錄,題作《日昇歌》〔註 141〕。

夏侯湛的《江上泛歌》,《樂府詩集》未收,是一首楚辭體詩。

《古河中之水向東流》,《藝文類聚》未標注作者,《玉臺新詠》作無名氏,題名《歌辭二首》,此為其二〔註 142〕,《樂府詩集》作梁武帝蕭衍的作品,題目作《河中之水歌》〔註 143〕。

《情人桃葉歌》,《藝文類聚》標注的作者是王獻之,《樂府詩集》作無名氏,題名《桃葉歌》〔註 144〕。

〔註 135〕(漢)孔安國傳,(唐)孔穎達等正義:《尚書正義》,(清)阮元校刻:《十三經注疏》,第 144 頁。

〔註 136〕(漢)司馬遷:《史記・夏本紀》,中華書局,1982 年 11 月第 2 版,第 82 頁。

〔註 137〕張濤:《孔子家語譯注》,人民出版社,2017 年 11 月第 1 版,第 339 頁。

〔註 138〕逯欽立輯校:《先秦漢魏晉南北朝詩》,中華書局,1983 年 9 月第 1 版,第 292 頁。

〔註 139〕(隋)杜公瞻:《編珠》,《景印文淵閣四庫全書》(第 887 冊),臺灣商務印書館,1983 年版,第 42 頁。

〔註 140〕(唐)虞世南:《北堂書鈔》,學苑出版社,2015 年 5 月第 1 版,第 507 頁。

〔註 141〕(明)梅鼎祚:《古樂苑》,《景印文淵閣四庫全書》(第 1395 冊),臺灣商務印書館,1983 年版,第 377 頁。

〔註 142〕(南朝陳)徐陵編,(清)吳兆宜注,程琰刪補:《玉臺新詠箋注》,第 387 頁。

〔註 143〕(宋)郭茂倩:《樂府詩集》,第 1204 頁。

〔註 144〕(宋)郭茂倩:《樂府詩集》,第 664～665 頁。

《答王團扇歌》（三首），《藝文類聚》標注的作者是桃葉，《樂府詩集》作梁武帝，題名為《團扇郎》〔註 145〕。

《情人詩》，《藝文類聚》標注的作者是孫綽，《樂府詩集》作無名氏，題名《碧玉歌》〔註 146〕。

鮑照的《白紵辭歌》，《樂府詩集》題作《白紵歌》，分為三首〔註 147〕。

謝朓的《郊廟歌辭》，《樂府詩集》作《齊雩祭樂歌》（八首）之《歌青帝》《歌赤帝》《歌黃帝》《歌白帝》《歌黑帝》〔註 148〕，而「郊廟歌辭」是《樂府詩集》的分類，也是其卷名。

王融的《明王歌辭》，《樂府詩集》作《齊明王歌辭》之《明王曲》《聖君曲》《淥水曲》《採菱曲》四個小題〔註 149〕，《藝文類聚》沒有這四個小題，只用「又曰」作另外一首作品的標注。

梁武帝的《春歌》，《樂府詩集》標注的作者是王金珠〔註 150〕。

沈約的《郊廟歌》，《樂府詩集》題作《梁明堂登歌》〔註 151〕，郊廟歌應作「郊廟歌辭」，是樂府詩的分類，在《樂府詩集》中也是卷名。「郊廟歌」或「郊廟歌辭」不是作品的題名。

通過以上統計和分析，《藝文類聚》輯錄的「歌」體作品，均屬於樂府詩的範疇。

關於吟，《藝文類聚》在相關子目中共輯錄四首作品。具體為：三國魏諸葛亮的《梁父吟》，輯錄在卷十九人部三・吟；晉代夏侯湛的《山路吟》，輯錄在卷七山部上・總載山之文體「吟」中；晉代潘尼的《逸民吟》，輯錄在卷十九人部三・吟；南朝宋代謝莊的《山夜憂》，輯錄在卷七山部上・總載山之文體「吟」中〔註 152〕；這四首作品，只有諸葛亮的《梁父吟》收錄在《樂府詩集》卷四十一中，題作《梁甫吟》〔註 153〕，其他三首，《樂府詩集》未收。

〔註 145〕（宋）郭茂倩：《樂府詩集》，第 661 頁。
〔註 146〕（宋）郭茂倩：《樂府詩集》，第 664 頁。
〔註 147〕（宋）郭茂倩：《樂府詩集》，第 800～801 頁。
〔註 148〕（宋）郭茂倩：《樂府詩集》，第 27～29 頁。
〔註 149〕（宋）郭茂倩：《樂府詩集》，第 812～814 頁。
〔註 150〕（宋）郭茂倩：《樂府詩集》，第 651 頁。
〔註 151〕（宋）郭茂倩：《樂府詩集》，第 34 頁。
〔註 152〕《藝文類聚》，第 352、127、352、127 頁。
〔註 153〕（宋）郭茂倩：《樂府詩集》，第 605 頁。

關於歎，《藝文類聚》卷二十八人部十二・遊覽之文體「歎」中〔註 154〕，輯錄晉代石崇的《思婦歎》，是一首楚辭體的作品；《樂府詩集》未收。

關於引，《藝文類聚》在相關子目的文體「引」中，共輯錄兩篇作品，具體為：南朝宋代謝莊的《懷園引》，輯錄在卷六十五產業部上・園之文體「引」中；南朝梁代朱異的《田飲引》，輯錄在卷七十二食物部・酒之文體「引」中〔註 155〕。謝莊的《懷園引》是一首雜言詩，全詩有三言、五言和七言，還雜有楚辭句式；朱異的《田飲引》是一首楚辭體的詩；兩篇作品，《樂府詩集》均未收。

關於詠，《藝文類聚》卷六十五產業部上・園之文體「引」中，輯錄晉代湛方生的《遊園詠》〔註 156〕。逯欽立《先秦漢魏晉南北朝詩》和嚴可均的《全晉文》，均收錄《遊園詠》〔註 157〕。《遊園詠》是一篇詩賦兩種文體交融的作品。篇中有「對荊門之孤阜」句，大概湛方生當時正在荊州任職。篇中自稱「流客」，可知當時他離家已久。這是一篇楚辭體的作品。前半部分描繪遊園時所見的山水景色、芳草修竹，境界寧靜悠遠，反映出恬淡的心緒。「智無涯」四句抒發玄理，表達「自足其性」「適性逍遙」的價值取向。這是受當時玄言文風浸染的痕跡。結尾四句用羈馬思華林、籠雉想皋澤，表達思歸之意。《遊園詠》絕大部分篇幅寫景，「既有山水之美，又有田園之趣，」開謝靈運山水詩和陶淵明田園詩的先河〔註 158〕。《遊園詠》並不是一首樂府詩，《藝文類聚》將其獨立於「樂府」之外，單獨立目，分類是正確的；將其獨立於「詩」之外，單獨立目，也是正確的；它是詩與賦兩種文體交融的產物。篇題《遊園詠》，僅是取樂府詩的類名「詠」而已。《說文解字》釋「詠」為「歌」〔註 159〕。南朝梁代顧野王《玉篇・言部》說：「詠，長言也，歌也。」〔註 160〕《遊園詠》徒取樂府之名，而無樂府之實。

〔註 154〕《藝文類聚》，第 508 頁。

〔註 155〕《藝文類聚》，第 1164、1250 頁。

〔註 156〕《藝文類聚》，第 1164 頁。

〔註 157〕逯欽立輯校：《先秦漢魏晉南北朝詩》，第 946 頁。（清）嚴可均：《全晉文》，商務印書館，1999 年 10 月第 1 版，第 1519 頁。

〔註 158〕徐公持：《魏晉文學史》，人民文學出版社，1999 年 9 月第 1 版，第 554 頁。

〔註 159〕（漢）許慎撰，（宋）徐鉉校定：《說文解字》，中華書局，2013 年 7 月第 1 版，第 48 頁。

〔註 160〕（梁）顧野王：《玉篇》，中華書局編輯部：《小學名著六種》，中華書局，1998 年 11 月第 1 版，第 34 頁。

關於謳，《藝文類聚》卷八十五百穀部・穀之文體「謳」中，輯錄曹植的《魏德論謳（穀）》；卷八十五百穀部・禾之文體「謳」中，輯錄曹植的《魏德論謳（禾）》；卷九十二鳥部下・鵲之文體「詩」中，輯錄曹植的《魏德論謳（鵲）》；卷九十二鳥部下・鳩之文體「謳」中，輯錄曹植的《魏德論謳（鳩）》〔註 161〕。有趣的是，卷九十二鳥部下・鵲中輯錄的《魏德論謳（鵲）》，是放在「詩」體中，而此子目「鵲」中沒有「謳」體的標注。從其他幾首《魏德論謳》的輯錄情況看，此處當是漏標文體「謳」。這種漏標，也說明在編者的潛意識裏，「謳」是屬於詩體的一類。曹植有《魏德論》，也有《魏德論謳》六首；除《藝文類聚》輯錄的四首外，還有《魏德論謳・甘露》《魏德論謳・連理木》兩首〔註 162〕。劉勰《文心雕龍・封禪》說：「陳思《魏德》，假論客主，問答迂緩」，卻沒有風力和光采〔註 163〕。曹植的《魏德論》摹擬司馬相如的《封禪文》，蹈襲而無新意。封禪文本是歌功頌歌的文字，即使大手筆如曹植者，也難以寫出有光彩的文章。《魏德論謳》與之一脈相承，用樂府詩體詠祥瑞之物，以宣揚皇權神授。《說文解字》說：「謳，齊歌也。」〔註 164〕《漢書・高帝紀上》載：「漢王既至南鄭，諸將及士卒皆歌謳思東歸」顏師古注曰：「謳，齊歌也，謂齊聲而歌，或曰齊地之歌。」〔註 165〕顏師古顯然是承襲許慎的解釋。這種解釋符合《魏德論謳》的創作實際。而元稹《樂府古題序》所說的「採民甿者為謳」〔註 166〕，與《魏德論謳》的創作實際不符。

二、關於樂府與樂府古詩的辨體批評

在《藝文類聚》卷四十一樂部一・論樂之文體「樂府古詩」和卷四十二樂部二・樂府中，均摘錄有樂府詩，但是，一標注為文體「樂府古詩」，一標注為子目「樂府」〔註 167〕，兩者並不在一個目錄層級上。雖然「樂府古詩」

〔註 161〕《藝文類聚》，第 1447、1448、1593、1600 頁。

〔註 162〕（三國魏）曹植著，趙幼文校注：《曹植集校注》，中華書局，2016 年 10 月第 1 版，第 335、336 頁。

〔註 163〕（南朝梁）劉勰著，詹瑛義證：《文心雕龍義證》，第 814 頁。

〔註 164〕（漢）許慎撰，（宋）徐鉉校定：《說文解字》，第 48 頁。

〔註 165〕（漢）班固撰，（唐）顏師古注：《漢書・高帝紀》，中華書局，1962 年 6 月第 1 版，第 30 頁。

〔註 166〕（唐）元稹：《樂府古題序》，（唐）元稹撰，冀勤點校：《元稹集》，第 254 頁。

〔註 167〕《藝文類聚》，第 738、752 頁。

是子目「論樂」下的文體標注，「樂府」是子目名稱，而顯然，編者也是將「樂府」當作一種文體看待的，正如卷五十六雜文部二的子目「詩」「賦」，編者也是將「詩」「賦」看作文體名稱一樣。那麼在《藝文類聚》編者的眼中，「樂府古詩」和「樂府」兩者又有什麼區別呢？

下表是卷四十一樂部一・論樂之文體「樂府古詩」中摘錄的作品，以及它們在宋代郭茂倩編的《樂府詩集》中的題目與對應的類別：

《藝文類聚》中的朝代及作者	《藝文類聚》中的題目	《樂府詩集》中的題目	《樂府詩集》中對應的類別
無名氏	《飲馬長城窟行》	《飲馬長城窟行》	相和歌辭・瑟調曲
（三國）魏文帝	《飲馬長城窟行》		
（晉）傅玄	《飲馬長城窟行》		
（晉）陸機	《飲馬長城窟行》		
（梁）沈約	《飲馬長城窟行》		
（晉）陸機	《董逃行》（六首）	《董逃行》	相和歌辭・清調曲
（晉）陸機	《長安有狹斜行》	《長安有狹斜行》	
（宋）謝惠連	《長安有狹斜行》		
（梁）沈約	《長安有狹斜行》		
（梁）庾肩吾	《長安有狹斜詩》		
（宋）鮑照	《結客少年場行》	《結客少年場行》	雜曲歌辭
（梁）劉孝威	《結客少年場行》		
（宋）鮑照	《出自薊北門行》	《出自薊北門行》	
（北周）庾信	《出自薊北門行》		
（陳）徐陵	《出自薊北門行》		
（宋）鮑照	《苦熱行》	《苦熱行》	
（宋）鮑照	《白頭行吟》	《白頭吟》	相和歌辭・楚調曲
（三國）魏文帝	《釣竿行》	《釣竿》（其中劉孝威《釣竿篇》作劉孝綽《釣竿》）	鼓吹曲辭・漢鐃歌
（梁）沈約	《釣竿行》		
（梁）戴嵩	《釣竿篇》		
（梁）劉孝威	《釣竿篇》		
（三國）曹植	《太山梁甫行》	《泰山梁甫行》	相和歌辭・楚調曲
（梁）沈約	《梁甫吟行》	《梁甫吟》	

（三國）曹植	《豫章行》（二首）	《豫章行》	相和歌辭·清調曲
（晉）傅玄	《豫章行》		
（晉）陸機	《豫章行》		
（宋）謝靈運	《豫章行》		
（梁）沈約	《豫章行》		
（三國）曹植	《薤露行》	《薤露》	相和歌辭·相和曲
（三國）魏文帝	《秋胡行》（三首）	《秋胡行》	相和歌辭·清調曲
（晉）傅玄	《秋胡行》		
（晉）陸機	《秋胡行》		
（宋）謝惠連	《秋胡行》（二首）		
（三國）魏文帝	《丹霞蔽日行》	《丹霞蔽日行》	相和歌辭·瑟調曲
（三國）曹植	《丹霞蔽日行》		
（三國）曹植	《蒲生行》	《蒲生行·浮萍篇》	相和歌辭·清調曲
（三國）曹植	《妾薄命行》	《妾薄命》（其中曹植的《妾薄命行》析為二首）	雜曲歌辭
（梁）簡文帝	《妾薄命行》		
（梁）劉孝威	《妾薄命行》		
無名氏	《古陌上桑羅敷行》	《陌上桑》	相和歌辭·相和曲
（晉）陸機	《日出東南隅行》		
（宋）謝靈運	《日出東南隅行》		
（梁）沈約	《日出東南隅行》		
（梁）蕭子顯	《日出東南隅行》		
（晉）陸機	《君子有所思行》	《君子有所思行》	雜曲歌辭
（宋）鮑照	《代君子有所思行》		
（梁）沈約	《君子有所思行》		
（齊）王融	《有所思》	《有所思》	鼓吹曲辭·漢鐃歌
（齊）劉繪	《有所思行》		
（梁）庾肩吾	《賦得有所思行》		
（梁）王僧孺	《有所思行》		
（晉）陸機	《東武吟行》	《東武吟行》	相和歌辭·楚調曲
（宋）鮑照	《東武吟行》		
（梁）沈約	《東武吟行》		

（晉）陸機	《順東西門行》	《順東西門行》	相和歌辭・瑟調曲
（宋）謝惠連	《順東西門行》		
（宋）謝惠連	《都東西門行》	《卻東西門行》	
（梁）沈約	《都東西門行》		
（三國）魏文帝	《上留田行》	《上留田行》	
（晉）陸機	《上留田行》		
（晉）陸機	《齊謳行》	《齊謳行》	雜曲歌辭
（梁）沈約	《齊謳行》		
（晉）陸機	《隴西行》	《隴西行》	相和歌辭・瑟調曲
（宋）謝惠連	《隴西行》		
（梁）簡文帝	《隴西行》		
（晉）陸機	《吳趍行》	《吳趨行》	雜曲歌辭
（漢）班婕妤	《怨歌行》	《怨歌行》	相和歌辭・瑟調曲
（梁）江淹	《擬班婕妤詠扇》		
（三國）曹植	《怨歌行》		
（梁）沈約	《怨歌行》		
（晉）傅玄	《怨詩》	《明月篇》	雜曲歌辭
（三國）魏文帝	《苦寒行》	《苦寒行》	相和歌辭・清調曲
（晉）陸機	《苦寒行》		
（宋）謝靈運	《苦寒行》		
（三國）魏文帝	《善哉行》	《善哉行》	相和歌辭・瑟調曲
（三國）曹植	《善哉行》		
（宋）謝惠連	《善哉行》		
（三國）魏文帝	《苦哉行》		
（三國）曹植	《君子行》	《君子行》	相和歌辭・平調曲
（晉）陸機	《君子行》		
（梁）簡文帝	《君子行》		
（梁）沈約	《君子行》		
（梁）戴嵩	《君子行》		
（三國）魏文帝	《猛虎行》	《猛虎行》	
（晉）陸機	《猛虎行》		
（宋）謝惠連	《猛虎行》		

（三國）曹植	《平陸東行》	《平陵東》	相和歌辭・相和曲
（三國）曹植	《苦思行》	《苦思行》	雜曲歌辭
（三國）魏文帝甄皇后	《塘上行》	《塘上行》（其中沈約《塘上行》作《江蘺生幽渚》）	相和歌辭・清調曲
（晉）陸機	《塘上行》		
（宋）謝惠連	《塘上行》		
（梁）沈約	《塘上行》		
（梁）劉孝威	《塘上行》		
無名氏	《古相逢行》	《相逢行》（其中謝靈運《相逢行》作謝惠連《相逢行》）	
（宋）謝靈運	《相逢行》		
（梁）張率	《相逢行》		
無名氏	《古驅車上東門行》	《驅車上東門行》	雜曲歌辭
（晉）陸機	《駕言出北闕行》	《駕言出北闕行》	
（宋）鮑照	《驅馬上東門行》	《東門行》	相和歌辭・瑟調曲
（晉）陸機	《從軍行》	《從軍行》	相和歌辭・平調曲
（宋）顏延之	《從軍行》		
（梁）簡文帝	《從軍行》（二首）		
（梁）蕭子顯	《從軍行》		
（梁）戴嵩	《從軍詩》		
（晉）陸機	《悲哉行》	《悲哉行》	雜曲歌辭
（宋）謝靈運	《悲哉行》		
（梁）沈約	《悲哉行》		
（晉）張華	《門有車馬客行》	《門有車馬客行》（其中張華《門有車馬客行》作鮑照《門有車馬客行》）	相和歌辭・瑟調曲
（晉）陸機	《門有車馬客行》		

下面，以《樂府詩集》確定的篇題，對上表所作的統計作一梳理：

關於《飲馬長城窟行》，《飲馬長城窟行》最早的古辭是「青青河畔草」一首，是漢代樂府詩，見於《文選》〔註 168〕。《樂府詩集》稱其為「古辭」〔註 169〕；《樂府古題要解》也稱其為「古詞」，主旨是悲傷「良人流宕不歸」，

〔註 168〕（南朝梁）蕭統編，（唐）李善注：《文選》，上海古籍出版社，1986 年 8 月第 1 版，第 1344 頁。

〔註 169〕（宋）郭茂倩：《樂府詩集》，第 555 頁。

或以為是蔡邕所作〔註170〕。魏文帝、傅玄、陸機、沈約的《飲馬長城窟行》均為擬樂府舊題。

關於《董逃行》，《樂府詩集》引《古今注》說，《董逃行》是東漢遊童所作。「終有董卓作亂，卒以逃亡。後人習之為歌章，樂府奏之以為儆誡焉。」又引《風俗通》曰：「卓以《董逃》之歌，主為己發，太禁絕之。」〔註171〕

關於《長安有狹斜行》，《樂府詩集》卷三十四·相和歌辭九《相逢行》題解曰：《相逢行》「一曰《相逢狹路間行》，亦曰《長安有狹斜行》。」題下注曰：「古辭」。在《相逢行》（相逢狹路間）下，注曰：「晉樂所奏。」〔註172〕在卷三十五·相和歌辭十·清調曲三《長安有狹斜行》（長安有狹斜）題下，注曰：「古辭。」〔註173〕這裡的「古辭」指的是漢樂府詩。《長安有狹斜行》是漢樂府舊題。陸機、謝惠連、沈約、庾肩吾的《長安有狹斜行》均為擬樂府舊題。

關於《結客少年場行》，《樂府詩集》卷六十六·雜曲歌辭六《結客少年場行》題解說，曹植的《結客篇》中有「結客少年場」。又引《廣題》說，漢代長安城中詠少年殺吏的歌謠中有「恒東少年場」。題解又說：「結客少年場，言少年時結任俠之客，為遊樂之場，終而無成，故作此曲也。」〔註174〕《樂府古題要解》說，《結客少年場行》是歌詠「輕生重義」、慷慨立功名〔註175〕。

關於《出自薊北門行》，曹植《豔歌行》中有「出自薊北門」。清代朱秬堂《樂府正義》說，《出自薊北門行》本於曹植的《豔歌行》〔註176〕。《樂府古題要解》說，《出自薊北門行》寫突騎勇悍和燕薊風物〔註177〕。《樂府詩集》所選以《出自薊北門行》為題的幾首詩，均與從軍有關。《樂府詩集》引《漢書》曰：「薊，故燕國也。」〔註178〕

關於《苦熱行》，三國魏曹植有《苦熱行》。《樂府古題要解》說：《苦熱

〔註170〕（唐）吳兢：《樂府古題要解》，丁福保：《歷代詩話續編》（上），中華書局，1983年8月第1版，第45頁。

〔註171〕（宋）郭茂倩：《樂府詩集》，第504～505頁。

〔註172〕（宋）郭茂倩：《樂府詩集》，第508頁。

〔註173〕（宋）郭茂倩：《樂府詩集》，第514頁。

〔註174〕（宋）郭茂倩：《樂府詩集》，第948頁。

〔註175〕（唐）吳兢：《樂府古題要解》，第48頁。

〔註176〕（清）朱秬堂《樂府正義》，轉引自：（南朝宋）鮑照著，丁福林、叢玲玲校注：《鮑照集校注》（典藏本），中華書局，2016年10月第1版，第130頁。

〔註177〕（唐）吳兢：《樂府古題要解》，第48頁。

〔註178〕（宋）郭茂倩：《樂府詩集》，第891頁。

行》是備言「流金鑠石、火山炎海」的艱難〔註 179〕。

關於《白頭吟》,《西京雜記》記載:「(司馬)相如將聘茂陵人女為妾,卓文君作《白頭吟》以自絕,相如乃止。」〔註 180〕《樂府詩集》卷四十一《白頭吟二首五解》題下注曰:「古辭」〔註 181〕。《白頭吟》乃漢樂府舊題。

關於《釣竿》,《樂府詩集》引《古今注》曰:「《釣竿》者,伯常子避仇河濱為漁者,其妻思之而作也。每至河側輒歌之。後司馬相如作《釣竿詩》,遂傳為樂曲。」〔註 182〕

關於《梁甫吟》與《泰山梁甫行》,《樂府詩集》引《蜀志》說:「諸葛亮好為《梁甫吟》」,但是這首歌不是起於諸葛亮。又引李勉《琴說》云:《梁甫吟》是曾子所撰。《樂府詩集》題解說,梁甫是泰山腳下的山名。《梁甫吟》是說人死葬於此山,是葬歌。又有《泰山梁甫吟》,與《梁甫吟》比較接近〔註 183〕。

關於《豫章行》,《樂府詩集》引《古今樂錄》曰:「《豫章行》,王僧虔云《荀錄》所載《古白楊》一篇,今不傳。」在《豫章行》(白楊初生時)下,注曰:「晉樂所奏。」〔註 184〕

關於《薤露行》,《樂府詩集》引《古今注》說,《薤露》是喪歌,出自田橫的門人。又引《樂府解題》說,杜預認為《薤露》不是出自田橫。《樂府詩集》在魏武帝《薤露》(惟漢二十二世)下,注曰:「魏樂所奏。」〔註 185〕

關於《秋胡行》,《樂府古題要解》說,《秋胡行》是後人感於魯國秋胡妻的故事,「哀而賦」〔註 186〕。《樂府詩集》引《廣題》說,曹植與魏文帝的《秋胡行》,只「歌魏德,而不取秋胡事」〔註 187〕。《樂府詩集》在魏武帝《秋胡行》二曲下,注曰:「魏、晉樂所奏。」〔註 188〕

關於《丹霞蔽日行》,據《樂府詩集》,《丹霞蔽日行》屬於相和歌辭·瑟

〔註 179〕(唐)吳兢:《樂府古題要解》,第 48 頁。
〔註 180〕(晉)葛洪:《西京雜記》,中華書局,1985 年 1 月第 1 版,第 21 頁。
〔註 181〕(宋)郭茂倩:《樂府詩集》,第 599 頁。
〔註 182〕(宋)郭茂倩:《樂府詩集》,第 262~263 頁。
〔註 183〕(宋)郭茂倩:《樂府詩集》,第 605~606 頁。
〔註 184〕(宋)郭茂倩:《樂府詩集》,第 501 頁。
〔註 185〕(宋)郭茂倩:《樂府詩集》,第 396 頁。
〔註 186〕(唐)吳兢:《樂府古題要解》,第 28 頁。
〔註 187〕(宋)郭茂倩:《樂府詩集》,第 526~527 頁。
〔註 188〕(宋)郭茂倩:《樂府詩集》,第 528 頁。

調曲，以魏文帝曹丕《丹霞蔽日行》為最早〔註 189〕。題目有比喻義，蓋取自古書，如《文子》說：「日月欲明，浮雲蔽之。」〔註 190〕漢代陸賈《新語》說：「邪臣之蔽賢，猶浮雲之障日月也」。〔註 191〕《古楊柳行》說：「讒邪害公正，浮雲蔽白日。」〔註 192〕曹丕此題，與上述語句取意相同。

關於《蒲生行·浮萍篇》，據《樂府詩集》，屬於相和歌辭·清調曲〔註 193〕，題目在通行本《曹植集》中作《浮萍篇》〔註 194〕。

關於《妾薄命》，《樂府詩集》首列曹植《妾薄命》二首，並引《樂府解題》說，其主旨是遺憾「燕私之歡」不能長久〔註 195〕。

關於《陌上桑》，《樂府詩集》引《古今樂錄》說，其題名一作《豔歌羅敷行》《日出東南隅篇》。題下注曰：「古辭」〔註 196〕。此乃漢樂府舊題。

關於《君子有所思行》，《樂府詩集》首列晉代陸機《君子有所思行》〔註 197〕。清代何焯《義門讀書記》評云：「此君子以戒有位者也。」〔註 198〕

關於《有所思》，《樂府詩集》輯錄「有所思，乃在大海南」一首，並引《樂府解題》說，此乃「古詞」〔註 199〕，可知《有所思》是漢樂府舊題。

關於《東武吟行》，《樂府詩集》題解說：左思《齊都賦》注云：「《東武》是「齊之土風，弦歌謳吟之曲名」。「《通典》說：『漢有東武郡』」〔註 200〕。由此推測，《東武吟行》大概為漢樂府舊題。《樂府詩集》首列晉代陸機的《東武吟行》。

關於《順東西門行》，《樂府詩集》首列晉代陸機《順東西門行》〔註 201〕。

〔註 189〕（宋）郭茂倩：《樂府詩集》，第 546 頁。
〔註 190〕李德山：《文子譯注》，黑龍江人民出版社，2003 年 1 月第 1 版，第 157 頁。
〔註 191〕王利器：《新語校注》，中華書局，1986 年 8 月第 1 版，第 84 頁。
〔註 192〕（梁）蕭統編，（唐）李善注：《文選》，第 1343 頁。
〔註 193〕（宋）郭茂倩：《樂府詩集》，第 524 頁。
〔註 194〕（三國魏）曹植著，趙幼文校注：《曹植集校注》，中華書局，2016 年 10 月第 1 版，第 462 頁。
〔註 195〕（宋）郭茂倩：《樂府詩集》，第 902 頁。
〔註 196〕（宋）郭茂倩：《樂府詩集》，第 410 頁。
〔註 197〕（宋）郭茂倩：《樂府詩集》，第 893～894 頁。
〔註 198〕（清）何焯著，崔高維點校：《義門讀書記》，中華書局，1987 年 6 月第 1 版，第 923 頁。
〔註 199〕（宋）郭茂倩：《樂府詩集》，第 230 頁。
〔註 200〕（宋）郭茂倩：《樂府詩集》，第 608 頁。
〔註 201〕（宋）郭茂倩：《樂府詩集》，第 553～554 頁。

關於《卻東西門行》，《樂府詩集》首列魏武帝《卻東西門行》（鴻雁出塞北），題下注曰：「魏、晉樂所奏。」〔註 202〕

關於《上留田行》，《樂府詩集》題解引《古今注》說：「上留田」是「地名」；人不養育其孤弟，鄰人作悲歌以諷之，「曰《上留田》。」又引《樂府廣題》說：「蓋漢世人也。」《樂府詩集》首列魏武帝《上留田行》〔註 203〕。

關於《齊謳行》，《樂府詩集》題解引《漢書》顏師古注「漢王……諸將及士卒皆歌謳思東歸」句云：「謳，齊歌也。謂齊聲而歌。或曰齊地之歌。」〔註 204〕可見《齊謳行》是較為古老的樂歌。《樂府詩集》首列晉代陸機《齊謳行》〔註 205〕。

關於《隴西行》，《樂府解題》在其題下注曰：「古辭」〔註 206〕。首列「天上何所有」一首。《隴西行》為漢樂府舊題。

關於《吳趨行》，《樂府詩集》引《古今注》說，《吳趨行》是吳地人歌其地。首列陸機《吳趨行》〔註 207〕。陸機即吳地人。

關於《怨歌行》，《樂府詩集》卷四十二相和歌辭·楚調曲首列漢代班婕妤《怨歌行》〔註 208〕。《怨歌行》是漢代樂府舊題。

關於《明月篇》，《樂府詩集》卷六十五雜曲歌辭列晉代傅玄《明月篇》一首〔註 209〕。《玉臺新詠》吳兆宜注曰：《明月篇》是晉代「雜曲歌辭」〔註 210〕。

關於《苦寒行》，《樂府古題要解》說：「晉樂奏魏武帝《北上太行山》，備言冰雪溪谷之苦。」「蓋因魏武帝作此詞，今人倣之。」〔註 211〕《樂府詩集》卷三十三相和歌辭·平調曲《苦寒行》首列魏文帝《苦寒行》，注曰：「晉樂所奏。」〔註 212〕

關於《善哉行》，《樂府詩集》在其題下注曰：「古辭」。題解說：「善哉」

〔註 202〕（宋）郭茂倩：《樂府詩集》，第 552 頁。
〔註 203〕（宋）郭茂倩：《樂府詩集》，第 563 頁。
〔註 204〕（宋）郭茂倩：《樂府詩集》，第 933 頁。
〔註 205〕（宋）郭茂倩：《樂府詩集》，第 933 頁。
〔註 206〕（宋）郭茂倩：《樂府詩集》，第 542 頁。
〔註 207〕（宋）郭茂倩：《樂府詩集》，第 934 頁。
〔註 208〕（宋）郭茂倩：《樂府詩集》，第 616 頁。
〔註 209〕（宋）郭茂倩：《樂府詩集》，第 942～943 頁。
〔註 210〕（陳）徐陵編，（清）吳兆宜注，程琰刪補：《玉臺新詠箋注》，第 76 頁。
〔註 211〕（唐）吳兢：《樂府古題要解》，第 28 頁。
〔註 212〕（宋）郭茂倩：《樂府詩集》，第 496 頁。

是「歎美之辭」。《樂府詩集》卷三十六相和歌辭・清調曲《善哉行》首列「來日大難」一首〔註 213〕。《藝文類聚》將此篇定為三國曹植作。趙幼文認為：「細玩詩意，乃漢末賢者憂亂之詩」，而非曹植所作〔註 214〕。趙說可從。

關於《君子行》，《樂府詩集》卷三十二相和歌辭・平調曲《君子行》首列「君子防未然」一首，引《樂府解題》稱其為「古辭」〔註 215〕。為漢樂府相和歌辭舊題。

關於《猛虎行》，《樂府詩集》題解說：「《古辭》曰：『饑不從猛虎食，暮不從野雀棲。野雀安無巢，遊子為誰驕。」〔註 216〕《猛虎行》是漢樂府舊題。

關於《平陵東》，《樂府詩集》卷二十八相和歌辭・相和曲《平陵東》首摘「平陵東」一首，題下注曰：「古辭」。又引崔豹《古今注》說，《平陵東》是漢代「翟義門人所作」〔註 217〕。《樂府古題要解》說，翟義是東郡太守，因為反對王莽簒權而被殺，門人作歌〔註 218〕。《平陵東》為漢樂府舊題。

關於《苦思行》，《樂府詩集》卷六十三雜曲歌辭《苦思行》只摘錄曹植《苦思行》一首〔註 219〕。

關於《塘上行》，《樂府詩集》引《鄴都故事》說，《塘上行》是魏文帝甄皇后被賜死前作。又引《歌錄》說，《塘上行》是「古辭」，或云甄皇后所作〔註 220〕。

關於《相逢行》，《樂府詩集》題解說，題目也作《長安有狹斜行》〔註 221〕。《樂府詩集》卷三十五相和歌辭・清調曲有《長安有狹斜行》(長安有狹斜)，題下注曰：「古辭」〔註 222〕，為漢樂府舊題，知《相逢行》亦為漢樂府舊題。

關於《驅車上東門行》，《樂府詩集》卷六十一雜曲歌辭《驅車上東門行》

〔註 213〕（宋）郭茂倩：《樂府詩集》，第 535～536 頁。
〔註 214〕（三國魏）曹植著，趙幼文校注：《曹植集校注》，中華書局，2016 年 10 月第 1 版，第 791 頁。
〔註 215〕（宋）郭茂倩：《樂府詩集》，第 467 頁。
〔註 216〕（宋）郭茂倩：《樂府詩集》，第 462 頁。
〔註 217〕（宋）郭茂倩：《樂府詩集》，第 409 頁。
〔註 218〕（唐）吳兢：《樂府古題要解》，第 27 頁。
〔註 219〕（宋）郭茂倩：《樂府詩集》，第 919 頁。
〔註 220〕（宋）郭茂倩：《樂府詩集》，第 520～521 頁。
〔註 221〕（宋）郭茂倩：《樂府詩集》，第 508 頁。
〔註 222〕（宋）郭茂倩：《樂府詩集》，第 514 頁。

題下注曰:「古辭。」〔註 223〕《文選》卷二十九與其他十八首詩並稱「古詩十九首」。《驅車上東門行》是漢樂府舊題。《文選》輯錄在《古詩十九首》第十三首〔註 224〕,題目中無「行」字。

關於《駕言出北闕行》,《樂府詩集》卷六十一雜曲歌辭《駕言出北闕行》題下只輯錄陸機「駕言出北闕」一首〔註 225〕。《藝文類聚》輯錄的《駕言出北闕行》首句為「驅馬上東門」。汪紹楹引馮舒校記云:「意是題下注,今混寫耳。」〔註 226〕按馮舒校記的意思,《駕言出北闕行》一作《驅馬上東門》。而清代錢培名則云:「疑『驅』上失『擬』字」〔註 227〕。

關於《東門行》,《樂府詩集》卷三十七相和歌辭·瑟調曲《東門行》首摘「出東門,不顧歸」一首,並於題下注曰:「古辭」〔註 228〕。為漢樂府古辭,《東門行》乃漢樂府舊題。

關於《從軍行》,《樂府古題要解》說,《從軍行》是「述軍旅辛苦」〔註 229〕。《樂府詩集》卷三十二相和歌辭·平調曲《從軍行》題下首列王粲《從軍行》,又引《廣題》所載左延年歌辭,其中有「苦哉邊地人,一歲三從軍」〔註 230〕。可知《從軍行》是漢樂府舊題。

關於《悲哉行》,《樂府詩集》引《歌錄》說:《悲哉行》是魏明帝所造〔註 231〕。

關於《門有車馬客行》,據《樂府詩集》引《古今樂錄》云:「王僧虔《技錄》云:『《門有車馬客行》歌東阿王置酒一篇。』」又引《樂府解題》說曹植等作《門有車馬客行》〔註 232〕。《門有車馬客行》大概起於曹植。《樂府詩集》在《門有車馬客行》題下,首列晉代陸機之作〔註 233〕。

下表是卷四十二樂部二·樂府中摘錄的樂府詩,以及這些詩在宋代郭茂

〔註 223〕(宋)郭茂倩:《樂府詩集》,第 889 頁。
〔註 224〕(南朝梁)蕭統編,(唐)李善注:《文選》,第 1348 頁。
〔註 225〕(宋)郭茂倩:《樂府詩集》,第 889 頁。
〔註 226〕《藝文類聚》,第 749 頁。
〔註 227〕轉引自:(晉)陸機著,楊明校箋:《陸機集校注》,上海古籍出版社,2016 年 7 月第 1 版,第 460 頁。
〔註 228〕(宋)郭茂倩:《樂府詩集》,第 549 頁。
〔註 229〕(唐)吳兢:《樂府古題要解》,第 48 頁。
〔註 230〕(宋)郭茂倩:《樂府詩集》,第 475 頁。
〔註 231〕(宋)郭茂倩:《樂府詩集》,第 899 頁。
〔註 232〕(宋)郭茂倩:《樂府詩集》,第 585 頁。
〔註 233〕(宋)郭茂倩:《樂府詩集》,第 585 頁。

倩編的《樂府詩集》中的題目與對應的類別：

《藝文類聚》中的朝代及作者	《藝文類聚》中的題目	《樂府詩集》中的題目	《樂府詩集》中對應的類別
（三國）魏武帝	《短歌行》	《短歌行》	相和歌辭・平調曲
（晉）陸機	《短歌行》		
無名氏	《古長歌行》（青青園中葵）	《長歌行》	
（三國）魏明帝	《長歌行》		
（晉）陸機	《長歌行》		
（梁）沈約	《長歌行》		
無名氏	（《古長歌行》）（昭昭清明月）	《傷歌行》	雜曲歌辭
（三國）魏文帝	《煌煌京洛行》	《煌煌京洛行》	相和歌辭・瑟調曲
（宋）鮑照	《代京洛篇》		
（梁）簡文帝	《京洛篇》		
（梁）戴嵩	《煌煌京洛篇》		
（三國）曹植	《名都篇》	《名都篇》	雜曲歌辭・齊瑟行
（三國）曹植	《白馬篇》	《白馬篇》	
（宋）袁淑	《效曹子建白馬篇》		
（宋）鮑照	《代陳王白馬篇》		
（梁）沈約	《白馬篇》		
（梁）徐悱	《擬白馬篇》		
（三國）魏文帝	《燕歌行》	《燕歌行》	相和歌辭・平調曲
（三國）魏明帝	《燕歌行》		
（晉）陸機	《燕歌行》		
（宋）謝惠連	《燕歌行》		
（梁）元帝	《燕歌行》		
（周）王褒	《燕歌行》		
（周）庾信	《燕歌行》		
（三國）魏文帝	《月重輪行》	《月重輪行》	相和歌辭・瑟調曲
（三國）魏明帝	《月重輪行》		
（梁）戴嵩	《月重輪篇》		
（三國）曹植	《飛龍篇》	《飛龍篇》	雜曲歌辭

（三國）曹植	《吁嗟篇》	《吁嗟篇》	相和歌辭·清調曲
（三國）曹植	《鰕䱇篇》	《鰕䱇篇》	相和歌辭·平調曲
（三國）曹植	《種葛篇》	《種葛篇》	雜曲歌辭
（三國）曹植	《驅車篇》	《驅車篇》	
（三國）曹植	《當欲遊南山篇》	《當欲遊南山行》	
（三國）曹植	《仙人篇》	《仙人篇》	
（三國）曹植	《升天行》（二首）	《升天行》	雜曲歌辭·齊瑟行
（宋）鮑照	《升天行》		
（晉）傅玄	《歷九秋篇》	《董逃行歷九秋篇》	相和歌辭·清調曲
（晉）傅玄	《車遙篇》	《車遙篇》（作者為車轂）	雜曲歌辭
（梁）簡文帝	《渡關山行》	《度關山》（其中王褒《關山篇》作王訓《度關山》	相和歌辭·相和曲
（梁）戴嵩	《度關山篇》		
（周）王褒	《關山篇》		
（晉）陸機	《太山吟》	《泰山吟》	相和歌辭·楚調曲
（宋）謝靈運	《吳會行》	《會吟行》	雜曲歌辭
（晉）傅玄	《豔歌行》	《豔歌行有女篇》	相和歌辭·瑟調曲
（梁）簡文帝	《豔歌行》	《豔歌行》	
（晉）陸機	《前緩聲歌行》	《前緩聲歌》	雜曲歌辭
（宋）謝靈運	《緩歌行》	《緩歌行》	
（晉）陸機	《櫂歌行》	《櫂歌行》	相和歌辭·瑟調曲
（梁）簡文帝	《櫂歌行》		
（宋）鮑照	《放歌行》	《放歌行》	
（梁）何遜	《輕薄篇》	《輕薄篇》	雜曲歌辭
（梁）張率	《遠期篇》	《遠期》	鼓吹曲辭·漢鐃歌
（梁）庾成師	《遠期篇》		
（梁）簡文帝	《蜀道難曲》	《蜀道難》（其中劉孝威《蜀道難篇》析為兩首）	相和歌辭·瑟調曲
（梁）劉孝威	《蜀道難篇》		
（梁）劉孝威	《行行遊獵篇》	《行行遊且獵篇》	雜曲歌辭
（梁）劉孝威	《思歸篇》	《思歸引》	琴曲歌辭
（梁）劉孝威	《公莫渡河篇》	《公無渡河》	相和歌辭
（梁）簡文帝	《雁門太守歌》（二首）	《雁門太守行》	相和歌辭·瑟調曲

（齊）謝朓	《鼓吹曲》（十首）（元會曲、鈞天曲、入朝曲、從戎曲、送遠曲、登山曲、泛水曲）	《齊隨王鼓吹曲》（元會曲、鈞天曲、入朝曲、從戎曲、送遠曲、登山曲、泛水曲）	鼓吹曲辭
（梁）沈約	《鼓吹曲》（十二首）（木紀謝、賢首山、桐柏山、道亡、忱威、漢東流、鶴樓峻、昏主、石首局、期運集、於穆、大梁）	《梁鼓吹曲》（木紀謝、賢首山、桐柏山、道亡、忱威、漢東流、鶴樓峻、昏主恣淫慝、石首局、期運集、於穆、惟大梁）	
（齊）王融	《巫山高》	《巫山高》	鼓吹曲辭・漢鐃歌
（梁）元帝	《巫山高》		
（梁）范雲	《巫山高》		
（梁）沈約	《芳樹》	《芳樹》	
（梁）丘遲	《芳樹》		
（三國）魏文帝	《臨高臺行》	《臨高臺》	
（齊）謝朓	《臨高臺行》		
（梁）沈約	《臨高臺行》		
（梁）范雲	《當對酒》	《對酒》	相和歌辭・相和曲
（梁）張率	《當對酒》		
（梁）柳惲	《獨不見》	《獨不見》	雜曲歌辭
（梁）元帝	《關山月》	《關山月》	橫吹曲辭・漢橫吹曲
（梁）元帝	《隴頭水歌》	《隴頭水》	
（梁）劉孝威	《橫吹曲隴頭流水詩》		
（梁）簡文帝	《洛陽道詩》	《洛陽道》	
（梁）元帝	《洛陽道詩》		
（梁）元帝	《長安路》	《長安道》（其中梁元帝《長安路》作蕭賁《長安道》）	
（梁）庾肩吾	《長安路詩》		
（宋）鮑照	《代淮南王》	《淮南王》（析為二首）	舞曲歌辭・雜舞
（宋）吳邁遠	《陽春曲詩》	《陽春歌》	清商曲辭・江南弄
（宋）吳邁遠	《長離別詩》	《長別離》	雜曲歌辭
（宋）吳邁遠	《長相思詩》	《長相思》（其中張率《長相思詩》析為二首）	
（梁）張率	《長相思詩》		

（梁）簡文帝	《烏棲曲》（四首）	《烏棲曲》（其中蕭子顯《烏棲曲》「濃黛輕紅」作者為梁元帝）	清商曲辭·西曲歌
（梁）元帝	《烏棲曲》（四首）		
（梁）蕭子顯	《烏棲曲》（二首）		
（梁）簡文帝	《龍笛曲》	《龍笛曲》	清商曲辭·江南弄
（梁）柳惲	《江南曲》	《江南曲》	相和歌辭·相和曲
（梁）簡文帝	《江南曲》		清商曲辭·江南弄
（梁）吳筠	《攜手曲》	《攜手曲》	雜曲歌辭
（梁）沈約	《夜夜曲》	《夜夜曲》	
（梁）江洪	《渌水曲》（二首）	《渌水曲》	琴曲歌辭
（梁）江洪	《秋風曲》	《秋風》	
（宋）吳邁遠	《秋風曲》		
（梁）江洪	《胡笳曲》	《胡笳曲》	
（宋）吳邁遠	《胡笳曲》		
（梁）吳筠	《秦王卷衣曲》	《秦王卷衣》	雜曲歌辭
（梁）劉孝綽	《賦得烏夜啼詩》	《烏夜啼》	清商曲辭·西曲歌
（周）庾信	《烏夜啼曲》（二首）		
（晉）石崇	《明君辭》	《王明君》（一名《王昭君》）	相和歌辭·吟歎曲
（梁）沈約	《昭君辭》	《明君詞》	
（三國）曹植	《箜篌引》	《野田黃雀行》	相和歌辭·瑟調曲
（晉）石崇	《思歸引》	《思歸引》	琴曲歌辭
（梁）沈約	《江南行陽春曲》	《江南弄·陽春曲》	清商曲辭·江南弄
（梁）沈約	《朝雲曲》	《朝雲曲》	
（梁）簡文帝	《悲楚妃歎》	《楚妃歎》	相和歌辭·吟歎曲

從上面兩個表格可以看出，在《藝文類聚》卷四十一樂部一·論樂之文體「樂府古題」和卷四十二樂部二·樂府中，對作品的排列順序，與其他子目是不同的。其他的子目中，作品的排列是依據朝代的順序，從前往後依次排列的，如卷三十一人部十五·贈答文體「詩」中，按照朝代順序，依次輯錄東漢蔡邕，三國魏王粲、徐幹、應瑒、繁欽、程曉、邯鄲淳，晉代張華、何劭、潘岳、陸機、傅玄、傅咸、潘尼、張載、石崇、司馬彪、曹攄、劉琨、盧諶、棗腆、摯虞、歐陽建、杜育、棗據，南朝宋代顏延之、鮑照、鮑令暉，南朝齊代王儉、徐孝嗣、王融、謝朓、陸厥，南朝梁代簡文帝、沈約、任昉、范

雲、劉孝綽、王僧孺、王筠、裴子野、蕭子雲、柳惲、何遜、吳筠，隋代江總的詩〔註 234〕。

而《藝文類聚》卷四十一樂部一・論樂之文體「樂府古題」和卷四十二樂部二・樂府則不同，作品的排列首先是按照作品的題目歸類，其次才是按照作者的朝代順序排列。

按照作品的題目歸類，即把題目相同或者相近的作品放在一起。

題目相同的，如《飲馬長城窟行》，《藝文類聚》依次輯錄無名氏、三國魏文帝、晉代傅玄與陸機、南朝梁代沈約的同題作品〔註 235〕。又如《豫章行》，《藝文類聚》依次輯錄三國魏曹植、晉代傅玄與陸機、南朝宋代謝靈運、南朝梁代沈約的同題作品〔註 236〕。

題目相近的、實際上是屬於同一題目的，如《釣竿》，《藝文類聚》依次輯錄三國魏文帝、南朝梁代沈約的《釣竿行》，南朝梁代戴嵩與劉孝威的《釣竿篇》〔註 237〕。又如《煌煌京洛行》，《藝文類聚》依次輯錄三國魏文帝的《煌煌京洛行》、南朝宋代鮑照的《代京洛篇》、南朝梁代簡文帝的《京洛篇》與戴嵩的《煌煌京洛篇》〔註 238〕。

題目在字面上不同、實際上是同題異名的，如《古陌上桑羅敷行》與《日出東南隅行》，雖然題目不同，但實際上屬於同一題目，《藝文類聚》依次輯錄無名氏的《古陌上桑羅敷行》、晉代陸機、南朝宋代謝靈運、南朝梁代沈約、蕭子顯的《日出東南隅行》〔註 239〕。又如《怨歌行》與《擬班婕妤詠扇》，雖然題目不同，實際上也是同題異名，《藝文類聚》依次輯錄漢代班婕妤的《怨歌行》、南朝梁代江淹的《擬班婕妤詠扇》，以及三國魏曹植、南朝梁代沈約的《怨歌行》〔註 240〕。

上表中，梁元帝蕭繹的《長安路》（前登灞陵岸），在《樂府詩集》卷二十三橫吹曲辭・漢橫吹曲中，作蕭賁《長安道》〔註 241〕。逯欽立《先秦漢魏晉南北朝詩》梁詩卷二十五梁元帝蕭繹名下，收錄這首《長安路》，題名《長安

〔註 234〕《藝文類聚》，第 545～557 頁。
〔註 235〕《藝文類聚》，第 738～739 頁。
〔註 236〕《藝文類聚》，第 741 頁。
〔註 237〕《藝文類聚》，第 740 頁。
〔註 238〕《藝文類聚》，第 752～753 頁。
〔註 239〕《藝文類聚》，第 743～744 頁。
〔註 240〕《藝文類聚》，第 746 頁。
〔註 241〕（宋）郭茂倩：《樂府詩集》，第 345 頁。

路詩》〔註 242〕，是收錄在文體「詩」中，而不是文體「樂府」中，即認為它不是一首樂府詩；同時，在陳詩卷六蕭賁名下，又收錄這首《長安路》，題名《長安道》〔註 243〕。兩首詩重複收錄在不同的作者名下。陳志平等的《蕭繹集校注》將《長安路》收錄在「存疑之作」〔註 244〕中，大概因為這首詩的作者有二說之故——《藝文類聚》作蕭繹，《樂府詩集》作蕭賁。《長安路》當即《長安道》，屬於漢橫吹曲。《樂府詩集》卷二十一引《樂府解題》說，漢橫吹曲是李延年創設。魏晉以來，只傳下十支曲。後又有《長安道》等八支曲，合為十八曲〔註 245〕。逯欽立將《長安路》（逯欽立作「《長安路詩》」）置於「詩」中，屬於歸類不當，它應該歸於「樂府」。

上表中，需要說明的是梁簡文帝的《龍笛曲》。在《樂府詩集》（影宋本）中，以《龍笛曲》為題名的有二首，一是梁武帝《江南弄七首》中的《龍笛曲》，一是梁昭明太子《江南弄三首》中《龍笛曲》〔註 246〕，無一署名梁簡文帝的《龍笛曲》。但是，中華書局 1979 年版《樂府詩集》（據影宋本整理）把《江南弄三首》下的署名由梁昭明太子改為梁簡文帝，將《江南弄三首》之《江南曲》《龍笛曲》《採蓮曲》的著作權劃歸給梁簡文帝；並在《江南曲》下出校記說，根據《藝文類聚》卷四十二和《詩紀》卷六十七改〔註 247〕。《詩紀》卷六十七把《江南弄三首》作者改屬梁簡文帝，也說是根據《藝文類聚》，這就與中華書局版《樂府詩集》犯了同樣的錯誤。《藝文類聚》卷四十二樂部二·樂府中，輯錄梁簡文帝《江南曲》；《藝文類聚》全書沒有摘錄梁昭明太子的《江南弄》或《江南弄》中的任何一曲。梁簡文帝的《江南曲》與《樂府詩集》（影宋本）中署名梁昭明太子的《江南曲》，文字完全相同，因為《藝文類聚》是較早的文本，所以，依據《藝文類聚》的摘錄，將《江南曲》的作者劃歸給梁簡文帝，從版本學的角度上，是解釋得通的。《藝文類聚》卷四十二樂部二·樂府中，還輯錄梁簡文帝的《龍笛曲》，但是，與《樂府詩集》（影宋本）中署名梁昭明太子以及《詩紀》卷六十七所錄的《龍笛

〔註 242〕逯欽立輯校：《先秦漢魏晉南北朝詩》，第 2048 頁。
〔註 243〕逯欽立輯校：《先秦漢魏晉南北朝詩》，第 2556 頁。
〔註 244〕（南朝梁）蕭繹著，陳志平、熊清元校注：《蕭繹集校注》，上海古籍出版社，2018 年 12 月第 1 版，第 1277 頁。
〔註 245〕（宋）郭茂倩：《樂府詩集》，第 311 頁。
〔註 246〕（宋）郭茂倩：《樂府詩集》，第 726～727、728～729 頁。
〔註 247〕（宋）郭茂倩：《樂府詩集》，第 729 頁。

曲》，文字大異，完全不是同一篇作品。另外，《藝文類聚》沒有輯錄梁簡文帝的《採蓮曲》。（在《藝文類聚》卷八十二草部下·芙蕖文體「詩」中，摘錄梁簡文帝《採蓮詩》〔註 248〕，那是另外一首作品，與此無涉。）中華書局版《樂府詩集》和《詩紀》的邏輯荒謬在於，僅僅根據《藝文類聚》中《江南曲》的署名為梁簡文帝，就連類而及地將《江南弄三首》的另外兩首——《龍笛曲》《採蓮曲》的著作權劃歸給梁簡文帝，這是毫無版本根據的做法，不足為信。

《藝文類聚》輯錄梁簡文帝的《龍笛曲》，汪紹楹斷句為：「江真弄真態。翔鳳陽春臺。同去復同來。」〔註 249〕而逯欽立則斷句為：「江真弄。真態翔鳳。陽春臺。同去復同來。」〔註 250〕《樂府詩集》中輯錄的《龍笛曲》的句式是七、七、七、三、三、三、三，以此推斷，《藝文類聚》摘錄的梁簡文帝的《龍笛曲》，似有闕文。

在《藝文類聚》卷四十二樂部二·樂府中，還有幾首詩是《樂府詩集》未收錄的：

首先是梁代王僧孺的《登高臺》。在《藝文類聚》卷四十二樂部二·樂府中，依次輯錄三國魏文帝的《登高臺行》、南朝齊代謝朓的《臨高臺行》、南朝梁代沈約的《臨高臺行》，以及南朝梁代王僧孺的《登高臺》〔註 251〕，這幾篇作品首先是按照題目相近的原則歸類，其次是按照朝代先後排序。王僧孺的《登高臺》，與其他幾篇作品的題目雖有差別，但正文的句式與其他幾篇完全相同，可見，王僧孺的《登高臺》與其他幾篇作品，屬於題目相近的、實際上是同題異名的樂府詩。其他幾篇作品收錄在《樂府詩集》卷十八鼓吹曲辭三·漢鐃歌中，題名《臨高臺》〔註 252〕。《臨高臺》是漢鐃歌舊題，惟獨沒有收錄王僧孺的《登高臺》。不能根據《樂府詩集》沒有收錄王僧孺的《登高臺》，就否認它是樂府詩。在《先秦漢魏晉南北朝詩》中，王僧孺相關的幾首詩的排列順序為：《朱鷺》《鼓瑟曲有所思》《白馬篇》《古意詩》《登高臺》《湘夫人》〔註 253〕。《樂府詩集》收錄王僧孺的《朱鷺》《鼓瑟曲有所思》（《樂府

〔註 248〕《藝文類聚》，第 1401 頁。
〔註 249〕《藝文類聚》，第 763 頁。
〔註 250〕逯欽立輯校：《先秦漢魏晉南北朝詩》，第 1925 頁。
〔註 251〕《藝文類聚》，第 761 頁。
〔註 252〕（宋）郭茂倩：《樂府詩集》，第 258～260 頁。
〔註 253〕逯欽立輯校：《先秦漢魏晉南北朝詩》，第 1760～1761 頁。

詩集》題作《有所思》)、《白馬篇》《湘夫人》〔註 254〕，《文苑英華》樂府類收錄《古意詩》〔註 255〕。《先秦漢魏晉南北朝詩》將《登高臺》編排在這幾首樂府詩中間，表明編者逯欽立對《登高臺》為樂府詩的認定。

其次是排列在《藝文類聚》卷四十二樂部二·樂府末尾的九篇作品，分別是：南朝宋孝武帝的《夜聽妓詩》、南朝梁簡文帝的《聽夜妓詩》、南朝梁元帝的《春夜看妓詩》、南朝梁代何遜的《詠妓詩》、北朝周代庾信的《看妓詩》、南朝陳代劉刪的《侯司空第山園詠妓詩》、南朝陳代陰鏗的《侯司空第山園詠妓詩》、南朝陳代蕭琳的《隔壁聽妓詩》、隋代盧思道的《夜聞鄰妓詩》〔註 256〕。這九首詩，《樂府詩集》未收，說明郭茂倩沒有把它們看作樂府詩。

清人、今人的看法與郭茂倩大致相同，即沒有把這九首詩當作樂府詩。例如，梁簡文帝的《聽夜妓詩》，在逯欽立《先秦漢魏晉南北朝詩》中，題目作《夜聽妓詩》〔註 257〕，收錄在文體「詩」中，而不是在文體「樂府」中。肖占鵬等的《梁簡文帝集校注》也是將簡文帝的這首詩收錄在文體「詩」中，題目作《夜聽妓》〔註 258〕，而不是文體「樂府」中。梁元帝的《春夜看妓詩》，在逯欽立《先秦漢魏晉南北朝詩》中，題目作《夕出通波閣下觀妓詩》〔註 259〕，收錄在文體「詩」中，而不是文體「樂府」中。在陳志平等的《蕭繹集校注》中，這首詩的題目作《春夜看妓》〔註 260〕，收錄在文體「詩」中，《蕭繹集校注》未設「樂府」一類。何遜的《詠妓詩》，在逯欽立《先秦漢魏晉南北朝詩》中，題目作《詠舞妓詩》〔註 261〕，收錄在文體「詩」中，而不是文體「樂府」中。庾信的《看妓詩》，在逯欽立《先秦漢魏晉南北朝詩》中，題目作《和趙王看伎詩》〔註 262〕，收錄在文體「詩」中，而不是文體

〔註 254〕（宋）郭茂倩：《樂府詩集》，第 232、251、917、827 頁。
〔註 255〕（宋）李昉等：《文苑英華》，中華書局，1966 年 5 月第 1 版，第 1015 頁。
〔註 256〕《藝文類聚》，第 765～766 頁。
〔註 257〕逯欽立輯校：《先秦漢魏晉南北朝詩》，第 1954 頁。
〔註 258〕（南朝梁）蕭綱著，肖占鵬、董志廣校注：《梁簡文帝集校注》，南開大學出版社，2015 年 7 月第 1 版，第 354 頁。
〔註 259〕逯欽立輯校：《先秦漢魏晉南北朝詩》，第 2039 頁。
〔註 260〕（南朝梁）蕭繹著，陳志平、熊清元校注：《蕭繹集校注》，上海古籍出版社，2018 年 12 月第 1 版，第 228 頁。
〔註 261〕逯欽立輯校：《先秦漢魏晉南北朝詩》，第 1706 頁。
〔註 262〕逯欽立輯校：《先秦漢魏晉南北朝詩》，第 2391 頁。

「樂府」中。在清代倪璠的《庾子山集注》中，這首詩的題目作《和趙王看妓》〔註 263〕，收錄在文體「詩」中，而不是文體「樂府」中。隋代盧思道的《夜聞鄰妓詩》，逯欽立《先秦漢魏晉南北朝詩》將其收錄在文體「詩」〔註 264〕中，而不是文體「樂府」中。

這九首詠妓詩，在《樂府詩集》中未收錄，也不屬於樂府詩的題目，置於子目「樂府」中，表面上看似乎沒有道理；不過，細加分析，就會發現其中的緣由。

首先，這九首詠妓詩，詠的是「伎人」，即女歌舞藝人，與「倡優」的「倡」，意思相近。顏師古注《漢書・灌夫傳》「所愛倡優巧匠之屬」曰：「倡，樂人也。優，諧戲者也。」〔註 265〕李善注《文選》陸機《弔魏武帝文》「發哀音於舊倡」說：「《說文》曰：倡，樂也。謂作伎人也。」〔註 266〕《北堂書鈔》樂部中有子目「倡優」，即卷一百十二樂部八・倡優二十八，而《藝文類聚》沒有「倡優」這個子目，這九首與音樂、歌舞有關的詩就相應地被輯錄在樂部的子目「樂府」諸樂府詩之後。

其次，這九首詩都涉及音樂描寫，所在的第四十二卷的部類名稱是「樂」，子目名稱是「樂府」，均與「樂」有關，摘錄在其下，也是順理成章。宋代吳開《優古堂詩話》「詠婦人多以歌舞為稱」條，舉陰鏗《侯司空宅詠妓詩》、劉刪《侯司空第山園詠妓詩》、庾信《和趙王看妓詩》（即《看妓詩》）、盧思道《夜聞鄰妓詩》等，說明「古今詩人詠婦人者，多以歌舞為稱」〔註 267〕。例如，宋孝武帝的《夜聽妓詩》有「起聲管」「屬悲弦」「逐流吹」數句〔註 268〕。聲管，指笙、笛、簫之類的管樂器演奏的音樂聲。悲弦，指哀怨的弦樂聲。流吹，李周翰注《文選》顏延年《三月三日曲水詩序》「發流吹」曰：「流吹，笳、簫之類也。」〔註 269〕梁簡文帝的《聽夜妓詩》有「隨吹盡」

〔註 263〕（北周）庾信撰，（清）倪璠注，許逸民校點：《庾子山集注》，中華書局，1980 年 10 月第 1 版，第 341 頁。

〔註 264〕逯欽立輯校：《先秦漢魏晉南北朝詩》，第 2635 頁。

〔註 265〕（漢）班固撰，（唐）顏師古注：《漢書・灌夫傳》，中華書局，1962 年 6 月第 1 版，第 2390 頁。

〔註 266〕（梁）蕭統編，（唐）李善注：《文選》，第 2600 頁。

〔註 267〕（宋）吳開：《優古堂詩話》（《叢書集成初編》本），中華書局，1985 年新 1 版，第 15～16 頁。

〔註 268〕《藝文類聚》，第 765 頁。

〔註 269〕（南朝梁）蕭統編，（唐）李善、呂延濟、劉良、張銑、呂向、李周翰注：

「逐弦搖」「惜殘弄」〔註270〕數句。吹，漢代劉熙《釋名・釋樂器》說：「吹，推也。以氣推發其聲也。」〔註271〕弦，指絃樂器演奏的音樂。逐弦搖，是描寫玉作的臂環隨著音樂的節奏搖動。關於弄，李善注《文選》王褒《洞簫賦》「時奏狡弄」曰：「弄，小曲也。」〔註272〕梁元帝的《春夜看妓詩》有「起龍調節奏，卻鳳點笙篁」〔註273〕二句。起龍，指開始演奏笙、笛。卻鳳，指笙曲結束。鳳，即笙。《說文解字》說：「笙，十三簧」，形狀像鳳鳥的身軀。笙是正月之音，這個時節萬物生長，所以叫它笙〔註274〕。後世便稱「笙」為「鳳笙」。點，本是樂器名，這裡指調節奏。笙，樂器名，已見上。篁，《初學記》《六朝詩集》均作「簧」〔註275〕。《詩經・秦風・車鄰》有「並坐鼓簧」，朱熹《詩集傳》云：「簧，笙中金葉，吹笙則鼓動之以出聲者也。」〔註276〕何遜的《詠妓詩》有「管隨」「絲驚」「聽曲」〔註277〕數句。管，管樂器，笙、簫之類。絲，指琴、瑟等絃樂器。曲，指樂曲。庾信的《看妓詩》有「琴曲」「簫聲」「曲不誤」〔註278〕數句。《說文解字》說：琴，「神農所作。」（底板）有通達的出音孔。朱紅色的絹絲作五根弦，周朝又增加兩根弦〔註279〕。《說文解字》說，簫是長短不齊的竹管樂器〔註280〕。「曲不誤」是用典，說的是周瑜精通音樂的故事；這裡借指藝伎對音樂理解得深透，演奏得精準。《三國志・吳書・周瑜傳》記載，周瑜在年青的時候，就精通音樂，即使喝了很多酒，也能聽出樂曲演奏中的疏漏錯誤，一旦聽出，一定要回頭看，所以當時的人有謠諺說：「曲有誤，周郎顧。」〔註281〕劉刪的《侯司空第山園詠妓詩》

《六臣注文選》，中華書局，2012年5月第1版，第866頁。

〔註270〕《藝文類聚》，第765頁。

〔註271〕（漢）劉熙：《釋名》，中華書局，2016年4月第1版，第99頁。

〔註272〕（梁）蕭統編，（唐）李善注：《文選》，第788頁。

〔註273〕《藝文類聚》，第765頁。

〔註274〕（漢）許慎撰，（宋）徐鉉校定：《說文解字》，第93頁。

〔註275〕（唐）徐堅等：《初學記》，中華書局，2004年2月第2版，第373頁。《六朝詩集・梁元帝集》，第20頁。

〔註276〕（宋）朱熹：《詩集傳》，上海古籍出版社，1980年2月新1版，第74頁。

〔註277〕《藝文類聚》，第765頁。

〔註278〕《藝文類聚》，第765頁。

〔註279〕（漢）許慎撰，（宋）徐鉉校定：《說文解字》，第267頁。

〔註280〕（漢）許慎撰，（宋）徐鉉校定：《說文解字》，第93頁。

〔註281〕（晉）陳壽撰，（南朝宋）裴松之注：《三國志・吳書・周瑜傳》，中華書局，1982年7月第2版，第1265頁。

有「聞瑟」「歌落日」「舞前溪」〔註 282〕數句，均言及音樂。《說文解字》說，瑟是庖犧氏製作的絃樂器〔註 283〕。《說文解字》說，舞是樂的一種形式〔註 284〕。陰鏗的《侯司空第山園詠妓詩》有「妙曲動鵾絃」之句〔註 285〕。鵾絃，用鵾雞筋做的琵琶弦，樂音清脆。「妙曲動鵾絃」是說佳人撥動鵾絃，彈奏出美妙動人的樂曲。蕭琳的《隔壁聽妓詩》有「絃管切」〔註 286〕，指音樂的演奏急促。絃管，指絃樂器和管樂器，此泛指樂器。盧思道的《夜聞鄰妓詩》有「笙隨山上鶴，笛奏水中龍」〔註 287〕，寫音樂演奏的美妙：笙樂象山上的鶴鳴，笛聲似水中的龍吟。笙的解釋，見上文梁元帝的《春夜看妓詩》的相關部分。《說文解字》說，笛是七孔的竹管樂器。羌地的笛管三孔〔註 288〕。

〔註 282〕《藝文類聚》，第 766 頁。
〔註 283〕（漢）許慎撰，（宋）徐鉉校定：《說文解字》，第 267 頁。
〔註 284〕（漢）許慎撰，（宋）徐鉉校定：《說文解字》，第 108 頁。
〔註 285〕《藝文類聚》，第 766 頁。
〔註 286〕《藝文類聚》，第 766 頁。
〔註 287〕《藝文類聚》，第 766 頁。
〔註 288〕（漢）許慎撰，（宋）徐鉉校定：《說文解字》，第 93 頁。

第三章 《藝文類聚》視域下的摘句批評

摘句是中國文學批評的傳統方式。所謂摘句批評，「是指通過摘引文本字詞、句子或段落的形式，去例說和印證所批評觀點及所闡釋文學理論觀點與原則的方法。」〔註 1〕《藝文類聚》中的摘句批評是類書的摘句批評，與一般運用在詩話、詞話、文話中的摘句批評相近而又略有不同，即它的用法較為單一，所反映的文學觀點隱含在摘句的行為之中，而不是用文字明白地表述出來。

第一節 唐前摘句批評的流變

摘句批評濫觴於先秦時期的引《詩》。在《論語》《墨子》《禮記》等著作中，就有引《詩》的記載。如《論語·子罕篇》引《詩經·邶風·雄雉》中的兩句詩〔註 2〕，《墨子·兼愛下》引《詩經·大雅·抑》中的四句詩〔註 3〕，《禮記·禮運》引《詩經·鄘風·相鼠》中的四句詩〔註 4〕。比較典型的是《左傳》引《詩》。

〔註 1〕胡建次、邱美瓊：《中國古代文論承傳研究》，中國社會科學出版社，2012 年 1 月第 1 版，第 464 頁。

〔註 2〕（魏）何晏等注，（宋）邢昺疏：《論語注疏》，（清）阮元校刻：《十三經注疏》，中華書局，1980 年 9 月第 1 版，第 2491 頁。

〔註 3〕（清）孫詒讓：《墨子閒詁》，《諸子集成》（4），上海書店，1986 年 7 月第 1 版，第 78 頁。

〔註 4〕（漢）鄭玄注，（唐）孔穎達等正義：《禮記正義》，（清）阮元校刻：《十三經注疏》，中華書局，1980 年 9 月第 1 版，第 1414～1415 頁。

一、關於《左傳》引《詩》

關於《左傳》引詩，勞孝輿云：「引《詩》者，引《詩》之說以證其事也。」〔註5〕《左傳》引《詩》大致分為三種形式：

第一種是當時的各國君臣在外交活動中引《詩》中句子，文雅、含蓄地表達自己的觀點和意願，這是當時外交活動中的「賦詩言志」，類似於後世的「引經據典」。例如《左傳·昭公二年》記載，魯國派叔弓回訪晉國，晉平公派人到郊外迎接慰問。叔弓辭謝，說不敢煩勞晉人前來郊迎。隨後叔弓被迎進賓館。叔弓說，完成友好的使命，就是自己的福祿了，怎麼敢住進這樣宏大的賓館？於是再次辭謝。叔向說：「叔弓懂得禮啊。」引《大雅·民勞》中的「敬慎威儀，以近有德」，讚美叔弓的知禮忠信〔註6〕。

第二種是用「君子曰」等形式引《詩》，劉知幾云：「《春秋左氏傳》每發議論，假『君子』以稱之。」「君子曰」用來評價人物和事件，其作用是「辯疑惑，釋凝滯」〔註7〕。例如《左傳·襄公三十年》記載，宋國發生火災，諸盟國的大夫會盟，商討贈給財物以援助宋國。這一年的冬十月，魯國的叔孫豹與晉國的趙武、齊國的孫蠆、宋國的向戌、衛國的北宮佗、鄭國的罕虎和小邾國的大夫，在澶淵會面。會面結束後，沒見有什麼結果，也沒有援助宋國任何財物，所以在《春秋》中沒有記載前往澶淵之會的大夫的姓名。「君子曰：『信其不可不慎乎！澶淵之會，卿不書，不信也夫。諸侯之上卿，會而不信，寵名皆棄，不信之不可也如是。《詩》曰：『文王陟降，在帝左右。』信之謂也。又曰：『淑慎爾止，無載爾偽。』不信之謂也。』書曰『某人某人會於澶淵，宋災故』，尤之也。不書魯大夫，諱之也。」〔註8〕意思是說，君子說：「信義大概不能不謹慎吧！澶淵的會見，沒有記載與會各國上卿的名字，是因為他們不守信義的緣故。諸侯的上卿，彼此會見了，卻不守信義，他們尊貴的地位和氏族的美名，都被拋棄在一邊，不守信義不能像這樣啊！

〔註5〕（清）勞孝輿：《春秋詩話》，（上海）商務印書館，1936年12月初版，第25頁。

〔註6〕（晉）杜預注，（唐）孔穎達等正義：《春秋左傳正義》，（清）阮元校刻：《十三經注疏》，中華書局，1980年9月第1版，第2029頁。

〔註7〕（唐）劉知幾著，姚松、朱恒夫譯注：《史通全譯》，貴州人民出版社，1997年1月第1版，第139～140頁。

〔註8〕（晉）杜預注，（唐）孔穎達等正義：《春秋左傳正義》，（清）阮元校刻：《十三經注疏》，第2013頁。

《詩》說:『文王神靈的升與降,都在天帝的左右。』說的就是要守信義。《詩》又說:『要好好地注意你的舉止,不要表現出你的欺詐。』說的是不守信義。」《春秋》說「某人某人會於澶淵,宋災故」,是責備與會的各位上卿。沒有記載魯國的大夫,是為了避諱。其中「文王陟降,在帝左右」出自《詩經·大雅·文王》〔註 9〕;「淑慎爾止,無載爾偽」是逸《詩》。《左傳》「君子曰」引這四句詩,用來評價堅守信義的重要性。

第三種是用仲尼、孔子引《詩》的方式,發表議論,評論歷史人物和事件。例如《左傳·昭公二十八年》記載,這年秋天,晉國的韓宣子去世,魏獻子執政。他把祁氏的土地分為七個縣,把羊舌氏的土地分為三個縣,分別任命賈辛等有功勞又賢能的人作縣大夫,同時也任命司馬烏、魏烏等為六卿子弟和家臣作縣大夫。賈辛在前往自己的縣去任職之前,進見魏獻子,魏獻子鼓勵他說:「今女(汝)有力於王室,吾是以舉女(汝)。行乎!敬之哉,毋墮乃力!」「仲尼聞魏子之舉也,以為義,曰:『近不失親,遠不失舉,可謂義矣。』又聞其命賈辛也,以為忠:《詩》曰:『永言配命,自求多福』,忠也。魏子之舉也義,其命也忠,其長有後於晉國乎!」〔註 10〕意思是說,孔子聽說魏獻子提拔幾位官員的舉動,認為符合道義,說:「近而不失去親族,遠而不失去應該提拔的人,可以稱得上符合道義。」孔子又聽到魏獻子對賈辛說的一番話,認為是忠義:《詩》說:「經常地順應天命而不相違背,自己求取多種多樣的福祿」,是忠義。魏獻子提拔官員的舉動符合道義,他的任命又體現了忠義,在晉國他會長久地有後代享受祿位的。其中「永言配命,自求多福」出自《詩經·大雅·文王》〔註 11〕。《左傳》以仲尼引《詩》的形式,引用這兩句詩,讚賞魏獻子提拔官員符合道義,是忠義之舉。

《左傳》引《詩》有個顯著的特點,即以摘引兩句詩的情況最為普遍。如上面幾例均是如此。當然,例外也是有的,只是少數。例如,《左傳·宣公二年》引《詩經·鄘風·鶉之奔奔》的「人之無良」〔註 12〕,《左傳·僖公二

〔註 9〕(漢)毛亨傳,鄭玄箋,(唐)孔穎達等正義:《毛詩正義》,(清)阮元校刻:《十三經注疏》,中華書局,1980 年 9 月第 1 版,第 504 頁。

〔註 10〕(晉)杜預注,(唐)孔穎達等正義:《春秋左傳正義》,(清)阮元校刻:《十三經注疏》,第 2119 頁。

〔註 11〕(漢)毛亨傳,鄭玄箋,(唐)孔穎達等正義:《毛詩正義》,(清)阮元校刻:《十三經注疏》,第 505 頁。

〔註 12〕(晉)杜預注,(唐)孔穎達等正義:《春秋左傳正義》,(清)阮元校刻:《十三經注疏》,第 1866 頁。

十四年》「君子曰」引《詩經・小雅・小明》的「自詒伊慼」〔註 13〕，均是一句。又如，《左傳・僖公十九年》引《詩經・大雅・思齊》中的「刑于寡妻，至于兄弟，以御于家邦」〔註 14〕，是三句。《詩經》中的句式多為四言，四言很短，難以表達一個相對完整的意思，往往需要兩句詩才能表達一個相對完整的意思，這就是王昌齡所說的「兩句見意」〔註 15〕。

《左傳》引《詩》，就其功用而言，是為了實用。古人講求「信而有徵」，引《詩》是為了說明現實生活中的道理。《詩》是當時政治交往的重要工具，正如勞孝輿所說：「自朝會聘享以至事物細微，皆引《詩》以證其得失焉。」〔註 16〕《左傳》引《詩》無關審美，還不能算是文學批評意義上的摘句。不過對摘句批評的影響，是無容忽視的，特別是對《藝文類聚》摘句的影響；《藝文類聚》摘引《詩經》也多是兩句，這不能不說是受先秦引《詩》，特別是《左傳》引《詩》的影響。

二、《世說新語》中具有文學批評意味的摘句

據現有文獻考察，具有文學批評意義的摘句，出現在晉代。劉義慶《世說新語・文學》記載了幾則運用摘句批評的實例，見下表：

《世說新語》中摘句批評實例

《世說新語》出處及原文	所摘詩句的出處
文學 52：謝公因子弟集聚，問：「《毛詩》何句最佳？」遏稱曰：「昔我往矣，楊柳依依；今我來思，雨雪霏霏。」公曰：「訏謨定命。遠猷辰告。」謂此句偏有雅人深致。	《詩經・小雅・采薇》第六章
文學 76：郭景純詩云：「林無靜樹，川無停流。」阮孚云：「泓崢蕭瑟，實不可言。每讀此文，輒覺神超形越。」	晉代郭璞的《幽思篇》
文學 101：王孝伯在京，行散至其弟王睹戶前，問古詩中何句為最。睹思未答。孝伯詠「所遇無故物，焉得不速老！」「此句為佳。」	《古詩十九首》（其十一）

〔註 13〕（晉）杜預注，（唐）孔穎達等正義：《春秋左傳正義》，（清）阮元校刻：《十三經注疏》，第 1818 頁。

〔註 14〕（晉）杜預注，（唐）孔穎達等正義：《春秋左傳正義》，（清）阮元校刻：《十三經注疏》，第 1810 頁。

〔註 15〕（唐）王昌齡：《詩格》，張伯偉：《全唐五代詩格匯考》，江蘇古籍出版社，2002 年 4 月第 1 版，第 161 頁。

〔註 16〕（清）勞孝輿：《春秋詩話》，第 42 頁。

以上記載中出現的運用摘句批評的人物，有謝公（謝玄）、遏（謝遏，即謝玄，謝玄小名遏）、郭景純（郭璞）、阮孚、王孝伯（王恭，字孝伯）、王睹（王爽，小名睹），都是晉代人，這說明在晉代作為文學批評方法之一的摘句批評，在士人的日常交往中，已經被較為普遍地運用。

雖然從「雅人深致」「神超形越」等表述上看，《世說新語》記載的摘句批評，最終目的是品藻人物，展現人物的神韻風采，但已經不同於《左傳》引《詩》那樣的實用性目的，初步具有文學批評的意味。

三、摘句批評在《詩品》中的真正運用

真正將摘句運用於文學批評的，是鍾嶸的《詩品》。《詩品》多次用「摘句示例」來表達文學批評之意。

從摘句批評出現的次數看，據初步統計，《詩品序》中多次運用摘句批評的方法，還在「上品」評古詩，「中品」評徐淑、魏文帝、何晏、孫楚、王讚、張翰、潘尼、應璩、郭泰機、謝世基、顧邁、陶潛，「下品」評酈炎、趙壹、曹彪、徐幹、吳邁遠、許瑤之、鮑令暉時，運用摘句批評的方法。

從摘句批評的功能上看，其一，用摘句闡釋鍾嶸的詩學理論主張。在談到詩文用典的時候，鍾嶸在《詩品序》中說，像用於處理國家大事的文書之類，可以比較廣泛地徵引故實；稱述皇帝美德的頌讚，以及駁議、奏疏等，需要盡述以往的功績，也要引經據典；這些文章中的用典，都是用來增強說服力的。但是，以抒情言志為宗旨的詩歌卻不同，為什麼還要以用典為貴呢？鍾嶸反對在詩中用典，指斥用典繁密的詩作「殆同書抄」〔註 17〕。當然，他並不是一概反對用典。在詩中偶而運用典故，可以使詩作典雅、厚重；如果無節制地運用典故，以堆砌典故為能事，甚至要求無一句無來歷，無一字無根據，則陷於教條、僵死，誤入歧途。鍾嶸摘錄徐幹《室思》中「思君如流水」，認為這句詩就是寫眼前景，沒有運用典故，寫景、抒情卻清晰明暢。又摘錄曹植《雜詩》中的「高臺多悲風」，說這句詩也是寫眼前所見，沒有運用典故，卻十分真切。張華的「清晨登隴首」，也沒有用典，謝靈運《歲暮》中的「明月照積雪」，出自何經、何史？〔註 18〕鍾嶸就是用這種摘句的方式，表

〔註 17〕（梁）鍾嶸著，曹旭集注：《詩品集注》（增訂本），上海古籍出版社，2011 年 10 月第 2 版，第 228 頁。

〔註 18〕（梁）鍾嶸著，曹旭集注：《詩品集注》（增訂本），第 220 頁。

達其詩學理論主張。

其二，以摘句呈現佳句，昭示典範的詩作。《詩品》專論五言詩。當時五言詩的創作有了很大發展，鍾嶸盛讚曹植為「建安之傑」，陸機乃「太康之英」，謝靈運是「才高詞盛」〔註19〕。對詩歌的品評，理論的概括雖然必不可少，但畢竟過於抽象，語義在理解上也存在一定彈性和模糊性。如何較為直觀地與理論闡釋相呼應，將自己的主張具象化、明確化呢？鍾嶸運用的就是摘句批評的方法。他摘錄劉楨《贈徐幹詩》中的「思子沉心曲，長歎不能言」、嵇康《贈秀才從軍》中的「雙鸞匿景曜」、左思《詠史》、陶淵明《詠貧》詩，等等，認為這些詩作都是「五言之警策者」〔註20〕，即它們都是五言詩的佳作。摘句法呈現的例證，印證著理論闡釋，理論闡釋因為有了摘句作例證，顯得具體、透徹。

其三，以摘句的方式，討論天賦與詩歌創作的關係。鍾嶸在《詩品序》中說，一些毫無創作天賦的「膏腴子弟」，在雅士俗人紛紛染指詩歌創作的時代風氣影響下，恥於不會作詩，常常不分晝夜地吟詠修改自己的詩作。雖然自己覺得詩寫得精練、深妙，可是在行家看來，仍然平庸、拙劣。其中更有淺薄的人，極力推崇鮑照、謝朓；以為鮑照的詩作獨出眾人之上，猶如上古傳說的帝王伏羲氏高出庸庸眾生一樣；謝朓獨步於古今詩壇，無人能比；譏笑曹植、劉楨等人的詩作古樸、拙劣，缺乏文采。鍾嶸運用摘句批評的方法指出，這些淺薄的人，追摹鮑照，卻比不上鮑照《代結客少年場行》中「日中市朝滿」這樣的詩句；追摹謝朓，卻僅寫出「黃鳥度青枝」這樣拙劣的句子。鍾嶸認為，這些人「徒自棄於高聽，無涉於文流矣」〔註21〕。鍾嶸雖沒有明言詩歌創作需要才華與天賦，但從具體事例的評論中，已經流露出這樣的觀點。關於天賦與詩歌創作的關係，顏之推也有闡釋，在《顏氏家訓．文章》中，就有「必乏天才，勿強操筆」〔註22〕的話。顏之推表達的意思與鍾嶸類似，但鍾嶸運用摘句法，摘錄例句，意思表達得更為真切、明晰，而顏之推則沒有運用摘句批評的方法。

其四，以摘句寓褒貶評價。有品評詩作語言風格和藝術特徵的。例如，

〔註19〕（梁）鍾嶸著，曹旭集注：《詩品集注》（增訂本），第34頁。
〔註20〕（梁）鍾嶸著，曹旭集注：《詩品集注》（增訂本），第459頁。
〔註21〕（梁）鍾嶸著，曹旭集注：《詩品集注》（增訂本），第69頁。
〔註22〕（北齊）顏之推撰，王利器集解：《顏氏家訓集解》，上海古籍出版社，1980年7月第1版，第237頁。

品評陶淵明詩作說，《讀山海經》中的「歡言酌春酒」、《擬古》中的「日暮天無雲」，「風華清靡，豈直為田家語耶？」〔註 23〕是說陶淵明的這一類詩風格華美清麗，不能說它們只是鄉下的粗言俗語。有品評詩作內容的。例如，品評郭璞的詩句「奈何虎豹姿」「戢翼棲榛梗」，「乃是坎壈詠懷，非列仙之趣也。」〔註 24〕郭璞的這兩句詩，是抒發坎坷失意情緒的詠懷詩，不是《遊仙詩》的旨趣；它們只是借「遊仙」之名，而旨在詠懷。《遊仙詩》是郭璞的代表作，或有寄託，或無寄託，但內容上都是遊仙，而「奈何虎豹姿」「戢翼棲榛梗」所表達的內容，就不再是遊仙的內容，而是詠懷。有指出創作上的不足的。例如，評價鮑令暉的詩超越尋常，清麗細巧，風格獨特，「唯《百韻》淫雜矣。」〔註 25〕即是說，只有《百韻》之作，繁多而且雜亂。《百韻》是鮑令暉創作的五言詩，鍾嶸以韻稱詩。

四、《修文殿御覽》對《藝文類聚》摘句的影響

目前，學術界對唐代以前類書的認識是，類事的類書只摘錄「事」，即典故；類文的類書只摘錄「文」，兩者彼此是不相干的。例如，汪紹楹就認為，在唐前，「『文』自為總集，『事』自為類書」。只是到歐陽詢們編纂《藝文類聚》，才創造「事」與「文」兼的體制，「就是說把『事』與『文』兩條龍並成了一條龍，變成了類書的常規體制。」〔註 26〕因為唐代以前的類書大都亡佚了，無法見其廬山真面，因此就無法知道這些類書編纂的真實情況，也就不能從根本上推翻汪紹楹等人的觀點，但是，我們對汪紹楹等學者的觀點還是持懷疑態度的。因為從我們對史料的鉤沉情況看，編纂於北齊的《修文殿御覽》就摘錄一定數量的詩文，而《修文殿御覽》一直被認為是一部類事類書。下表是《修文殿御覽》摘錄詩文的情況：

《修文殿御覽》摘錄的詩文

朝代	作者	《修文殿御覽》原文	出　處
	無名氏	《古歌辭》曰：飛來白鶴，從西北來。十十五五，羅列成行。妻卒被病，不能相	《鳴沙石室佚書·修文殿御覽》

〔註 23〕（梁）鍾嶸著，曹旭集注：《詩品集注》（增訂本），第 337 頁。
〔註 24〕（梁）鍾嶸著，曹旭集注：《詩品集注》（增訂本），第 319 頁。
〔註 25〕（梁）鍾嶸著，曹旭集注：《詩品集注》（增訂本），第 592 頁。
〔註 26〕《藝文類聚》，第 7 頁。

		隨。五里返顧，六里徘徊。吾欲銜汝去，口噤不能開；吾欲負汝去，毛羽何崔頹！	
先秦	無名氏	《衛詩》曰：魚網之設，鴻則離。	《鳴沙石室佚書・修文殿御覽》
漢代	丁令威	《丁零威歌》:「城郭是，人民非，何不學仙冢累累。」而《修文御覽》所引云：「何不學仙去，空伴冢累累。」增此三字，文義始明，書所以貴乎博考也。	楊慎《升菴集》卷五二《古蠟祝丁零威歌遺句》
	李陵	《修文殿御覽》載李陵詩云:「紅塵蔽天地，白日何冥冥。微陰盛殺氣，淒風從此興。招搖西北指，天漢東南傾。嗟爾穹廬子，獨行如履冰。裋褐中無緒，帶斷續以繩。瀉水置瓶中，焉辨淄與澠。巢父不洗耳，後世有何稱。」	楊慎《升菴集》卷五四《李陵詩》
	杜篤	杜篤《論都賦》曰：槌蚌蛤，碎琉璃。	(日本)兼意《寶要抄》所收《修文殿御覽》佚文
三國魏	魏文帝	魏文帝《馬勒賦》曰：馬腦，玉屬也，出自西域，文理交錯，有似馬腦，故其方人因以名之。	(日本)兼意《寶要抄》所收《修文殿御覽》佚文
		魏文帝《車渠椀賦》曰：車渠玉屬，多纖維縟文，生於西國，其俗寶之，小以繫頸，大以為器。	(日本)兼意《寶要抄》所收《修文殿御覽》佚文
	曹植	曹植《芸香賦》曰：西都麗草。	(日本)兼意《香要抄》所收《修文殿御覽》佚文
		陳思王《車渠盌賦》曰：惟斯盌之所生，於涼風之峻須，光如激電，景若浮星，何神怪之瓌瑋，信一覽而九驚。	(日本)兼意《寶要抄》所收《修文殿御覽》佚文
	陳琳	陳琳《馬腦勒賦》曰：託瑤溪之寶岸，臨赤水之朱波。	(日本)兼意《寶要抄》所收《修文殿御覽》佚文
	王粲	王粲《馬腦勒賦》曰：遊大國以廣觀兮，覽希世之偉寶，總眾材而課美兮，信莫臧於馬腦、琉璃。	(日本)兼意《寶要抄》所收《修文殿御覽》佚文
		王粲《鶡賦》曰：白驗稟塗龜之修壽，資儀鳳之純精。接王喬於湯谷，赤松駕於扶桑。食靈岳之瓊蕊，吸雲表之露漿。	《鳴沙石室佚書・修文殿御覽》
		王粲《車渠椀賦》曰：雜玄黃以為質，似乾坤之未分；兼五德之上美，起眾寶而絕倫。	(日本)兼意《寶要抄》所收《修文殿御覽》佚文

	孫公達	孫公達《琵琶賦》曰：向風臨樂，刻飾琉璃。	（日本）兼意《寶要抄》所收《修文殿御覽》佚文
晉	王處道	王處道《車渠觶賦》曰：溫若騰螭之昇天，曜似遊鴻之遠臻。	（日本）兼意《寶要抄》所收《修文殿御覽》佚文
	諸葛恢	《諸葛恢集》曰：詔答恢，今致琉璃枕一。	（日本）兼意《寶要抄》所收《修文殿御覽》佚文
	成公綏	成公綏《鴻雁賦序》曰：余遊河澤之間。時鴻雁節而至。失（當作「夫」）鴻漸著「羽儀」之歎，《小雅》作「於飛」之歌，有取美，遂賦之云。	《鳴沙石室佚書・修文殿御覽》
		成公綏《芸香賦》曰：美芸香之修潔，稟陰陽之淑精，莖類秋竹，枝像春松。	（日本）兼意《香要抄》所收《修文殿御覽》佚文
	傅咸	傅咸詩敘曰：楊駿就吾索詩云：「茅文通相說，文動為規藏，可盡送。」便作此詩，欲其有悟。然猶有慮，以示文通曰：「得無作，唯此白鶴，直為罵可。君此遠有文義，故欲令兄見之。唯此白鶴者，良冀臨池，而中有鶴白，令子崔瑋為賦，指以罵冀。」遂並文與駿，寂然云不知多務不省也，將如搔腿，自無覺也。詩曰：肅肅商風起，悄悄心自悲。圓圓三五月，皎皎耀清暉。今昔一何盛，氛氳自消微。微黃黃及華，飄搖隨風飛。	《鳴沙石室佚書・修文殿御覽》
		傅咸《芸香賦》曰：先君作《芸香賦》，辭義高麗有覩，斯卉蔚茂馨香，同遊使余為賦。	（日本）兼意《香要抄》所收《修文殿御覽》佚文
		傅咸《污卮賦》曰：人有遺餘琉璃卮者，小兒竊弄，墮之不潔，意既惜之。不感物之污辱，乃喪其所以為寶，況君子行身而可以有玷乎？	（日本）兼意《寶要抄》所收《修文殿御覽》佚文
	左思	左思《吳都賦》曰：致遠琉璃與珂珹珬音恤。	（日本）兼意《寶要抄》所收《修文殿御覽》佚文
	傅玄	傅玄《芸香賦序》曰：始以微香進御，終於捐棄黃壤，籲可閔也，遂詠而賦之。	（日本）兼意《香要抄》所收《修文殿御覽》佚文
	陸機	陸機《靈龜賦》曰：若車渠繞理，馬腦縟文，靈龜甲錯，黿鼉龍鱗。	（日本）兼意《寶要抄》所收《修文殿御覽》佚文
	曹毗	曹毗《雙鴻詩敘》曰：近行東野，見有養雙鴻者，其儀甚美，鳴舞，雖志希青翠之遊，身非已有，物之可感，良謂此也。	《鳴沙石室佚書・修文殿御覽》

湛方生	湛方生《羈鶴吟敘》曰：鄰人王氏，有養鵠者，摧翮虞人之手，心悲志喪。後三年，羽翮既生，翻然高逝。有感余懷，乃為之吟。	《鳴沙石室佚書・修文殿御覽》
戴逵	《竹林七賢論》曰：嵇紹入洛，或謂王戎曰：「昨於稠人中始見嵇紹，昂昂然，若野鶴之在雞群。」	《鳴沙石室佚書・修文殿御覽》
庾闡	庾闡《楊都賦》曰：琉璃冰朗而外叟。	（日本）兼意《寶要抄》所收《修文殿御覽》佚文

從上表可以看出，《修文殿御覽》不僅摘錄了《詩經》、漢樂府中的詩，還摘錄了漢代其他詩人的詩以及晉代的詩，摘錄了漢魏晉時期的賦。因為屬於輯佚性質，上表中所列詩文數量並不大，只是「冰山一角」，但這個「冰山一角」，對於窺視整個「冰山」是有幫助的，至少說明一點，《修文殿御覽》是事、文兼採的。它的摘句法，對《藝文類聚》一定產生過影響。歐陽詢在《藝文類聚序》中提到《遍略》即《華林遍略》，《修文殿御覽》就是以《華林遍略》為底本刪改而成的；《修文殿御覽》與《華林遍略》是有淵源關係的。歐陽詢們編纂《藝文類聚》既然參考了《華林遍略》，就沒有理由不參考《修文殿御覽》。當然，歐陽詢們還會參考前代的其他類書。在歐陽詢的時代，現成的類書並不多。根據張滌華《類書流別》的統計，唐代以前共有類書 22 部，而趙含坤《中國類書》的統計是 32 部。兩位學者對類書標準的把握有一定差異，統計的數量也不同。不過不論是 22 部，還是 32 部，總數不多，是可以全部拿來做參考的。

第二節　對《詩經》《楚辭》的摘句批評

以今天的觀念看，《詩經》《楚辭》都是文學作品，但是，《藝文類聚》對《詩經》《楚辭》的摘錄，與其他的詩、賦、贊、表等各種文體是不同的。《詩經》《楚辭》以外的其他文體，是分別按照各自的文體名稱，摘錄在不同子目之下的「文」的部分；而《詩經》《楚辭》則不同，它們是置於相關子目「事」的部分。我們單獨探討《藝文類聚》對《詩經》《楚辭》的摘句批評。

《詩經》《楚辭》在《藝文類聚》中被置於「事」的部分，而沒有像其他各種文體的作品那樣置於「文」的部分，是與《詩經》《楚辭》在唐初的特殊地位有關的。因為地位特殊，《詩經》《楚辭》已經不是一般的意義上的文學作品，所以就不能置於「文」的部分，而是應該區別對待地置於「事」的部分。關於《詩經》《楚辭》特殊地位的論述，詳見第四章第一節。

一、對《詩經》的摘句批評

《藝文類聚》對《詩經》具體作品的摘錄，以摘錄兩句為主要樣態，這是對《左傳》等引《詩》傳統的繼承。

（一）對《詩經》摘句批評的具體摘錄內容

第一，既摘錄「詩大序」的內容，也摘錄「詩小序」的內容。摘錄「詩小序」，有時是單獨摘錄，有時是連同《詩經》中的詩句一同摘錄。

《藝文類聚》中摘錄的《詩大序》見下表：

《詩經》篇名	《藝文類聚》摘錄的文字	卷數	子目	頁碼
《詩大序》	《毛詩序》曰：吟詠情性，以風其上。	19	吟	352
《詩大序》	《毛詩》曰：上以風化下，下以風刺上，主文而譎諫，言之者無罪，聞之者足以戒，故曰風。	24	諷	426
《詩大序》	《毛詩序》曰：詩者，志之所之也，在心為志，發言為詩。	26	言志	463
《詩大序》	《毛詩序》曰：亂世之音怨以怒，其政乖。	30	怨	537
《詩大序》	《毛詩序》曰：情動於中而形於言，言之不足故嗟歎之，嗟歎之不足故詠歌之。	43	歌	771
《詩大序》	《毛詩序》曰：詩者，志之所之也，在心為志，發言為詩。	56	詩	1002
《詩大序》	《毛詩序》曰：詩有六義，其二曰賦。	56	賦	1012

《藝文類聚》摘錄的《詩大序》中的文字，就是以上這些。這裡的所謂《毛詩序》即指《詩大序》。

《藝文類聚》中單獨摘錄「詩小序」的文字，以及「詩小序」連同篇中的詩句一起摘錄的情況，見下表：

《詩經》篇名	《藝文類聚》摘錄的文字	卷數	頁碼	說　明
《周南・樛木》	（《毛詩》）又曰：《樛木》，后妃逮下也。	88	1506	為《周南・樛木》序
《邶風・二子乘舟》	（《毛詩》）又曰：衛宣公之二子爭相為死。	21	388	為《邶風・二子乘舟》序

《小雅・四牡》	《毛詩》曰:《四牡》,勞使臣之來也。有功而見知,則說矣。四牡騑騑,周道逶遲。豈不懷歸?王事靡監,我心傷悲。	53	963	「《四牡》」至「則說矣」為《小雅・四牡》序
《小雅・常棣》	《夫栘》,燕兄弟也。閔管、蔡之失道。夫栘之華,蕚不煒煒。凡今之人,莫如兄弟。	89	1546	「《夫栘》」至「失道」為《小雅・常棣》序

《藝文類聚》中單獨摘錄的「詩小序」的文字,以及「詩小序」連同篇中的詩句一起摘錄的情況,還有一些,上表僅舉四例,以窺一斑而見全豹。前兩例是單獨摘錄「詩小序」,後兩例是「詩小序」連同篇中的詩句一起摘錄。

第二,既摘錄《詩經》中的詩句,也摘錄箋注,見下表:

《詩經》篇名	《藝文類聚》摘錄的文字	卷數	頁碼	說　明
《小雅・正月》	《毛詩》曰:具曰予聖,誰知烏之雌雄?時若臣賢愚,適同如烏也。	92	1591	「時若」等 10 字為箋注
《周頌・小毖》	《詩》曰:予又集于蓼。言辛苦也。	82	1418	「言辛苦也」為箋注
《周頌・小毖》	《毛詩》曰:肇允彼桃蟲。今鷦鷯是也,見詩義疏。	92	1603	「今鷦鷯」等 9 字為箋注

既摘錄《詩經》中的詩句,也摘錄箋注的情況,還有一些,上表僅舉三例,以窺一斑而見全豹。

(二)對《詩經》摘句批評的形式

由於《詩經》中的詩作具體的寫作年代,大多不能一一確認,作者絕大部分也湮滅無考,因此,《藝文類聚》摘錄《詩經》,沒有像「文」的部分那樣標明朝代、作者,而是採用區別於其他文體的標注方式,具體有這樣幾種情況:

第一,摘錄《詩經》中的詩作,大多泛言「《毛詩》曰」,而並不標注具體篇名。例如:卷六十九服飾部上・薦席:「《毛詩》曰:下莞下簟,乃安斯寢。」〔註 27〕摘錄的是《詩經・小雅・斯干》中的兩句,出處僅標注為「《毛詩》曰」。

第二,摘錄《詩經》中的詩作,有 17 處標注為「《詩》曰」。例如,卷八

〔註 27〕《藝文類聚》,第 1204 頁。

十九木部下・夫移：「《詩》曰：何彼襛矣？唐棣之華。」〔註 28〕摘錄的是《詩經・召南・何彼襛矣》中的兩句，出處標注為「《詩》曰」。

第三，摘錄《詩經》中的詩作，有 1 處標注為「《韓詩》曰」，即卷八十七菓部下・栗：「《韓詩》曰：東門之栗，有靜家室。」〔註 29〕摘錄的是《詩經・鄭風・東門之墠》中的兩句，出處標注為「《韓詩》曰」。

第四，摘錄《詩經》中的詩作，只有 1 處既標注「《詩經》」，又標注具體篇名，即卷八十九木部下・楊柳：「《毛詩・東方未明》曰：折柳樊圃。」〔註 30〕摘錄的是《毛詩・齊風・東方未明》中的詩句，出處既標注書名「《詩經》」，也標注具體篇名「《東方未明》」。

第五，摘錄《詩經》中的詩作，有 1 處只標注作品名，但沒有標注書名「《毛詩》」，即卷三十九禮部中・燕會：「《湛露》，天子燕諸侯也。」〔註 31〕摘錄的是《詩經・小雅・湛露》的小序，只標注篇名，而省略書名等其他信息。

第六，摘錄《詩經》中的詩作，有 1 處標注書名，還標注類名，即卷九十二鳥部下・白鷺：「《毛詩・周頌》曰：振鷺於飛，於彼西雝。」〔註 32〕摘錄的是《詩經・周頌・振鷺》中的兩句，「《詩經》」是書名，「周頌」是類名。

第七，連續摘錄《詩經》中的詩作，只在第一篇標注出處，其餘各篇一般以「又曰」的形式作標注，而不再重複標注「《毛詩》」等字樣。例如，卷三十九禮部中・社稷：「《毛詩》曰：迺立冢土。又曰：以御田祖，以祈甘雨。」〔註 33〕「迺立冢土」出自《詩經・大雅・綿》；「以御田祖，以祈甘雨」出自《詩經・小雅・甫田》。只在前一篇標注出處，後篇則以「又曰」的形式出現，而未重複標注「《毛詩》曰」。

通過以上考察可知，《藝文類聚》摘錄《詩經》中的詩作，以「《毛詩》曰」為標準樣態，其他的標注方式，可能是由於編者沒有很好地掌握編纂的操作規範造成的，也可能是《藝文類聚》在抄寫、翻刻等過程中造成的。

〔註 28〕《藝文類聚》，第 1546 頁。
〔註 29〕《藝文類聚》，第 1488 頁。
〔註 30〕《藝文類聚》，第 1531 頁。
〔註 31〕《藝文類聚》，第 712 頁。
〔註 32〕《藝文類聚》，第 1606 頁。
〔註 33〕《藝文類聚》，第 707 頁。

二、對《楚辭》的摘句批評

《藝文類聚》對《楚辭》的摘句，與《詩經》類似，是把《詩經》《楚辭》當作同樣性質的書，在編纂時採用同樣的操作方式。

（一）對《楚辭》摘句批評的具體摘錄內容

第一，摘錄《楚辭》中的作品，既摘錄屈原的作品，也摘錄其他作者的作品。

摘錄的屈原作品，見下表：

《楚辭》中 屈原作品的篇名	《藝文類聚》中摘錄屈原作品的卷數和頁碼 （前面的數字是卷數，後面括號內的數字為頁碼）
《離騷》	29（510），30（538），67（1187），81（1390），81（1393），82（1400），82（1405）
《九歌・東皇太一》	69（1205），72（1246）
《九歌・雲中君》	4（75），28（499）
《九歌・湘君》	2（23），67（1186），71（1230），81（1393），82（1400），89（1537）
《九歌・湘夫人》	1（17），3（49），7（140），17（314），61（1094），64（1150），89（1537）
《九歌・大司命》	2（26），67（1186），89（1537）
《九歌・少司命》	8（156），17（314），29（510），81（1390），81（1393），82（1400），91（1574）
《九歌・東君》	1（6），1（14），43（767）
《九歌・河伯》	9（177），28（499），29（510），62（1111），63（1135），84（1439），96（1664）
《九歌・山鬼》	2（26），19（356），81（1393），88（1512），98（1700）
《九歌・國殤》	60（1087）
《天問》	1（3），1（6），1（8），2（39），35（618～619），38（685），90（1563），94（1635）
《九章・惜誦》	19（356）
《九章・涉江》	1（14），2（23），9（177），67（1184）
《九章・哀郢》	63（1128），64（1154）
《九章・抽絲》	31（545）
《九章・懷沙》	3（47）
《九章・思美人》	3（42），82（1400）

《遠遊》	89（1537）
《卜居》	91（1581）
《漁父》	6（110），35（619）
《大招》	3（42），17（315），18（324），41（737），83（1413）

摘錄的其他作者的作品，見下表：

作　者	《楚辭》中的篇名	《藝文類聚》中摘錄作品的卷數和頁碼（前面的數字是卷數，後面括號內的數字為頁碼）
宋玉	《九辯》	1（8），3（47），3（49），29（510），35（628），82（1400），94（1635）
	《招魂》	1（6），1（17），2（23），3（42），5（87），9（180），17（314），18（324），41（737），43（767），61（1094），64（1150），70（1218），81（1393），82（1400），96（1665），97（1687）
賈誼	《惜誓》	6（101～102），6（1662），99（1708）
淮南小山	《招隱士》	3（42），89（1537），95（1653），97（1678）
東方朔	《七諫・怨世》	82（1413）
	《七諫・謬諫》	60（1082），66（1179）
嚴忌	《哀時命》	2（39），21（384），64（1150），90（1558），96（1670）
王褒	《九懷・蓄英》	3（49）
	《九懷・陶壅》	29（510）
	《九懷・株昭》	94（1629）

第二，既摘錄《楚辭》中的詩句，也摘錄箋注，見下表：

《楚辭》篇名	《藝文類聚》摘錄的文字	卷數	頁碼	說　明
《九歌・湘君》	（《離騷》）又曰：薜荔拍兮蕙綢。薜荔，香草。拍，榑壁也。綢，縛束也。詩云：綢繆束楚。	81	1393	「薜荔，香草」等 18 字為箋注
《天問》	《楚辭・天問》：圜則九重，孰營度之？八柱何當？東南何虧？言天有八山為柱，皆何當值，東南不足，誰虧缺之。日月安屬？列星安陳？	1	3	「言天」等 19 字為箋注

既摘錄《楚辭》中的詩句，也摘錄箋注的情況，還有幾處，上表僅舉兩例，以窺一斑而見全豹。

（二）對《楚辭》摘句批評的形式

與《詩經》詩作的出處標注方式類似，《藝文類聚》在摘錄《楚辭》作品時，也採取有異於「文」的部分中各種文體的標注方式，具體有這樣幾種方式：

第一，摘錄《楚辭》中的作品，大多泛稱「《楚辭》曰」，而不標注《楚辭》中的具體篇名。例如，卷二十八人部二十・遊覽：「《楚辭》曰：覽冀州兮有餘，橫四海兮焉窮。」〔註 34〕摘錄的是《楚辭》中《九歌・雲中君》的詩句，但只標注為「《楚辭》曰」，不標注《楚辭》中《九歌・雲中君》的具體篇名。又如，卷九水部下・冰：「《楚辭》曰：魂兮歸來，北方不可以止。增冰峨峨，飛雪千里。」〔註 35〕摘錄的是《楚辭》中的《招魂》，但只標注為「《楚辭》曰」，不標注《楚辭》中《招魂》這個具體篇名。

第二，摘錄《楚辭》中的作品，有 2 處摘錄《九歌・湘夫人》，標注書名《楚辭》和組詩名《九歌》，但未標注具體篇名《湘夫人》。例如，卷七山部上・九疑山：「《楚辭・九歌》曰：九疑紛兮並迎。」摘錄的是《楚辭》中的《九歌・湘夫人》，標注書名《楚辭》和組詩名《九歌》，但未標注具體篇名《湘夫人》。

第三，摘錄《楚辭》中的作品，有 4 處摘錄《天問》，直接標注為「《楚辭・天問》」「《楚辭・天問序》」。例如，卷二天部下・虹：「《楚辭・天問》曰：白蜺嬰茀，胡為此堂？」〔註 36〕摘錄的是《楚辭・天問》中的兩句；《藝文類聚》標注的出處，與實際出處完全一致。又如，卷三十八禮部上・宗廟：「《楚辭・天問序》曰：屈原放逐，……以洩憤，寫愁思。」〔註 37〕摘錄的是《楚辭・天問序》；《藝文類聚》標注的出處，與實際出處完全一致。

第四，摘錄《楚辭》中的作品，有 1 處摘錄的是《離騷》，標注的出處也是「《離騷》曰」，即卷八十一藥香草部上・蘭：「《離騷》曰：既滋蘭之九畹兮。」〔註 38〕摘錄的是《楚辭》中《離騷》的詩句；《藝文類聚》標注的出處，與實際出處完全一致。

第六，摘錄《楚辭》中的作品，若是連續摘錄，則只在第一篇作品前標

〔註 34〕《藝文類聚》，第 499 頁。
〔註 35〕《藝文類聚》，第 180 頁。
〔註 36〕《藝文類聚》，第 39 頁。
〔註 37〕《藝文類聚》，第 685 頁。
〔註 38〕《藝文類聚》，第 1390 頁。

注出處，其餘的作品一般用「又曰」的方式標注，不再作具體的標注。例如，卷十八人部二・美婦人：「《楚辭》曰：姱容脩態絚洞房，娥眉曼綠目騰光。又曰：粉白黛黑施芳澤，長袂拂面善留客。又曰：美人既醉朱顏酡。」〔註 39〕「《楚辭》曰」條摘錄的是《楚辭》中的《招魂》，標注的出處為「《楚辭》」；兩個「又曰」條，承前省略「《楚辭》曰」。其中，「又曰」第一條出自《楚辭》中的《大招》，「又曰」第二條出自《楚辭》中的《招魂》。

第七，摘錄《楚辭》中的作品，有 6 處並不是出自《離騷》，卻標注為「《離騷》曰」，見下表。

《楚辭》作品的實際出處	《藝文類聚》摘錄的《楚辭》作品的出處標注與摘錄文字	卷數	頁碼
《九歌・湘君》	《離騷》曰：采芳洲兮杜若，將以遺兮下女。	81	1393
《九歌・山鬼》	《離騷》曰：山中人兮芳杜若，飲泉石兮蔭松柏。	88	1512
《天問》	《離騷》曰：緣鵠飾玉，后帝具饗。	90	1563
《招魂》	《離騷》曰：川谷徑復流潺湲，光風轉蕙氾崇蘭。	81	1393
《七諫・怨世》	《離騷》：蓬艾親人，御于茅兮。	82	1413
《哀時命》	《離騷》曰：為鳳皇作鶉籠，雖翕其不容。	90	1558

將《楚辭》中的具體作品一概稱為《離騷》，這是古人的一種言說方式，反映了《離騷》在古人心中的地位。

第三節　摘句批評體現的審美價值取向

在《藝文類聚》中，摘句批評主要運用在「文」的部分。限於篇幅，同時也是為了集中論述的筆墨，這裡主要探討詩歌作品中的摘句批評。

一、對善與美的追求

類書的編纂，特別是官修類書的編纂，都會從不同的側面，反映特定歷史時期的政治與文化狀態，滲透著傳統的審美觀念與價值觀念。賀修銘說：「中國傳統政治文化是以『求善』為目標的『倫理型』」，「類書內容的取捨」，「正是以『求善』為座右銘的」，「『求善』也就成為類書取捨的準尺和

〔註 39〕《藝文類聚》，第 324 頁。

原則。」〔註 40〕《藝文類聚》運用摘句批評方法體現的「求善」觀念，與中國傳統倫理道德觀念完全一致，且一脈相承。對於具體資料的摘錄，郭紹林說：「《藝文類聚》在內容的取捨方面，體現出追求真善美的強烈傾向，很注意採集正面材料，擯棄反面材料。」〔註 41〕

「美婦人」是卷十八人部二的一個子目，是一個弘揚善與美的比較典型的子目。在《藝文類聚》中，有子目「美婦人」，也有子目「賢婦人」，但是，沒有「醜婦人」「惡婦人」等這樣的子目。如此設置，反映了編者對儒家重視教化思想的繼承，編者試圖以類書所摘錄資料的潛移默化的功能，達到善與美的教化作用。

在子目「美婦人」中，依次摘錄的詩作有：《古詩》（燕趙多佳人），三國魏曹植的《詩》（有美一人）、《雜詩》（南國有佳人）、《美女篇》，三國魏阮籍的《詩》（西方有佳人）、《詩》（周鄭天下郊）、《詩》（二妃遊江濱），晉代傅玄的《詩》（有女懷芬芳），南朝梁簡文帝的《晚景出行詩》、《詩》（麗旦與妖嬙）、《詠內人晝眠詩》《詠美人看畫詩》，南朝梁元帝的《古意詩》，南朝梁昭明太子的《詠照流看落釵詩》《名士悅傾城詩》《美人晨妝詩》，南朝梁代蕭綸的《見姬人詩》，南朝梁代蕭子顯的《美女篇》，南朝梁代庾肩吾的《詠美人看畫詩》、《詩》（絳樹及西施）、《南苑看人還詩》，南朝梁代徐君蒨的《初春攜內人行戲詩》，南朝梁代劉孝綽的《愛姬贈主人詩》《為人贈美人詩》《詠姬人未肯出詩》《見鄰舟人投一物眾姬爭之詩》《淇上戲蕩子婦詩》，南朝梁代吳均的《擬古詩》《古意詩》，南朝梁代王僧孺的《陳南康新納詩》，南朝梁代何思澄的《南苑逢美人詩》，南朝梁代費昶的《春郊望美人詩》，南朝梁代劉緩的《詠傾城人詩》，南朝梁代鮑泉的《落日看還詩》，南朝梁代徐悱妻劉氏的《詩》（花庭麗景斜）、《詩》（東家挺奇麗），南朝梁代范靜妻沈氏的《戲蕭娘詩》，南朝陳代伏知道的《詠人娉妾仍逐琴心詩》，南朝陳代徐陵的《春情詩》，隋代江總的《秋日新寵美人應令詩》《新入姬人應令詩》〔註 42〕。

「友悌」是卷二十一人部五的一個子目，是一個含有褒揚意義的子目。該子目的開頭便摘引：「《爾雅》曰：善兄弟為友。《尚書》曰：惟孝友于兄

〔註 40〕賀修銘：《興盛與歸宿——試論類書的政治文化背景》，《圖書館界》1988 年第 3 期，第 37～38 頁。

〔註 41〕郭紹林：《歐陽詢與〈藝文類聚〉》，《洛陽師專學報》1996 年第 1 期，第 89～90 頁。

〔註 42〕《藝文類聚》，第 326～330 頁。

弟。」「《孝經》曰：友悌之至，通於神明。《禮記》曰：兄弟親戚，稱其慈也，僚友稱其悌也。又曰：兄良弟悌，夫義婦聽，家之肥也。《論語》曰：兄弟怡怡如也。」〔註 43〕摘引這些文獻資料，不非是對「友悌」釋義，屬於「開宗明義」。在該子目下摘錄的資料，都具有褒揚「友悌」之意。《列女傳》條記任延壽在安葬父親的事情上，與妻兄發生爭執，延壽夥同他人殺害了妻兄。被判刑後遇大赦，延壽出獄，將事情告訴妻子，並表達懺悔之意。在所有的資料中，只有這一條是從反面勸誡的，其他的資料都是從正面褒揚的。《列女傳》又曰條敘述師安欲代替犯法的妻兄而死，縣官讚賞其義，赦免了他。《列女傳》又曰條記載的是齊宣王時候的事情。一次斷案，官吏不能決斷兩個兒子哪個該殺，就找來他們的母親，問她殺哪一個。這位母親說：「殺小兒子。小兒子是我生的，大兒子是丈夫的前妻生的。」齊宣王聽說此事，讚揚這位母親的義舉，赦免了她的兩個兒子。《漢書》條寫卜式接濟弟弟的故事。卜式早年從事耕種、放牧。弟弟長大，卜式分家單過，只取走家裏的一百多隻羊，田地和宅院都留給了弟弟。卜式牧羊十多年，羊繁殖到一千多頭。卜式購買了田地、宅院。而這時，他的弟弟家道敗落，卜式便多次把自己的財產分給弟弟，資助他。《漢書》又曰條寫王商在父親去世後，將家產分給異母的幾個弟弟，自己分文不取。《東觀漢記》條寫魏霸從小是個孤兒，與兄弟住在一起，同甘共苦，鄉里人都羨慕他們兄弟的和睦。《東觀漢記》又曰條，寫王琳在自己的弟弟被強盜抓捕後，主動請求替弟弟先死；強盜受到感動，釋放了他們。《東觀漢記》又曰條所記事件與上一條類似：趙孝的弟弟被強盜抓獲，趙孝願意代替弟弟死。強盜感其義氣，釋放了兄弟兩人。《續漢書》條寫姜肱兄弟三人，孝順，友愛，常常蓋一條被睡覺。長大後各自娶妻，各自仍不能分寢。《吳書》條寫劉瑤與弟弟們生活在一起，相處和睦，常常夜臥早起，妻妾們很少見到他們的面。

這些「友悌」故事中的人物，多是歷代名人，多是兄弟之間友善、關愛的榜樣，其中的教化作用是不言而喻的。與此相對應，在該子目下，還摘錄了若干首有關「友悌」的詩作。詳見下表：

〔註 43〕《藝文類聚》，第 388 頁。

《藝文類聚》卷二十一人部五・友悌摘錄的詩作

朝　代	作　者	《藝文類聚》中的題目
三國魏	曹植	《贈弟白馬王彪詩》
晉代	陸機	《與弟云詩》
	陸雲	《答兄詩》
南朝宋代	謝瞻	《答靈運詩》
南朝梁代	簡文帝	《應令詩》
	昭明太子	《示徐州弟詩》
	劉孝綽	《與虞弟詩》
	劉孝勝	《冬日家園別陽羨始興詩》

即使是沒有鮮明褒貶色彩的子目，例如「雪」，摘錄的資料與詩作，同樣也體現了對善與美的追求。「雪」是卷二天部下的一個子目。在子目「雪」「事」的部分，依次摘錄《毛詩》《左傳》《山海經》《金匱》《穆天子傳》《晏子春秋》《王孫子》《史記》《漢書・蘇武傳》《琴操》《論衡》《孟子》《氾勝之書》《秦子》《晉諸公贊》《錄異傳》《高士傳》《世說》《語林》《楚辭》《釋名》《韓詩外傳》《西京雜記》《北涼錄》《宋齊語》《莊子》等文獻中關於「雪」的詞句。在這裡，「雪」是尋常的，又是平靜的，沒有暴雪的兇猛、淫雪的威力，也沒有看到雪後的肅殺。即使是描寫雪的大、雪的多，也是「雨雪其雱」「雨雪霏霏」「雨雪雰雰」「霰雪紛紛」等，點到為止，不作過度渲染。《穆天子傳》寫雪中天子涉獵，天子在雪後奇寒天氣中詠《黃竹詩》，可謂爽快、優雅之事。《晏子春秋》記述的景公大雪三日後分發糧食給予飢寒者的故事，《王孫子》記述衛君在雪後賑濟貧窮者錢糧的故事，均是表彰國君的恩德。《漢書・蘇武傳》寫蘇武在北海牧羊時齧雪吞氈，用北方邊地的大雪酷寒，反襯蘇武堅貞不屈的氣節。其他的資料，如王子猷雪夜訪戴安道、謝道韞詠雪、孫康映雪讀書，則表現文人雅趣，為「雪」平添幾分詩意。《晉諸公贊》《高士傳》等書所記，則有一些神異色彩，顯示雪的靜謐與神奇。總之，摘錄的都是雪後美麗的景致、雪中賑濟災民、冒雪訪友、對雪吟詠等「善」的方面，而雪之猛、雪之暴、雪之禍等雪之惡，一概不取。

與「事」的部分相映成趣的是，在「文」的部分摘錄的詩作，也均體現著對「善與美」的追求，詳見下表：

《藝文類聚》卷二天部下·雪摘錄的詩作

朝　代	作　者	《藝文類聚》中的題目
南朝宋代	鮑照	《詠雪詩》
南朝齊代	虞羲	《望雪詩》
南朝梁	簡文帝	《雪朝詩》
		《詠雪詩》
		《詠雪顛倒使韻》
	沈約	《詠餘雪詩》
	任昉	《同謝朏花雪詩》
	丘遲	《望雪詩》
	裴子野	《上朝值雪詩》
		《詠雪詩》
	吳均	《詠雪詩》（微風搖庭樹）
		《詠雪詩》（雪逐春風來）
	何遜	《詠雪詩》
	劉孝綽	《對雪詩》
	庾肩吾	《詠花雪詩》
南朝陳	徐陵	《詠雪詩》

二、對說理的刪汰

中國古代詩論歷來有「言志論」「緣情論」兩大派別。「言志論」發源較早，《尚書·虞書·舜典》就有「詩言志」〔註 44〕的說法。《禮記·樂記》也說「詩言其志」〔註 45〕。晉代的陸機提出「詩緣情而綺靡」〔註 46〕的命題，逐漸形成詩的「緣情論」。南朝梁代的劉勰主張：「詩者，持也，持人情性」〔註 47〕。南朝梁代的鍾嶸也認為詩是「吟詠情性」的，而不能僅僅以用典

〔註 44〕（漢）孔安國傳，（唐）孔穎達等正義：《尚書正義》，（清）阮元校刻：《十三經注疏》，中華書局，1980 年 9 月第 1 版，第 131 頁。

〔註 45〕（漢）鄭玄注，（唐）孔穎達等正義：《禮記正義》，（清）阮元校刻：《十三經注疏》，第 1536 頁。

〔註 46〕（晉）陸機：《文賦》，（清）嚴可均輯：《全晉文》，商務印書館，1999 年 10 月第 1 版，第 1025 頁。

〔註 47〕（南朝梁）劉勰著，詹瑛義證：《文心雕龍義證》，上海古籍出版社，1989 年 8 月第 1 版，第 171 頁。

為貴〔註 48〕。在南北朝，「緣情論」取代「言志論」。這樣的詩歌理論發展，毫無疑問會影響到《藝文類聚》編者的文學觀，進而反映到《藝文類聚》的編纂中。

中國古代詩論以緣情作為詩的基本特徵，符合中國詩歌發展與演變的實際，因為抒情詩在中國詩歌史上始終占主導地位，以抒情詩為主的詩歌，是中國文學的主要樣式，這是由《詩經》奠定的；《詩經》除個別篇章外，均為抒情詩，而且達到相當高的藝術水準。在中國詩歌史上，也存在敘事詩、寫景詩和說理詩，但是，數量很少，個別樣式（如說理詩）的藝術性並不高。

《藝文類聚》對詩中的說理成分是持排斥態度的，就是說，編者們不允許在抒情詩或寫景詩中出現說理的句子，如果有這樣的句子，則要將其刪汰。說編者們排斥說理成分，這個「說理」，僅僅是指抒情詩或寫景詩中的「說理」，若整首詩均在說理，即為哲理詩，《藝文類聚》的編者是不排斥的。（詳下）

在詩中出現說理成分，《詩經》裏就有了。清代袁枚在《隨園詩話》中說：「或云：『「詩無理語。」』予謂不然。」袁枚舉例說，《大雅》中的「於緝熙敬止」和「不聞亦代，不諫亦入」，就是理語，而且非常「古妙」〔註 49〕。這幾句詩均出自《詩經》，都是評價、讚美周文王的。「於緝」句出自《詩經．大雅．文王》，稱頌周文王的品德光明正大，辦理政務謹慎負責。「不聞」兩句出自《詩經．大雅．思齊》，是說周文王能夠聽取臣民好的計策，虛心採納諫言。

《藝文類聚》中摘錄陶淵明、謝靈運的若干首詩，而這兩位就常在詩中表達「玄旨」，卻不影響他們詩作整體的藝術水平。清代劉熙載認為「陶、謝用理語，各有勝境」〔註 50〕。

先看陶淵明的三首詩在《藝文類聚》中的摘錄情況：

〔註 48〕（南朝梁）鍾嶸著，曹旭集注：《詩品集注》（增訂本），第 220 頁。

〔註 49〕（清）袁枚：《隨園詩話》，人民文學出版社，1960 年 5 月第 1 版，第 94 頁。

〔註 50〕（清）劉熙載著，王氣中箋注：《藝概箋注》，貴州人民出版社，1986 年 6 月第 1 版，第 166 頁。

《藝文類聚》中的摘錄	《先秦漢魏晉南北朝詩》中的原文
宋陶潛《赴假還江陵夜行塗口作詩》曰：閒居三十載，遂與塵事冥。詩書敦宿好，園林無俗情。叩枻新秋月，臨流別友生。涼風起將夕，夜景湛虛明。	《辛丑歲七月赴假還江陵夜行塗中詩》：閒居三十載，遂與塵事冥。詩書敦宿好，林園無俗情。如何捨此去，遙遙至南荊？叩枻新秋月，臨流別友生。涼風起將夕，夜景湛虛明。昭昭天宇闊，皛皛川上平。懷役不遑寐，中宵尚孤征。商歌非吾事，依依在耦耕。投冠旋舊墟，不為好爵縈。養真衡茅下，庶以善自名。
宋陶潛《詠貧士》曰：萬族各有託，孤雲獨無依。曖曖空中滅，何時見餘暉。	《詠貧士七首》（其一）：萬族各有託，孤雲獨無依。曖曖空中滅，何時見餘暉。朝霞開宿霧，眾鳥相與飛。遲遲出林翮，未夕復來歸。量力守故轍，豈不寒與饑？知音苟不存，已矣何所悲。
宋陶潛《雜詩》曰：結廬在人境，而無車馬喧。問君何能爾？心遠地自偏。採菊東籬下，悠然望南山。	《飲酒詩二十首》（其五）：結廬在人境，而無車馬喧。問君何能爾？心遠地自偏。採菊東籬下，悠然見南山。山氣日夕佳，飛鳥相與還。此還有真意，欲辨已忘言。

陶淵明的《赴假還江陵夜行塗口作詩》輯錄在卷二十七人部十一・行旅之文體「詩」中，逯欽立《先秦漢魏晉南北朝詩》題目作《辛丑歲七月赴假還江陵夜行塗中詩》。這首詩是陶淵明回家探親，期滿返江陵任所所作。描寫夜行所見，抒發旅途所感，陳述自己的志向與生活情趣。「如何」二句因無涉「行旅」而沒有摘錄。「昭昭」二句描寫旅行所見，本不宜刪去，卻被編者刪除，實屬摘引不當。「懷役」二句抒情，與行旅無關，不符合子目「行旅」之意，也沒有摘錄。「商歌」六句抒發夜行所感，是抒情，更是議論，表現作者嚮往田園、摒棄高官顯爵的志向；這六句詩與前面的景物描寫關聯度不大，也與子目「行旅」無關，所以為編者所刪去。

陶淵明的《詠貧士》輯錄在卷三十五人部十九・貧之文體「詩」中，是《詠貧士七首》的第一首，除了題目中含有「貧」字外，輯錄的詩句中，無一字寫到「貧」。編者摘錄的四句詩是描寫白雲。「朝霞」四句詩與子目「貧」無關，所以刪去。這首詩的主旨是表現守貧歸隱、高潔無依的志向。闡述這一主旨的，是詩的「量力」四句。這四句詩是說，衡量自己的能力，不能與那些人同流合污，於是辭官歸隱。歸隱田園，沒有了生活來源，這樣做，難道不會挨凍受餓嗎？自己選擇歸隱之路，很難找到知音，那就算了吧，又何必獨自悲傷呢？可見只有摘錄「量力」四句詩，詩的主旨才顯豁，詩的題目與詩的內容才一致；否則，若按照《藝文類聚》編者的摘錄，就會讓人感到文不對題。遺憾的是，因為「量力」四句是議論說理的，不為編者的審美批評觀所認可，所以被刪去，詩也就殘缺、不完整了。

陶淵明的《雜詩》輯錄在卷六十五產業部上・園之文體「詩」中，詩題有誤，應作「《飲酒詩二十首》（其五）」。詩題沒有「園」字，詩中也沒有寫到「園」字，似乎與子目「園」無關；揣測編者將這首詩摘錄在子目「園」中，大概是認為「採菊東籬下」應該是在自家的園子裏吧。「山氣」二句繪景極為傳神，但是因為寫的是山景，與子目「園」無關，所以沒有摘錄。「此還」二句是說，美好的大自然包含著真意。這真意是什麼呢？就是田園、菊花、南山、歸鳥等物象所透露出來的淳樸的、遠離塵世喧囂的隱逸情趣。我把這真意仔細玩味，盡情地沉醉在其中，用全身心去體會，而無須再用語言表達了。陶淵明將自己的哲思融入具體的物象之中，說理從形象的描繪中自然流出，寫出遠離污濁的官場後，在淳樸生活中發現的人生真諦，是景、情、理渾融的典範；但是因為與編者的審美取向相悖，被刪去。

再看謝靈運的詩在《藝文類聚》中的摘錄情況。謝靈運擅長寫山水詩，但又念念不忘玄趣，他的山水詩常常帶著玄言的尾巴，就是王瑤所說的山水詩中保留著「一些單講玄理的句子」〔註 51〕。以謝靈運的兩首詩為例，看看《藝文類聚》的編者是如何處理「玄言的尾巴」的。

《藝文類聚》中的摘錄	《先秦漢魏晉南北朝詩》中的原文
宋謝靈運《入華子岡麻原第三谷詩》曰：南州實炎德，桂樹凌寒山。銅陵映碧澗，石蹬寫紅泉。既枉隱淪客，亦棲肥遁賢。遂登群峰首，邈若騰雲煙。羽人絕彷彿，丹丘徒空筌。圖牒復磨滅，碑板誰聞傳。莫辨百世後，安知千載前。且申獨往意，乘月弄潺湲。	《入華子岡是麻源第三谷詩》：南州實炎德，桂樹陵寒山。銅陵映碧澗，石蹬瀉紅泉。既枉隱淪客，亦棲肥遁賢。<u>險徑無測度，天路非術阡。</u>遂登群峰首，邈若升雲煙。羽人絕彷彿，丹丘徒空筌。圖牒復磨滅，碑版誰聞傳。莫辨百代後，安知千載前。且申獨往意，乘月弄潺湲。<u>恒充俄頃用，豈為古今然。</u>
宋謝靈運《石壁還湖中作詩》曰：昏旦變氣候，山水含清暉。清暉能娛人，遊子憺忘歸。出谷日尚早，入舟陽已微。林壑斂暝色，雲霞收夕霏。芰荷迭映蔚，蒲稗相因依。披拂趍南逕，愉悅偃東扉。	《石壁精舍還湖中作詩》：昏旦變氣候，山水含清暉。清暉能娛人，遊子憺忘歸。出谷日尚早，入舟陽已微。林壑斂暝色，雲霞收夕霏。芰荷迭映蔚，蒲稗相因依。披拂趨南逕，愉悅偃東扉。<u>慮澹物自輕，意愜理無違。寄言攝生客，試用此道推。</u>

〔註 51〕王瑤：《中古文學史論》，北京大學出版社，2014 年 5 月第 4 版，第 287 頁。

謝靈運的《入華子岡麻原第三谷詩》描寫華子岡及附近的風光，用典較多，有些晦澀。而「險徑」二句則較為明白，是說山路陡峭崎嶇，幽深莫測，就像通天的道路一樣高聳入雲，與平坦、筆直的城市街道和田間小路不同。這二句與前面的「寒山」「石蹬」相照應，且以議論的詩句作為上下文的收束轉接，使得接榫處銜接自然，但是，編者卻將這二句莫名其妙的刪掉了，實在沒有道理；強為之索解，大概是由於這二句詩含有說理的意味吧。結尾的「恒充」二句是說，遊覽山水，圖的是一時的感官享受，不必悲古憂今。這二句闡發作者的處世態度是忘情於世事的煩憂，醉心於山水之間。這二句議論是遊覽山水之後產生的感想，非常自然，也與詩中「圖牒」四句表達的意思相照應，但還是被編者刪掉了，唯一的原因就是因為它們是議論性的詩句。

謝靈運的《石壁還湖中作詩》輯錄在《藝文類聚》卷九水部下・湖之文體「詩」中，逯欽立的《先秦漢魏晉南北朝詩》詩題作《石壁精舍還湖中作詩》〔註 52〕。全詩重點是寫景，以「還」為線索，移步換形，描寫從石壁精舍下山，泛舟湖上，捨舟登岸，直到回到住處、高臥東窗下，一路所見晨昏與湖山景色。「慮澹」四句以談玄理作結，這就是所謂的「玄言的尾巴」。這四句詩是說，心思清淨，恬淡寡欲，就會把身外的榮辱得失看得很輕；心情舒暢，就不會違背道家的養生之理。敬告那些講究養生之道的人，不妨用這種道理去探索推究。詩中並非不能說理，但是要與全詩的題旨，與寫景，密切相關，水乳交融，說理應該是水到渠成。這四句詩的議論說理，不是從寫景中自然升發，因而顯得牽強附會；寫景與說理兩張皮，互相貼不上。編者將這個「玄言的尾巴」割掉，是頗有識見的。寫景抒情詩並不是不能說理，關鍵是要彼此交融，渾然一體，不能有裂隙。李白欣賞謝靈運的這首詩，作《酬殷明佐見贈五雲裘歌》，其中有幾句化用謝靈運的詩句：「故人贈我我不違，著令山水含清暉。頓驚謝康樂，詩興生我衣。襟前林壑斂暝色，袖上雲霞收夕霏。」〔註 53〕李白的詩將景與理的縫隙彌合了，不像謝靈運的詩，兩者是分開的。

最後看孫綽的詩在《藝文類聚》中摘錄的情況。孫綽是東晉玄言詩的代表作家，他的《詩》（蕭瑟仲秋月），摘錄在《藝文類聚》卷三歲時上・秋之文

〔註 52〕逯欽立輯校：《先秦漢魏晉南北朝詩》，中華書局，1983 年 9 月第 1 版，第 1165 頁。

〔註 53〕瞿蛻園、朱金城校注：《李白集校注》，上海古籍出版社，1980 年 7 月第 1 版，第 580 頁。

體「詩」中；詩題，《先秦漢魏晉南北朝詩》作《秋日詩》。

《藝文類聚》中的摘錄	《先秦漢魏晉南北朝詩》中的原文
晉孫綽《詩》曰：蕭瑟仲秋月，飇唳風雲高。山居感時變，遠客興長謠。疏林積涼風，虛岫結凝霄。湛露灑庭林，密葉辭榮條。撫葉悲先落，攀松羨後凋。	《秋日詩》：蕭瑟仲秋月，飂戾風雲高。山居感時變，遠客興長謠。疏林積涼風，虛岫結凝霄。湛露灑庭林，密葉辭榮條。撫菌悲先落，攀松羨後凋。垂綸在林野，交情遠市朝。澹然古懷心，濠上豈伊遙。

《秋日詩》雖然不脫玄言痕跡，但它不是空泛地闡發玄理，而是從對秋日切實的感受中生發情感，反映詩人隱居山林時寧靜淡遠的心態。《藝文類聚》的摘文與《先秦漢魏晉南北朝詩》相比，詞語有幾處差異，主要的是，《藝文類聚》刪除了原詩最後的「垂綸」四句，而這四句，也可以說是「玄言的尾巴」。「垂綸」四句是說，我隱居在山林之中，在水邊悠閒垂釣，遠離朝廷與俗世那些爭名奪利的地方，淡泊寧靜，清淨寡欲，懷有遠古之人的情感，自由自在，逍遙閒遊。這四句詩談玄論虛，是全篇的主旨所在，但因為與描摹的秋日之景無關，與子目「秋」無涉，又是議論性的詩句，所以，編者將其刪除。

前文說過，中國古代有詩「言志」「言情」說，「志」指「志向」「意念」，偏於「理」，詩中說理，並不為中國古代詩學所重視。中國古代詩歌以抒情為基本特徵，在抒情、敘事中說理的詩很少，單純的說理詩，除了興盛於東晉的玄言詩以外，也不多見；歷代的詩歌理論家，對說理詩往往持排斥態度。南朝梁代的鍾嶸就說，東晉玄言詩人孫綽、許詢等人的詩平庸、板滯，沒有文采，像三國時何晏所作的道家哲理著作《道德論》一樣；這些詩「理過其辭，淡乎寡味」〔註 54〕，玄言詩素來被歷代選家所排斥，如《文選》就棄玄言詩而不選。詩評家對詩中的說理，往往不太感興趣。如嚴羽說：「詩有別趣，非關理也。」「所謂不涉理路、不落言筌者上也。」〔註 55〕嚴羽反對宋代「以議論為詩」的傾向，認為詩應該有獨特的趣味，與抽象的說理有根本的區別。詩如果不按照理性的思維來表達，不拘泥於華麗的辭藻而有言外之意，那才是最高的境界。胡應麟說：「程、邵好談理，而為理縛，理障也。」〔註 56〕是說程顥、程頤、邵雍等人寫的詩，說理的成分太濃，被理性

〔註 54〕（南朝梁）鍾嶸著，曹旭集注：《詩品集注》（增訂本），第 28 頁。

〔註 55〕（宋）嚴羽著，張健校箋：《滄浪詩話校箋》（上），上海古籍出版社，2012 年 12 月第 1 版，第 129 頁。

〔註 56〕（明）胡應麟：《詩藪》，上海古籍出版社，1979 年 11 月新 1 版，第 39 頁。

的思考所束縛，妨礙詩的完美表達。更有甚者，則反對在詩中大篇幅的說理，例如，明代的陸時雍說：「敘事議論，絕非詩家所需，以敘事則傷體，議論則費詞也。」又說：《詩經・小雅・棠棣》「不廢議論」，《詩經・大雅・公劉》「不無敘事」，但是，如果「後人以文體行之，則非也」〔註 57〕。反對在詩中過度議論，甚至發展而成議論詩。

《藝文類聚》編者對說理的刪汰，是上述詩論發展鏈條上的一個環節，是有前承和後續的。刪汰詩中的議論成分，這種操作實踐無可厚非，但也不能理解為編者凡是議論的詩句都刪汰；編者只是刪汰寫景、抒情詩中的議論說理性詩句，而對說理詩（玄言詩）是不排斥的，如在卷五十五雜文部一・經典「詩」中，輯錄傅咸的《孝經詩》（立身行道）（以孝事君）、《論語詩》（守死善道）（克己復禮）、《毛詩詩》（無將六車）（聿脩厥德）、《周易詩》（卑以自牧）、《周官詩》（惟王建國）（辨其可任），均是純粹說理的詩。輯錄這些詩，不是因為它們寫的好，而是因為子目名稱是「經典」，《孝經》《論語》《毛詩》《周易》《周官》都是經典的緣故。這樣的輯錄方式，是由類書的特殊體例決定的。其實，編者對於那些議論較為恰當的詩句，也是加以保留，而不加以刪汰的，如卷四十二樂部二・樂府中輯錄的《古長歌行》：「青青園中葵，朝露待日晞。陽春布德澤，萬物生光輝。常恐秋節至，焜黃華葉衰。百川東到海，何時復西歸？少壯不努力，老大徒傷悲。」〔註 58〕詩以意象疊加的方式，依次描繪葵上露珠易乾、春天的綠葉秋天易凋、百川入海一去不復返等一連串意象，共同表達一個主題：「少壯不努力，老大徒傷悲。」這兩句令人警醒的詩句，提醒青年人珍惜時光，奮發有為，莫讓年華付水流，空蹉跎。這兩句詩是說理性的，是在對園中葵、百川等意象的描摹中自然流出的，與描寫性的詩句黏著在一起，不可分開，無法句摘。

三、對敘事的排斥

我國古代敘事詩不發達，但是若沿著敘事詩發展的軌跡做一梳理，在《藝文類聚》編纂之前，還是有一些比較優秀的敘事詩的。

《詩經》中，比較優秀的敘事詩有：《大雅》中的《生民》《公劉》《綿》《皇矣》《大明》等五篇周人長篇史詩；短篇敘事詩有：《衛風・氓》《鄭風・

〔註 57〕（明）陸時雍：《詩鏡總論》，丁福保：《歷代詩話續編》，中華書局，1983 年 6 月第 1 版，第 1419 頁。

〔註 58〕《藝文類聚》，第 752 頁。

女曰雞鳴》《鄭風・溱洧》《齊風・雞鳴》《邶風・靜女》《豳風・七月》《魏風・葛屨》等。

《楚辭》中，敘事詩有：《九歌・山鬼》《九歌・國殤》《九章・哀郢》《漁父》《卜居》。

漢代詩歌中，比較優秀的敘事詩有：《戰城南》《有所思》《平陵東》《陌上桑》《東門行》《婦病行》《孤兒行》《隴西行》《飲馬長城窟行》《白頭吟》《孔雀東南飛》《詠史詩》（班固）、《羽林郎》（辛延年）、《悲憤詩》（蔡琰）、《行行重行行》《迢迢牽牛星》《凜凜歲云暮》《上山採蘼蕪》《十五從軍征》。

魏晉詩歌中，比較優秀的敘事詩有：《蒿里行》（曹操）、《詠史詩》（王粲）、《飲馬長城窟行》（陳琳）、《駕出北郭門行》（阮瑀）、《詠史詩》（二首）（阮瑀）、《秦女休行》（左延年）、《三良詩》（曹植）、《秋胡詩》（傅玄）、《秋胡行》（傅玄）、《明君辭》（石崇）。

南朝詩歌中，優秀的敘事詩有：《西洲曲》。

北朝詩歌中，優秀的敘事詩有：《木蘭詩》。

下面，我們考察《藝文類聚》對上述敘事詩的摘錄情況。

《藝文類聚》摘錄《詩經》中的大量詩作，對《詩經》敘事詩的摘錄情況，見下表：

<table>
<tr><th>《藝文類聚》的摘錄</th><th>《詩經》中的相關文句（節錄）</th></tr>
<tr><td>《毛詩》曰：迺立冢土。</td><td rowspan="4">出自《大雅・綿》：「綿綿瓜瓞，民之初生，自土沮漆。」「迺立臯門，臯門有伉。迺立應門，應門將將。迺立冢土，戎醜攸行。」</td></tr>
<tr><td>（《毛詩》）又曰：迺立臯門，臯門有閌。迺立應門，應門鏘鏘。</td></tr>
<tr><td>《毛詩》曰：綿綿瓜瓞，民之初生。</td></tr>
<tr><td>《毛詩》曰：綿綿瓜瓞，民之初生，自土沮漆。</td></tr>
<tr><td>《毛詩》曰：誕寘之寒冰，鳥覆翼之。</td><td rowspan="3">出自《大雅・生民》：「誕置之隘巷，牛羊腓字之。誕寘之平林，會伐平林。誕置之寒冰，鳥覆翼之。鳥乃去矣，后稷呱矣。」「誕實匍匐，克岐克嶷，以就口食。蓺之荏菽，荏菽旆旆。禾役穟穟，麻麥幪幪，瓜瓞唪唪。」</td></tr>
<tr><td>（《毛詩》）又曰：麻麥幪幪。</td></tr>
<tr><td>《毛詩》曰：誕寘之寒冰，鳥覆翼之。鳥乃去矣，后稷呱矣。</td></tr>
<tr><td>（《毛詩》）又曰：于時言言，于時語語。</td><td>出自《大雅・公劉》：「京師之野，于時處處，於時廬旅。于時言言，于時語語。」</td></tr>
<tr><td>（《毛詩》）又（曰）：靜女其姝，俟我於城隅。愛而不見，搔首踟躕。</td><td>出自《邶風・靜女》：「靜女其姝，俟我於城隅。愛而不見，搔首踟躕。靜女其孌，貽我彤管。彤管有煒，說懌女美。」</td></tr>
</table>

<table>
<tr><td>(《毛詩》) 又曰：兄弟不知，咥其笑矣。</td><td rowspan="5">出自《衛風・氓》:「乘彼垝垣，以望復關。不見復關，泣涕漣漣。既見復關，載笑載言。爾卜爾筮，體無咎言。以爾車來，以我賄遷。桑之未落，其葉沃若。于嗟鳩兮，無食桑葚！于嗟女兮，無與士耽！士之耽兮，猶可說也。女之耽兮，不可說也。桑之落矣，其黃而隕。自我徂爾，三歲食貧。淇水湯湯，漸車帷裳。女也不爽，士貳其行。士也罔極，二三其德。三歲為婦，靡室勞矣；夙興夜寐，靡有朝矣。言既遂矣，至于暴矣。兄弟不知，咥其笑矣。靜言思之，躬自悼矣。」</td></tr>
<tr><td>(《毛詩》) 又曰：載笑載言。</td></tr>
<tr><td>于嗟鳩兮，無食桑葚！</td></tr>
<tr><td>《毛詩》曰：桑之落矣，其黃而隕。</td></tr>
<tr><td>《詩》曰：桑之未落，其葉沃若。</td></tr>
<tr><td>《毛詩》曰：將翱將翔，弋鳧與雁。</td><td>出自《鄭風・女曰雞鳴》:「女曰雞鳴，士曰昧旦。子興視夜，明星有爛。將翱將翔，弋鳧與雁。」</td></tr>
<tr><td>《毛詩》曰：惟士與女，伊其相謔，贈之以勺藥。</td><td>出自《鄭風・溱洧》:「溱與洧，方渙渙兮。士與女，方秉蕑兮。女曰觀乎？士曰既且。且往觀乎！洧之外，洵訏且樂。維士與女，伊其將謔，贈之以勺藥。」</td></tr>
<tr><td>《毛詩》曰：春日載陽，有鳴倉庚。</td><td rowspan="16">出自《豳風・七月》:「七月流火，九月授衣。春日載陽，有鳴倉庚。女執懿筐，遵彼微行，爰求柔桑。春日遲遲，采蘩祁祁。女心傷悲，殆及公子同歸。七月流火，八月萑葦。蠶月條桑，取彼斧斨，以伐遠揚，猗彼女桑。七月鳴鵙，八月載績。載玄載黃，我朱孔陽，為公子裳。」「六月食鬱及薁，七月亨葵及菽。八月剝棗，十月穫稻。為此春酒，以介眉壽。七月食瓜，八月斷壺，九月叔苴，采荼薪樗，食我農夫。九月築場圃，十月納禾稼。黍稷重穋，禾麻菽麥。嗟我農夫，我稼既同，上入執宮功。晝爾于茅，宵爾索綯，亟其乘屋，其始播百穀。二之日鑿冰沖沖，三之日納于凌陰。四之日其蚤，獻羔祭韭。九月肅霜，十月滌場。朋酒斯饗，曰殺羔羊，躋彼公堂。稱彼兕觥：萬壽無疆！」</td></tr>
<tr><td>春日遲遲，采蘩祁祁。女心傷悲，迨及公子同歸。</td></tr>
<tr><td>(《毛詩》) 又曰：二之日鑿冰沖沖，三之日納于凌陰。</td></tr>
<tr><td>(《毛詩》) 又曰：九月築場圃。</td></tr>
<tr><td>《毛詩》曰：為此春酒，以介眉壽。</td></tr>
<tr><td>(《毛詩》) 又 (曰)：八月雚葦。</td></tr>
<tr><td>(《毛詩》) 又曰：晝爾于茅，宵爾索綯。</td></tr>
<tr><td>《豳風》曰：七月烹葵及菽。</td></tr>
<tr><td>《毛詩》曰：八月剝棗，十月穫稻。</td></tr>
<tr><td>《毛詩》曰：六月食鬱及薁。</td></tr>
<tr><td>《毛詩》曰：蠶月條桑。</td></tr>
<tr><td>(《毛詩》) 又曰：猗彼女桑。</td></tr>
<tr><td>春日載陽。</td></tr>
<tr><td>爰求柔桑。</td></tr>
<tr><td>六月食鬱及薁。</td></tr>
<tr><td>《毛詩》曰：春日載陽，有鳴倉庚。</td></tr>
</table>

關於《大雅・綿》，宋代朱熹《詩集傳》中說：「此亦周公戒成王之詩，追述太王始遷岐周，以開王業，而文王因之以受天命也。」〔註59〕這首詩記述周文王的祖父古公亶父率領周人從豳地遷往岐山周原，在周原建立周王國的故事。《大雅・生民》敘述周人始祖后稷的誕生和發明農業的歷史。《大雅・公劉》記述公劉由邰遷豳，在豳地開疆創業的過程。《生民》《公劉》《綿》是系列性的周人史詩，敘事性強，但是在《藝文類聚》中，它們的敘事性被完全消解，了無痕跡。其他短篇敘事詩，其敘述性在《藝文類聚》中同樣是蕩然無存。

《藝文類聚》摘錄《楚辭》中的大量詩作，對《楚辭》敘事詩的摘錄情況，見下表：

<table>
<tr><th>《藝文類聚》的摘錄</th><th>《楚辭》中的相關文句（節錄）</th></tr>
<tr><td>《楚辭》曰：雷填填兮雨冥冥。</td><td rowspan="4">出自《九歌・山鬼》：「若有人兮山之阿，被薜荔兮帶女蘿。既含睇兮又宜笑，子慕予兮善窈窕。」「采三秀兮於山間，石磊磊兮葛蔓蔓。怨公子兮悵忘歸，君思我兮不得閒。山中人兮芳杜若，飲石泉兮蔭松柏，君思我兮然疑作。雷填填兮雨冥冥，猿啾啾兮狖夜鳴。風颯颯兮木蕭蕭，思公子兮徒離憂。」</td></tr>
<tr><td>《楚辭》曰：若有人兮山之阿，被薜荔兮帶女蘿。既含睇兮又宜笑，子慕予兮善窈窕。</td></tr>
<tr><td>（《離騷》）又曰：山中人兮芳杜若，飲石泉兮蔭松柏。</td></tr>
<tr><td>《楚辭》曰：采三秀兮於山澗。</td></tr>
<tr><td>《楚辭》曰：帶長劍，挾秦弓。</td><td>出自《九歌・國殤》：「帶長劍兮挾秦弓，首身離兮心不懲。誠既勇兮又以武，終剛強兮不可凌。身既死兮神以靈，子魂魄兮為鬼雄。」</td></tr>
<tr><td>《楚辭》曰：望長楸而太息兮，涕淫淫其若霰。過夏首而西浮兮，顧龍門而不見。</td><td rowspan="2">出自《九章・哀郢》：「望長楸而太息兮，涕淫淫其若霰。過夏首而西浮兮，顧龍門而不見。心嬋媛而傷懷兮，眇不知其所蹠。順風波以從流兮，焉洋洋而為客。」「心不怡之長久兮，憂與愁其相接。惟郢路之遼遠兮，江與夏之不可涉。忽若去不信兮，至今九年而不復。慘鬱鬱而不通兮，蹇侘傺而含戚。」</td></tr>
<tr><td>《楚辭》曰：心不怡之長久兮，憂與愁其相接。惟郢路之遼遠兮，江與夏之不可涉。</td></tr>
<tr><td>《楚辭》曰：寧與騏驥抗軛乎？將與雞鶩爭食乎？寧昂昂若數千里之駒，泛泛若水中之鳧。</td><td>出自《卜居》：「寧昂昂若千里之駒乎，將泛泛若水中之鳧，與波上下，偷以全吾軀乎？寧與騏驥亢軛乎，將隨駑馬之跡乎？寧與黃鵠比翼乎，將與雞鶩爭食乎？」</td></tr>
<tr><td>《楚辭》曰：安能以皓皓之白，蒙世俗之塵埃哉？</td><td>出自《漁父》：「屈原曰：『吾聞之，新沐者必彈冠，新浴者必振衣。安能以身之察察，受物之汶汶者乎？寧赴湘流，葬於江魚之腹中。安能以皓皓之白，而蒙世俗之塵埃乎？』」</td></tr>
</table>

〔註59〕（宋）朱熹：《詩集傳》，上海古籍出版社，1980年2月新1版，第179頁。

《藝文類聚》摘錄的《楚辭》中的作品，均變成三言兩語的片段，原作的敘述性完全消解，更不用說其敘述的完整性。

《藝文類聚》摘錄若干首漢代詩歌，對漢代敘事詩的摘錄情況，見下表：

《藝文類聚》的摘錄	《先秦漢魏晉南北朝詩》中的文字
《古歌詩》曰：平陵東，松柏桐，不知何人劫義公。義公在一高堂下，交錢百萬兩走馬。	《平陵東》：平陵東，松柏桐，不知何人劫義公。劫義公，在高堂下，交錢百萬兩走馬。兩走馬，亦誠難，顧見追吏心中惻。心中惻，血出漉，歸告我家賣黃犢。
《古陌上桑羅敷行》：日出東海隅，照我秦氏樓。秦氏有好女，自名為羅敷。羅敷喜蠶桑，採桑城南隅。青絲為籠繩，桂枝為籠鉤。頭上綏墮髻，耳中明月珠。緗綺為下裾，紫綺為上襦。使君從南來，五馬立踟躕。使君遣使往，問是誰家姝。二十尚未然，十五頗有餘。使君謝羅敷，寧可共載不？羅敷前致詞，使君一何愚！使君自有婦，羅敷自有夫。東方千餘騎，夫婿居上頭。何用識夫婿，白馬從驪駒。青絲繫馬尾，黃金絡馬頭。腰中鹿盧劍，可直千萬餘。十五府小吏，二十朝大夫。三十侍中郎，四十專城居。為人潔白皙，鬑鬑頗有須。盈盈公府步，冉冉府中趨。	《陌上桑》：日出東南隅，照我秦氏樓。秦氏有好女，自名為羅敷。羅敷善蠶桑，採桑城南隅。青絲為籠繫，桂枝為籠鉤。頭上倭墮髻，耳中明月珠。緗綺為下裙，紫綺為上襦。行者見羅敷，下擔捋髭鬚。少年見羅敷，脫帽著帩頭。耕者忘其犁，鋤者忘其鋤。來歸相怨怒，但坐觀羅敷。使君從南來，五馬立踟躕。使君遣吏往，問此誰家姝。秦氏有好女，自名為羅敷。羅敷年幾何？二十尚不足，十五頗有餘。使君謝羅敷，寧可共載不？羅敷前致辭，使君一何愚！使君自有婦，羅敷自有夫。東方千餘騎，夫婿居上頭。何用識夫婿？白馬從驪駒。青絲繫馬尾，黃金絡馬頭。腰中鹿盧劍，可值千萬餘。十五府小史，二十朝大夫。三十侍中郎，四十專城居。為人潔白皙，鬑鬑頗有須。盈盈公府步，冉冉府中趨。坐中數千人，皆言夫婿殊。
《飲馬長城窟行》：青青河畔草，綿綿思遠道。遠道不可思，宿昔夢見之。夢見在我旁，忽覺在他鄉。他鄉各異縣，展轉不相見。枯桑知天風，海水知天寒。入門各自媚，誰肯相與言！客從遠方來，遺我雙鯉魚。呼兒烹鯉魚，中有尺素書。長跪讀素書，書中竟何如？上有加餐食，下有長相思。	《飲馬長城窟行》：青青河畔草，綿綿思遠道。遠道不可思，宿昔夢見之。夢見在我傍，忽覺在他鄉。他鄉各異縣，展轉不相見。枯桑知天風，海水知天寒。入門各自媚，誰肯相為言！客從遠方來，遺我雙鯉魚。呼兒烹鯉魚，中有尺素書。長跪讀素書，書中竟何如？上言加餐食，下言長相憶。
後漢焦仲卿妻劉氏，為姑所遣，時人傷之，作詩曰：孔雀東南飛，五里一徘徊。十三能織綺，十四學裁衣。十五彈箜篌，十六誦書詩。十七嫁為婦，心中常苦悲。君既為府史，守節情不移。雞鳴入機織，夜夜不得息。三日斷五疋，大人故言遲。	漢末建安中，廬江府小吏焦仲卿妻劉氏，為仲卿母所遣，自誓不嫁。其家逼之，乃投水而死。仲卿聞之，亦自縊於庭樹。時人傷之，為詩云爾。孔雀東南飛，五里一徘徊。「十三能織素，十四學裁衣，十五彈箜篌，十六誦詩書。十七為君婦，心中常苦悲。君

<table>
<tr><td>非為織作遲，君家婦難為。妾有繡腰襦，葳蕤金縷光。紅羅復斗帳，四角垂香囊。交文象牙簟，宛轉素絲繩。鄙賤雖可薄，猶中迎後人。</td><td>既為府吏，守節情不移，賤妾留空房，相見常日稀，彼意常依依。雞鳴入機織，夜夜不得息。三日斷五匹，大人故嫌遲。非為織作遲，君家婦難為！妾不堪驅使，徒留無所施，便可白公姥，及時相遣歸。」府吏得聞之，堂上啟阿母：「兒已薄祿相，幸復得此婦。結髮同枕席，黃泉共為友。共事二三年，始爾未為久，女行無偏斜，何意致不厚？」阿母謂府吏：「何乃太區區！此婦無禮節，舉動自專由。吾意久懷忿，汝豈得自由！東家有賢女，自名秦羅敷。可憐體無比，阿母為汝求。便可速遣之，遣之慎莫留！」府吏長跪告，伏惟啟阿母：「今若遣此婦，終老不復取！」阿母得聞之，槌床便大怒：「小子無所畏，何敢助婦語！吾已失恩義，會不相從許！」府吏默無聲，再拜還入戶，舉言謂新婦，哽咽不能語：「我自不驅卿，逼迫有阿母。卿但暫還家，吾今且報府。不久當歸還，還必相迎取。以此下心意，慎勿違吾語。」新婦謂府吏：「勿復重紛紜。往昔初陽歲，謝家來貴門。奉事循公姥，進止敢自專？晝夜勤作息，伶俜縈苦辛。謂言無罪過，供養卒大恩；仍更被驅遣，何言復來還？妾有繡腰襦，葳蕤自生光。紅羅復斗帳，四角垂香囊。箱簾六七十，綠碧青絲繩。物物各自異，種種在其中。人賤物亦鄙，不足迎後人。……」（此為節錄）</td></tr>
<tr><td>《古詩》曰：行行重行行，與君生別離。相去萬餘里，各在一天涯。道路阻且長，會面安可知？胡馬依北風，越鳥巢南枝。相去日已遠，衣帶日已緩。浮雲蔽白日，遊子不顧反。思君令人老，歲月忽已晚。棄捐勿復道，努力加餐飯。</td><td rowspan="2">《行行重行行》：行行重行行，與君生別離。相去萬餘里，各在天一涯。道路阻且長，會面安可知？胡馬依北風，越鳥巢南枝。相去日已遠，衣帶日已緩。浮雲蔽白日，遊子不顧反。思君令人老，歲月忽已晚。棄捐勿復道，努力加餐飯。</td></tr>
<tr><td>《古詩》曰：胡馬依北風，越鳥巢南枝。</td></tr>
<tr><td>《古詩》曰：迢迢牽牛星，皎皎河漢女。纖纖擢素手，扎扎弄機杼。終日不成章，涕泣零如雨。河漢清且淺，相去詎幾許！盈盈一水間，脉脉不得語。</td><td rowspan="2">《迢迢牽牛星》：迢迢牽牛星，皎皎河漢女。纖纖擢素手，札札弄機杼。終日不成章，泣涕零如雨。河漢清且淺，相去復幾許！盈盈一水間，脉脉不得語。</td></tr>
<tr><td>《古詩》曰：迢迢牽牛星，皎皎河漢女。纖纖濯素手，札札弄機杼。</td></tr>
</table>

<table>
<tr><td>(《古詩》)又曰：上山採蘼蕪，下山逢故夫。長跪問故夫：「新人復何如？」「新人雖言好，未若故人姝。其色似相類，手爪不相如。」「新人從門入，故人從閤去。」「新人工織縑，故人工織素。織縑日一匹，織素五丈餘。持縑將比素，新人不如故。」</td><td rowspan="3">《上山採蘼蕪》：上山採蘼蕪，下山逢故夫。長跪問故夫：「新人復何如？」「新人雖言好，未若故人姝。顏色類相似，手爪不相如。」「新人從門入，故人從閤去。」「新人工織縑，故人工織素。織縑日一匹，織素五丈餘。將縑來比素，新人不如故。」</td></tr>
<tr><td>《古詩》曰：上山採蘼蕪，下山逢故夫。</td></tr>
<tr><td>《古詩》曰：新人工織縑，故人工織素。織縑日一匹，織素五丈餘。以縑持比素，新人不如故。</td></tr>
</table>

前面提到，漢代比較優秀的敘事詩有十九首，而《藝文類聚》只摘錄其中七首，且只有四首詩是全篇，一首（《陌上桑》）接近全詩，其餘皆是節錄。摘錄的四首完整的詩是《飲馬長城窟行》《行行重行行》《迢迢牽牛星》《上山採蘼蕪》。

首先說《藝文類聚》中摘錄的完整的四首詩。

《飲馬長城窟行》，《藝文類聚》摘錄在卷四十一樂部一·論樂之文體「樂府古詩」中；《文選》收錄在「詩」類「樂府」中，注曰：「古辭」〔註 60〕。《樂府詩集》收錄在相和歌辭中，屬於相和曲。這首詩是擬樂府古題之作，寫對久征不歸丈夫的思念和接到丈夫書信的驚喜、慰藉。首二句寫春景。「綿綿」既是說路途遙遠，更是言思念之情悠長。李善注云：「言良人行役，以春為期，期至不來，所以增思。」〔註 61〕「遠道」六句由思念而入夢，夢後卻加倍思念。「枯桑」二句以物作比，言物亦有情，何況人乎？「入門」二句用別人家的男歡女愛，反襯自己的孤獨寂寞。最後八句寫拜讀遠方來信，得知夫君也在思念自己，心裏得到慰藉，完成了兩地相思的描述。全詩轉折跌宕，意脈通暢。陳祚明評云：「此篇流宕曲折，轉掉極靈。抒寫復快，兼樂府古詩之長，最宜誦讀。」〔註 62〕

《行行重行行》，《藝文類聚》摘錄在卷二十九人部十三·別上之文體「詩」中，摘錄的是全詩；還摘錄在卷九十鳥部上·鳥之文體「詩」中，只摘

〔註 60〕（梁）蕭統編，（唐）李善注：《文選》，上海古籍出版社，1986 年 8 月第 1 版，第 1277 頁。

〔註 61〕（梁）蕭統編，（唐）李善注：《文選》，第 1278 頁。

〔註 62〕（清）陳祚明評選，李金松點校：《采菽堂古詩選》，上海古籍出版社，2008 年 12 月第 1 版，第 102 頁。

錄含有「鳥」的兩句詩，以與子目「鳥」相配適，完全不是作為敘事詩摘錄的。《文選》將《行行重行行》列為「古詩十九首」的第一首。張玉穀《古詩賞析》謂乃「思婦之詩」〔註63〕。首二句追敘當初告別的情景。「相去」四句寫相距遙遠，道阻且長，會面無期。「胡馬」二句李善引《韓詩外傳》云：「皆不忘本之謂也。」〔註64〕朱自清說：「『不忘本』是希望遊子不忘故鄉。」運用「胡馬」「越鳥」的比喻，「是說物尚有情，何況於人？是勸慰，也是願望。」〔註65〕「相去日已遠」二句用「衣帶日緩」暗示相思之苦。「浮雲」二句，馬茂元解釋說，這二句是寫思婦疑慮丈夫另有新歡而不願歸家；白日喻指遠行在外的丈夫〔註66〕。「思君」四句再言念遠相思，不覺歲月蹉跎，只好以「勿道」「加餐」來自我寬慰。全詩首言初別，次言路遠會難，再言相思煎熬，末為自我寬慰之語。騰挪轉換，流暢自然。

《迢迢牽牛星》，《藝文類聚》摘錄在卷四歲時中·七月七日之文體「詩」中。在卷四歲時中·七月七日之文體「詩」中，詩的題目中大多含有「七月七日」「七夕」等字樣，只有幾首詩例外，即宋顏延之的《為織女贈牽牛詩》、梁沈約的《織女贈牽牛詩》、梁王筠的《代牽牛答織女詩》、梁范雲的《望織女詩》、梁劉孝威的《詠織女詩》，還有就是這首《古詩》（迢迢牽牛星）。這幾首詩的詩題中，沒有「七月七日」「七夕」等字樣，這些詩中也沒有這樣的字樣，但他們的題材都是有關牛郎、織女的。七月七日與牛郎、織女鵲橋會相關，這個傳說在本子目所引的崔寔《四民月令》和《續齊諧記》中均有記載，摘錄的全部詩作都是詠七夕和牛郎、織女的。《文選》將《迢迢牽牛星》列為「古詩十九首」的第十首。這首詩並非寫實，而是演繹牛郎、織女的傳說故事，暗喻人間情侶被層層阻隔而不能相見。首二句點出詩的主人公：織女。「纖纖」四句描摹織女織布的情狀，娓娓述說她的相思之苦。織女的相思之情，隨著情節的展開而加強。其中「終日」二句為一轉折：整天都在織布卻未能織出一樣成品，是因為相思煩亂了織女的心緒。「河漢」二句是織女內心的獨白，

〔註63〕（清）張玉穀著，許逸民點校：《古詩賞析》，上海古籍出版社，2000年12月第1版，第84頁。

〔註64〕（梁）蕭統編，（唐）李善注：《文選》，第1343頁。

〔註65〕朱自清：《古詩歌箋釋三種·古詩十九首釋》，上海古籍出版社，1981年8月第1版，第224頁。

〔註66〕馬茂元：《古詩十九首初探》，陝西人民出版社，1981年6月第1版，第106頁。

也是反問：淺淺的銀河為什麼要將有情人阻隔在不太遙遠的兩岸？這樣的反問，升起波瀾，避免平鋪直敘。最後二句用「盈盈」「脉脉」寫出牛郎、織女彼此相望卻不能相聚的淒苦神態，織女的哀怨情愁被傳神地描摹出來。全詩借助民間傳說故事構思，卻不僅僅停留在外在的寫景狀物上，而是注重刻畫人物，展現其內在情緒，塑造美麗、癡情的織女形象。

《上山採蘼蕪》，《藝文類聚》分別摘錄在卷三十二人部十六・閨情之文體「詩」中，是整首詩；摘錄在卷八十一藥香草部上・蘼蕪之文體「詩」中，只摘錄含有「蘼蕪」的兩句詩，摘錄的是片段；摘錄在卷八十五布帛部・素之文體「詩」中，只摘錄含有「素」的六句詩，摘錄的是片段。片段的摘錄完全是為了適配子目標題，不僅作為一首完整的敘事詩不存在了，就是一點敘事的影子也看不到了。作為一首完整的敘事詩，《上山採蘼蕪》在一個巧遇的場面中展開情節，寫棄婦與故夫的幾段對話。前二句交代故事的場景：棄婦從山上採蘼蕪歸來，與故夫不期而遇。兩人的對話自然圍繞棄與被棄展開。「長跪」二句是棄婦的問話，帶有譴責之意。出乎意料的是，迎娶新人的故夫，不僅沒有表現出任何得意和欣喜，而是坦率地承認：棄婦當初被棄，自是因為新人的容貌姣好，故人不如新人，但是在故夫今天看來，新人與故人卻是顏色相類了；主要的還是新人在手工技藝上大大不如故人。「新人雖言好」四句流露出故夫心中的慚愧與後悔。棄婦沒有即刻相信故夫的話，因為她被故夫傷害太深，當初「新人從門入，故人從閤去」的情境仍歷歷在目。按照余冠英的解說，這兩句是棄婦的話，是她在訴說當初的委屈，也是對故夫另娶她人之後感覺的試探〔註 67〕。於是就逼出最後六句故夫關於新人與故人在紡織手藝上的比較，結論是，不論是紡織數量，還是質量，新人都不如故人。「新人不如故」既反映故夫之「悔」，也說明棄婦是無辜被棄。本詩敘事的巧妙，在於憑藉不期而遇的相逢，通過對話刻畫人物性格；棄婦的言語不多，卻顯得溫順善良；故夫則是喜新厭舊，形象鄙陋。

其次說《藝文類聚》中摘錄片段的兩首詩。

《古詩為焦仲卿妻作》，從現有文獻考查，最早出現在南朝陳代徐陵編選的《玉臺新詠》卷一，作者為「無名人」〔註 68〕。宋代郭茂倩選編的《樂府

〔註 67〕余冠英：《樂府詩選》，中華書局，2012 年 9 月第 1 版，第 86 頁。

〔註 68〕（南朝陳）徐陵編，（清）吳兆宜注，程琰刪補：《玉臺新詠箋注》，中華書局，1985 年 6 月第 1 版，第 42 頁。

詩集》卷七十三將其收錄在「雜曲歌辭」，改題為《焦仲卿妻》〔註69〕，現在多取其首句稱為《孔雀東南飛》。《孔雀東南飛》是長篇敘事詩，以焦仲卿、劉蘭芝的愛情悲劇為主線，敘述婉轉曲折，情節完整，人物形象鮮明。明代王世貞稱其：「敘事如畫，敘情若訴，長詩之聖也。」〔註70〕清代沈德潛稱它是「古今第一首長詩」〔註71〕。可見它在中國敘事詩中的地位。從詩的技巧上看，在漢末建安時期，不可能出現這樣成熟的作品，但也不能因此否定它初創於漢末建安時期的事實，因為該詩的序說得明明白白，如《藝文類聚》所引「後漢焦仲卿妻」云云，又如《玉臺新詠》所引「漢末建安中」云云〔註72〕。《孔雀東南飛》在流傳過程中，歷 300 多年的漫長過程，直到收錄在《玉臺新詠》中，才成為「定稿」。其間摻雜進後代的某些事物名稱、地名是正常的，但這些都不足以否定《孔雀東南飛》初創於漢末建安時期的歷史史實。章培恒認為，摘錄在《藝文類聚》中的文本，可能是早於《玉臺新詠》的、較為接近原初狀態的文本〔註73〕。這裡不作版本考證，關注的是《藝文類聚》中的文本究竟是全詩，還是片段。我們還看到早於《藝文類聚》所摘文本的另外一個文本，這就是《太平御覽》卷八百二十六摘錄的《古豔歌》，是漢樂府古辭：「孔雀東飛，苦寒無衣。為君作妻，中心惻悲。夜夜織作，不得下機。三日載匹，尚言吾遲。」〔註74〕逯欽立認為《古詩為焦仲卿妻作》就是繼承了這首《古豔歌》〔註75〕。《太平御覽》所引的文本，與《玉臺新詠》和《藝文類聚》的文本差距較大，肯定是早於兩者的另外一個文本。而《藝文類聚》的文本與《玉臺新詠》的文本則差距較小，多數詩句相同，個別的小有差異。唯一的不同是，《玉臺新詠》比《藝文類聚》多出數句。（上表中畫橫線的句子）多出的數句，若不是《藝文類聚》的刪削，而僅僅理解為《孔雀東南飛》傳播鏈條上的後人增添，則不太能夠解釋清楚。刪掉的數句全都是對話，而對話

〔註69〕（宋）郭茂倩：《樂府詩集》，中華書局，1979 年 11 月第 1 版，第 1034 頁。

〔註70〕（明）王世貞著，羅仲鼎校注：《藝苑卮言校注》，齊魯書社，1992 年 7 月第 1 版，第 84 頁。

〔註71〕（清）沈德潛選，聞旭初標點：《古詩源》，中華書局，2017 年 8 月第 1 版，第 75 頁。

〔註72〕（南朝陳）徐陵編，（清）吳兆宜注，程琰刪補：《玉臺新詠箋注》，第 43 頁。

〔註73〕章培恒：《關於〈古詩為焦仲卿妻作〉的形成過程與寫作年代》，《復旦學報》（社會科學版）2005 年第 1 期，第 2～9 頁。

〔註74〕（宋）李昉等：《太平御覽》，中華書局，1960 年 2 月第 1 版，第 3681 頁。

〔註75〕逯欽立輯校：《先秦漢魏晉南北朝詩》，第 292 頁。

性的東西，因為時過境遷的緣故，從提供寫作文料的角度看，是最少參考價值的。以此看來，這數句是《藝文類聚》編者刪掉的。而《玉臺新詠》「不足迎後人」以下一百幾十句詩，則可以肯定地說是《藝文類聚》編者所刪。《藝文類聚》摘錄的部分，張玉穀《古詩賞析》劃分為「遣歸緣起」，就是說這只是長詩的開頭部分。編者之所以摘錄開頭的部分，而不是截取中間，大概是因為詩序有概括的作用，可以使讀者對全詩有整體上的瞭解，所以選錄；既然選錄詩序，詩也就順勢從開頭摘起；因為全詩太長，敘事性的語句對寫作的參考價值較小，所以後面的大半首詩也就都刪掉了。保留的這些詩句，雖然也具有敘事性，但敘事性大大減弱。值得注意的是十三云云、十四云云、十五云云、十六云云、十七云云這樣採用鋪敘之法的詩句，雖是敘事性的，但敘事較為概括，適合於寫作上的模仿，因此被保留下來。後代就有一些這樣敘述性的句子，可見它們適合於模仿、「克隆」,「能產性」極高。僅舉一例，即梁武帝蕭衍《河中之水歌》。這首詩以六朝極為有名的莫愁女為題材。其詩開頭說：「河中之水向東流，洛陽女兒名莫愁。莫愁十三能織綺，十四採桑南陌頭。十五嫁為盧家婦，十六生兒字阿侯。」〔註 76〕「莫愁十三」等四句與敘寫劉蘭芝「十三能織素」幾句頗為相似，由此可見這種句法的生命力，這也是《藝文類聚》編者將其摘錄的原因。

《古歌詩》即《平陵東》，摘錄在卷九十三獸部上・馬之文體「詩」中；寫官府劫掠百姓，勒索錢財。詩中說，在漢昭帝陵墓東側的樹林裏，不知道什麼人劫掠了義公。「不知何人」，雖未明說，實即指官府。將被劫持者稱作「義公」(即「良民」)，顯示作者的主觀傾向性。劫掠者把義公押到官府審訊，污蔑義公有罪，罰他繳錢百萬和兩匹快馬，才可以放人。百萬錢，義公拿不出來；就是兩匹快馬，義公也沒有。看見官吏不斷追問、逼迫，義公痛苦無比，心中的血要流出來。家人走投無路，只好變賣小牛籌款以贖回義公。詩很短，卻敘事完整、曲折；但是《藝文類聚》的編者將其腰斬，只摘錄半首詩，止於「兩走馬」，無非是與子目「馬」相適配，而敘事的完整性殘缺，敘事的曲折性消失，留下的只是一個平鋪直敘的片段，不復是一首完整的敘事詩。

最後說《陌上桑》。

這首詩，《藝文類聚》題作《古陌上桑羅敷行》，基本上是全詩摘錄。這

〔註 76〕逯欽立輯校：《先秦漢魏晉南北朝詩》，第 1520 頁。

在《藝文類聚》中是特例，不能顛覆我們對《藝文類聚》編者排斥敘述成分及敘事詩的判斷。關於詩題，《宋書・樂志》題作《豔歌羅敷行》〔註77〕，《玉臺新詠》題作《日出東南隅行》〔註78〕。《樂府詩集》引晉代崔豹《古今注》將它稱作《陌上桑》〔註79〕。《陌上桑》是這首詩的習慣稱謂。學者多是將《陌上桑》看作敘事詩，如《樂府詩集》引《古今注》稱《陌上桑》是寫王仁妻羅敷阻止趙王追求事，又引《樂府解題》說是寫羅敷拒絕使君邀歡〔註80〕，均強調其敘事性。清代沈德潛說此詩「鋪陳穠至」〔註81〕，也是強調其作為敘事詩的特質。趙明等主編的《兩漢大文學史》將《陌上桑》歸為「直面現實的樂府敘事詩」，稱其「敘述性較強」〔註82〕。袁行霈主編的《中國文學史》（第一卷）說《陌上桑》善於鋪陳場面，在不長的篇幅中卻有兩段非常細緻的場面描寫〔註83〕。善於鋪陳正是一切敘事文學的特徵。《藝文類聚》保留了《陌上桑》的敘事情節，刪除「行者見羅敷」等八句對羅敷美貌的側面渲染與烘托，使情節的推進加快；刪除「秦氏有好女」等三句，使詩的對話性減弱，客觀敘事性加強。刪除「坐中數千人」兩句第一人稱敘述，突出詩的第三人稱敘述特點。《藝文類聚》編者之所以保留比較完整的《陌上桑》，一是因為它是採桑母題中重要的一首詩，而採桑又是傳統文學中的重要母題，文人多有創作，摘錄此詩，便於借鑒、模仿。二是《陌上桑》描繪的不是某一次具體事件，而是有很大的概括性，普適性較強，文人創作時可以從中獲得構思與語彙。羅敷的形象是概括的而非某個具體的採桑女。桀溺說：「《陌上桑》的女主人公把採桑女形形色色的特徵集於一身。她特有的、令人欲進不能欲退不捨的魅力，使風流俊俏和嚴守貞操的兩種採桑女的性格混為一體。」〔註84〕

〔註77〕蘇晉仁、蕭煉子校注：《宋書樂志校注》，齊魯書社，1982年11月第1版，第250頁。

〔註78〕（南朝陳）徐陵編，（清）吳兆宜注，程琰刪補：《玉臺新詠箋注》，第6頁。

〔註79〕（宋）郭茂倩：《樂府詩集》，第410頁。

〔註80〕（宋）郭茂倩：《樂府詩集》，第410頁。

〔註81〕（清）沈德潛選，聞旭初標點：《古詩源》，第63頁。

〔註82〕趙明、楊樹增、曲德來主編：《兩漢大文學史》，吉林大學出版社，1998年7月第1版，第345頁。

〔註83〕袁行霈主編：《中國文學史》（第一卷），高等教育出版社，1999年8月第1版，第233頁。

〔註84〕（法）桀溺：《牧女與蠶娘——論一個中國文學的題材》，錢林森編：《法國漢學家論中國文學：古典詩詞》，外語教學與研究出版社，2007年5月第1版，第305頁。

《陌上桑》完全脫離了《古今注》所說的趙王欲奪羅敷的所謂本事，「承擔了、也概括了一個悠長的過去，以及一個最有原始想像和基本衝突的領域。」〔註 85〕就是說，它集中了以桑林為主題的詩歌的一切傳統成果，因而成為富有概括性的典型作品。

敘事詩發展至漢代，不論是題材，還是藝術，均有長足進步，日臻完美。漢樂府，尤其是其中的民歌，特色之一便是敘事性，不僅作品數量多，而且質量高。明代徐禎卿說：「樂府往往敘事，故與《詩》殊。」〔註 86〕余冠英肯定漢樂府中敘事詩情節曲折、敘事淋漓的特色，認為「不是詩經時代所能有」〔註 87〕。漢代敘事詩情節完整，人物性格鮮明，刻畫細緻入微，是敘事詩史上的第一個高潮，但《藝文類聚》只摘錄這一時期完整的敘事詩 4 首，未能展現敘事詩發展的全景畫面；對優秀的敘事長詩《孔雀東南飛》更是作了草率的切割，原詩的流脈不復可觀，更是遺憾，這些都與編者對敘事的排斥態度，密切相關。

《藝文類聚》摘錄魏晉時期的大量詩作，對魏晉時期敘事詩的摘錄情況，見下表：

《藝文類聚》的摘錄	《先秦漢魏晉南北朝詩》中的文字
阮瑀《詩》曰：誤哉秦穆公，身沒從三良。忠臣不達命，隨軀就死亡。低頭闚壙戶，仰視日月光。誰謂此可處？恩義不可忘。路人為流涕，黃鳥鳴高桑。 （阮瑀）又《詩》曰：燕丹養勇士，荊軻為上賓。圖擢盡匕首，長驅西入秦。素車駕白馬，相送易水津。漸離擊筑歌，悲聲感路人。舉坐同咨嗟，歎氣若青雲。	《詠史詩》（二首）：其一：誤哉秦穆公，身沒從三良。忠臣不達命，隨軀就死亡。低頭闚壙戶，仰視日月光。誰謂此可處？恩義不可忘。路人為流涕，黃鳥鳴高桑。其二：燕丹善勇士，荊軻為上賓。圖盡擢匕首，長驅西入秦。素車駕白馬，相送易水津。漸離擊筑歌，悲聲感路人。舉坐同咨嗟，歎氣若青雲。
傅玄《秋胡詩》曰：秋胡納令室，三日宦他鄉。皎皎潔婦姿，泠泠守空房。嬿娩不終夕，別如參與商。精誠馳萬里，既至兩相忘。行人悅令顏，借息此樹旁。言以逢卿喻，遂下黃金裝。	傅玄《秋胡行》：秋胡納令室，三日宦他鄉。皎皎潔婦姿，泠泠守空房。燕婉不終夕，別如參與商。憂來猶四海，易感難可防。人言生日短，愁者苦夜長。百草揚春華，攘腕采柔桑。素手尋繁枝，落葉不盈筐。羅衣翳玉

〔註 85〕（法）桀溺：《牧女與蠶娘——論一個中國文學的題材》，錢林森編：《法國漢學家論中國文學：古典詩詞》，第 313 頁。

〔註 86〕（明）徐禎卿：《談藝錄》，（清）何文煥：《歷代詩話》（下），中華書局，1981 年 4 月第 1 版，第 769 頁。

〔註 87〕余冠英：《漢魏六朝詩論叢》，商務印書館，2010 年 12 月第 1 版，第 10 頁。

	體，回目流採章。君子倦仕歸，車馬如龍驤。精誠馳萬里，既至兩相忘。行人悅令顏，借息此樹旁。誘以逢卿喻，遂下黃金裝。烈烈貞女忿，言辭厲秋霜。長驅及居室，奉金升北堂。母立呼婦來，歡樂情未央。秋胡見此婦，惕然懷探湯。負心豈不慚，永誓非所望。清濁必異源，鳧鳳不並翔。引身赴長流，果哉潔婦腸。彼夫既不淑，此婦亦太剛。
傅玄《秋胡行》：秋胡子，娶婦三日，會行仕宦。既享顯爵，保茲德音。以祿頤親，韞此黃金。覩一好婦，採桑路傍。遂下黃金，誘以逢卿。玉磨逾絜，蘭動彌馨。源流潔清，水無濁波。奈何秋胡，中道懷邪。美此節婦，高行巍巍。哀哉可愍，自投長河。	傅玄《秋胡行》：秋胡子，娶婦三日，會行仕宦。既享顯爵，保茲德音。以祿頤親，韞此黃金。覩一好婦，採桑路傍。遂下黃金，誘以逢卿。玉磨逾絜，蘭動彌馨。源流潔清，水無濁波。奈何秋胡，中道懷邪。美此節婦，高行巍巍。哀哉可愍，自投長河。
石崇《明君辭》曰：王明君者，本為王昭君，以觸文帝諱，改之。匈奴盛，請婚於漢，元帝以明君配焉。昔公主嫁烏孫，令琵琶馬上作樂，以慰其道路之思；其送明君，亦必爾也。詩曰：我本漢家子，將適單于庭。辭訣未及終，前驅已抗旌。僕御涕流離，轅馬悲且鳴。行行日已遠，遂造匈奴城。延我於穹廬，加我閼氏名。殺身良不易，默默以苟生。願假飛鴻翼，棄之以遐征。昔為匣中琴，今為糞上英。朝華不足歡，甘與秋草並。傳語後世人，遠嫁難為情。	石崇《王明君辭》（並序）：王明君者，本是王昭君，以觸文帝諱，故改之。匈奴盛，請婚於漢，元帝以後宮良家子明君配焉。昔公主嫁烏孫，令琵琶馬上作樂，以慰其道路之思；其送明君，亦必爾也。其造新曲，多哀怨之辭，故敘之於紙云爾。我本漢家子，將適單于庭。辭訣未及終，前驅已抗旌。僕御涕流離，轅馬為悲鳴。哀鬱傷五內，泣淚沾朱纓。行行日已遠，遂造匈奴城。延我於穹廬，加我閼氏名。殊類非所安，雖貴非所榮。父子見凌辱，對之慚且驚。殺身良不易，默默以苟生。苟生亦何聊，積思常憤盈。願假飛鴻翼，棄之以遐征。飛鴻不我顧，佇立以屏營。昔為匣中玉，今為糞上英。朝華不足歡，甘與秋草並。傳語後世人，遠嫁難為情。

前面提到，魏晉時期比較優秀的敘事詩有十一首，而《藝文類聚》只摘錄其中五首，其中三首詩是全篇，其餘兩首是節錄。摘錄的三首完整的詩是阮瑀的《詠史詩》（二首）、傅玄的《秋胡行》。

阮瑀的兩首《詠史詩》，《藝文類聚》是其最早的出處；原無題，《古詩紀》題作「《詠史詩》二首」〔註 88〕。今天已無法斷定它們是全篇還是片段；

〔註 88〕（明）馮惟訥：《古詩紀》，《景印文淵閣四庫全書》（第 1379 冊），臺灣商務印書館，1983 年版，第 208 頁。

兩首詩的意思相對完整，我們姑且看作是全篇。這兩首詩摘錄在卷五十五雜文部．史傳，屬於詠史詩。凡詠史詩，當有一定的史料作依據。其一「誤哉秦穆公」，是有感於三良殉葬而發諸詠歎的。三良殉葬之事見於《左傳．文公六年》：秦穆公去世，用秦國大夫子車氏的三個兒子奄息、仲行、鍼虎殉葬〔註 89〕。這三人都是秦國著名人物。《詩經．秦風．黃鳥》即詠此事。《黃鳥詩序》說：「《黃鳥》，哀三良也。國人刺穆公以人從死，而作是詩也。」〔註 90〕王粲的《詠史詩》（自古無殉死）、曹植的《三良詩》均詠三良殉葬事，《藝文類聚》未收。阮瑀的《詠史詩》其一「誤哉秦穆公」，首二句以議論開篇，點明詩的主旨：秦穆公真是荒謬啊，自己死去了還讓三位賢臣從葬。中間數句敘述三良殉葬的悲劇。最後兩句借秦人賦《黃鳥》詩抒發感慨。其二「燕丹養勇士」詠荊軻刺秦王。以燕丹重養士、荊軻慷慨赴秦行刺開篇。素車、白馬、易水悲歌、眾人嗟歎，渲染出悲劇氛圍，刻畫荊軻義無反顧、捨生取義的悲劇形象。從敘事詩的模式上看，這兩首詩的藝術技巧相當成熟，既忠於史實、據事直書，又能注意情感的抒發，使所詠之事完成由「史」向「詩」的轉化。

傅玄的兩首秋胡詩，一為四言，一為五言，均詠秋胡戲妻的故事。四言《秋胡行》摘錄在卷四十一樂部一．論樂之文體「樂府古詩」中，五言《秋胡詩》摘錄在卷十八人部二．賢婦人之文體「詩」中。秋胡戲妻是非常具有戲劇性的故事，在《西京雜記》《列女傳》中均有記載。大意是說，魯國秋胡，娶妻不久，（《西京雜記》說，娶妻三月，遊宦三年〔註 91〕。《列女傳》說，娶妻五日便官於陳〔註 92〕。）便前往陳國做官。五年後返家，途中，遇一採桑女子，秋胡下車，挑逗說：「你出力種田，不如碰上好年景；採桑辛苦，不如嫁給朝中大官。我這裡有金子，願意送給你。」採桑女說：「我採桑勞作，為的是獲取衣食，奉養二老，供養夫君。我不要你的金子。」秋胡至家，母親派人喚回妻子，一看，竟是剛才調戲的採桑女。秋胡羞慚；妻子憤怒，惡其言行，投河而死。

〔註 89〕（晉）杜預注，（唐）孔穎達等正義：《春秋左傳正義》，（清）阮元校刻：《十三經注疏》，第 1844 頁。

〔註 90〕（漢）毛亨傳，鄭玄箋，（唐）孔穎達等正義：《毛詩正義》，（清）阮元校刻：《十三經注疏》，第 373 頁。

〔註 91〕（晉）葛洪：《西京雜記》，中華書局，1985 年 1 月第 1 版，第 43 頁。

〔註 92〕張濤：《列女傳譯注》，山東大學出版社，1990 年 8 月第 1 版，第 186 頁。

四言《秋胡行》敘述秋胡娶妻三天，就趕往外地做官。在路上遇到一個採桑的美女，秋胡用黃金和嫁給卿相相誘。採桑女投河而死。與秋胡戲妻的本事相比，作為敘事詩，情節的交待不清楚。比如，秋胡返家是在為官多久之後？秋胡調戲路邊採桑女，採桑女的反應如何？這些都沒有交待。敘述上也有與本事不合的地方。在本事中，秋胡妻是在與丈夫相見後，滿懷憤恨投河自盡，而不是像詩中寫的那樣，在被調戲後就自盡了。按照本事，「以祿」二句所敘，應是在歸家見母之時，而不是在「戲妻」之前。全詩二十一句，評論性的詩句就占十一句，即「既享」二句、「玉磨」九句，使得詩的脈絡梗阻，敘事的流暢性與完整性被大大削弱。《藝文類聚》編者鍾愛的並不是詩的情節，而是它作為「樂府古詩」的特質。從現存文獻考查，傅玄是用《秋胡行》這個樂府題目吟詠秋胡妻的第一人。

在五言《秋胡詩》中，也和四言《秋胡行》一樣，將《列女傳》記述的娶妻五天便赴外地為官，改為「三日」，使得幾年後返家途中彼此不相認，更具有合理性。但是，《藝文類聚》編者對全詩刪削過多，原有的敘述性句子幾乎消失殆盡。保留的「皎皎」句，寫出秋胡妻的膚色白皙、姿容美麗，「潔」字強調她內心的貞潔自守；「泠泠」句又寫出對丈夫的忠誠與思念。「嬿婉」兩句是順著上句詩意，補充交代說，他們新婚不久就分別了，且一別多年不曾見面。貞潔與對丈夫的忠誠，這大概就是「賢婦人」的標準吧，所以傅玄的這首五言《秋胡詩》被摘錄在子目「賢婦人」中，而全詩的敘事性質，就不是編者所關注的了。

其實，與四言《秋胡行》相比，五言《秋胡詩》篇幅稍長，敘述婉曲，描摹充分，敘事詩的特色明顯。比如，對秋胡妻的美貌，四言《秋胡行》僅一句「睹一好婦」，較為空泛，不具體，不真切，而五言《秋胡詩》則用「攘腕」二句、「羅衣」二句加以渲染，給人具體可感的形象。五言《秋胡詩》「燕婉」等六句的心理描寫，寫出與丈夫別離後秋胡妻的相思之苦。「負心」等四句的語言描寫，是秋胡妻發現丈夫齷齪言行之後的決絕表白，凸顯她的剛烈。這些外貌描寫、心理描寫和語言描寫，正是五言敘事詩《秋胡詩》成功的關鍵所在，可惜這些詩句，大部分被《藝文類聚》編者刪掉，從《藝文類聚》節錄的五言《秋胡詩》，已經不能一睹它作為敘事詩的「風采」，甚至作為一般的抒情詩看，也有些不完整。

石崇的《明君辭》詠王昭君出塞。昭君出塞在《後漢書．南匈奴列傳》中有較為詳細的記載〔註 93〕。史書上是第三人稱的客觀敘述，而石崇的詩以王昭君自述的第一人稱方式寫作，在客觀敘事的同時，添入主觀抒情成分，加強了藝術感染力。完整的《明君辭》，按照情節的演進，「我本」等八句寫昭君啟程奔赴匈奴。「行行」等八句寫抵達匈奴以及隨後遭遇的一些事情。「殺身」等八句寫對故鄉的思念。最後六句表達對不幸處境的歎惋。全詩由兩條線索構成，一是敘事線索，記述昭君遠嫁匈奴的經歷；二是抒情線索，抒發昭君的悲與苦。「悲」是指遠離故國之悲；「苦」是指不能適應匈奴的環境，難以與匈奴融洽相處，難以接受子娶父妾的風俗。作者借昭君之口，訴說漢家女子遠嫁匈奴的「難為情」，即遠嫁是對婦女的摧殘，是漢族的屈辱，它所帶來的悲傷愁苦是常人很難忍受的。當然，這樣的觀點體現了作者的歷史侷限。

與原詩相比，《藝文類聚》編者刪去的詩句有：（1）刪去「哀鬱」二句。這兩句是說，昭君悲傷至極，離愁不斷鬱積，連五臟六腑也都遭損傷；悲哀的淚水打濕紅色的帽帶。編者刪去這二句，大概是覺得表達的情感過於悲傷，描寫上重複，因為前二句寫「涕流離」，這二句又寫「泣淚」，語義相近。其實，刪除這二句，破壞了敘事的完整性——「僕御」二句寫傭人和車夫、馬夫等送行人員和隨行人員的離別之悲，而「哀鬱」二句是寫昭君的離別之悲，只有四句合在一起，表達的意思才全面、完整，否則就殘缺了。（2）刪去「殊類」等四句。從表達上看，稱匈奴為「殊類」，有蔑視之意，是一種認識上的偏見，既然匈奴是「殊類」，那麼即使成為皇后，也不感到榮幸。「父子」二句對史實的交代不清，語義含糊。此二句李善注云：「《漢書》曰：呼韓邪死，子雕陶莫皋立，……復娶王昭君，生二女也。」〔註 94〕原來這二句詩是指單于之子娶後母王昭君的事；這在漢族的禮俗中，是無論如何不能接受的，所以昭君「慚且驚」。從以上分析看，刪去這四句，還是比較妥當的。（3）刪去「苟生」二句。這兩句是說昭君在百無聊賴中苟且偷生，心中充滿愁怨和憤慨。這二句與前面的「殺身」二句相配合，造成迴環往復的抒情效果，但是刪去這兩句，則失去這樣的效果。（4）刪去「飛鴻」二句。此前二句說昭君希望憑藉飛鴻的雙翅，遠走高飛，拋棄屈辱和憂鬱。「飛鴻」二句繼之而言飛鴻不憐惜昭君，看也不看她就頭也不回地向前飛去，昭君只好久久

〔註 93〕（南朝宋）范曄撰，（唐）李賢等注：《後漢書·南匈奴列傳》，中華書局，1965 年 5 月第 1 版，第 2941 頁。

〔註 94〕（梁）蕭統編，（唐）李善注：《文選》，第 1291 頁。

佇立遠眺，彷徨恐懼，不知所措。「飛鴻」二句是心理描寫和行動描寫，刻畫昭君的無助與無奈。刪去這兩句，雖然沒有影響全詩情節的推進，卻使詩作失去深婉跌宕之勢。這幾處刪削，破壞了敘事的完整性，更使敘事失去跌宕起伏的效果。

前面提到，南北朝時期優秀的敘事詩有《西洲曲》《木蘭詩》，但《藝文類聚》隻字未摘。如此重大的遺漏，並不是一時疏忽，只是又一次說明編者對敘事作品的排斥態度。

即使對抒情詩中的敘事成分，《藝文類聚》編者也往往採取排斥的態度。例如王粲的《七哀詩》（其一）。這首詩摘錄在《藝文類聚》卷三十四・人部十八・哀傷。按照「篇題法」的摘錄方式，子目「哀傷」中有「哀」字，詩題《七哀詩》中也有「哀」字，子目和篇題含有相同的詞語，於是，《七哀詩》便摘錄在子目「哀傷」之下。《七哀詩》雖然寫「哀傷」之情，但詩中沒有出現「哀」字。唐代吳兢《樂府古題要解》認為：「《七哀》起於漢末。」〔註95〕它是漢代末年產生的樂府新題。在《文選》中，「七」作為一種文體，單列一類，收錄枚乘的《七發》、曹植的《七啟》、張協的《七命》，但這些作品，一般被看作賦體，而不作為詩。關於《七哀詩》的題目含義，歷來的解釋頗為不一致，重要的觀點有以下幾種：

朝代	作　者	原　文	出　處
唐代	呂向	七哀謂痛而哀，義而哀，感而哀，怨而哀，耳目聞見而哀，口歎而哀，鼻酸而哀也。	《六臣注文選》曹植《七哀詩》，中華書局，2012 年版
元代	李治	大抵人之七情，有喜、怒、哀、樂、愛、惡、欲之殊。今而哀戚太甚，喜怒愛惡等悉皆無有，情之所繫，惟有一哀而已，故謂之「七哀」也。不然，何不云六、云八，而必曰「七哀」乎？	《敬齋古今黈》卷七，四庫全書本
清代	俞樾	古人之詞，少則曰一，多則曰九，半則曰五，小半曰三，大半曰七。是以枚乘《七發》至七而止，屈原《九歌》至九而終。……若欲舉其實，則《管子》有《七臣七主》篇，可以釋七。	俞樾《文體通釋敘》，清光緒二十九年刊本

〔註95〕（唐）吳兢：《樂府古題要解》，丁福保：《歷代詩話續編》（上），中華書局，1983 年 8 月第 1 版，第 59 頁。

當代	余冠英	大約這也是樂府題。所以名為「七」哀，也許有音樂上的關係，晉樂於《怨歌行》用這篇詩為歌辭，就分為七解。	余冠英《三曹詩選》，人民文學出版社，1956年版
當代	王守華、趙山、吳進仁	七是哀之多，非定數。	《漢魏六朝詩一百首》，上海古籍出版社，1981年版

以上關於「七哀」的幾種說法中，呂向的說法望文生義、較為牽強。李治從人的「七情」入手，探討「七哀」的命名，也是淵源有自，如《禮記．禮運》云：「何謂人情？喜、怒、哀、懼、愛、惡、欲，七者弗學而能。」〔註96〕余冠英則從音樂的角度探討「七哀」的得名。李治、余冠英分別從某一側面闡述「七哀」得名，雖有一定道理，但都偏執一端，未能全面考論。倒是俞樾、王守華等的說法較能服人，而以俞樾的說法更為明晰；他從古人在數字運用的特點上，探討「七哀」的得名。據此看來，不必拘泥於「七」的字面意思，膠柱鼓瑟般地來解釋「七哀」的含義；「七」非確數，「七哀」是說哀傷之多。

王粲現存《七哀詩》共三首，「西京亂無象」是第一首。據考證，它創作於初平三年（公元 192 年），是前往荊州躲避戰亂，剛剛離開長安時所作〔註97〕。《藝文類聚》摘錄的文字，與現存文本有幾個字詞不同，最大的不同是刪去「路有」等八句，見下表：

《藝文類聚》的摘錄	《先秦漢魏晉南北朝詩》中的文字
西京亂無象，豺虎方遘患。復棄中國去，遠身適荊蠻。親戚對我悲，朋友追相攀。出門無所見，白骨蔽平原。南登灞陵岸，迴首望長安。悟彼下泉人，喟然傷心肝。	西京亂無象，豺虎方遘患。復棄中國去，遠身適荊蠻。親戚對我悲，朋友相追攀。出門無所見，白骨蔽平原。路有饑婦人，抱子棄草間。顧聞號泣聲，揮涕獨不還。「未知身死處，何能兩相完？」驅馬棄之去，不忍聽此言。南登霸陵岸，迴首望長安。悟彼下泉人，喟然傷心肝。

「路有」等八句詩描繪的是一幅「饑婦棄子圖」：路旁有一個飢餓待斃的婦女，她無力養活自己的幼子，只好把懷抱著的幼子拋棄在草叢裏。母親回頭聽見幼子悲哀的號泣之聲，抹去淚水，毅然獨自離去，不再回還。「號泣」是從幼子的角度寫的：幼子先是絕望地號啕大哭，繼而力氣漸漸消耗，轉為

〔註96〕（漢）鄭玄注，（唐）孔穎達等正義：《禮記正義》，（清）阮元校刻：《十三經注疏》，第 1422 頁。

〔註97〕吳云、唐紹忠：《王粲年譜》，吳云、唐紹忠：《王粲集注》，中州書畫社，1984年3月第1版，第 155 頁。

微弱的抽泣。「顧聞」「揮淚」「不還」則是從母親的角度寫的：在萬般無奈中拋棄自己的孩子，真是撕心裂肺，但又無可奈何，淚水噴湧而出，一步三回頭，狠下心來，獨自前往遠方。因為「我自己都不知道究竟身死何處，怎麼能夠使母子倆人都保全性命呢？」「未知身死處，何能兩相完？」是母親的慘痛的獨白，也是母親血淚的控訴。這幅畫面，傷心欲絕，心痛欲裂。詩的這個片段，其「境」過於「哀」，其「情」過於「哀」，不符合《藝文類聚》摘文追求「善與美」的宗旨，所以被編者刪掉。同時，這幅畫面是敘述性的——飢餓待斃的母親將幼子拋棄在草叢，幼兒號哭、抽泣，母親轉身離去，繼續趕路，與全詩偏重抒情的表達方式不大一致；因為從整首詩來看，《七哀詩》是抒情詩，抒情詩中的敘事應該是概括性的，如「出門無所見，白骨蔽平原。」像「路有」等八句這樣具體的敘述，對全詩的脈絡是個阻斷，所以說，編者們「刪除了對饑婦棄子的具體描寫」，並沒有感覺缺少什麼，卻「使全詩更為凝練，使作者的行程更具有連貫性，也使作者的主觀感受顯得更為突出」〔註 98〕。

《藝文類聚》對詩中敘事成分和敘事詩的排斥態度，與《藝文類聚》的編纂目的有關。《藝文類聚》的編纂目的，是供查找資料和詩文取材。查找資料的目的，主要由全書「事」的部分完成；詩文取材的目的，主要由「文」的部分摘錄的各體文學作品完成。類書具有提示語彙、激發創作靈感的功用。王昌齡《詩格・論文意》中說：「凡作詩之人，皆自抄古今詩語精妙之處，名為隨身卷子，以防苦思。作文興若不來，即須看隨身卷子，以發興也。」〔註 99〕《藝文類聚》與隨身卷子的功能完全相同，即用來激發創作的靈感。創作詩文，關鍵是構思和語彙，即意（構思）與辭（語彙）。類書可以為創作提供語彙，激發靈感，這是類書最大的用途。

文士創作的詩，以抒情詩為主，《藝文類聚》的敘事成分，對創作沒有太多的借鑒價值，因此對敘述內容就要做刪汰。詩中的敘述成分和敘事詩，具有唯一性，很難像汲取語彙那樣進行複製、模仿，有些敘事，由於時過境遷，後人也不復介懷，不如描寫的語彙更有實際的複製、模仿價值，這也是《藝文類聚》很少摘錄敘事詩，並對已經摘錄的敘述詩及敘事成分作刪減的原因。

〔註 98〕郭醒：《傳統類書的文學批評意義——以〈藝文類聚〉為中心》，載《瀋陽師範大學學報》（社會科學版）2006 年第 6 期，第 89 頁。

〔註 99〕（唐）王昌齡：《詩格》，張伯偉：《全唐五代詩格匯考》，第 164 頁。

第四章　《藝文類聚》視域下的選本批評

選本是一種傳統的批評方式。朱自清說：「從《文心雕龍》和《詩品》以後，批評的精力分散在選本」等樣式裏，很少有系統的專書專門從事這一工作了〔註 1〕。選本是「經過選擇的（或被選擇過的）文本。從文學角度而言，選本是指選者按照一定的選擇意圖和選擇標準，在一定範圍內的作品中選擇相應的作品編排而成的作品集。」〔註 2〕

那麼，《藝文類聚》是否具有選本的性質呢？按照歐陽詢在《藝文類聚序》中所說，這部類書的編纂體例是「事居其前，文列於後」，事文並舉〔註 3〕。全書的子目下，一般分為「事」和「文」兩部分。「事」的部分輯錄經史子部的資料；「文」的部分輯錄各體作品，或是全篇，或是片段，共輯錄 51 種各種文體的作品〔註 4〕，以詩賦兩種文體最多，共輯錄詩大約 2230 多首，賦 800 多篇。（詳下）若按照選本的四個特性——「目的性」「限定性」「選擇性」「群體性」〔註 5〕衡量，《藝文類聚》具備選本的性質。它的編纂目的，是為了「覽者易為功，作者資為用」〔註 6〕，即為了閱覽與資料的搜集，以及給文士寫作

〔註 1〕朱自清：《朱自清古典文學論文集》（下），上海古籍出版社，1981 年 7 月第 1 版，第 543 頁。

〔註 2〕鄒雲湖：《中國選本批評》，上海三聯書店，2002 年 7 月第 1 版，第 1 頁。

〔註 3〕《藝文類聚》，第 27 頁。

〔註 4〕韓建立：《〈藝文類聚〉編撰研究》，吉林文史出版社，2014 年 9 月第 1 版，第 254 頁。

〔註 5〕鄒雲湖：《中國選本批評》，第 1 頁。

〔註 6〕《藝文類聚》，第 27 頁。

提供必備的典故和語彙。它選編文獻，限定的時間斷限是先秦至唐前，且以六朝為主。它是按照一定的審美標準，諸如追求善與美、追求佳辭麗句、刪汰說理、排斥敘述等標準選擇作品的。它最終以事文兼採的類書形式面世，具有作品集的特徵，體現出群體性。可見，《藝文類聚》是四個特性俱全的具有選本性質的類書。

方孝岳說：「凡是輯錄詩文的總集，都應該歸在批評學之內。」凡是選錄詩文，都要憑著鑒別的標準，這就是具體批評的表現〔註 7〕。按照傳統目錄學，選本歸屬於集部總集類。王瑤說，中國文學批評，最初即是沿著論文體和論作者兩條線發展的〔註 8〕。論文體與論作者、作品，正是選本批評的兩大方面。我們將沿著這種思路，探討《藝文類聚》視域下的選本批評。

第一節 《藝文類聚》的選本批評價值

《藝文類聚》的選本批評價值，主要體現在兩個方面：一是它的編纂體例，二是「文」的部分對具體作品的選錄。

一、從編纂體例上考察其選本批評價值

（一）列《詩經》《楚辭》於「事」的部分，有別於輯錄在「文」的部分的其他文體，突出《詩經》《楚辭》的特殊地位

在《藝文類聚》中，輯錄《詩經》《楚辭》諸多篇章的片段，卻沒有將《詩經》《楚辭》列在「文」的部分，而是列在「事」的部分。《藝文類聚》的子目下一般分為「事」和「文」兩個部分。「事」的部分摘錄經史子各部的作品；「文」的部分摘錄各種文體的作品。依據這樣的編纂思路，《詩經》《楚辭》應該列在「文」的部分，因為《詩經》《楚辭》本身就是兩種文體。晉代摯虞《文章流別論》認為古詩有三言句、四言句、五言句、六言句、七言句、九言句。論及三言句，舉「振振鷺，鷺於飛」為例，這是《詩經．魯頌．有駜》中的詩句；論及五言句，舉「誰謂雀無角，何以穿我屋」為例，這是《詩經．召南．行露》中的詩句；論及六言句，舉「我姑酌彼金罍」為例，這是《詩經．周南．卷耳》中的詩句；論及七言句，舉「交交黃鳥止于桑」為例，這是《詩

〔註 7〕方孝岳：《中國文學批評》，三聯書店，1986 年 12 月第 1 版，第 4 頁。
〔註 8〕王瑤：《中古文學史論》（典藏版），北京大學出版社，2014 年 5 月第 4 版，第 90 頁。

經・秦風・黃鳥》中的詩句；論及九言句，舉「泂酌彼行潦挹彼注茲」為例，這是《詩經・大雅・泂酌》中的詩句〔註 9〕。關於《詩經》中有無九言句，歷代有不同看法。明代陳懋仁《文章緣起》注說，《大雅・泂酌》一共三章，每章有五句詩。《夏書・五子之歌》「凜乎若朽索之馭六馬」是九言句〔註 10〕。言外之意是說，摯虞所舉的《大雅・泂酌》中的這句詩不是九言句。黃侃則明確說，《詩經》沒有九言句，摯虞所舉的例句，當從「潦」字斷句〔註 11〕。摯虞在論述幾種句式的同時，也說古詩「以四言為體」，「四言為正」〔註 12〕。四言是《詩經》的主要句式。摯虞是將《詩經》看作詩之一體的。摯虞還說：「《楚辭》之賦，賦之善者也」〔註 13〕。雖然摯虞將《楚辭》看作賦並不為當今一些學者所認同，但摯虞將《楚辭》看作賦，卻表達了當時的一種時代共識。南朝梁代劉勰《文心雕龍》有《明詩》專門論詩，其中有「三百之蔽，義歸『無邪』」，「《雅》《頌》圓備」〔註 14〕之類的話；三百指《三百篇》，即《詩經》，《雅》《頌》是《詩經》的兩大類。劉勰將《詩經》看作「詩」體。《文心雕龍・明詩》說：「逮楚國諷怨，則《離騷》為刺」〔註 15〕，《文心雕龍・詮賦》也說：賦「拓宇於《楚辭》」〔註 16〕，將《楚辭》看作與賦有別的「詩」體。

既然前人將《詩經》《楚辭》或看作詩之一體，或看作賦，或看作一種獨立的文體等，這些都是廣義的「文」，那麼，《藝文類聚》的編者將《詩經》《楚辭》列在「文」的部分，才符合這樣一種共識性的認識。但是，《藝文類聚》的編者沒有這樣做，而是將《詩經》《楚辭》列在「事」的部分。將《詩經》《楚辭》列在「事」的部分，當與《詩經》《楚辭》在當時以及前代的特殊地

〔註 9〕（晉）摯虞：《文章流別論》，（清）嚴可均：《全晉文》，商務印書館，1999 年 10 月第 1 版，第 820 頁。

〔註 10〕（南朝梁）任昉撰，（明）陳懋仁注：《文章緣起》，《景印文淵閣四庫全書》（第 1478 冊），臺灣商務印書館，1983 年版，第 206 頁。

〔註 11〕黃侃：《詩品箋》，黃侃等：《鍾嶸〈詩品〉講義四種》，上海古籍出版社，2018 年 11 月第 1 版，第 8 頁。

〔註 12〕（晉）摯虞：《文章流別論》，（清）嚴可均輯：《全晉文》，商務印書館，1999 年 10 月第 1 版，第 820 頁。

〔註 13〕（晉）摯虞：《文章流別論》，（清）嚴可均輯：《全晉文》，商務印書館，1999 年 10 月第 1 版，第 819 頁。

〔註 14〕（南朝梁）劉勰著，詹瑛義證：《文心雕龍義證》，上海古籍出版社，1989 年 8 月第 1 版，第 171、179 頁。

〔註 15〕（南朝梁）劉勰著，詹瑛義證：《文心雕龍義證》，第 180 頁。

〔註 16〕（南朝梁）劉勰著，詹瑛義證：《文心雕龍義證》，第 274 頁。

位有關。由於《詩經》《楚辭》的地位特殊，它們已經不是一般意義上的「文」，不能列在「文」的部分，而是應該與其他文體有區別地列在「事」的部分。

《詩經》《楚辭》究竟有著怎樣特殊的地位？《藝文類聚》將其列在「事」的部分的道理何在？對學術史作個簡單梳理，應該能夠從中找到答案。

第一，從《詩三百》到《詩經》的轉變以及「經」的含義看《詩經》的特殊地位。

《詩經》最初稱為《詩》《詩三百》，在春秋戰國漫長的時間裏，都是這個名稱。例如，《論語·季氏篇》中有「不學詩，無以言」的話，《論語·為政篇》則稱「《詩》三百」〔註 17〕。《墨子·公孟》有「誦詩三百，弦詩三百，歌詩三百，舞詩三百」〔註 18〕的記載。到了戰國末期，《詩三百》的名稱發生變化。這個變化記載在《禮記·經解》中。《禮記·經解》以「孔子曰」的方式，論述《詩》《書》《樂》《易》《禮》《春秋》六部書。這六部書置於《經解》的篇名下，按照文意，應該稱為「六經」，《詩》《詩三百》則應該稱為《詩經》，只是《經解》中並沒有明確稱《詩經》而已。所謂「經解」，鄭玄在《禮記目錄》中解釋說：「名曰《經解》者，以其記六藝政教之得失也。」〔註 19〕鄭玄沒有把這六部書稱為「六經」，而是稱為「六藝」。漢代賈誼《新書·六術》也將這六部書稱為「六藝」〔註 20〕。

從現存文獻考察，明確出現「六經」之名的，始見於《莊子·天運》：「丘治《詩》《書》《禮》《樂》《易》《春秋》六經。」〔註 21〕但是，有的學者指出《禮記·經解》出自漢代人之手〔註 22〕，《莊子·天運》的成書，在西漢末年或更晚，因此這兩部書不太可靠。

依據可靠的文獻，《詩經》的名稱最早見於《史記·儒林列傳》：「申公獨

〔註 17〕（清）劉寶楠：《論語正義》，《諸子集成》（1），上海書店，1986 年 7 月第 1 版，第 363、21 頁。

〔註 18〕（清）孫詒讓：《墨子閒詁》，《諸子集成》（4），上海書店，1986 年 7 月第 1 版，第 275 頁。

〔註 19〕（漢）鄭玄注，（唐）孔穎達等正義：《禮記正義》，（清）阮元校刻：《十三經注疏》，中華書局，1980 年 9 月第 1 版，第 1609 頁。

〔註 20〕于智榮：《賈誼新書譯注》，黑龍江人民出版社，2003 年 1 月第 1 版，第 241 頁。

〔註 21〕（清）王先謙：《莊子集解》，《諸子集成》（3），上海書店，1986 年 7 月第 1 版，第 95 頁。

〔註 22〕楊天宇：《禮記譯注》，上海古籍出版社，1997 年 4 月第 1 版，第 849 頁。

以《詩經》為訓以教」〔註23〕。《詩》《詩三百》變成《詩經》。

什麼叫「經」呢？所謂「經」，東漢許慎《說文解字》解釋說：「經，織也。」〔註24〕釋義不甚明晰。明代張自烈《正字通》釋義為：經，「凡織縱曰經，橫曰緯。」〔註25〕清代段玉裁《說文解字注》說：「織之從（縱）絲謂之經。必先有經而後有緯。」〔註26〕在東漢造紙術發明前，書籍是寫在竹簡或木櫝上的。一片片的竹簡或木櫝用絲繩、麻繩、皮條等編綴起來，就形成後世所稱的「書」。章太炎說，記述一件事，若一片竹簡記不下，便要連用數簡。這將各簡連綴起來的線，就是「經」〔註27〕。《史記・孔子世家》記載孔子晚年喜歡閱讀《易》，讀了很多遍，以致於「韋編三絕」〔註28〕「韋編三絕」中的「韋」，就是「經」。

戰國時期，諸子的著作都可以稱作「××經」。如《荀子・解蔽》中提到的《道經》，其實就是《道》或《道書》，「經」不過是指將《道》這部著作連綴起來的絲繩、麻繩或皮條。又如《呂氏春秋・察微》中提到的《孝經》，其實就是《孝》，「經」同樣是指將《孝》這部著作連綴起來的絲繩、麻繩或皮條。與後代不同，當初將書名標注為「××經」，不一定表示特別崇敬之意。

到了漢代，特別是漢武帝確立「罷黜百家，獨尊儒術」的治國方略時，情況發生變化，儒家思想成為一尊，還設立五經博士專門傳授儒家經典。「經」的含義也發生變化。漢代鄭玄云：「經者不易之稱。」〔註29〕南朝梁代劉勰把鄭玄對「經」的解釋進一步明確為：「經也者，恒久之至道，不刊之鴻教也。」〔註30〕所謂經，講的是永久不變的根本道理，不可更改的偉大教導。

〔註23〕（漢）司馬遷：《史記・儒林列傳》》，中華書局，1982年11月第2版，第3132頁。

〔註24〕（漢）許慎撰，（宋）徐鉉校定：《說文解字》，中華書局，2013年7月第1版，第272頁。

〔註25〕（明）張自烈編，（清）廖文英補：《正字通》，國際文化出版公司，1996年1月第1版，第903頁。

〔註26〕（清）段玉裁：《說文解字注》，中華書局，2013年7月第1版，第650頁。

〔註27〕章太炎講演，曹聚仁整理：《國學概論》，中華書局，2009年5月第1版，第4頁。

〔註28〕（漢）司馬遷：《史記・孔子世家》，中華書局，1982年11月第2版，第1937頁。

〔註29〕（漢）鄭玄：《敦煌遺書孝經序》，胡平生譯注：《孝經譯注》，中華書局，1996年8月第1版，第54頁。

〔註30〕（南朝梁）劉勰著，詹瑛義證：《文心雕龍義證》，第56頁。

這種解釋雖然距離「經」的本義很遠，但是因為對「經」的意義的至高無上的闡發，使得《詩三百》等著作的地位受到格外尊崇，《詩三百》與其他的總集或文學作品也就越來越不同了。

第二，從歷代目錄學的著錄看《詩經》的獨特地位。

《詩經》雖然是一部文學總集，但是在目錄學中的地位，與其他總集、別集等卻不相同。

西漢劉歆的《七略》是我國第一部圖書分類目錄，《詩》學著作著錄在「六藝略」的「《詩》家」中，其他文學著作則著錄在「詩賦略」〔註 31〕。在《七略》中《詩經》就與其他文學作品「楚漢」分界了。

東漢班固的《漢書・藝文志》，是依據《七略》編輯而成。與《七略》相同，《詩》學著作著錄在「六藝略」；共著錄六家，四百一十六卷〔註 32〕；而其他文學作品則著錄在「詩賦略」。

三國魏荀勗的《中經新簿》，是依據三國魏鄭默《中經》編製的，分為甲、乙、丙、丁四部。甲部基本上就是《漢書・藝文志》的「六藝略」，丁部是詩賦、圖贊、汲冢書〔註 33〕。

東晉李充的《晉元帝四部書目》，也分甲、乙、丙、丁四部。與荀勗不同之處，正如錢大昕在《補元史藝文志自序》所說：李充的書目將荀勗的子、史兩部書做了顛倒，「五經為甲部，史記為乙部，諸子為丙部，詩賦為丁部。而經史子集之次始定。」〔註 34〕

南朝宋、梁間，曾出現過七分法。南朝宋代王儉依據劉歆的《七略》，編撰《七志》，將當時所見圖書分為七個部分著錄。《詩》類著作著錄在「紀六藝」等的「《經典志》」，其他文學著作則著錄在「紀詩賦」的「《文翰志》」〔註 35〕。南朝梁代阮孝緒《七錄》的「經典錄」中有「詩部」，著錄《詩》學

〔註 31〕（漢）劉向、劉歆撰，（清）姚振宗輯錄，鄧駿捷校補：《七略別錄佚文　七略佚文》，上海古籍出版社，2008 年 12 月第 1 版，第 114～115、155～165 頁。

〔註 32〕（漢）班固撰，（唐）顏師古注：《漢書・藝文志》，中華書局，1962 年 6 月第 1 版，第 1708 頁。

〔註 33〕（唐）魏徵、令狐德棻：《隋書・經籍志》，中華書局，1973 年 8 月第 1 版，第 90 頁。

〔註 34〕（清）錢大昕：《補元史藝文志》（叢書集成初編），中華書局，1985 年新 1 版，第 1 頁。

〔註 35〕（唐）魏徵、令狐德棻：《隋書・經籍志》，中華書局，1973 年 8 月第 1 版，第 906 頁。

類著作，而「楚辭部、別集部、總集部、雜文部」則在「文集錄」〔註 36〕。

《隋書．經籍志》是現存最早的一部運用四部分類法的著作，按照經、史、子、集的次序，將當時所見的圖書分為四部。《詩》學著作著錄在經部，而楚辭、別集、總集等則著錄在集部〔註 37〕。

從唐初以及唐前幾部主要目錄學著作可以看出，最晚在晉代出現的四分法，就已經將《詩經》學著作置於經部，這無疑鞏固了其作為五經（或六經）之一的崇高地位，也影響到《藝文類聚》在摘錄《詩經》時，對其列在「事」的部分還是「文」的部分的具體考量。《詩經》與其他文學類著作，在目錄學著作中從來都是處在不同的位置。從目錄學史考察，《詩經》的地位十分特殊。它雖然是一部文學總集，卻不與其他文學總集、別集等著錄在一起。有的學者認為，在經、史、子、集四部分類法中，「經部的詩類與集部的楚辭和詩集」不易分清，容易混淆〔註 38〕。這句話表達的意思非常明確：《詩經》是文學著作，《楚辭》、各家別集也是文學作品，應該排列在一起置於集部才對。當然。這是今天人們的看法，古人並不這樣認為。將《詩經》類著作著錄在經部，是對其崇高與特殊地位的肯定。

第三，從「詩經學」的發展看《詩經》的獨特價值。

在《藝文類聚》編纂之時，「詩經學」研究已經達到很高水平，形成一定規模，這主要表現在兩個方面：

第一方面是《詩經》研究的著名學者，甚至大師級人物，代有所出。如漢代的毛亨、鄭玄，三國的王肅、王基、孫炎、馬昭、孔晁，晉代的陳統、孫毓、郭璞，南朝的雷次宗、周續之、崔靈恩、何胤、伏曼容，北朝的徐遵道、劉獻之、劉芳、李鉉、沈重，隋代的劉焯、劉炫等。除解詞釋義外，還出現各學科的專門研究。如有《詩》名物研究，魏晉時期，從事這方面研究的學者，有劉楨、陸璣、韋昭、朱育等；有《詩》音研究，從事這方面研究的學者，有漢代的鄭玄，三國的王肅，晉代的徐邈、干寶等；有《詩》禮俗研究，從事這方面研究的學者，有晉代的束皙等。

〔註 36〕（南朝梁）阮孝緒：《七錄目錄》，（清）嚴可均：《全梁文》，商務印書館，1999 年 10 月第 1 版，第 738～739 頁。

〔註 37〕（唐）魏徵、令狐德棻：《隋書．經籍志》，中華書局，1973 年 8 月第 1 版，第 915～918、1055～1089 頁。

〔註 38〕倪士毅：《中國古代目錄學史》，杭州大學出版社，1998 年 5 月第 1 版，第 72 頁。

第二方面是漢代到唐初，出現一大批《詩》學研究著作，僅《隋書·經籍志》著錄的《詩》學研究著作，就有三十九部，四百四十二卷；若通計亡書，則有七十六部，六百八十三卷〔註39〕，詳見下表：

《隋書·經籍志》著錄的《詩》學研究著作

朝代	作　者	作品名	附　注
漢代	韓嬰	《韓詩》二十二卷	漢常山太傅韓嬰，薛氏章句。
漢代	侯苞	《韓詩翼要》十卷	
漢代	韓嬰	《韓詩外傳》十卷	梁有《韓詩譜》二卷，《詩神泉》一卷，漢有道徵士趙曄撰，亡。
漢代	毛萇	《毛詩》二十卷	漢河間太傅毛萇傳，鄭氏箋。梁有《毛詩》十卷，馬融注，亡。
三國魏	王肅	《毛詩》二十卷	梁有《毛詩》二十卷，鄭玄、王肅合注；《毛詩》二十卷，謝沈注；《毛詩》二十卷，晉兗州別駕江熙注。亡。
南朝梁	崔靈恩	《集注毛詩》二十四卷	梁桂州刺史崔靈恩注。梁有《毛詩序》一卷，梁隱居先生陶弘景注，亡。
北魏	劉芳	《毛詩箋音證》十卷	後魏太常卿劉芳撰。梁有《毛詩音》十六卷，徐邈等撰；《毛詩音》二卷，徐邈撰；《毛詩音隱》一卷，干氏撰。亡。
隋代	魯世達	《毛詩並注音》八卷	秘書學士魯世達撰。
三國吳	徐整	《毛詩譜》三卷	吳太常卿徐整撰。
隋代	太叔求、劉炫	《毛詩譜》二卷	
		《謝氏毛詩譜鈔》一卷	梁有《毛詩雜議難》十卷，漢侍中賈逵撰，亡。
三國魏	劉楨	《毛詩義問》十卷	魏太子文學劉楨撰。
三國魏	王肅	《毛詩義駁》八卷	
三國魏	王肅	《毛詩奏事》一卷	有《毛詩問難》二卷，王肅撰，亡。
三國魏	王基	《毛詩駁》一卷	魏司空王基撰，殘缺。梁五卷。又有《毛詩答問》《駁譜》，合八卷；又《毛詩釋義》十卷，謝沈撰；《毛詩義》四卷，《毛詩箋傳是非》二卷，並魏秘書郎劉潘撰；

〔註39〕（唐）魏徵、令狐德棻：《隋書·經籍志》，中華書局，1973年8月第1版，第918頁。

			《毛詩答雜問》七卷，吳侍中韋昭、侍中硃育等撰；《毛詩義注》四卷。亡。
晉代	孫毓	《毛詩異同評》十卷	晉長沙太守孫毓撰。
晉代	陳統	《難孫氏毛詩評》四卷	晉徐州從事陳統撰。梁有《毛詩表隱》二卷，陳統撰，亡。
晉代	郭璞	《毛詩拾遺》一卷	梁又有《毛詩略》四卷，亡。
晉代	楊乂	《毛詩辨異》三卷	晉給事郎楊乂撰。梁有《毛詩背隱義》二卷，宋中散大夫徐廣撰；《毛詩引辨》一卷，宋奉朝請孫暢之撰；《毛詩釋》一卷，宋金紫光祿大夫何偃撰；《毛詩檢漏義》二卷，梁給事郎謝曇濟撰；《毛詩總集》六卷，《毛詩隱義》十卷，並梁處士何胤撰。亡。
晉代	楊乂	《毛詩異義》二卷	梁有《毛詩雜義》五卷，楊乂撰；《毛詩義疏》十卷，謝沈撰；《毛詩雜義》四卷，晉江州刺史殷仲堪撰;《毛詩義疏》五卷，張氏撰。亡。
南朝齊	顧歡	《毛詩集解敘義》一卷	
南朝宋	雷次宗	《毛詩序義》二卷	宋通直郎雷次宗撰。梁有《毛詩義》一卷，雷次宗撰；《毛詩序注》一卷，宋交州刺史阮珍之撰；《毛詩序義》七卷，孫暢之撰。亡。
隋代	劉炫	《毛詩集小序》一卷	
南朝齊	劉瓛	《毛詩序義疏》一卷	殘缺。梁三卷。梁有《毛詩篇次義》一卷，劉瓛撰；《毛詩雜義注》三卷。亡。
南朝梁	梁武帝	《毛詩發題序義》一卷	
南朝梁	梁武帝	《毛詩大義》十一卷	梁有《毛詩十五國風義》二十卷，梁簡文撰。
		《毛詩大義》十三卷	
晉代	陸機	《毛詩草木蟲魚疏》二卷	烏程令吳郡陸機撰。
	舒援	《毛詩義疏》二十卷	
北魏	元延明	《毛詩誼府》三卷	後魏安豐王元延明撰。
南朝梁	沈重	《毛詩義疏》二十八卷	蕭歸散騎常侍沈重撰。
		《毛詩義疏》二十卷	
		《毛詩義疏》二十九卷	
		《毛詩義疏》十卷	
		《毛詩義疏》十一卷	

		《毛詩義疏》二十八卷	
隋代	劉炫	《毛詩述義》四十卷	國子助教劉炫撰。
隋代	魯世達	《毛詩章句義疏》四十卷	
		《毛詩釋疑》一卷	梁有《毛詩圖》三卷,《毛詩孔子經圖》十二卷,《毛詩古聖賢圖》二卷,亡。
南朝宋	業遵	《業詩》二十卷	宋奉朝請業遵注。

從上表可以看出,到《藝文類聚》編纂之時,「詩經學」的發展已經蔚為大觀,成為顯學,《詩經》有別於其他文學總集的獨特地位突顯。在這樣的學術背景下,大量摘錄《詩經》中的作品,就不能不考慮其獨特的地位。

《藝文類聚》摘錄《詩經》時,其出處標注多數作「《毛詩曰》」,個別作「《詩》曰」「《韓詩》曰」,不論哪種標注方式均不標注《詩經》的具體篇名。如卷十八人部二·美婦人中,摘錄《詩經》作:「《毛詩》曰:窈窕淑女,君子好逑。」〔註 40〕摘錄的是《詩經·周南·關雎》中的詩句,只標注書名「《毛詩》」,沒有標注具體的篇名《關雎》。編者是將《詩經》作為一個整體進行編纂操作的。這樣的標注體例,與「事」的部分摘錄其他著作時標注的方式完全一致:只標注書名,不標注書中具體篇名。而在「文」的部分摘錄各體作品時,標注的卻是單篇具體作品的題目,而不是單篇作品所在的別集名或總集名等。

第四,從先唐知識譜系看《楚辭》的特殊地位。

《楚辭》是一部文學作品集,按照《藝文類聚》的編纂體例,應該輯錄在「文」的部分,但是在編纂的實際操作中,《楚辭》卻被輯錄在「事」的部分。這樣的處置與《楚辭》在先唐知識譜系中的特殊地位有關,與《楚辭》文體的特殊性有關,也與當時《楚辭》學成為專門的學問有關。

《楚辭》在先唐知識譜系中的地位特殊。西漢的朱買臣是辭賦家,為皇帝「說《春秋》,言《楚辭》」,皇帝非常高興,讓朱買臣做中大夫〔註 41〕。將《春秋》和《楚辭》對舉,可見《楚辭》的重要地位,說明《楚辭》作為特殊風格的文體,得到認可和接受。西漢的劉安是《楚辭》研究專家,漢武帝命令他作《離騷傳》(一作《離騷經章句》)。「傳」是「訓解」的意思,「章句」則

〔註 40〕《藝文類聚》,第 324 頁。

〔註 41〕(漢)班固撰,(唐)顏師古注:《漢書·朱買臣傳》,中華書局,1962 年 6 月第 1 版,第 2791 頁。

著重在逐句逐章串講，分析大意。西漢的劉向校書，《楚辭》得以結集。東漢的王逸依據劉向整理的本子，作《楚辭章句》;《楚辭章句》是現存最早的《楚辭》注本。

漢代至魏晉時期，人們常常辭（《楚辭》）、賦不分，將辭（《楚辭》）看作賦。西漢司馬遷《史記·屈原賈生列傳》說屈原「作《懷沙》之賦」〔註42〕;《懷沙》是《楚辭》中的一篇。東漢班固《漢書·賈誼傳》中有賈誼稱屈原作《離騷賦》的記載〔註43〕。三國魏曹丕《典論》說:「或問屈原、相如之賦孰愈。」〔註44〕將屈原的作品和司馬相如的賦看作同一體裁。晉代皇甫謐《三都賦序》稱荀子和屈原的作品為「賦之首」〔註45〕;將荀子的《賦篇》和屈原的作品都看作賦。

南朝梁代蕭統編《文選》，與這些看法不同，他將騷與賦分作兩種文體。在文體「騷」中，選錄屈原的《離騷》、《九歌》中的《東皇太一》《雲中君》《湘君》《湘夫人》《少司命》《山鬼》、《九章》中的《涉江》、《卜居》《漁父》，宋玉的《九辯》《招魂》，劉安的《招隱士》。這些作品原本都收錄在《楚辭》一書中。《文選》單列「騷」體、與其他文體平列的做法，衝破以往知識體系的束縛和人們的庸常思維，表現出對《楚辭》的推崇，突出《楚辭》獨特的地位。歐陽詢在《藝文類聚序》中說過《文選》「專取其文」的話〔註46〕，說明《藝文類聚》在編纂過程中參考過《文選》，《文選》的體例和選文等，勢必影響《藝文類聚》的體例設計和選文摘錄。將《楚辭》與賦分作兩體，分別列在「事」和「文」兩種不同的大類裏，這種做法與《文選》的文體劃分十分相似。

南朝梁代劉勰的《文心雕龍》是一部文學批評名著，它對《楚辭》的評價，影響著當時和後世對《楚辭》的認知。劉勰對《楚辭》中具體篇章的風格作出高度評價:《離騷》《九章》風格明朗豔麗，抒寫哀傷的情感;《九歌》《九

〔註42〕（漢）司馬遷:《史記·屈原賈生列傳》，中華書局，1982年11月第2版，第2485頁。

〔註43〕（漢）班固撰，（唐）顏師古注:《漢書·賈誼傳》，中華書局，1962年6月第1版，第2222頁。

〔註44〕（三國）曹丕:《典論》，（清）嚴可均:《全三國文》，商務印書館，1999年10月第1版，第83頁。

〔註45〕（晉）皇甫謐:《三都賦序》，（清）嚴可均:《全晉文》，商務印書館，1999年10月第1版，第757頁。

〔註46〕《藝文類聚》，第27頁。

辯》風格華麗奢侈，抒發傷感的情緒；《遠遊》《天問》風格瑰麗詭異，文思聰穎靈巧；《招魂》《大招》風格光耀華豔，寫得深沉華美；《卜居》顯出不羈的主旨；《漁父》寄託特立獨行的意志；所以這些作品才氣能夠超越古人，文辭能夠壓倒今人，「驚采絕豔，難與並能」〔註47〕。劉勰還從總體上高度評價《楚辭》的藝術成就以及在文學發展流變中的重要地位，讚美《楚辭》是「軒翥《詩》人之後，奮飛辭人之前」的偉大作品，指出《楚辭》上承《詩經》、下開漢賦的承前啟後的作用。《楚辭》在「敘情怨」「述離居」「論山水」「言節候」等方面〔註48〕，都表現出獨特之處。

從知識譜系的重要方面——目錄學的發展來看，自從南朝梁代阮孝緒在《七錄》中的「文集錄」首先設置「楚辭部」以來，歷代沿襲。《隋書·經籍志》就是模仿這種體例，把《楚辭》置於集部之首，楚辭之後是別集、總集。在「楚辭類」小序中，稱讚《楚辭》風骨、格調高超華麗，風雅的意趣清明光遠，「後之文人，咸不能逮」〔註49〕。《楚辭》的成就至高無上，後代的文人創作，達不到這種水平。《楚辭》作為一個整體，已經難以分開；《楚辭》作為一種獨立的文體，已經無法與其他文集相互兼容。《四庫全書總目·楚辭類》小序說：漢魏以後，賦這種文體發生很大變化，即使偶而有模仿楚辭創作的作品，也不能單獨集成一本著作。「他集不與《楚辭》類，《楚辭》亦不與他集類，體例既異，理不得不分著也。」〔註50〕《楚辭》成為一種獨立的文體，無法與其他文集雜容包糅。既然體例不同，《楚辭》在文集中出現又最早，所以只好單獨著錄。《楚辭》的獨立成集和「不與他集類」，加之它在文集中出現最早，決定其特殊的地位。

第五，從「《楚辭》學」的發展看《楚辭》的獨特價值。

在編纂《藝文類聚》時，《楚辭》學已經取得長足發展，據《隋書·經籍志》記載，漢魏六朝時期《楚辭》學專著有十部，二十九卷；若通計亡書，則有十一部，四十卷〔註51〕，詳見下表：

〔註47〕（南朝梁）劉勰著，詹瑛義證：《文心雕龍義證》，第160頁。

〔註48〕（南朝梁）劉勰著，詹瑛義證：《文心雕龍義證》，第161～162頁。

〔註49〕（唐）魏徵、令狐德棻：《隋書·經籍志》，中華書局，1973年8月第1版，第1056頁。

〔註50〕（清）永瑢等：《四庫全書總目·楚辭類》，中華書局，1965年6月第1版，第1267頁。

〔註51〕（唐）魏徵、令狐德棻：《隋書·經籍志》，中華書局，1973年8月第1版，第1055頁。

《隋書・經籍志》著錄的《楚辭》學專著

朝代	作　者	作品名	附　注
東漢	王逸	《楚辭》（十二卷）	並目錄。後漢校書郎王逸注。
西晉	郭璞	《楚辭》（三卷）	郭璞注。梁有《楚辭》十一卷，宋何偃刪王逸注，亡。
未詳	楊穆	《楚辭九悼》（一卷）	
唐代	皇甫遵	《參解楚辭》（七卷）	皇甫遵訓撰。
東晉	徐邈	《楚辭音》（一卷）	
南朝宋	諸葛氏	《楚辭音》（一卷）	宋處士諸葛氏撰。
未詳	孟奧	《楚辭音》（一卷）	
	不題撰人	《楚辭音》（一卷）	
隋代	釋道騫	《楚辭音》（一卷）	
南朝梁	劉杳	《離騷草木疏》（二卷）	

關於皇甫遵，清代姚振宗說：《崇文總目》以為皇甫遵是唐代人。《新唐書・藝文志》將皇甫遵列在褚無量、盧彥卿之間，則可斷定皇甫遵是「唐初人」〔註 52〕。若姚振宗的說法成立，則《隋書・經籍志》將皇甫遵排列的順序過於靠前。關於諸葛氏，姚振宗說：「《冊府元龜・學校部・注釋門》：宋諸葛氏撰《楚辭音》一卷。案此疑即諸葛璩，字幼玫，琅邪陽都人。」其事蹟見《梁書・處士傳》《南史・隱逸傳》〔註 53〕。

關於一本書有如此多的研究著作，這在《隋書・經籍志》的著錄中是絕無僅有的，說明「楚辭學」已經成為專門之學，而其他的總集或別集，此時還沒有成為專門之學，這顯示《楚辭》不同於其他文學總集和別集的特殊地位。

以上這些對《楚辭》的評價、看法與做法，都影響到《藝文類聚》的編纂、體例的設計，是《藝文類聚》將《楚辭》列在「事」的部分而不是列在「文」的部分的重要原因。

第六，令狐德棻對《楚辭》的評價，影響對《楚辭》的摘錄方式。

〔註 52〕（清）姚振宗：《隋書經籍志考證》，王承略、劉心明主編：《二十五史藝文志經籍志考補萃編》（第十五卷），清華大學出版社，2014 年 4 月第 1 版，第 619 頁。

〔註 53〕（清）姚振宗：《隋書經籍志考證》，王承略、劉心明主編：《二十五史藝文志經籍志考補萃編》（第十五卷），清華大學出版社，2014 年 4 月第 1 版，第 1632 頁。

還有一個更為直接的原因，就是《藝文類聚》的重要編者之一令狐德棻對《楚辭》的評價，也影響到《藝文類聚》對《楚辭》的摘錄方式。令狐德棻在《周書．王褒庾信傳論》中論及《楚辭》時，從進化史觀出發探討文學的發展方向，認為文學的命運隨著時代的命運不斷向前發展，質和文也多次發生變化，由《詩經》到《楚辭》是文學的進步。肯定《楚辭》開啟的「驚采絕豔」的藝術傳統，肯定《楚辭》的文學價值和在文學史上的地位。讚美屈原才華橫溢，作品有悲天憫人的情懷；讚美宋玉追慕屈原的文風而緊隨其後。他們的作品結構嚴謹，風流儒雅，能夠陶冶人們的性情，「實為其冠」〔註 54〕。令狐德棻對《楚辭》高度讚賞的態度，毫無疑問會影響到《藝文類聚》對《楚辭》的摘錄和編排。

《藝文類聚》摘錄《楚辭》時，其出處標注多數作「《楚辭》曰」，個別作「《離騷》曰」(《離騷》是《楚辭》的代稱)、「《楚辭．九歌曰》」「《楚辭．天問》曰」「《楚辭．招魂》曰」「《楚辭．九懷》曰」等。因為可能存在後世在傳抄或翻刻過程中的文本竄亂，所以我們只是根據《藝文類聚》摘錄《楚辭》的多數標注方式進行考察，《藝文類聚》摘錄《楚辭》時標注的是《楚辭》的書名，而不標注其中具體的篇名。如卷六地部．野中摘錄《楚辭》作：「《楚辭》曰：獨不見鸞鳳之高翔於大皇之野，循四極而迴周，見盛德而下。」〔註 55〕摘錄的是《楚辭》中《惜誓》的詩句，只標注書名《楚辭》，沒有標注具體的篇名《惜誓》。編者是將《楚辭》作為一個整體進行編纂操作的。這樣的標注體例，與「事」的部分摘錄其他著作時標注的方式完全一致：只標注書名，不標注書中的具體篇名。而在「文」的部分摘錄各體作品時，標注的卻是單篇具體作品的題目，而不是單篇作品所在的別集名或總集名等。

（二）詩列賦前，並居於各種文體之首，體現對詩體的尊崇

《藝文類聚》標注的文體一共有七十一種：詩、賦、贊、表、歌、文、頌、銘、令、序、祭文、啟、論、箴、碑、吟、書、敘、典引、述、誄、策文、章、議、哀策文、哀策、敕、箋、謚策、詔、行狀、教、墓誌、誡、說、解、疏、訓、誥、答客難、歎、哀辭、志、讖、弔、樂府古詩、樂府、傳、策、奏、難、書奏、集序、七、連珠、檄文、移文、引、詠、移、戒、勢、弈旨、弈勢、

〔註 54〕（唐）令狐德棻等：《周書．王褒庾信傳》，中華書局，1971 年 11 月第 1 版，第 743 頁。

〔註 55〕《藝文類聚》，第 101～102 頁。

寺碑、放生碑、眾食碑、檄、謳、讚、狀。詩是部類子目下經常出現的文體。

在大多數子目下，只要有「詩」體選錄，那麼詩一定居於其他文體之首，即使是詩、賦同時出現，大都也是詩列賦前，只有五個子目的情況例外：

第一處是卷二天部下・虹「文」的部分；先排列文體「賦」，選錄南朝梁代江淹的《赤虹賦》；再排列文體「詩」，選錄董思恭的《詠虹詩》、蘇味道的《詠虹詩》〔註56〕；但是董思恭、蘇味道都是唐代人，按照《藝文類聚》的編纂體例，是不收唐代作品的，況且董、蘇兩人又都是生活在《藝文類聚》編纂完成之後，《藝文類聚》更不能預收。《藝文類聚》此處原編有缺失，在「藝文類聚卷第二」下，汪紹楹校記曰：「本卷宋本缺，據明本補。」〔註57〕顯然，董思恭和蘇味道的《詠虹詩》是後人增添，不是《藝文類聚》原編，因此不足為據。

第二處是卷九十二鳥部下・白鷺「文」的部分；先排列文體「賦」，選錄南朝宋代謝惠連的《白鷺賦》；再排列文體「詩」，選錄南朝陳代蘇子卿的《鼓吹曲朱鷺詩》〔註58〕。

第三處是卷九十五獸部下・兔「文」的部分；先排列文體「序」，選錄晉代王廙的《白兔賦序》；再排列文體「詩」，選錄《古歌詩》〔註59〕。

第四處是卷九十六鱗介部上・龜「文」的部分；先排列文體「賦」，選錄三國魏曹植的《神龜賦》；再排列文體「詩」，選錄北齊趙宗儒的《詠龜詩》〔註60〕。

第五處是卷九十六鱗介部上・魚「文」的部分；先排列文體「賦」，選錄晉代王廙的《釣魚賦》、晉代摯虞的《觀魚賦》；再排列文體「詩」，選錄南朝梁代張騫的《詠躍魚應詔詩》、南朝陳代張正見的《賦得魚躍水花生詩》、南朝陳代阮卓的《蓮下游魚詩》、隋代岑德潤的《魚詩》〔註61〕。

查《宋本藝文類聚》，這五處亦如汪校本《藝文類聚》，說明這五個地方在南宋時期就是這樣。這五處例外，不影響對《藝文類聚》整體的判斷，因為《藝文類聚》全書除了這五處以外，其他子目均遵守統一的規則，即將詩列賦前，並居於各種文體之首。

〔註56〕《藝文類聚》，第39頁。
〔註57〕《藝文類聚》，第21頁。
〔註58〕《藝文類聚》，第1607頁。
〔註59〕《藝文類聚》，第1650～1651頁。
〔註60〕《藝文類聚》，第1669～1670頁。
〔註61〕《藝文類聚》，第1673頁。

詩列賦前、并居於各種文體之首的做法，在一定程度上是受了前代目錄學著作著錄方式和文體學著作的影響。

在目錄學著作中，詩列賦前是常見的做法。漢代以來的目錄學著作，多是詩賦並稱，詩在前，賦在後。如西漢劉歆的《七略》有「詩賦略」〔註 62〕，東漢班固的《漢書・藝文志》沿用劉歆的體例，也設「詩賦略」〔註 63〕；雖然兩書在具體著錄時，都是按照屈原等賦、陸賈等賦、孫卿等賦、雜賦、歌詩的順序排列，但是書目在大的分類上，均是詩前賦後、「詩賦」並稱。三國魏荀勗的《中經新簿》丁部有「詩賦」〔註 64〕，也是詩列賦前。南朝齊代王儉的《七志》有「《文翰志》」，「紀詩賦」〔註 65〕，南朝梁代阮孝緒的《七錄》有「《文集錄》」，「紀詩賦」〔註 66〕，沿用的均是前代書目中詩前賦後的排列順序。

在文體學著作中，論及詩、賦時，也是先提詩，再論賦。三國魏曹丕的《典論・論文》中有「詩賦欲麗」〔註 67〕的話。晉代陸機的《文賦》談及各種文體，也是先說「詩緣情」，再言「賦體物」〔註 68〕，詩列賦前。晉代摯虞的《文章流別論》說：賦是「古詩之流」〔註 69〕，指出賦是從古代的詩中演變而來的，也就是確認詩在賦前。晉代任昉的《文章緣起》收錄八十四種文體，排列的順序為三言詩、四言詩、五言詩、六言詩、七言詩、九言詩、賦、歌、離騷、詔、策文、表等，詩排列在各種文體之前。南朝梁代劉勰《文心雕龍》文體論部分論述各種文體，依次是《明詩》《樂府》《詮賦》等，論詩的篇章《明詩》排列在論賦的篇章《詮賦》之前。

〔註 62〕（唐）魏徵、令狐德棻：《隋書・經籍志》，中華書局，1973 年 8 月第 1 版，第 905 頁。

〔註 63〕（漢）班固撰，（唐）顏師古注：《漢書・藝文志》，中華書局，1962 年 6 月第 1 版，第 1701 頁。

〔註 64〕（唐）魏徵、令狐德棻：《隋書・經籍志》，中華書局，1973 年 8 月第 1 版，第 906 頁。

〔註 65〕（唐）魏徵、令狐德棻：《隋書・經籍志》，中華書局，1973 年 8 月第 1 版，第 906 頁。

〔註 66〕（唐）魏徵、令狐德棻：《隋書・經籍志》，中華書局，1973 年 8 月第 1 版，第 907 頁。

〔註 67〕（三國魏）曹丕：《典論・論文》，（清）嚴可均：《全三國文》，商務印書館，1999 年 10 月第 1 版，第 83 頁。

〔註 68〕（晉）陸機著，楊明校箋：《陸機集校箋》，上海古籍出版社，2016 年 7 月第 1 版，第 17 頁。

〔註 69〕（晉）摯虞：《文章流別論》，（清）嚴可均：《全晉文》，商務印書館，1999 年 10 月第 1 版，第 819 頁。

詩列賦前、并居於各種文體之首的做法，可能還受了史書列傳著錄傳主各體著述體例的影響。例如，《後漢書・班固傳》說：班固所著「詩、賦、銘、誄、頌、書」等「凡四十一篇」〔註70〕。《後漢書・張衡傳》說，張衡「所著詩、賦、銘」等「凡三十二篇」〔註71〕。《後漢書・蔡邕傳》說，蔡邕「所著詩、賦、碑、誄」等「凡百四篇」〔註72〕。《後漢書・賈逵傳》說，賈逵「又作詩、頌、誄、書、連珠、酒令凡九篇」〔註73〕。又如，《宋書・沈子亮傳》說，沈子亮「所著詩、賦、頌、贊」「一百八十九首」〔註74〕。《宋書・沈林子傳》說，沈林子「所著詩、賦、贊」「一百二十一首」〔註75〕。在這些著述中，詩不僅列在賦前，也列在其他各種文體之前，詩是居各種文體之首的。

詩居各種文體之首，體現了《藝文類聚》選文的真實情況，即選文出現的頻率高、選錄數量大的文體排列在前面。《藝文類聚》選錄的數量較大的文體是：詩約2256首，賦約881首，贊約206首，表約224首，啟約185首，銘約172首，書約166首，頌約84首，論約80首。詩的數量雄踞首位，使其必然地排列在其他文體之首。

《藝文類聚》卷五十六雜文部二・詩中，輯錄一些關於「詩」的言論，《藝文類聚》的編者也是藉此表達對詩的看法與尊崇。《藝文類聚》引《毛詩序》說：「詩者，志之所之也。在心為志，發言為詩。」〔註76〕《毛詩序》是儒家論詩的經典之作，在唐初崇尚儒學的政治氛圍中，這樣的輯錄方式是與時代精神合拍的。《藝文類聚》引《文章流別論》說：「《書》云：詩言志，歌永言，言其志謂之詩。」〔註77〕「詩言志」被朱自清稱為中國古代詩論的「開

〔註70〕（南朝宋）范曄撰，（唐）李賢等注：《後漢書・班固傳》，中華書局，1965年5月第1版，第1386頁。

〔註71〕（南朝宋）范曄撰，（唐）李賢等注：《後漢書・張衡傳》，中華書局，1965年5月第1版，第1939～1940頁。

〔註72〕（南朝宋）范曄撰，（唐）李賢等注：《後漢書・蔡邕傳》，中華書局，1965年5月第1版，第2006～2007頁。

〔註73〕（南朝宋）范曄撰，（唐）李賢等注：《後漢書・賈逵傳》，中華書局，1965年5月第1版，第1240頁。

〔註74〕（南朝梁）沈約：《宋書・沈子亮傳》，中華書局，1974年10月第1版，第2452頁。

〔註75〕（南朝梁）沈約：《宋書・沈林子傳》，中華書局，1974年10月第1版，第2459頁。

〔註76〕《藝文類聚》，第1002頁。

〔註77〕《藝文類聚》，第1002頁。

山的綱領」〔註78〕。《藝文類聚》卷五十六雜文部二·詩中，還輯錄《論語》中孔子關於詩歌社會作用的「興觀群怨」說〔註79〕，藉此彰顯孔子詩教的重要方面，強調詩在治國修身方面有別於其他文體的重要意義。

綜合以上考論，詩列賦前、并居於各種文體之首，是《藝文類聚》對前代學術共識的認可與接受，是《藝文類聚》編纂實際情況的反映，體現了《藝文類聚》編者對詩體的尊崇。

二、從具體作品的選錄上考察其選本批評價值

《藝文類聚》選錄的文體可以劃分為三大類：詩、賦、文（包括「詩」和「賦」兩大類以外的所有文體）。我們從《藝文類聚》對詩和賦兩大類文體具體作品的選錄上，考察其選本批評價值。

《藝文類聚》選錄作品，除了受到既定子目的限制外，還取決於編者的審美取向與審美判斷。編者選錄某個作家與作品，即代表著肯定的評價。這種評價，有的與同時代的觀點相同，代表的是時代的共識；有的則與時代的觀點不同，反映的是《藝文類聚》編者的選本批評觀。

首先，從詩作的選錄上考察《藝文類聚》的選本批評價值。

《藝文類聚》共有一百卷，四十六部，七百三十二個子目。不是每個部類的所有子目下都選錄詩作。選與不選，要看有沒有符合子目要求的作品，也要看作品本身是否符合《藝文類聚》的編纂宗旨；當然，主要的是要考量作品本身的質量如何——面對一首優秀的作品與一首平庸的作品，毫無疑問要選錄優秀之作，而刪汰平庸之作。

《藝文類聚》的部類和子目，大都是事物名稱，只有幾個子目是文體名稱，如卷四十一的子目「樂府古詩」、卷四十二的子目「樂府」、卷四十三的子目「歌」、卷五十六的子目「詩」等，《藝文類聚》選錄在各個子目下的詩作，既是按照文體（即詩）類聚的，又是按照不同子目（即題材）類分的。

某一首詩能夠選錄在某個子目下，分為三種情況：

第一種情況是，詩題符合子目要求，就是說，詩題中含有與子目相同的詞語。例如，卷一天部上·雲之文體「詩」中選錄的詩作有：三國魏文帝的

〔註78〕朱自清：《詩言志辨》，朱自清：《朱自清古典文學論文集》，上海古籍出版社，1981年7月第1版，第190頁。

〔註79〕《藝文類聚》，第1002頁。

《浮雲詩》、三國魏劉楨的《詩》（玄雲起高岳）、晉代傅玄的《詩》（白雲翩翩翔天際）、南朝梁簡文帝的《詠雲詩》、南朝梁代沈約的《和王中書白雲詩》、南朝梁代吳均的《詠雲詩》〔註 80〕，詩題中均有「雲」字，與子目標題相同；劉楨、傅玄的失題詩，以首句為題。又如，卷四十四樂部四・琴之文體「詩」中選錄的詩作有：南朝梁代丘遲的《題琴樸奉柳吳興詩》、南朝陳代沈炯的《為我彈鳴琴詩》、南朝陳代賀徹的《為我彈鳴琴詩》、隋代江總的《賦詠待琴詩》〔註 81〕，詩題中均有「琴」字，與子目標題相同。

第二種情況是，詩的內容與子目相關，不論詩題中是否含有子目的詞語。例如，卷三十四人部十八・哀傷之文體「詩」中，選錄的詩作有：三國魏文帝的《寡婦詩》、三國魏阮瑀的《七哀詩》《詩》（臨川多悲風）、三國魏王粲的《七哀詩》（二首）、晉代張載的《七哀詩》、晉代潘岳的《關中詩》《哀詩》《悼亡詩》（二首）、《思子詩》、南朝宋代顏延之的《除弟服詩》《辭難潮溝詩》、南朝齊代謝朓的《銅爵臺妓詩》、南朝梁簡文帝的《傷美人詩》、南朝梁代任昉的《哭范僕射詩》、南朝梁代沈約的《蕭丞相弟詣世子車中作詩》、南朝梁代蕭子範的《入元襄王第詩》、南朝梁代王筠的《和蕭子範入元襄王第詩》、南朝梁代吳筠的《傷友詩》、南朝梁代何遜的《行經范僕射故宅詩》《銅爵臺妓詩》、南朝梁代劉孝綽的《銅爵臺妓詩》、南朝梁代庾肩吾的《亂後經吳郵亭詩》、北周庾信的《傷周處士詩》、北周王褒的《送觀寧侯葬詩》《送劉中書葬詩》、南朝陳代沈炯的《望郢州城詩》《長安還至方山愴然自傷詩》、南朝陳代陰鏗的《和樊晉陵傷妾詩》、南朝陳代張正見的《銅爵臺詩》、隋代江總的《奉和東宮經故妃舊殿詩》《傷顧野王詩》《和張源傷往詩》〔註 82〕。這些詩作中，有幾首詩的題目中有「哀」字，但沒有一首詩的題目中含有「哀傷」的。但是這些詩的主旨都是表現哀傷情感的，有的從詩題上就能看得出來，如三國魏文帝的《寡婦詩》、三國魏王粲的《七哀詩》、晉代潘岳的《悼亡詩》、南朝梁代任昉的《哭范僕射詩》等。有的詩題中只是人名和地名等，不含有情感的因素，從詩題上看不出表達的是什麼情感，只有品讀詩的內容，才能得知是表達哀傷情感的，如南朝梁代蕭子範的《入元襄王第詩》，詩題未能呈現詩的主旨，品讀全詩，可知這是在元襄王去世時創作的臨喪之

〔註 80〕《藝文類聚》，第 14～15 頁。
〔註 81〕《藝文類聚》，第 782～783 頁。
〔註 82〕《藝文類聚》，第 595～599 頁。

作。元襄王即南平王蕭偉。梁武帝中大通五年（533 年）三月去世，諡元襄。元襄王第即蕭偉的宅院。蕭子範詩中「收淚下玉橋」「於今共寂寞」〔註 83〕等語，表達傷悼之意。南朝梁代王筠的《和蕭子範入元襄王第詩》，是蕭子範詩的和作，也表達同樣的情感；詩中有「向望闃無人」「行人皆隕涕」〔註 84〕等句。

第三種情況較多，即圍繞子目標題選錄詩作，詩題中含有與子目標題相同的詞語，詩的內容也與子目標題相關。例如，卷一天部上・風之文體「詩」中，選錄的詩作有：晉代庾闡的《江都遇風詩》、南朝梁簡文帝《詠風詩》、南朝梁孝元帝《詠風詩》、南朝梁代劉孝綽的《詠風詩》、南朝梁代王臺卿的《詠風詩》、南朝梁代何遜的《詠風詩》、南朝梁代庾肩吾的《詠風詩》、南朝梁代賀文摽的《詠春風詩》、南朝陳代祖孫登的《詠風詩》〔註 85〕。這些詩的題目中均含有「風」字，與子目標題一致，內容也是詠風的。

《藝文類聚》編者輯錄詩作，非常具體地表現出對某個作家與作品以及對前代詩歌發展史的認知與評價。這種認知與評價，自然受到同時代文學審美取向的影響，同時也會受到類書體例本身的制約，呈現出與同時代批評家或同或異的觀點。最重要的是，《藝文類聚》編者所呈現出的詩學選本批評樣態，對於我們認識唐初的真實的文學批評狀況，對於文學批評史的研究，具有積極的認識價值。

詩是《藝文類聚》選錄數量最多的文體。這裡說的詩，除了標注「詩」者外，還包括標注「歌」「吟」「歎」「樂府古詩」「樂府」「引」「詠」「謳」等作品。《藝文類聚》輯錄在「文」的部分的詩作者總計三百一十三人，詩作總計兩千兩百五十六題，具體情況詳見下表：

《藝文類聚》選錄的詩作

朝代	作者人數	作品總計	收錄作品較多的作者及其數量
先秦	2 人	2 題	
西漢	8 人	20 題	李陵，8 題；蘇武，4 題
東漢	10 人	14 題	蔡邕，3 題

〔註 83〕《藝文類聚》，第 597 頁。
〔註 84〕《藝文類聚》，第 597、598 頁。
〔註 85〕《藝文類聚》，第 17～18 頁。

魏	18 人	187 題	曹植，59 題；曹丕，33 題；阮籍，26 題；王粲，15 題；阮瑀，10 題
蜀	1 人	1 題	
晉	71 人	330 題	陸機，62 題；傅玄，36 題；張華，25 題；潘尼，16 題；傅咸，16 題；潘岳，15 題；張協，10 題；張載，9 題；庾闡，8 題；左思，8 題；郭璞，7 題
後秦	1 人	1 題	
宋	29 人	220 題	鮑照，48 題；謝靈運，45 題；謝惠連，25 題；顏延之，19 題；宋孝武帝劉駿，16 題；謝莊，13 題；陶潛，10 題
齊	17 人	96 題	謝朓，41 題；王融，21 題；虞羲，7 題；蕭子良，5 題；王儉，5 題
梁	99 人	1000 題	蕭綱，181 題；沈約，112 題；蕭繹，85 題；庾肩吾，67 題；吳均，67 題；劉孝綽，46 題；劉孝威，40 題；范雲，31 題；何遜，29 題；王僧孺，25 題；蕭衍，21 題；王筠，20 題；任昉，18 題；江淹，15 題；蕭統，15 題
陳	30 人	147 題	陰鏗，32 題；張正見，27 題；徐陵，16 題；沈炯，14 題
北魏	2 人	2 題	
北齊	7 人	15 題	邢子才，5 題；劉逖，3 題
北周	5 人	98 題	庾信，65 題；王褒，28 題
隋	12 人	57 題	江總，36 題；王由禮，4 題；虞世基，4 題
	無名氏	65 題	

下面以選錄的南朝詩為例，考察《藝文類聚》的選詩情況。

南朝宋，共選錄二十九人的二百二十題詩作。按照選錄數量的多少排序，依次為：鮑照，四十八題；謝靈運，四十五題；謝惠連，二十五題；顏延之，十九題；宋孝武帝劉駿，十六題；謝莊，十三題；陶潛，十題；吳邁遠，六題；謝瞻，五題；南平王劉鑠，四題；江夏王劉義恭，三題；袁淑，三題；范泰，三題；傅亮、鮑令暉、宗炳、宋文帝劉義隆、湯惠休、王僧達、王叔之，各兩題；顏師伯、王微、王徽、何長瑜、張望、伏系之、徐諼、賀道慶、鄭鮮之，各一題。

陶潛，依照《藝文類聚》的體例，歸入南朝宋的作者。其代表性作品是田園詩和詠史詩；這兩類作品《藝文類聚》均有選錄，如《雜詩》（種豆南山下）（開荒南野際）等為田園詩，《讀山海經詩》《詠荊軻詩》等為詠史詩。但是，以陶潛在中國詩歌史上的地位，僅選八首詩，數量偏少，這大概由於《藝文類聚》的編者受到前朝對陶詩漠視態度的影響。顏延之的詩，歷來受稱頌的《秋胡詩》《北使至洛詩》均選錄。寫景詩《罷郡還與張湘川登巴陵城樓詩》《登景陽樓詩》亦有清麗的佳句。另有廟堂應制之作，如《三日侍遊曲阿後湖詩》《詔宴曲水詩》《侍遊蒜山詩》。謝靈運是扭轉玄言詩風、開創山水詩派的人物，故所錄多為山水詩，如《登池上樓詩》《彭蠡口詩》《石壁還湖中作詩》《石門岩上宿詩》等。謝詩有鮮麗清新的特點，但也流於雕琢堆砌，有佳句，少佳篇，不過這正好適合於類書摘錄其佳句。謝瞻入選的詩，其中《九日從宋公戲馬臺詩》《答靈運詩》《經張子房廟詩》，《文選》亦選錄。謝惠連的《懷秋詩》《擣衣詩》最有名。鍾嶸云：「《懷秋》《擣衣》之作，雖復靈運銳思，亦何以加焉。」〔註 86〕較著名的尚有《西陵獻康樂詩》等。鍾嶸云：「（謝惠連）又工為綺麗歌謠，風人第一。」〔註 87〕《塘上行》《善哉行》等樂府詩，均顯「綺麗」特色。鮑照擅長樂府詩，尤工七言，《擬行路難》十八首是代表作，《藝文類聚》選錄兩首。其五言樂府詩也頗具特色，《出自薊北門行》《苦熱行》等是名篇。其他題材的詩，如《擬古詩》（幽并重騎射）（日晏罷朝歸）等，也較好。鮑令暉的詩均為思婦之辭，情意纏綿，語言清麗。謝莊的《北宅秘園詩》《遊豫章西山觀洪崖井詩》為寫景名篇，已擺脫玄言影響。《懷園引》《山夜憂》為雜言代表作。宋孝武帝劉駿的詩並不見佳，鍾嶸說：「孝武詩，雕文織彩，過為精密，為二藩希慕，見稱輕巧矣。」〔註 88〕《藝文類聚》選錄劉駿詩十六首，在入選的南朝宋代二十九位詩人中，位居第五；選錄如此數量的劉詩，是因為劉駿本人愛好文學，形成風尚。《南史．王儉傳》載：「先是宋孝武好文章，天下悉以文采相尚，莫以專經為業。」〔註 89〕同時也反映了《藝文類聚》的編者重視選錄前朝帝王作品的傾向。吳邁遠的《長相思詩》為代表作。其善為樂府，詩多征人思婦之情、男女贈答之辭。湯惠休入選的詩均是七言，為思婦之辭；其《怨詩行》比較著名，但《藝文類聚》未收。

〔註 86〕（南朝梁）鍾嶸著，曹旭集注：《詩品集注》（增訂本），上海古籍出版社，2011 年 10 月第 2 版，第 372 頁。
〔註 87〕（南朝梁）鍾嶸著，曹旭集注：《詩品集注》（增訂本），第 372 頁。
〔註 88〕（南朝梁）鍾嶸著，曹旭集注：《詩品集注》（增訂本），第 538 頁。
〔註 89〕（唐）李延壽：《南史．王儉傳》，中華書局，1975 年 6 月第 1 版，第 595 頁。

南朝齊，共選錄十七人的九十六題詩作。按照選錄數量的多少排序，依次為：謝朓，四十一題；王融，二十一題；虞羲，七題；竟陵王蕭子良，五題；王儉，五題；劉繪，四題；孔稚珪，兩題；陸厥，兩題；隨郡王蕭子隆、石道慧、張融、丘巨源、卞伯玉、徐孝嗣、袁彖、劉瑱、陸慧曉，各一題。

張融的《別詩》，是其現存詩中最好的一首。孔稚珪的《遊太平山詩》，寫山中的奇觀異景，詩境新鮮活潑。王儉的《後園餞從兄豫章詩》，較為輕巧。劉繪的詩，《有所思行》寫相思，含蓄委婉；《送別詩》寫別情，真摯深沉。竟陵王蕭子良的《同隨王經劉先生墓詩》較好，《遊後園詩》淡雅閒適。謝朓的詩，選錄四十一題。他與沈約、王融並稱為「永明體」的創始人。王融的詩，選錄二十一題，沈約的詩，選錄一百一十二題，可見《藝文類聚》對永明體詩人的推重。但以詩歌成就論，謝朓為最。其山水詩成就最高，《晚登三山望京邑詩》《夜發新林至京邑詩》《遊敬亭山詩》《宣城郡內登望詩》等，清俊秀麗，體物入微，描寫逼真，意境清新。《鼓吹曲》《臨高臺行》《玉階怨詩》等，為永明體詩，篇幅短小，凝練工巧，影響到唐代律詩、絕句的形成。王融的《巫山高》頗有風致；但《古意》《江皋曲》《思公子》《王孫遊》《詠池上梨花》等諸多好詩，仍漏選。陸厥的《奉答內兄顧希叔詩》較好。虞羲的《霍將軍北伐詩》一洗綺靡華豔詩風；《見江邊竹詩》為頗有情致和新意的詠竹佳作；《橘詩》以描寫生動見長，富於情韻。

南朝梁，共選錄九十九人的一千題詩作。按照選錄數量的多少排序，依次為：梁簡文帝蕭綱，一百八十一題；沈約，一百一十二題；梁元帝蕭繹，八十五題；庾肩吾，六十七題；吳均，六十七題；劉孝綽，四十七題；劉孝威，四十題；范雲，三十一題；何遜，二十九題；王僧孺，二十五題；梁武帝蕭衍，二十一題；王筠，二十題；任昉，十八題；江淹，十五題；昭明太子蕭統，十五題；江洪，十一題；柳惲，十題；蕭子顯，九題；王臺卿，九題；劉孝儀，九題；鮑泉，八題；丘遲，八題；朱超，七題；蕭子範，七題；劉緩，七題；范靖妻沈氏，五題；戴嵩，五題；蕭子雲，五題；梁宣帝、張率、虞騫、徐摛、徐悱妻劉氏、費昶、劉遵、劉孝先，各四題；張纘、裴子野、邵陵王蕭綸、何思澄、朱超道、蕭子暉、劉邈、劉孝標、陸罩，各三題；高爽、王規、王錫、鄧鏗、殷鈞、豫章王蕭綜、定襄侯蕭祗、褚沄、范筠、蕭琛、劉瑗、劉孝勝、劉苞，各兩題；庾仲容、庾成師、施榮泰、王訓、王脩己、王孝禮、張騫、到溉、孔燾、孔翁歸、伏挺、朱異、朱越、釋惠、鮑至、徐君蒨、徐勉、徐昉、徐悱、宗懍、宗夬、江祿、武陵王蕭妃、沈趨、湯僧濟、紀少瑜、李鏡遠、蕭瑱、蕭巡、任豫、蕭若靜、蕭暐、賀文摽、楊皦、劉霽、劉孺、劉綏、劉顯、王叔英妻劉氏、陸倕、聞人蒨，各一題。

沈約是「永明體」的創始人之一，也是梁代文學的開拓者。他的詩風以自然工麗為主。鍾嶸云：「觀休文眾製，五言最優。」「雖文不至，其功麗，亦一時之選也。」〔註 90〕他的樂府詩，辭藻綺麗，但大都內容貧弱；較有特色者，如《春白紵歌》《夏白紵歌》《秋白紵歌》《冬白紵歌》《夜夜曲》《朝雲曲》等，委婉真摯，頗為清新。他的描摹山水和抒寫離情別緒的詩，最為傳誦。《泛永康江詩》《渡新安江貽京邑遊好詩》《石塘瀨聽猿詩》等描寫自然風光的詩，大多作於任新安太守時。《八詠詩》，《藝文類聚》選錄其中六題，即《望秋月》《臨春風》《守山東》《悲落桐》《聽曉鴻篇》《聞夜鶴篇》，一題寫一景，即景抒懷，聲韻和諧，對偶工巧。《懷舊詩》一組九首，全是五言八句，感情濃烈，其中「吏部信才傑」一首，傷謝朓，是公認的名作。《別范安成詩》《送友人別詩》《別謝文學詩》等，表達對友人的真摯情誼。江淹的詩多刻意雕飾，善於模擬。《雜體三十首》分別模擬自漢無名氏至晉宋諸家，頗肖各家風格；《藝文類聚》分別以《擬古雜體詩》《擬魏帝遊宴詩》《擬班婕妤詠扇》為題，選錄三題。《效阮公詩》十五題，亦極似阮籍之《詠懷》；《藝文類聚》選錄其中三題。除模擬之作外，還有一些頗具特色的抒懷詩，如《望荊山詩》《遊黃櫱山詩》等。范雲的詩，以寫朋友之情和男女之情為主。《別詩》（洛陽城東西）是與何遜所作的聯句。《送沈記室夜別詩》是送別沈約之作，寫景寄情，感情真摯、細膩。《贈俊公道人詩》寫朋友爽約後作者的深切懷思。《別詩》（孤煙起新豐）是代言體，寫思婦傷別懷遠。《巫山高》借巫山神女的傳說，抒發對遠方伊人的思念。寫景詩《四色詩》從具體景物著手，描摹自然界綠、赤、白、玄四種顏色；《之零陵郡次新亭詩》描寫江天遠樹雲煙，筆調疏淡，語言清麗。任昉的詩簡練樸素，不追求華麗的辭藻，但學過於才，缺乏情韻。唯《濟浙江詩》寫船行錢塘江上的景象，輕快、清新，富有餘味。《哭范僕射詩》凝練悲涼，哀感動人。《苦熱詩》狀夏日酷暑，精細真切。丘遲的詩辭采麗逸，對仗工整。《題琴樸（筆者按，「樸」應作「材」）奉柳吳興詩》借詠琴材，表達對朋友的仰慕。《旦發漁浦潭詩》描述早發浙江漁浦潭，舟行富春江上的情景，文辭清美。《望雪詩》用奇特細膩的筆觸，渲染

〔註 90〕（南朝梁）鍾嶸著，曹旭集注：《詩品集注》（增訂本），第 426 頁。

壯美的雪景。梁武帝蕭衍創作的樂府詩，大多是當時的新聲，即吳聲、西曲，其中《子夜四時歌》《襄陽白銅堤歌》較為著名。《藝文類聚》選《子夜四時歌》三首，即《春歌》《夏歌》《秋歌》，主要歌唱青年男女愛情，自然婉轉。《襄陽白銅鞮歌》，《樂府詩集》作「《襄陽蹋銅蹄》」，並引《古今樂錄》曰：「襄陽蹋銅蹄者，梁武西下所制也。」〔註 91〕認為是蕭衍從襄陽領兵西下所作，而《隋書．樂志》則認為是蕭衍即位後所作。所選「龍馬紫金鞍」一題，描寫馬的神駿不凡，誇讚襄陽翩翩少年。《籍田詩》反映天子耕籍的有關情況。另有一些儒學詩、佛理詩，如《撰孔子正言竟述懷詩》《靈空詩》《十喻幻詩》等，質木無文，意義不大。柳惲的詩清新秀逸，善為離愁閨怨之辭，尤工寫景，如《江南曲》《搗衣詩》《七夕穿針詩》《獨不見》等。江洪的詩雖輕豔卻多有情致，以《胡笳曲》《詠荷詩》《秋風曲》《採菱詩》較好。何遜的詩多抒寫離情別緒和鄉愁旅思，尤善描寫山水景物，格調清新婉轉，如《與胡興安夜別詩》《從鎮江州與遊故別詩》《行經范僕射故宅詩》《富陽浦口和朗上人詩》。《詠早梅詩》為詠物詩，也為人們稱道。他的詩均是五言，工於鍊字，音韻和諧，寫景抒情，婉轉清幽。吳均的詩，遊俠、邊塞題材的較有特色。前者如《行路難》、「前有濁尊酒」等；後者如《古意詩》《邊城詩》《邊城將詩》等。他的贈答之作蒼涼悲慨，如《答柳惲詩》《贈周興嗣詩》《贈別詩》等。王筠的詩工穩但稍遜情韻，《夕霽詩》等較好。他的詩選錄過多，但《行路難》《楚妃吟》等較受稱頌的作品，卻未選。裴子野的詩不尚駢儷，風格樸素。《梁書》本傳稱其「為文典而速，不尚麗靡之詞，其製作多法古，與今文體異」〔註 92〕。但《藝文類聚》只選其詩三題，可見編者對「與今文體異」的作品的態度。《詠雪詩》通過詠雪表達高尚志趣。《答張貞成皋詩》是答贈出征友人之作，慷慨豪壯。劉孝綽的《愛姬贈主人詩》《淇上戲蕩子婦詩》等，是典型的宮體題材，但這類作品，《藝文類聚》選錄的數量也只有五六題；即使是這類詩，也秀雅而不過於濃豔，在表現手法上頗有可資借鑒之處。《夕逗繁昌浦詩》是山水行旅之作，意境閒遠渾成，語言純淨，不事雕繪。《夜不得眠詩》描繪淒清的秋夜，抒發哀愁。《登陽雲樓詩》是抒情懷古之作，表達生逢亂世的憂愁與悲婉。劉孝儀的《帆渡吉陽洲詩》敘事寫景，樸實精練，是梁詩中的上乘之作。《從軍行詩》歌詠漢代征討匈奴的聲威，表現從

〔註 91〕（宋）郭茂倩：《樂府詩集》，中華書局，1979 年 11 月第 1 版，第 708 頁。
〔註 92〕（唐）姚思廉：《梁書．裴子野傳》，中華書局，1973 年 5 月第 1 版，第 443 頁。

軍之樂。劉孝威的詩，雖深染宮體淫風，但《藝文類聚》選錄這類詩很少，所選頗有一些俊逸典雅之作，如《望雨詩》《登覆舟山望湖北詩》《春宵詩》《冬曉詩》《望隔牆花詩》等。不過，他的詩入選四十題，與其在文壇的地位不符，這反映出《藝文類聚》編者格外重視南朝，特別是重視梁代作品的傾向。劉孝先的《竹詩》詠物抒懷，氣骨遒勁。庾肩吾是最講究聲律和鍊字的宮體詩人，其詩清麗工巧，因此選錄較多，但大多內容單薄。《望月詩》是對甜美月色的讚歎。《奉使江州船中七夕詩》詠七夕傳說，並融入自身感觸。《尋周處士弘讓詩》描寫尋訪周弘讓時所見山間美景，空靈超逸。《冬曉詩》攝取生活剪影，抒寫思婦愁緒，全用白描，頗有民歌風味。《亂後經吳郵亭詩》和《亂後經夏禹廟詩》寫侯景之亂，凝重悲涼，與他的許多詩作風格不同。蕭子範的《春望古意詩》《夏夜獨坐詩》意趣不俗。蕭子雲的《落日郡西齋望海山詩》描摹眼前景觀，抒發歸隱之念。《春思詩》寫女主人春日裏的怨情。蕭子顯的《春別詩》選 3 題，寫春天別離之苦，情意纏綿。《烏棲曲》麗而不淫。梁昭明太子蕭統的詩，平板質樸，缺少文采。因其當時文壇領袖的地位，以及所編《文選》是《藝文類聚》的重要藍本，所以他的詩選錄較多。梁簡文帝蕭綱是宮體詩的代表作家，今存詩有三分之一左右寫豔情；《詠內人晝眠詩》《詠美人看畫詩》等，是宮體詩的代表作，但《藝文類聚》對這類作品選錄很少，由此可見編者的態度。他的寫景詠物之作，如《折楊柳詩》《春日詩》《春日想上林詩》《納涼詩》《玩漢水詩》《詠蛺蝶詩》《詠新燕詩》《詠單鳧詩》《詠蜂詩》《詠螢詩》等，觀察細緻入微，輕靈秀逸。他的邊塞詩，如《雁門太守行》《從軍行》《渡（筆者按，「渡」應作「度」）關山行》等，借古諷今，抒情言志，風格硬朗。他的行旅詩，如《經琵琶峽詩》《蜀道難曲》等，以山川峽谷為表現對象，描繪奇險怪異的風光。梁元帝蕭繹的詩，追求華豔新巧。他的閨怨豔情之作，如《燕歌行》《寒閨詩》《閨怨詩》《代舊姬有怨詩》等，描摹生動，婉麗多情。他的寫景詠物詩，多用畫筆，喜描春景，如《登江州百花亭懷荊楚詩》《春日詩》《晚景遊後園詩》《折楊柳詩》《出江陵縣還詩》《細草詩》《詠梅詩》等，婉轉秀麗，富有情趣。邊塞之作《紫騮馬》描繪長安少年的英姿；《關山月》是一幅邊塞征戰寒夜思家圖。鮑泉的詩，多寫景詠物，風格柔靡綺麗。《江上望月詩》清婉幽麗，別具情思。《奉和湘東王春日詩》是重字體，即每句詩中必須重複同一字，體裁獨特。全詩以「新」字為主幹，寫新景、新愁。《秋日詩》抒秋日行旅情懷，清絕婉曲。《寒閨詩》寫女子思念征夫的悲苦之情。《詠剪採花詩》讚美剪紙藝人。劉緩的詩多寫女子，《看美人摘薔薇花詩》筆觸活潑，情致深厚而不庸俗。《詠江南可採蓮詩》借漢樂府民歌中的句子做題目，表現青年男女愛情，語言工巧，結構嚴謹。王臺卿的詩多為奉和應令之作，內容多寫景詠物，詞華意淺。《詠風詩》抓住風的特點加以描寫，藉此詠懷。

南朝陳，共選錄三十人的一百四十七題詩作。按照選錄數量的多少排序，依次為：陰鏗，三十二題；張正見，二十七題；徐陵，十六題；沈炯，十四題；周弘正，九題；祖孫登，八題；劉刪，八題；伏知道，三題；蕭詮，三題；楊縉，三題；阮卓，三題；李爽，兩題；賀循，兩題；謝燮、許倪、孔魚、孔奐、徐伯陽、徐湛、韋鼎、蕭琳、蕭有、賀澈、劉那、陳明、陽慎、周弘讓、蘇子卿、周弘直，各一題。

周弘正的《看新婚詩》、「名都宮觀綺」風格綺靡豔麗，是其早年之作。較著名的是《還草堂尋處士弟詩》，感物抒情，風格淒清。《隴頭送征客詩》樸素遒勁。《答林法師詩》寫北上途中的見聞和感受，抒發辛苦勞頓之意。《詠老敗鬥雞詩》寫一隻鬥敗了的老公雞，構思不同尋常。其弟周弘讓的《無名詩》，寫訪山中隱士，娓娓道來，全用口語，清新率真。沈炯的憑弔梁亡之作《望郢州城詩》《長安還至方山愴然自傷詩》《賦得邊馬有歸心詩》，抒寫戰亂之慨與滄桑之感，沉鬱蒼涼。《長安少年詩》託漢代遺老之口，寫治亂興亡，實寓現實之感。陰鏗是陳代比較重要的詩人，其詩以寫景見長，喜歡描寫江上景色，展現洞庭、武昌一帶長江風物。他善於鍛鍊字句，《閒居對雨詩》《晚出新亭詩》等，都有修辭和聲律上頗見用心的佳句。在雕琢字句的同時，也講究謀篇，注意到通篇的完整，如《晚泊五洲詩》對仗工整，平仄協調，已經接近成熟的五言律詩。此外如《新成安樂宮詩》《遊巴陵空寺詩》《秋閨怨詩》《經豐城劍池詩》等，均可視為唐代律體的濫觴。一些詩還表現了思鄉之情，如《和侯司空登樓望鄉詩》用「信美」的他鄉之景，反襯自己的懷土思歸之情。送別詩，如《和傅郎歲暮還湘州詩》，從景物的描寫之中反襯友人旅途的辛苦；《江津送劉光祿不及詩》寫追送友人不及，只得惆悵獨立江津，目送去帆。他也寫過一些豔詩，如《和樊晉陵傷妾詩》《侯司空第山園詠妓詩》。陰鏗生活在宮體詩全盛的時期，自然難免時代風氣的影響，但能夠在浮華綺麗中獨標高格，擁有自己的特色，非常難能可貴。他的詩之所以選錄如此之多，一是因為自身風格獨具，二是因為一些詩已近律詩，處在非格律詩向格律詩轉變的重要環節，與唐初詩體接近。徐陵是著名的宮體詩人，但此類作品入選並不多，《詠舞詩》寫宮中舞妓，描寫細膩，但不免流於輕薄。一些寫景、送別之作，清新流麗，如《春情詩》渲染春光乍至的喜氣，文字清雅。《新亭送別應令詩》畫面蒼涼遼遠，表達出送別者的無限掛念。《別毛永嘉詩》是作者晚年寫的送別詩，語言淺近，但感情深摯，格調蒼老，在徐詩中不多見。閒適之作，如《內園逐涼詩》寫家居之樂，極有情味。奉和侍宴之作，如《奉和簡文帝山齋詩》《奉和山池詩》等，也有一些細密的佳句。可貴的是，他還寫過一些較為遒勁的邊塞詩，如《出自薊北門行》等。徐陵在梁代已經成名，把他列入陳朝，是因為他在陳號稱「一代文宗」〔註 93〕。張正見的詩選錄較多，大概是由於他的新體詩語言流麗，對仗工巧，韻律和諧，對律詩的形成有一定貢獻的緣故。《陳書・張正見傳》載：「其五言詩尤善，大行於世。」〔註 94〕從詩的形式上看，多為樂府詩，且一些詩以「賦得××」為題，如《賦得山卦名詩》《賦得日中市朝滿詩》。從詩的內容上看，有寫景紀遊詩，如《遊匡山簡寂館詩》《後湖泛舟詩》《行經季子廟詩》；有詠物詩，如《寒樹晚蟬疏詩》；有送別詩，如《秋日別庾正員詩》。他的宮體豔情詩均未選錄，即使抒寫男女之情，如《賦得佳期竟不歸詩》，纏綿婉轉，但無涉豔情。劉删的《泛宮亭湖詩》《詠青草詩》《詠蟬詩》等，多為寫景、詠物之作。祖孫登亦多寫景、詠物詩，《宮殿名登高臺詩》明用或暗用一些宮殿名來作詩，構思奇特；雖為文字遊戲，但也與所寫之景、所抒之情相切合。《賦得紫騮馬詩》通過對馬的描寫，塑造邊塞騎兵的英勇形象。蕭詮的《賦婀娜當軒織詩》對棄婦的不幸遭遇有所同情。陳明的《昭君辭》詠王昭君出塞事，通過景色渲染，反映人物心緒，含蓄委婉。伏知道的《從軍五更轉》（五首）以民歌的形式，從一更敘寫到五更，描寫軍旅生活和戍卒愁思。

其次，從賦作的選錄上考察《藝文類聚》的選本批評價值。

賦是《藝文類聚》選錄數量居第二的文體。這裡說的賦，包括《藝文類聚》中標注文體「賦」的作品，也包括標注文體「七」的作品。《藝文類聚》在七十七卷二百九十二個子目下，共選錄二百三十八位作者的賦作八百八十一篇。賦的時代跨度，從先秦到隋代，選錄的賦很多是歷代傳世名作，體現一種時代共識，但也不完全和當時的文學批評相吻合，有的甚至與當時

〔註 93〕（唐）姚思廉：《陳書・徐陵傳》，中華書局，1972 年 3 月第 1 版，第 335 頁。
〔註 94〕（唐）姚思廉：《陳書・張正見傳》，中華書局，1972 年 3 月第 1 版，第 470 頁。

的文學批評意見相牴牾，體現著《藝文類聚》編者自己的獨特的評價和選擇標準。

《藝文類聚》選錄歷代賦的情況，詳見下表：

《藝文類聚》選錄的賦作

朝代	作者人數	作品總計	收錄作品較多的作者及其數量
先秦	2人	14篇	宋玉，9篇；荀況，5篇
西漢	12人	28篇	揚雄，8篇；司馬相如，6篇
東漢	30人	76篇	張衡，11篇；蔡邕，10篇；李尤，6篇；班彪，5篇
魏	30人	164篇	曹植，46篇；曹丕，26篇；王粲，23篇；應瑒，11篇；繁欽，7篇；陳琳，6篇；劉楨，5篇；楊脩，5篇
吳	4人	8篇	楊泉，5篇
晉	91人	360篇	傅咸，35篇；傅玄，30篇；陸機，30篇；夏侯湛，19篇；潘岳，18篇；成公綏，16篇；孫楚，16篇；潘尼，14篇；郭璞，9篇
宋	26人	67篇	謝靈運，14篇；鮑照，8篇；謝莊，5篇；謝惠連，5篇；傅亮，5篇；顏延之，5篇
齊	7人	18篇	謝朓，8篇；卞伯玉，3篇
梁	26人	113篇	江淹，22篇；蕭綱，18篇；沈約，17篇；蕭繹，7篇；張纘，7篇；吳均，5篇；蕭子範，5篇
陳	5人	9篇	沈炯，3篇；張正見，3篇
北齊	1人	1篇	
北周	2人	15篇	庾信，14篇
隋	2人	8篇	江總，7篇

從上表統計看，選錄賦作最多的是兩漢、三國魏、兩晉和南朝梁代。

兩漢賦共選錄一百零四篇，選錄較多，與文學史上對漢賦的評價比較吻合，但其他幾個朝代（三國魏、兩晉、南朝梁代）選錄的作品超過兩漢，則與時人與今人的認識存在一定分歧；既然漢賦是傑出的，那麼選錄的數量也應該是最多的，而實際情況是，漢賦的選錄數量並不是最多的。

從數量上看，選錄漢賦一百零四篇，並不算少，但是這與漢賦的實際創作數量差距很大。東漢班固《漢書．藝文志》著錄詩賦一百零六家，作品一千三百一十八篇；其中除去歌詩二十八家，作品三百一十四篇，則是賦七十八家，賦作一千零四篇〔註 95〕。班固《兩都賦序》也說漢成帝時的賦作「千有餘篇」〔註 96〕。劉勰《文心雕龍．詮賦》亦有相同記載：漢宣帝時代，賦的創作數量逐漸增多，到漢成帝時開始校訂審閱，「進御之賦千有餘首。」〔註 97〕這與《漢書．藝文志》的著錄，相差不多。東漢賦的創作情況，史書沒有明確記載，具體數量已經不清楚。《後漢書．桓帝記》李賢注說，靈帝鴻都門學生「能為尺牘辭賦及工書鳥篆者」「至千人」〔註 98〕。由此推測，東漢靈帝時期賦的創作也一定很多，但是具體數量還是難以知曉。據清代錢大昭《補續漢書藝文志》所列，建安以前有賦家四十家，嚴可均《全後漢文》尚有十位賦家是錢大昭所未列，那麼東漢賦家至少五十家。因為舊史沒有記載東漢賦的具體數量，五十家這個數字是出自清代人的統計和輯錄，所以可能不太準確，賦作的數量因此會大打折扣。西漢有賦七十八家，賦作一千零四篇；東漢至少有賦五十家，按照西漢賦家與賦作的比例估算，東漢賦作至少六百四十四篇。這樣算來，兩漢賦至少一千六百四十八篇，《藝文類聚》只選錄一百零四篇，數量只占兩漢賦創作總量百分之六點三左右。兩漢賦的創作數量是很大的；雖然到唐初，漢賦文本可能有所散失，但存世之作也不在少數。何況還有晉宋以來所編的賦集可供參考，如南朝宋代謝靈運編纂的《賦集》九十二卷、北魏崔浩編纂的《賦集》八十六卷、《續賦集》十九卷、南朝梁代蕭衍編纂的《歷代賦》等。無論如何，《藝文類聚》選錄兩漢賦的數量，與實際創作數量之間存在巨大差異。劉勰《文心雕龍．詮賦》評價說，賦到漢代達到極盛〔註 99〕。王國維說漢賦是一代之文學〔註 100〕。與之相比較，《藝文類聚》對漢代文學的代表性文體——賦的評價，沒有像時人與今人的評價那樣高。

建安時期的賦家，《藝文類聚》標注的朝代是魏，選錄賦作較多的，大多是建安時期的作家。對於建安文學成就的評價，我們持肯定的態度。《藝文類聚》注重選錄這一時期的賦家和賦作，與我們的肯定評價完全一致。

〔註 95〕（漢）班固撰，（唐）顏師古注：《漢書．藝文志》，中華書局，1962 年 6 月第 1 版，第 1755 頁。

〔註 96〕（漢）班固：《兩都賦序》，（清）嚴可均輯：《全後漢文》，商務印書館，1999 年 10 月第 1 版，第 235 頁。

〔註 97〕（南朝梁）劉勰著，詹瑛義證：《文心雕龍義證》，第 280 頁。

〔註 98〕（南朝宋）范曄撰，（唐）李賢等注：《後漢書．桓帝紀》，中華書局，1965 年 5 月第 1 版，第 298 頁。

〔註 99〕（南朝梁）劉勰著，詹瑛義證：《文心雕龍義證》，第 280 頁。

〔註 100〕王國維：《宋元戲曲史》，華東師範大學出版社，1995 年 12 月第 1 版，第 1 頁。

對晉代文學，批評的意見則較多，劉勰就對晉代文學的評價不高。他在《文心雕龍．明詩》中說，西晉的詩，風力比建安時期的作品柔弱；東晉則沉溺在玄言的風氣裏，推崇空談〔註 101〕。說的是晉代的詩，也同樣適用於評價賦。他還在《文心雕龍．情采》中，批評這一時期的賦家心裏沒有湧動創作的激情，卻偏要運用誇飾的手法，譁眾取寵，沽名釣譽，這是「為文而造情」。這一時期的作品，「體情之制」即抒發真情的作品越來越少，「逐文之篇」即片面追求辭藻的作品越來越多〔註 102〕。劉勰還特別指出，由於受到清談之風的影響，東晉的賦寫得像「漆園之義疏」〔註 103〕，意思是說，東晉的賦寫得沒有文學性，像是給《老子》《莊子》作注解，乾乾巴巴，枯燥泛味。劉勰的話表達的應該是時代共識性認識。而《藝文類聚》選錄的晉賦較多，與對這一時代的共識性認識相左。探究其中的原因，除了編者對這一時期賦作的偏好以外，還有就是與晉代賦的特點有關。比如，晉賦在各類題材上均有開拓，出現了一些描寫鳥獸、昆蟲、草木、器物以及描寫天、地、雷、雪等的賦，這些題材都是前人沒有描寫過的，而這些題材又能較好地適應《藝文類聚》的類目，因此選錄較多。如在《藝文類聚》卷一天部上．天之文體「賦」中，選錄的唯一一篇與天地有關的賦，就是晉代成公綏的《天地賦》。在卷二天部下．雪之文體「賦」中，選錄諸多詠雪的賦，排在首位、也是時代最早的是晉代孫楚和李顒的《雪賦》。在卷二天部下．雷之文體「賦」中，選錄的唯一一篇詠雷的賦，就是晉代李顒的《雷賦》。在卷七十三雜器物部．卮之文體「賦」中，選錄的唯一一篇詠卮的賦，就是晉代傅咸的《污卮賦》。在卷八十一藥香草部上．款冬之文體「賦」中，選錄的唯一一篇詠款冬的賦，就是晉代傅咸的《款冬賦》。在卷八十一藥香草部上．草之文體「賦」中，選錄諸多詠草的賦，排在首位、也是時代最早的是晉代傅玄的《紫華賦》。在卷八十二草部下．萍之文體「賦」中，共選錄兩篇詠浮萍的賦，都出自晉代，分別是夏侯湛和蘇彥的《浮萍賦》。在卷八十二草部下．薺之文體「賦」中，共選錄兩篇詠薺的賦，第一篇就是晉代夏侯湛的《薺賦》。在卷九十鳥部上．鴻之文體「賦」中，共選錄兩篇詠鴻的賦，第一篇就是晉代成公綏的《鴻雁賦》。在卷九十一鳥部中．鴨之文體「賦」中，共選錄三篇詠鴨的賦，第一篇就是晉代蔡洪的《鬥鳧賦》。

〔註 101〕（南朝梁）劉勰著，詹瑛義證：《文心雕龍義證》，第 202～204 頁。
〔註 102〕（南朝梁）劉勰著，詹瑛義證：《文心雕龍義證》，第 1158、1162 頁。
〔註 103〕（南朝梁）劉勰著，詹瑛義證：《文心雕龍義證》，第 1710 頁。

在卷九十一鳥部中．雞之文體「賦」中，共選錄三篇詠雞的賦，都出自晉代，分別是傅玄的《鬥雞賦》、陸善和習嘏的《長鳴雞賦》。在卷九十一鳥部中．山雞之文體「賦」中，共選錄兩篇詠山雞的賦，第一篇就是晉代傅玄的《山雞賦》。在卷九十一鳥部中．鷹之文體「賦」中，共選錄兩篇詠鷹的賦，都出自晉代，分別是傅玄和孫楚的《鷹賦》。在卷九十二鳥部下．燕之文體「賦」中，共選錄三篇詠燕的賦，都出自晉代，分別是傅咸和盧諶的《燕賦》、夏侯湛的《玄鳥賦》。在卷九十二鳥部下．鳩之文體「賦」中，選錄的唯一一篇詠鳩的賦，就是晉代傅咸的《斑鳩賦》。在卷九十二鳥部下．鷦鷯之文體「賦」中，選錄的唯一一篇詠鷦鷯的賦，就是晉代張華的《鷦鷯賦》。在卷九十二鳥部下．鵁鶄之文體「賦」中，選錄的唯一一篇詠鵁鶄的賦，就是晉代摯虞的《鵁鶄賦》。在卷九十二鳥部下．鵩之文體「賦」中，選錄的唯一一篇詠鵩的賦，就是晉代賈彪的《鵩賦》。在卷九十四獸部中．狗之文體「賦」中，選錄的唯一一篇詠狗的賦，就是晉代傅玄的《狗賦》。在卷九十五獸部下．猿之文體「賦」中，選錄的唯一一篇詠猿的詩，就是晉代傅玄的《猿猴賦》。在卷九十七蟲豸部．蠅之文體「賦」中，選錄的唯一一篇詠蠅的賦，就是晉代傅咸的《青蠅賦》。在卷九十七蟲豸部．蚊之文體「賦」中，選錄的唯一一篇詠蚊的賦，就是晉代傅選的《蚊賦》。在卷九十七蟲豸部．蜉蝣之文體「賦」中，選錄的唯一一篇詠蜉蝣的賦，就是晉代傅咸的《蜉蝣賦》。在卷九十七蟲豸部．螢火之文體「賦」中，共選錄兩篇詠螢火的賦，都是出自晉代，分別是傅咸和潘岳的《螢火賦》。在卷九十七蟲豸部．叩頭蟲之文體「賦」中，選錄的唯一一篇詠叩頭蟲的賦，就是晉代傅咸的《叩頭蟲賦》。在卷九十七蟲豸部．蛾之文體「賦」中，選錄的唯一一篇詠蛾的賦，就是晉代支曇諦的《赴火蛾賦》。在卷九十七蟲豸部．蜂之文體「賦」中，選錄的唯一一篇詠蜂的賦，就是晉代郭璞的《蜜蜂賦》。在卷九十七蟲豸部．蟋蟀之文體「賦」中，選錄的唯一一篇詠蟋蟀的賦，就是晉代盧諶的《蟋蟀賦》。在卷九十七蟲豸部．蟻之文體「賦」中，選錄的唯一一篇詠蟻的賦，就是晉代郭璞的《蚍蜉賦》。在卷九十七蟲豸部．蜘蛛之文體「賦」中，選錄的唯一一篇詠蜘蛛的賦，就是晉代成公綏的《蜘蛛賦》。在卷九十七蟲豸部．螳蜋之文體「賦」中，選錄的唯一一篇詠螳蜋的賦，就是晉代成公綏的《螳蜋賦》。這些賦作的題目，本與《藝文類聚》的子目高度吻合，為其入選《藝文類聚》提供了可能。從創作的方面看，正是因為晉代賦在題材上的開拓，涉及的領域擴大，表現的空間廣闊，才為《藝文類聚》提供更多的備選文本，這就是晉代賦選錄較多的重要原因。

從選錄的作者情況考察，每個朝代選錄賦較多的作者，都是《藝文類聚》編者確認的傑出的、重要的作家。見上表。選錄即是一種評價，但這個評價結果，與劉勰在《文心雕龍·詮賦》中的評價有一定差距。劉勰在《文心雕龍·詮賦》中論述的先秦兩漢時期稱得上「辭賦之英傑」的作者有十家，即先秦的荀子、宋玉，兩漢的枚乘、司馬相如、賈誼、王褒、班固、張衡、揚雄、王延壽。這十位與《藝文類聚》這一時期選錄賦較多的作者相吻合的是先秦的荀子、宋玉，兩漢的揚雄、司馬相如、張衡。兩者只有百分之五十的重合率。《文心雕龍·詮賦》列為「辭賦之英傑」的枚乘，《藝文類聚》只選錄《梁王兔園賦》《七發》兩篇；賈誼也只選錄《簴賦》《服鳥賦》兩篇；王褒只選錄《洞簫賦》一篇；班固也不過選錄《幽通賦》《西都賦》《東都賦》三篇；王延壽也是選錄三篇，即《魯靈光殿賦》《夢賦》《王孫賦》。

《藝文類聚》和《文心雕龍》對待具體作家的評價存在的這種差異，有人可能會認為《藝文類聚》是類書，需要考慮類目的需求、類目與選文的「對接」「匹配」，認為選錄賦作多的作家，並不一定說明這些作家賦作的水平高，而是因為它們符合《藝文類聚》類目編排的要求。這種說法應該說有一定道理，但沒有切中問題的關鍵。《藝文類聚》以常見的物象作為子目名稱，子目設置沒有特別之處，而任何一位大作家的創作，題材都是豐富的、廣泛的，完全可以涵蓋《藝文類聚》子目涉及的內容，就是說大作家的創作題材與《藝文類聚》子目名稱具有高度的一致性，可以「對接」，能夠「匹配」。選與不選，以及選此還是選彼，首先考慮的是作家在文學史上的地位和影響，其次才是考慮作品與子目的匹配性，考慮作品應該放置在哪個子目中。選與不選，選多與選少，選此還是選彼，表現的是《藝文類聚》編者的一種評價，是編者選本批評的外在體現。

其實，從《隋書·經籍志》的著錄看，到唐初，《枚乘集》《賈誼集》《王延壽集》均已亡佚，這也許就是《藝文類聚》選錄枚乘、賈誼、王延壽的賦作較少的原因。但是被劉勰稱為「辭賦之英傑」的其他幾位作者的別集，都還較為完整地保留著，如《荀況集》一卷（有殘缺）、《宋玉集》三卷、《司馬相如集》一卷、《王褒集》五卷、《揚雄集》五卷、《班固集》十七卷、《張衡集》十一卷，還有漢代其他許多重要賦家的別集也都可以見到，是可以從中輯錄大量的漢賦作品的。

《藝文類聚》和《文心雕龍》對待具體作家的評價存在的這種差異，只能解釋為，《藝文類聚》的編者有著自己的選本批評標準；這個選本批評標準，既體現著一種時代共識，也反映著《藝文類聚》編者自己的審美趣味與價值評判。

第二節　《藝文類聚》所選多歷代名作——以賦為例

在唐代（也包括唐以後），對於「賦」這種文體的界定，頗為不一致；撇開理論上的紛爭不論，從某一篇具體作品的認定上，也是各說各的理。我們不作賦文體的理論探討，只是以《藝文類聚》選錄在文體「賦」中的作品為準，同時將《藝文類聚》標注為「七」的文體，也看成「賦」；而其他選錄在「事」的部分、未做文體標注的賦作，則不在考察之列。

賦這種文體，在《藝文類聚》中選錄較多，在七十七卷二百九十二個子目下，都選錄有各個時代、不同作者的賦作。全書一共選錄二百三十八位作者的八百八十一篇賦作。這些賦中，哪些是歷代公認的名作呢？

一、選錄的先秦兩漢名賦

《藝文類聚》選錄先秦荀況、宋玉等兩個作者的十四篇賦。

選錄的荀子賦，分別題名為《雲賦》《智賦》《禮賦》《鍼賦》和《賦》。這幾篇均出自《荀子·賦篇》。前四篇在《荀子·賦篇》中作「雲」「知」（同「智」）「禮」「箴」。《藝文類聚》作《賦》的那一篇，實際是《荀子·賦篇》末尾的一首佹詩和一首小歌。編者將其合二為一，根據《荀子·賦篇》的題名，自撰題名《賦》。《荀子·賦篇》中的五篇賦和《荀子·賦篇》末尾的佹詩、小歌，在《漢書·藝文志·詩賦略》中統稱作「孫卿賦十篇」。小歌中從「琁、玉、瑤、珠」至篇末，在《戰國策·楚策四》《韓詩外傳》卷四，均記作《遺春申君賦》，是荀子在趙國所作。文字與《荀子·賦篇》稍有不同。《荀子·賦篇》以「賦」作為篇名，對於「賦」的命名意義重大，開創了賦體。劉勰指出，正是由於荀況的《禮》《智》等賦，以及宋玉的賦，給予賦的名稱，與詩劃清了界限，才使六義之一的賦，「蔚成大國」，即發展成為一種獨立的文體〔註 104〕。劉勰在《文心雕龍·諧讔》說：「荀卿《蠶賦》，已

〔註 104〕（南朝梁）劉勰著，詹瑛義證：《文心雕龍義證》，第 277 頁。

兆其體。」〔註 105〕認為荀子的賦是諧讔一體，文體特徵是「會義適時，頗有諷誡」。把荀賦看作隱語一類的文體，是不對的，但指出其中的「諷誡」意味，則頗有識見。荀賦託物諷諭的特色，對勸百諷一的漢賦傳統的形成，有著重要影響。同時，「雲賦」描寫雲的千變萬化，「蠶賦」描寫蠶的命名、演變，「針賦」描寫功用、形狀，開啟詠物小賦的先河，賈誼的《鵩鳥賦》、陸龜蒙的《蠶賦》等，均可以看到荀賦影響的痕跡。

關於宋玉《風賦》的創作緣起，呂向注《文選・風賦》引《史記》說，是諷諫楚襄王驕奢的〔註 106〕。將風分為大王之雄風與庶人之雌風，寓有諷諫之意。元代郭翼說，古代描寫風的作品，「莫如宋玉雌雄之論。」〔註 107〕《釣賦》用釣術比喻治國的方略，用以勸諫楚襄王，有諷喻之意。劉勰將《風賦》和《釣賦》並舉，指出正是由於這些作品的出現，才使六義之一的賦，「蔚成大國」〔註 108〕，即發展成為一種獨立的文體。《登徒子好色賦》表面上寫登徒子好色，實則諷諫楚王好色。劉勰認為這篇賦「意在微諷」〔註 109〕，即用意在婉轉的諷刺。《文選》李善注也認為它「假以為辭，諷於淫」〔註 110〕。宋代王楙《野客叢書》卷十六指出，《登徒子好色賦》對後世同題材賦產生很大的影響，仿作迭出，諸如司馬相如的《美人賦》、蔡邕的《協和賦》、曹植的《靜思賦》、陳琳的《止欲賦》、王粲的《閒邪賦》、應瑒的《正情賦》、張華的《永懷賦》、江淹的《麗色賦》、沈約的《麗人賦》等，均「轉轉規仿」〔註 111〕。《高唐賦》與《神女賦》蟬聯相接，又各有側重。《高唐賦》側重寫巫山之景，《神女賦》則描摹神女。《高唐賦》重點在描繪山水景物，乃山水文學之祖。《神女賦》是第一篇描寫美女的賦，頗具影響，如王粲、楊脩、陳琳、應瑒的《神女賦》、曹植的《洛神賦》、謝靈運的《江妃賦》、江淹的《水上神女賦》，均受其影響而創作。特別是曹植的《洛神賦》為

〔註 105〕（南朝梁）劉勰著，詹瑛義證：《文心雕龍義證》，第 550 頁。
〔註 106〕（南朝梁）蕭統編，（唐）李善、呂延濟、劉良、張銑、呂向、李周翰注：《六臣注文選》，中華書局，2012 年 5 月第 1 版，第 246 頁。
〔註 107〕（元）郭翼：《雪履齋筆記》（叢書集成初編），中華書局，1991 年第 1 版，第 3 頁。
〔註 108〕（南朝梁）劉勰著，詹瑛義證：《文心雕龍義證》，第 277 頁。
〔註 109〕（南朝梁）劉勰著，詹瑛義證：《文心雕龍義證》，第 529 頁。
〔註 110〕（南朝梁）蕭統編，（唐）李善注：《文選》，上海古籍出版社，1986 年 8 月第 1 版，第 892 頁。
〔註 111〕（宋）王楙：《野客叢書》，中華書局，1987 年 7 月第 1 版，第 179 頁。

諸仿作之名篇，其賦序直接表明，是有感於宋玉所述楚王神女事，「遂作斯賦」〔註112〕。南宋章樵評宋玉的《諷賦》是「詞麗以淫，謂之勸可也」〔註113〕；司馬相如的《美人賦》，從立意、語言到構思，均沿襲宋玉此賦。《大言賦》《小言賦》是姊妹篇，《大言賦》云：「王曰：『能為寡人大言者上座。』」〔註114〕《小言賦》云：「（王）又曰：『有能為《小言賦》者，賜之雲夢之田。』」〔註115〕二賦「辭氣滑稽，或當是一時戲筆」〔註116〕，但其中「皆有託寓」〔註117〕。《大言賦》《小言賦》雖為文字遊戲，但這一創作模式卻對後世賦的創作影響深遠。晉代傅玄的《大言賦》、傅咸的《小語賦》，語氣、體制均因襲宋玉的《大言賦》《小言賦》。宋代的蘇易簡，太宗賜予他親自抄寫的宋玉的《大言賦》，易簡便傚仿宋玉亦作《大言賦》〔註118〕。後世作家還模仿宋玉的這兩篇賦寫作《大言詩》《小言詩》。大言詩、小言詩是雜體詩，「近於戲弄，古人偶為之。」〔註119〕南朝梁昭明太子與諸文士宴集時，作《大言詩》《細言詩》，此二詩均「祖宋玉」，「以文為戲」〔註120〕。昭明太子又命文士們也跟著他一同創作，於是沈約、王錫、王規、張纘、殷鈞乃「應令」，分別作《大言應令詩》《細言應令詩》，從用詞到謀篇，基本上傚仿宋玉的《大言賦》《小言賦》。唐代，雍裕之有《大言》詩、《細言》詩，權德輿有《大言》詩、《小言》詩，譚峭有《大言詩》，皎然、顏真卿、李崿、張薦有《七言大言聯句》，顏真卿、皎然有《七言小言聯句》。

西漢共輯錄賦家十二人，賦作二十八篇。

〔註112〕（三國）曹植：《洛神賦》，（清）嚴可均輯：《全三國文》，商務印書館，1999年10月第1版，第126頁。

〔註113〕（宋）章樵注：《古文苑》，《景印文淵閣四庫全書》（第1332冊），臺灣商務印書館，1983年版，第588頁。

〔註114〕《藝文類聚》，第346頁。

〔註115〕《藝文類聚》，第346頁。

〔註116〕（明）胡應麟：《詩藪》，上海古籍出版社，1979年11月新1版，第247頁。

〔註117〕（明）謝榛：《四溟詩話》（叢書集成初編），（上海）商務印書館，1936年6月初版，第22頁。

〔註118〕（宋）楊億口述、黃鑑筆錄、宋庠整理，李裕民輯校：《楊文公談苑》，上海古籍出版社編：《宋元筆記小說大觀》（一），上海古籍出版社，2001年12月第1版，第523～524頁。

〔註119〕（清）沈德潛：《說詩晬語》，鳳凰出版社，2010年4月第1版，第127頁。

〔註120〕（明）謝榛：《四溟詩話》（叢書集成初編），（上海）商務印書館，1936年6月初版，第22頁。

據《史記・屈原賈生列傳》記載，《服鳥賦》是賈誼做長沙王太傅時創作的。政治上受挫失意，再加上服鳥（被看作不祥之鳥）飛入屋舍，「止於坐隅」，更增加了賈誼的不祥之感，於是寫下《服鳥賦》以自我排解〔註121〕。以作者和服鳥的問答展開，據孫晶統計，全文引用或化用《老子》《莊子》的語句十七八處〔註122〕，在哀怨憤懣的情感中，流露出順天委命、同喜憂、輕去就、等榮辱、齊生死的道家思想基調。《服鳥賦》不作抽象的說理，而是如劉勰所說「以物比理」〔註123〕，即用具體事物、史實作比喻闡釋哲理。這種以賦來自我排解憂愁、自我寬慰心靈的手法，對揚雄的《解嘲》、班固的《答賓戲》、張衡的《應間》，乃至蘇軾曠達的文風，均有不同程度的影響。

枚乘的《梁王兔園賦》描寫梁孝王兔園的壯美以及王公的行樂生活。劉勰稱枚乘的《梁王兔園賦》「舉要以會新」〔註124〕，肯定其著重在寫景，描寫扼要，是漢賦的開端，在賦史上地位重要；同時寫法上又非常新穎。其中鋪陳誇飾的手法，為後世所效法，南朝梁代江淹有《學梁王菟園賦》（《藝文類聚》作「《梁王兔園賦》」），可以看出與枚乘此賦的淵源關係。《七發》的主旨，劉勰認為是「戒膏粱之子」〔註125〕。而李善注《文選・七發》則云：枚乘「恐孝王反」，寫作《七發》「以諫」〔註126〕，即認為是勸諫梁孝王不要謀反。《七發》在賦史上的貢獻，是開創一種新文體——七。劉勰說：「《七發》以下，作者繼踵。」〔註127〕綜合《藝文類聚》《文心雕龍》、傅玄《七謨序》等的記載，漢代的「七」體有：傅毅的《七激》、劉廣世的《七興》、崔駰的《七依》、李尤的《七款》、桓麟的《七說》、崔琦的《七蠲》、劉梁的《七舉》、崔瑗的《七厲》、馬融的《七厲》（《古今圖書集成・理學彙編・文學典》作「《七廣》」）、張衡的《七辯》、桓彬的《七設》。三國的「七」體有：曹植的《七啟》、徐幹的《七喻》、王粲的《七釋》、楊脩的《七訓》、劉劭的《七華》、傅嘏的《七誨》。晉代的「七」體有：左思的《七諷》、張華的《七命》、陸機的《七徵》、湛方生的《七歡》。

〔註121〕（漢）司馬遷：《史記・屈原賈生列傳》，中華書局，1982年11月第2版，第2496頁。

〔註122〕孫晶：《漢代辭賦研究》，齊魯書社，2007年7月第1版，第193頁。

〔註123〕（南朝梁）劉勰著，詹瑛義證：《文心雕龍義證》，第1362頁。

〔註124〕（南朝梁）劉勰著，詹瑛義證：《文心雕龍義證》，第289頁。

〔註125〕（南朝梁）劉勰著，詹瑛義證：《文心雕龍義證》，第491頁。

〔註126〕（南朝梁）蕭統編，（唐）李善、呂延濟、劉良、張銑、呂向、李周翰注：《六臣注文選》，中華書局，2012年5月第1版，第634頁。

〔註127〕（南朝梁）劉勰著，詹瑛義證：《文心雕龍義證》，第507頁。

南朝的「七」體有：宋代顏延之的《七繹》、梁代蕭子範的《七誘》。

劉安的《屏風賦》以物言志，手法婉曲，形制別致，是漢代較早出現的詠物賦。

據《漢書·外戚傳·孝武李夫人》記載，寵妃李夫人去世，漢武帝劉徹思念不已，乃作《李夫人賦》「以傷悼」〔註 128〕。其賦感情綢繆眷戀，哀婉動人。這篇賦對後世的悼亡文學頗有啟發，如潘岳的《悼亡詩》「其情自深」〔註 129〕，顯然受《李夫人賦》的影響。

董仲舒的《士不遇賦》和司馬遷的《悲士不遇賦》，屬於同一題材，均抒情言志，與鋪陳誇張、辭藻富麗的漢大賦不同。兩篇賦的區別是，「董賦多儒家言，遷賦多憤世語」〔註 130〕。兩篇賦對後世「士不遇」題材的創作有深遠影響。東晉陶淵明閱讀兩賦，「慨然惆悵」，「撫卷躊躇」，有感而作《感士不遇賦》〔註 131〕。張溥稱《感士不遇賦》「類子長之倜儻」〔註 132〕，是說《感士不遇賦》像司馬遷的《悲士不遇賦》一樣灑脫，不拘束。舊注釋「倜儻」為「非常」〔註 133〕，似不確。陶淵明讀董仲舒的《士不遇賦》和司馬遷的《悲士不遇賦》，尚能「慨然惆悵」，「撫卷躊躇」，可謂異代知音。

孔臧的《鴞賦》描寫鴞鳥。鴞，也叫鴟鴞，今稱「貓頭鷹」，為猛禽，常常被看作不祥之鳥。最早描寫鴞的作品是《詩經·豳風·鴟鴞》。在這首詩裏，鴟鴞被刻畫成奪走人家幼雛、毀壞人家窩巢的惡鳥。漢初賈誼的《服鳥賦》也以鴟鴞（即服鳥）為不祥之鳥。孔臧的《鴞賦》仿傚《服鳥賦》的寫法，借用賈誼賦的詞彙，卻反向立意。在飛鴞「集我屋隅」之時，作者卻「觀之歡然」，還要「覽考經書」，即遍查群書，考證其吉凶，意在破除鴞鳥不詳之說。《鴞賦》頗有新奇之處。

〔註 128〕（漢）班固撰，（唐）顏師古注：《漢書·外戚傳·孝武李夫人》，中華書局，1962 年 6 月第 1 版，第 3952 頁。

〔註 129〕（清）沈德潛選，聞旭初標點：《古詩源》，中華書局，2017 年 8 月第 1 版，第 135 頁。

〔註 130〕馬積高：《賦史》，上海古籍出版社，1987 年 7 月第 1 版，第 72 頁。

〔註 131〕（晉）陶淵明：《感士不遇賦》，（清）嚴可均輯：《全晉文》，商務印書館，1999 年 10 月第 1 版，第 1175 頁。

〔註 132〕（明）張溥：《漢魏六朝百三家集題辭注》，人民文學出版社，1960 年 1 月第 1 版，第 160 頁。

〔註 133〕（明）張溥著，殷孟倫注：《漢魏六朝百三家集題辭注》，人民文學出版社，1960 年 1 月第 1 版，第 162 頁。

司馬相如的《美人賦》當作於早年。其創作背景，據《西京雜記》記載，相如素有消渴疾，回到成都，貪戀文君美色，誘使舊病復發，「乃作《美人賦》，欲以自刺」，就是要以此規勸自己改掉好色的毛病〔註 134〕。宋玉有《登徒子好色賦》，相如的《美人賦》即以此為法度創作，有模擬痕跡，但「上掩宋玉」〔註 135〕。《子虛賦》《上林賦》的問世，頗有神奇色彩。《史記》《漢書》本傳均記載，《子虛賦》寫作於相如客遊梁孝王時期。皇帝讀了《子虛賦》，非常贊許，遺憾地說：「只可惜我不能和這個作者共同生活在一個時代啊！」蜀郡人楊得意說：「這篇文章就是我的同鄉司馬相如寫的。」皇上很吃驚，叫來相如詢問情況，相如肯定《子虛賦》是自己所作，並表示這只是寫諸侯的事，他要為皇上寫一篇《天子遊獵賦》。賦成，「奏之天子，天子大悅。」〔註 136〕《天子遊獵賦》是《子虛賦》《上林賦》的合稱。《史記》《漢書》中，《子虛賦》《上林賦》均作一篇，《文選》始分為二。晉代皇甫謐贊《上林賦》為「近代辭賦之偉」〔註 137〕。明代王世貞說，《子虛賦》《上林賦》取材豐富，辭藻華麗，運筆古雅，精神流動，立意高遠，後世之作「不可及」〔註 138〕。《子虛賦》《上林賦》主客問答的結構、鋪張揚厲的風格、勸百諷一的特色，奠定漢代大賦的傳統。《陳皇后長門賦》也作《長門賦》，是為失寵幽閉在長門宮的陳皇后所作，抒情色彩濃鬱，心理刻畫委婉曲折，朱熹《楚辭後語》說它「古妙，最近楚辭」〔註 139〕。《長門賦》開宮怨題材作品之先。《大人賦》以「大人」喻天子。為迎合漢武帝對仙道的喜好，賦中多描寫神仙幻境，後世遊仙題材的作品多受《大人賦》影響。《弔秦二世賦》也作《哀二世賦》。劉勰引桓譚之語評價此賦用語「惻愴」，令人「歎息」；抒發感慨，悲涼切要〔註 140〕。《弔秦二世賦》為詠史作品提供借鑒。

〔註 134〕（晉）葛洪：《西京雜記》，中華書局，1985 年 1 月第 1 版，第 11 頁。

〔註 135〕（明）張溥著，殷孟倫注：《漢魏六朝百三家集題辭注》，人民文學出版社，1960 年 1 月第 1 版，第 4 頁。

〔註 136〕（漢）司馬遷：《史記．司馬相如列傳》，中華書局，1982 年 11 月第 2 版，第 3002 頁。

〔註 137〕（晉）皇甫謐：《三都賦序》，（清）嚴可均輯：《全晉文》，商務印書館，1999 年 10 月第 1 版，第 757 頁。

〔註 138〕（明）王世貞著，羅仲鼎校注：《藝苑卮言校注》，齊魯書社，1992 年 7 月第 1 版，第 91 頁。

〔註 139〕（宋）朱熹撰，蔣立甫校點：《楚辭集注》，上海古籍出版社、安徽教育出版社，2001 年 12 月第 1 版，第 229 頁。

〔註 140〕（南朝梁）劉勰著，詹瑛義證：《文心雕龍義證》，第 479 頁。

王褒的《洞簫賦》又名《洞簫頌》，是賦史上首篇以樂器為描摹對象的作品，也是第一篇成熟的詠物賦。在當時即受到皇太子的喜愛，太子曾「令後宮貴人左右皆誦讀」〔註 141〕。劉勰說：王褒的《洞簫賦》「窮變於聲貌」〔註 142〕，是說《洞簫賦》對簫樂形態的描繪窮盡變化，肯定其刻畫的精細、傳神。東漢馬融的《長笛賦》、三國嵇康的《琴賦》，在結構上均模仿《洞簫賦》。

劉歆的《遂初賦》，劉躍進《秦漢文學編年史》係於哀帝建平三年（前 4 年），劉歆任五原太守時〔註 143〕。它敘寫所經之地的風物，鋪排歷史掌故，引史入賦。劉勰說：「劉歆《遂初賦》，歷敘於紀傳，漸漸綜採矣。」〔註 144〕說的就是《遂初賦》「引史入賦，以賦為史」的特點。自此後，「述行」之賦不斷，班彪的《北征賦》、班昭的《東征賦》、潘岳的《西征賦》、蔡邕的《述行賦》、謝靈運的《撰征賦》等，均源於《遂初賦》。劉勰《文心雕龍·詮賦》將「述行」作為賦的一類重要題材，與京都賦、宮殿賦、苑囿賦、遊獵賦等並列。《文選》也列有「紀行」賦的類目。由此可見《遂初賦》的開拓意義。《燈賦》寫燈的外形和作用，頌燈的明亮能夠「照察纖微」。《藝文類聚》卷八十引劉向《別傳》說，馮商也寫過《燈賦》〔註 145〕；惜已佚。從現存文獻看，以賦詠燈，首見於劉歆。夏侯湛的《釭燈賦》，江淹、梁簡文帝、庾信的《燈賦》等，莫不受其啟發。

據《漢書·外戚傳》記載，班倢伃的《自悼賦》是作者退處東宮後所作〔註 146〕。賦述自己受寵與失寵的經歷，抒發孤淒、寂寞之情。鍾嶸評價班氏的《團扇》辭藻詩旨清婉敏疾，哀怨深切，文辭華美〔註 147〕。這樣的評價同樣適用於《自悼賦》。《擣素賦》描寫擣素女。關於其作意，《古文苑》章樵題注：漢成帝沉湎酒色，「政事廢弛」，班婕妤「託擣素以見意」〔註 148〕，

〔註 141〕（漢）班固撰，（唐）顏師古注：《漢書·王褒傳》，中華書局，1962 年 6 月第 1 版，第 2829 頁。

〔註 142〕（南朝梁）劉勰著，詹瑛義證：《文心雕龍義證》，第 289 頁。

〔註 143〕劉躍進：《秦漢文學編年史》，商務印書館，2006 年 5 月第 1 版，第 298 頁。

〔註 144〕（南朝梁）劉勰著，詹瑛義證：《文心雕龍義證》，第 1415 頁。

〔註 145〕《藝文類聚》，第 1368 頁。

〔註 146〕（漢）班固撰，（唐）顏師古注：《漢書·外戚傳·班倢伃》，中華書局，1962 年 6 月第 1 版，第 3985 頁。

〔註 147〕（南朝梁）鍾嶸著，曹旭集注：《詩品集注》（增訂本），第 113 頁。

〔註 148〕（宋）章樵注：《古文苑》，《景印文淵閣四庫全書》（第 1332 冊），臺灣商務

同時也流露出宮中女子的空虛、寂寞。劉熙載評價《搗素賦》是「怨而不怒」,「深得風人之旨」〔註 149〕。這篇賦和《自悼賦》以及司馬相如的《長門賦》等,在立意和表現手法上對後代的宮怨作品頗有啟發。

揚雄最著名的四篇賦《甘泉賦》《河東賦》《羽獵賦》《長楊賦》,均作於漢成帝時代。關於《甘泉賦》,《漢書·揚雄傳》記載,漢成帝時,有門客向朝廷推薦揚雄,說他的文章像司馬相如。皇帝召揚雄在承明庭中待招。「(漢成帝元延二年)正月,從上甘泉,還奏《甘泉賦》以風(諷)。」〔註 150〕劉勰說:「子雲《甘泉》,構深偉之風。」〔註 151〕是說《甘泉賦》風格深沉、瑰麗。《文選》收揚雄《甘泉賦》入「賦」體「郊祀」類,且只收揚雄這一篇。《甘泉賦》對郊祀賦的寫法具有示範意義,影響到班固、張衡等的賦作。皇甫謐贊《甘泉賦》為「近代辭賦之偉」〔註 152〕。關於《幸河東賦》,據《漢書·揚雄傳》,《河東賦》作於漢成帝元延二年(前 11 年)三月。全篇寓諷諫之義於頌揚之中。姚鼐評雲,此賦取法《上林》,「借行遊為喻」,勸勉成帝效法前賢,不必「巡歷山川以為觀覽」〔註 153〕。關於《羽獵賦》,張震澤以為撰於漢成帝元延二年(前 11 年),成稿當在漢成帝元延三年〔註 154〕。清代程廷祚評揚雄《羽獵賦》乃「家法乎《上林》,而有迅發之氣」〔註 155〕。《酒賦》,《漢書》作「《酒箴》」。《北堂書鈔》卷一四八作「《都酒賦》」。以假設「酒客」責難「法度士」的形式,並且以物喻人,寓諷諫之義於遊戲筆墨之中。「箴」即有「規諫、告戒」之意。《尚書·盤庚上》「無或敢伏小人之攸箴」孔安國注云:箴,「馬雲諫也。」〔註 156〕杜預注《左傳·宣公十二年》「箴之曰」云:「箴,

---

印書館,1983 年版,第 598 頁。

〔註 149〕(清)劉熙載著,王氣中箋注:《藝概箋注》,貴州人民出版社,1986 年 6 月第 1 版,第 272 頁。

〔註 150〕(漢)班固撰,(唐)顏師古注:《漢書·揚雄傳》,中華書局,1962 年 6 月第 1 版,第 3522 頁。

〔註 151〕(南朝梁)劉勰著,詹瑛義證:《文心雕龍義證》,第 289 頁。

〔註 152〕(晉)皇甫謐:《三都賦序》,(清)嚴可均輯:《全晉文》,商務印書館,1999 年 10 月第 1 版,第 757 頁。

〔註 153〕(清)姚鼐:《古文辭類纂》,嶽麓書社,1988 年 2 月第 1 版,第 880 頁。

〔註 154〕(漢)揚雄著,張震澤校注:《揚雄集校注》,上海古籍出版社,1993 年 10 月第 1 版,第 84 頁。

〔註 155〕(清)程廷祚:《青溪集》,黃山書社,2004 年 12 月第 1 版,第 67 頁。

〔註 156〕(漢)孔安國傳,(唐)孔穎達等正義:《尚書正義》,(清)阮元校刻:《十三經注疏》,中華書局,1980 年 9 月第 1 版,第 169 頁。

誠。」〔註157〕據《漢書・游俠傳・陳遵傳》，《酒賦》是諷諫漢成帝好酒的。宋代陳與義的《書懷示友十首》（其八）說：「賴有一言善，酒箴真可傳。」〔註158〕關於《反離騷》（《藝文類聚》作《反騷》），《漢書・揚雄傳》記載，揚雄讀屈原《離騷》等作品，既同情屈原遭小人進讒言陷害的不幸遭遇，又批評屈原不能隨遇而安、自喪芬芳、投江而死的行為，便寫了一篇文章，常常摘錄《離騷》中的句子反駁他，這篇文章就叫《反離騷》。《反騷》寫好後，從岷山投到江中，以此哀悼屈原。揚雄還依據《離騷》撰寫《廣騷》，又依據《惜誦》等撰寫《畔牢騷》。但是，《漢書》本傳沒有收錄《廣騷》《畔牢騷》，只收錄《反離騷》〔註159〕，可見班固對《反離騷》的評價相當高，而劉勰則認為《反離騷》「思積功寡」「辭韻沉膇」〔註160〕，即認為揚雄寫《反離騷》時雖然用了很多心思，但成就不大，文辭滯重不飛動。這也許就是史家與文論家評價文章的不同吧。關於《逐貧賦》，《漢書・揚雄傳》記載，揚雄「少耆欲」，財產不超過十金，窮得沒有一石餘糧，卻生活得安然自若〔註161〕。可見它是抒情自喻，表達安貧樂道的自足之樂。陸侃如《中古文學系年》考定，此賦作於揚雄65歲時〔註162〕。它把嶄新的題材引入賦體，影響波及後世。宋代洪邁《容齋隨筆》說，韓愈的《送窮文》、柳宗元的《乞巧文》，都是模擬揚雄的《逐貧賦》〔註163〕。清代浦銑《復小齋賦話》也有類似的評語：「揚子雲《逐貧賦》，昌黎《送窮文》所本也。至宋、明而《斥窮》《驅戇》《禮貧》之作，紛紛矣。」〔註164〕《蜀都賦》當作於揚雄早年在成都時，它描摹繁華的蜀都（成都）、壯美的蜀地山水、靈異的蜀地人物，是最早的都市題材大賦，開後代都市賦先聲。

〔註157〕（晉）杜預注，（唐）孔穎達等正義：《春秋左傳正義》，（清）阮元校刻：《十三經注疏》，中華書局，1980年9月第1版，第1880頁。

〔註158〕（宋）陳與義：《陳與義集》（上冊），中華書局，1982年10月第1版，第42～43頁。

〔註159〕（漢）班固撰，（唐）顏師古注：《漢書・揚雄傳》，中華書局，1962年6月第1版，第3515頁。

〔註160〕（南朝梁）劉勰著，詹瑛義證：《文心雕龍義證》，第481頁。

〔註161〕（漢）班固撰，（唐）顏師古注：《漢書・揚雄傳》，中華書局，1962年6月第1版，第3514頁。

〔註162〕陸侃如：《中古文學系年》，人民文學出版社，1985年6月第1版，第43頁。

〔註163〕（宋）洪邁：《容齋隨筆》，上海古籍出版社，1978年7月第1版，第399頁。

〔註164〕（清）浦銑：《復小齋賦話》，（清）浦銑著，何新文、路成文校證：《歷代賦話校證》，上海古籍出版社，2007年3月第1版，第403頁。

東漢共選錄賦家三十人，賦作七十六篇。

班彪的《覽海賦》是第一篇描寫大海的賦，也是水賦的開山作品，曹操和曹丕的《滄海賦》、王粲的《遊海賦》、木玄虛的《海賦》等，均仿《覽海賦》，而以《海賦》尤佳。《北征賦》記敘作者離開京城，北行途中的所見所感。李善注《文選》班彪《北征賦》說，根據《文章流別論》的說法，更始年間（公元 23 年～25 年），班彪前往涼州避難，從長安出發，「至安定，作《北征賦》」〔註 165〕。清代浦銑《復小齋賦話》說，班彪的《北征賦》「妙在有議論，」有自己獨立的看法〔註 166〕。班彪的女兒班昭有仿作《東征賦》。後代紀行賦亦受《北征賦》影響。《遊居賦》，《藝文類聚》摘錄在卷二十八人部十二・遊覽，錄二十八句，卷六州部・冀州作《冀州賦》，錄十句。題名《冀州賦》，當源自首句「夫何事於冀州」。據王子今考證，《藝文類聚》摘錄的《冀州賦》，很可能原題名《遊居賦》〔註 167〕。所以題目當作《遊居賦》為佳。《遊居賦》是最早的遊覽賦，在賦史上有獨特價值。

馮衍的《顯志賦》，作於晚年家居時，抒發不得志的牢騷；語多駢儷，開魏晉六朝駢文之先。

關於杜篤《論都賦》的寫作緣起，《後漢書・文苑列傳・杜篤》記載說，杜篤認為關中地區有高山和黃河作屏障，長安是先帝的舊都，不宜改建洛陽，乃「上奏《論都賦》」〔註 168〕。其主旨是反對建都洛陽，認為應該返都長安。這篇賦在東漢初年關於建都何地的討論中極有影響，傅毅的《洛都賦》《反都賦》、崔駰的《反都賦》，蓋針對《論都賦》而作。《祓禊賦》，《北堂書鈔》作《上巳賦》。《祓禊賦》描寫祓禊民俗的場面。有學者指出，較之先秦巫風濃厚、莊嚴神聖的祓禊儀式，《祓禊賦》呈現的是已經簡化的、娛樂意味甚濃的儀式，從中可以看出上巳節日的演變〔註 169〕。其後這類作品綿延不斷，僅以

〔註 165〕（南朝梁）蕭統編，（唐）李善注：《文選》，上海古籍出版社，1986 年 8 月第 1 版，第 425 頁。

〔註 166〕（清）浦銑：《復小齋賦話》，（清）浦銑著，何新文、路成文校證：《歷代賦話校證》，上海古籍出版社，2007 年 3 月第 1 版，第 401 頁。

〔註 167〕王子今：《〈全漢賦〉班彪〈冀州賦〉題名獻疑》，《文學遺產》2008 年第 6 期，第 94 頁。

〔註 168〕（南朝宋）范曄撰，（唐）李賢等注：《後漢書・文苑列傳・杜篤》，中華書局，1965 年 5 月第 1 版，第 2595 頁。

〔註 169〕徐筱婷：《從杜篤〈祓禊賦〉試觀先秦時期迷信思想及崇巫觀念——與出土文獻合證》，《遼東學院學報》（社會科學版）2012 年第 4 期，第 53 頁。

《藝文類聚》摘錄的同題材賦作就有：晉代成公綏的《洛禊賦》、晉代張協的《洛禊賦》、晉代褚爽的《禊賦》、晉代夏侯湛的《禊賦》、晉代阮瞻的《上巳會賦》、南朝梁代蕭子顯的《家園三日賦》等。《首陽山賦》是較早以賦的形式頌揚伯夷、叔齊節義的作品，文辭簡要明瞭，在東漢賦中並不多見。同題材賦，其後有三國阮籍的《首陽山賦》等。《書摅賦》是最早歌詠書籍裝幀的賦，頗為獨特。書摅，即書的套殼。

班固的《幽通賦》，前人評曰：「刻畫洗練，字字創新」，「是近代刻畫一派所祖」〔註 170〕，影響很大。《藝文類聚》輯錄的曹植的《玄暢賦》、劉禎的《遂志賦》、韋誕的《敘志賦》、棗據的《表志賦》、陸機的《遂志賦》等，均屬於這一類作品。《兩都賦》，《藝文類聚》作《西都賦》《東都賦》。晉代的皇甫謐贊其為「近代辭賦之偉」〔註 171〕劉勰稱讚《兩都賦》文辭明朗絢麗，內容典雅豐富〔註 172〕。它開京都賦先河，張衡的《二京賦》、左思的《三都賦》等，均仿此而作。

傅毅的《舞賦》是最早以舞名篇的賦作。它描寫細膩傳神，妙語連珠，「風流跌宕」〔註 173〕，是《藝文類聚》輯錄的東漢張衡的《舞賦》、梁簡文帝的《舞賦》的先導。《琴賦》是現存最早以琴名篇的賦，其後有漢代蔡邕、晉代嵇康、晉代成公綏、晉代傅玄、明代李贄的同題賦作，可謂代有所作，可見其影響深遠。《洛都賦》是東漢初年探討建都問題的賦作中有影響的作品。見前杜篤《論都賦》。

崔駰的《反都賦》也是東漢初年探討建都問題的賦作中有影響的作品。見前杜篤《論都賦》。《大將軍西征賦》《大將軍臨洛觀賦》中的大將軍，均指竇憲。崔駰為竇憲府中文士。陸侃如懷疑《大將軍西征賦》中「西征」是「北征」之誤，認為此賦寫車騎將軍竇憲於永元元年（89 年）北擊匈奴，於燕然山刻石勒功之事〔註 174〕。費振剛、仇仲謙、劉南平的《全漢賦校注》也認為

〔註 170〕（清）方廷珪評點，（清）陳雲程增補，（清）邵晉涵等批校：《增訂昭明文選集成詳注》，國家圖書館出版社，2015 年 9 月第 1 版。

〔註 171〕（晉）皇甫謐：《三都賦序》，（清）嚴可均輯：《全晉文》，商務印書館，1999 年 10 月第 1 版，第 757 頁。

〔註 172〕（南朝梁）劉勰著，詹瑛義證：《文心雕龍義證》，第 289 頁。

〔註 173〕（清）方廷珪評點，（清）陳雲程增補，（清）邵晉涵等批校：《增訂昭明文選集成詳注》，國家圖書館出版社，2015 年 9 月第 1 版。

〔註 174〕陸侃如：《中古文學系年》，人民文學出版社，1985 年 6 月第 1 版，第 115 頁。

是寫北擊匈奴、燕然山刻石勒功之事〔註175〕。但從文中「西征」「雍梁」「隴阻」等字樣看，陸說、費說似不確。龔克昌等認為此賦是歌頌竇憲率軍奔赴涼州時的軍旅聲威，作於永元二年（公元90年）〔註176〕。作此賦的目的，正如崔駰所說是為了「顯武功」。《大將軍臨洛觀賦》，陸侃如認為作於永元四年（公元92年）〔註177〕，龔克昌等認為作於永元二年之前〔註178〕。此賦展現洛觀的宏偉壯麗。

蘇順的《歎逝賦》借暴風催折枝條，桂樹遭遇冬霜等景象的渲染，悲歎劉生的夭折，是東漢表達哀傷之情的佳作。

據《後漢書·張衡傳》記載，當時奢靡之風盛行，張衡於是模擬班固的《兩都賦》，創作《二京賦》，「因以諷諫」〔註179〕。晉代的羊秉敘說，張衡的《二京賦》《南都賦》讚美京畿地區，可以「與雅頌爭流」，寫得俊美有才華〔註180〕。晉代的皇甫謐讚其為「近代辭賦之偉」〔註181〕。劉勰說：《二京賦》「迅發以宏富」，讚其文筆爽利，含義豐富〔註182〕。清代程廷祚云：「《二京》之方《兩都》，猶青之於藍也。」〔註183〕《溫泉賦》描寫驪山溫泉，沒有大賦的堆垛板滯，而是明快簡潔，別開生面。《髑髏賦》是仿《莊子·至樂》而作，用作者與莊子髑髏之間的問答展開，表達「榮位在身」「輕於塵毛」的價值觀。內容奇特，寓意深刻。《歸田賦》體制短小，文辭清麗，何焯稱其「清灑動人」〔註184〕，開闢漢賦的新境界。晉代張華有《歸田賦》、南朝梁陸

〔註175〕費振剛、仇仲謙、劉南平：《全漢賦校注》，廣東教育出版社，2005年9月第1版，第441頁。

〔註176〕龔克昌、蘇瑞隆等：《兩漢賦評注》，山東人民出版社，2011年4月第1版，第442頁。

〔註177〕陸侃如：《中古文學系年》，人民文學出版社，1985年6月第1版，第118頁。

〔註178〕龔克昌、蘇瑞隆等：《兩漢賦評注》，山東人民出版社，2011年4月第1版，第441頁。

〔註179〕（南朝宋）范曄撰，（唐）李賢等注：《後漢書·張衡傳》，中華書局，1965年5月第1版，第1897頁。

〔註180〕（晉）羊秉敘：《張平子碑》，（清）嚴可均輯：《全晉文》，商務印書館，1999年10月第1版，第729頁。

〔註181〕（晉）皇甫謐：《三都賦序》，（清）嚴可均輯：《全晉文》，商務印書館，1999年10月第1版，第757頁。

〔註182〕（南朝梁）劉勰著，詹瑛義證：《文心雕龍義證》，第289頁。

〔註183〕（清）程廷祚：《青溪集》，黃山書社，2004年12月第1版，第67頁。

〔註184〕（清）方廷珪評點，（清）陳雲程增補，（清）邵晉涵等批校：《增訂昭明文選集成詳注》，國家圖書館出版社，2015年9月第1版。

倕有《思田賦》，均為受其啟發而創作。《冢賦》題材較為獨特。《古文苑》章樵題注：「詳觀此賦」，應當是張衡預先為自己選擇冢墓〔註185〕。《藝文類聚》還輯錄有陸機的《感丘賦》，是受張衡《冢賦》啟發而作。張衡的《舞賦》與傅毅的《舞賦》是描寫漢代舞蹈的雙璧，對研究漢代舞蹈發展具有較高史料價值。從描寫歌舞的技巧上看，張衡的《舞賦》較之傅毅的《舞賦》，更勝一籌。《南都賦》描寫南陽的地理與人文景觀。陸侃如認為此賦作於永初七年（公元113年），張衡為南陽主簿之時〔註186〕。此賦「祖《上林》法」〔註187〕，亦模仿揚雄《蜀都賦》，卻頗具生氣。描寫帝王出獵是漢大賦的老題目，司馬相如的《天子遊獵賦》、揚雄的《羽獵賦》等，均屬於這一類作品。張衡的《羽獵賦》是帝王遊獵賦發展鏈條上的重要作品，對這一題材的延續與發展，起了推波助瀾的作用。僅以《藝文類聚》所輯，在張衡之後，還有三國曹丕的《校獵賦》、三國王粲的《羽獵賦》、三國應瑒的《西狩賦》、晉代夏侯湛的《獵兔賦》、晉代潘岳的《射雉賦》等。

班昭的《東征賦》敘述作者從洛陽到陳留長垣的見聞，李周翰注《文選·東征賦》說它是「敘行歷而見志」〔註188〕。此賦雖然模仿其父班彪的《北征賦》，但自有其獨特之處。《針縷賦》歌頌針線，在賦作中，此類題材較為稀見；借物明志，清麗流暢。

黃香的《九宮賦》讚美道家的宮殿宏偉壯麗，極盡誇飾渲染，承續漢大賦鋪張揚厲的文風。

李尤的《函谷關賦》是最早描寫關塞山川的賦作。晉代江統的《函谷關賦》、唐代閻伯的《函谷關賦》、宋代張耒的《函關賦》，對李尤的《函谷關賦》均有不同程度的借鑒。《德陽殿賦》《東觀賦》《辟雍賦》《平樂觀賦》均描寫洛陽的宮殿樓觀，屬於宮殿賦一類。現存漢代的宮殿賦較少，西漢僅有一篇，即劉歆的《甘泉宮賦》，其餘均為東漢時期的，而李尤一人就獨佔數篇，足見其獨特的價值。

〔註185〕（宋）章樵注：《古文苑》，《景印文淵閣四庫全書》（第1332冊），臺灣商務印書館，1983年版，第615頁。

〔註186〕陸侃如：《中古文學系年》，人民文學出版社，1985年6月第1版，第138頁。

〔註187〕（清）方廷珪評點，（清）陳雲程增補，（清）邵晉涵等批校：《增訂昭明文選集成詳注》，國家圖書館出版社，2015年9月第1版。

〔註188〕（南朝梁）蕭統編，（唐）李善、呂延濟、劉良、張銑、呂向、李周翰注：《六臣注文選》，中華書局，2012年5月第1版，第185頁。

馬融《長笛賦》的作意，據序文，是有感於王褒作有《洞簫賦》、枚乘作有《笙賦》、劉玄作有《簧賦》、傅毅作有《琴賦》，惟獨沒有《笛賦》，「聊復備數」，才創作《長笛賦》〔註 189〕。劉師培說：王褒的《洞簫賦》和馬融的《長笛賦》都是「音樂之妙論」〔註 190〕。《長笛賦》雖模擬前作，卻新巧別致，特別是描寫笛樂一段，尤為傳神，為唐代白居易《琵琶行》、李賀《李憑箜篌引》等所取法。《圍棋賦》是今天所見最早描寫圍棋的賦，有開拓賦作題材之功，繼踵之作有晉代曹攄、晉代蔡洪、南朝梁武帝、南朝梁宣帝的同題賦。

王逸的《荔枝賦》是較早描寫荔枝的賦。唐代的張九齡、宋代的范成大、清代的李漁等，均有同題賦作，可謂代不乏人。《機賦》也作《織機賦》《機婦賦》，寫織機的製作和機婦的勞作，文辭典雅；其後有晉代楊泉的《織機賦》。

朱穆的《鬱金賦》讚美鬱金香超過百花、特異靈秀的風姿與品質。清代浦銑說，「比光榮於秋菊」六句為「子建《洛神》所本」〔註 191〕，可見朱穆賦對曹植《洛神賦》的影響，晉代傅玄的《鬱金賦》也仿朱穆賦而作。

王延壽的《魯靈光殿賦》，劉勰稱其「含飛動之勢」〔註 192〕，即是說它的描寫飄逸生動，氣勢非凡。此賦以寫實為主，「雄勁蒼古」〔註 193〕。晉代皇甫謐讚其為「近代辭賦之偉」〔註 194〕。《夢賦》是最早以夢名篇的賦作。唐代杜頠、清代傅山等均有同題賦作。《王孫賦》寫獮猴。劉勰稱王延壽「善圖物寫貌」〔註 195〕，清代陸棻讚其「為王孫傳神酷似」〔註 196〕。晉代阮籍的《獮猴賦》、晉代傅玄的《猿猴賦》，均仿《王孫賦》。

〔註 189〕（漢）馬融：《長笛賦》，（清）嚴可均輯：《全後漢文》，商務印書館，1999 年 10 月第 1 版，第 168 頁。

〔註 190〕劉師培：《劉師培經典文存·論文雜記二一》，上海大學出版社，2004 年 5 月第 1 版，第 279 頁。

〔註 191〕（清）浦銑：《復小齋賦話》，何新文、路成文：《歷代賦話校證》，上海古籍出版社，2007 年 3 月第 1 版，第 405 頁。

〔註 192〕（南朝梁）劉勰著，詹瑛義證：《文心雕龍義證》，第 289 頁。

〔註 193〕（清）方廷珪評點，（清）陳雲程增補，（清）邵晉涵等批校：《增訂昭明文選集成詳注》，國家圖書館出版社，2015 年 9 月第 1 版。

〔註 194〕（晉）皇甫謐：《三都賦序》，（清）嚴可均輯：《全晉文》，商務印書館，1999 年 10 月第 1 版，第 757 頁。

〔註 195〕（南朝梁）劉勰著，詹瑛義證：《文心雕龍義證》，第 1790 頁。

〔註 196〕（清）陸棻：《歷代賦格》卷中，清刻本。

邊孝先的《塞賦》讚美「塞」中所蘊含的無窮奧秘。「塞」是一種棋類遊戲。寫「塞」的賦較少，此篇在賦的題材上具有開拓意義。

趙壹的《窮鳥賦》，據《後漢書·文苑列傳·趙壹》記載，趙壹多次犯罪，差點死掉，多虧朋友相助，才得以幸免，於是寫此賦以謝恩〔註 197〕。作者以窮鳥自喻，表達懷才不遇的怨憤，語言「徑直露骨」〔註 198〕。晉代夏侯湛的《觀飛鳥賦》、南朝梁代沈約的《天淵水鳥應詔賦》等，均取法《窮鳥賦》。

蔡邕的《述行賦》最有名。寫此賦的動因，就是序中交代的宦官專權、忠臣獲罪、百姓死於非命等「心憤」之事。賦借古喻今，充溢鬱悒、憤懣之氣。此賦對抒情小賦的創作具有啟迪意義，對杜甫《北征》等紀行詩也有一定啟發。《漢津賦》描寫漢水，筆調誇張，氣勢逼人。此賦是最早整篇描寫江河的賦作。南朝梁簡文帝的《玩漢水詩》，構思上受其影響。《檢逸賦》中的「檢逸」是指要自我約束，不要放縱情慾。賦把女子寫的異常美豔，可望而不可得。蔡邕的言情賦技巧嫻熟，角度獨特，對豔情文學的發展自有其貢獻。《青衣賦》也是言情賦，青衣是婢女的名字。賦歌頌婢女的嫵媚清純，舉止嫻雅，聰明機巧。張超有《誚青衣賦》回應，也可見蔡邕《青衣賦》所表達的思想的可貴。同情並歌頌下層女子的美貌與美德這一主題，為曹丕的《出婦賦》、王粲的《寡婦賦》、曹植的《感婚賦》等繼承。據《後漢書·蔡邕傳》記載，蔡邕的琴藝造詣極高〔註 199〕，寫有《琴賦》《琴贊》等。枚乘、劉向、馬融、傅毅、嵇康、閔鴻、傅玄、成公綏、陸瑜等，均創作有《琴賦》。琴賦之外，還有「琴詩」「琴贊」「琴論」等，漢魏六朝時期，琴賦、琴詩等的創作之風較盛。蔡邕的《琴賦》無疑是眾多同題材創作中的重要一篇。《筆賦》贊毛筆。蔡邕是書法家，創造了飛白書。《筆賦》是最早描寫毛筆的賦作。彈棋是一種遊戲，其中的具體遊戲規則已經失傳。大概起源於西漢。蔡邕的《彈棋賦》是現存較早描寫彈棋活動的賦。其後寫彈棋的賦，僅據《藝文類聚》輯錄的就有三國魏曹丕、三國魏丁廙、晉代夏侯惇的同題賦。

張超的《誚青衣賦》（張超，《藝文類聚》卷三十五人部十九·傭保之文

〔註 197〕（南朝宋）范曄撰，（唐）李賢等注：《後漢書·文苑列傳·趙壹》，中華書局，1965 年 5 月第 1 版，第 2628 頁。

〔註 198〕（清）劉熙載著，王氣中箋注：《藝概箋注》，貴州人民出版社，1986 年 6 月第 1 版，第 272 頁。

〔註 199〕（南朝宋）范曄撰，（唐）李賢等注：《後漢書·蔡邕傳》，中華書局，1965 年 5 月第 1 版，第 1980、2004 頁。

體「賦」作「張安超」，誤。），是針對蔡邕的《青衣賦》有感而作，指責蔡邕迷戀女色，譏誚婢女地位低下，反映了時代的侷限；但也表達了不要迷戀女色的勸誡之意，有一定現實意義。此賦多處用典，含蘊豐富，語言也較為直率。

張紘的《瓌材枕賦》詠一種用奇異材料做成的枕頭，鋪敘誇張，語言華美，結尾歸結為節儉為政、與民休息的旨意；此賦是現存最早的詠枕賦。

禰衡《鸚鵡賦》的寫作背景，《後漢書・文苑列傳・禰衡》有記載：黃祖的長子黃射擔任章陵太守，和禰衡的私交非常好。一次，黃射舉辦規模盛大的宴會，招待賓朋。席間，有人獻上鸚鵡。黃射舉著酒杯，對禰衡說：「請先生寫一篇鸚鵡賦吧，讓嘉賓們歡樂歡樂。」禰衡二話沒說，拿起筆，一揮而就，文中沒有任何修修改改之處，卻「辭采甚麗」〔註200〕。這篇賦以鸚鵡自比，清代何焯說它全篇都是寄託，是才能之士的寫照，讀此賦「為之慨然」〔註201〕，是詠物賦的力作。

閔鴻的《芙蓉賦》描寫淩於碧波上的「靈草」芙蓉，綠葉紅花分外耀眼，惹人喜愛。《藝文類聚》卷八十二草部下・芙蕖之文體「賦」中，還輯錄三國魏曹植的《芙蓉賦》、三國吳蘇彥的《芙蕖賦》、晉代孫楚的《蓮花賦》、晉代潘岳的《蓮花賦》、晉代夏侯湛的《芙蓉賦》、南朝宋代傅亮的《芙蕖賦》、南朝梁代江淹的《蓮花賦》等，在同題材（也是同題）的歷代賦作中，以閔鴻的《芙蓉賦》較早。

二、選錄的魏晉名賦

三國共選錄賦家三十四人，賦作一百七十二篇。

陳琳的《武軍賦》記述公元 199 年袁紹和公孫瓚之戰，頗具寫實性，是最早描寫戰爭的賦。《神武賦》也是戰爭題材的賦，寫曹操東征烏桓，歌頌曹操的神明英武。《神武賦》和《武軍賦》對當時和後世征討題材的賦作有很大影響。陳琳的《止欲賦》與阮瑀的《止欲賦》，是同題賦，主旨也相同，既愛慕淑女的豔麗，又控制自己的欲望，表現出謙謙君子的情懷。這類賦作開啟曹植《洛神賦》、陶淵明《閒情賦》的先聲。《神女賦》是作者隨曹操征討荊州

〔註200〕（南朝宋）范曄撰，（唐）李賢等注：《後漢書・文苑列傳・禰衡》，中華書局，1965 年 5 月第 1 版，第 2657 頁。

〔註201〕于光華：《評注昭明文選》，民國刊本。

時所作。神女是指漢江游女。建安時期，陳琳、王粲、應瑒、楊脩都有《神女賦》；陳琳的《神女賦》是眾聲喧嘩的同題唱和中的一篇。

崔琰的《述初賦》，題名取自漢代劉歆的《遂初賦》。述初，即陳述當初的、平生的志願。賦在紀行中言志，兩者結合，是這類賦作發展鏈條上的重要一篇。

阮瑀的《止欲賦》在陳琳賦中已經談到。他的《箏賦》歌詠樂器「箏」，是傳統樂器賦中的重要一篇，將漢代音樂人李延年、陳惠等寫入賦中，是對這類題材賦內容的新開拓。

徐幹的《齊都賦》描寫的是古代齊國的首都臨淄，是對漢代京都大賦題材與表現手法的繼承，也是一篇典型的京都大賦。

楊脩的《神女賦》，在談陳琳賦時論及，是與陳琳、王粲、應瑒等人的唱和之作。《孔雀賦》描寫孔雀。《藝文類聚》卷九十一鳥部中・孔雀，除輯錄楊脩此賦外，還輯錄三國鍾會的《孔雀賦》、晉代左九嬪的《孔雀賦》。楊脩此賦是同題賦中較早的一篇。《許昌宮賦》繼承漢代以來宮殿賦的傳統，描寫作為魏五都之一許昌的宮殿，當時文人亦多以許昌宮為題材作賦，《藝文類聚》卷六十二居處部二・宮，還輯錄卞蘭的《許昌宮賦》。兩賦是眾多同題賦作的佼佼者。

邯鄲淳的《投壺賦》所詠的「投壺」，是宴會上的一種遊藝活動。《三國志・魏書・王粲傳》裴松之注引《魏略》說，邯鄲淳的《投壺賦》作於黃初初年，「(魏）文帝以為工，賜帛千匹。」〔註 202〕邯鄲淳的《投壺賦》是同題賦作中保存相對完整的、最早的作品。

應瑒的《慜驥賦》，題目中的「慜」當通「愍」。此賦哀歎千里馬的困頓，表達生不逢時、懷才不遇的感歎。立意、構思當取自《楚辭・懷沙》:「伯樂既沒，驥焉程兮？」〔註 203〕《慜驥賦》讓人想起韓愈的《馬說》。《撰征賦》寫曹操北征烏桓，為戰爭題材的賦作。建安其間，此類賦較多，應瑒的這篇賦是此類題材發展演變中的重要一篇。南朝宋代謝靈運的《撰征賦》，沿用應瑒的賦題。《靈河賦》描寫黃河，晉代成公綏有《大河賦》，都是正面歌頌黃河的賦作。《馳射賦》，龔克昌等認為，是描寫春天打獵〔註 204〕。馮莉將其劃歸畋

〔註 202〕（晉）陳壽撰，(南朝宋）裴松之注：《三國志・魏書・王粲傳》，中華書局，1982 年 7 月第 2 版，第 603 頁。

〔註 203〕（宋）洪興祖撰，白化文等點校：《楚辭補注》（重印修訂本)，中華書局，1983 年 3 月第 1 版，第 145 頁。

〔註 204〕龔克昌、周廣璜、蘇瑞隆：《全三國賦評注》，齊魯書社，2013 年 6 月第 1 版，第 97 頁。

獵賦〔註205〕。林家驪則認為是記述一場射箭比賽〔註206〕。《馳射賦》輯錄在《藝文類聚》卷六十六產業部下·田獵中，以此看來，龔克昌、馮莉等的說法較為符合實際。它是對漢代以來畋獵賦的繼承與發揚。晉代夏侯淳有《馳射賦》，惜只存一句。關於《西狩賦》的寫作背景，《古文苑》卷七章樵注引摯虞《文章流別論》說，建安年間，曹丕跟隨曹操外出打獵，讓眾人就此事作賦。陳琳作《武獵賦》，王粲作《羽獵賦》，應瑒作《西狩賦》，劉楨作《大閱賦》〔註207〕。魏宏燦將這次出獵考定為建安十八年（公元213年）或十九年（公元214年）秋冬〔註208〕。《西狩賦》是此次出獵的重要創獲。《愁霖賦》感歎秋季連綿的陰雨。《藝文類聚》還輯錄曹丕、曹植的同題賦作，應瑒此篇當是奉命而作。作者「聞左右之歎聲」，便「意淒唳而增悲」，表現出對農事的關切，較有積極意義。

劉楨的《黎陽山賦》，韓格平認為是由鄴南行途中作〔註209〕，又說是登山詠懷之作〔註210〕。兩種說法略有不同。也有學者認為是劉楨居黎陽時所作，與韓格平的說法相距較遠。考李善注《文選》謝混《遊西池》引《黎陽山賦》「良遊未厭，白日潛暉」二句〔註211〕，不像是行旅途中的匆匆登臨，所以，當以作於居黎陽時的說法為佳。關於山的賦作大都詠名山，而此賦為一座不知名的小山作賦，豐富了賦的題材範圍。《遂志賦》借登山抒寫理想志向。遂志，即實現志願。題目取自《易經》:「君子以致命遂志。」〔註212〕劉楨的《遂志賦》是對劉歆《遂初賦》的繼承。兩賦屬於同一題材。鍾嶸稱劉楨「貞骨凌

〔註205〕馮莉:《〈文選〉賦研究》，北京語言大學出版社，2016年6月第1版，第96頁。

〔註206〕林家驪:《阮瑀應瑒劉楨合集校注》，河北教育出版社，2013年6月第1版，第77頁。

〔註207〕（宋）章樵注:《古文苑》，《景印文淵閣四庫全書》（第1332冊），臺灣商務印書館，1983年版，第627頁。

〔註208〕魏宏燦:《曹丕集校注·曹丕年譜簡編》，安徽大學出版社，2009年10月第1版，第392頁。

〔註209〕韓格平:《建安七子詩文集校注評析》，吉林文史出版社，1991年10月第1版，第466頁。

〔註210〕韓格平:《建安七子綜論》，東北師範大學出版社，1998年1月第1版，第224頁。

〔註211〕（南朝梁）蕭統編，（唐）李善注:《文選》，上海古籍出版社，1986年8月第1版，第1034頁。

〔註212〕（魏）王弼、（晉）韓康伯注，（唐）孔穎達等正義:《周易正義》，（清）阮元校刻:《十三經注疏》，中華書局，1980年9月第1版，第59頁。

霜，高風跨俗」〔註 213〕，即誇讚他的詩精神品格真摯，傲霜鬥雪；風格高潔，超凡脫俗。《遂志賦》也表現出這樣的特色。《大暑賦》寫暑熱。曹植、王粲、陳琳等均有同題賦，當是眾人同題奉和之作。《藝文類聚》另輯錄繁欽的《暑賦》，或亦作於同時。《藝文類聚》還輯錄晉代夏侯湛和卞伯玉的《大暑賦》，可見《大暑賦》的題目為後代所承襲。《魯都賦》中的魯都，指古代魯國的國都，即今山東曲阜。劉楨的家鄉寧陽屬於魯地，距離魯都很近。劉楨繼承自揚雄《蜀都賦》以來的京都賦傳統，賦作體制宏達，詳盡描繪魯都的歷史、地理、物產、美女、民俗、宮殿、田獵、禮樂等，具有較高史料價值，同時也對當時已經漸趨衰落的京都賦創作，具有提振作用。

王粲的《登樓賦》所登之樓，據李善注《文選‧登樓賦》引《荊州記》說是當陽縣城樓〔註 214〕。賦是王粲避亂荊州時作。劉勰稱讚王粲是「魏晉之賦首」〔註 215〕。與王粲同時代的曹丕說，《登樓賦》即使張衡、蔡邕也是超不過的〔註 216〕。晉代的陸雲稱讚《登樓賦》「名高」「未可越」〔註 217〕。南宋朱熹評《登樓賦》為「魏之賦極此矣」〔註 218〕。清代浦銑說《登樓賦》「情真語至，使人讀之堪為淚下」。晉代棗據「亦有此賦，皆脫胎於（王）粲」〔註 219〕。三國曹丕說王粲「長於辭賦」〔註 220〕。從《登樓賦》等賦作的創作成績看，曹丕此言不虛。關於《遊海賦》，韓格平解釋說，王粲既沒有見過大海，也沒有親臨會稽山，《遊海賦》只是「神遊述志」〔註 221〕。王粲未見過大海的說法恐怕過於絕對。張蕾說，王粲「未曾涉海」，這篇賦大概是讀曹丕《滄海賦》

〔註 213〕（南朝梁）鍾嶸著，曹旭集注：《詩品集注》（增訂本），第 133 頁。

〔註 214〕（南朝梁）蕭統編，（唐）李善注：《文選》，第 489 頁。

〔註 215〕（南朝梁）劉勰著，詹瑛義證：《文心雕龍義證》，第 300 頁。

〔註 216〕（三國）曹丕：《典論‧論文》，（清）嚴可均輯：《全三國文》，商務印書館，1999 年 10 月第 1 版，第 83 頁。

〔註 217〕陸雲：《與兄平原書》，（清）嚴可均：《全晉文》，商務印書館，1999 年 10 月第 1 版，第 1079 頁。

〔註 218〕（宋）朱熹撰，蔣立甫校點：《楚辭集注》，上海古籍出版社、安徽教育出版社，2001 年 12 月第 1 版，第 257 頁。

〔註 219〕（清）浦銑：《復小齋賦話》，（清）浦銑著，何新文、路成文校證：《歷代賦話校證》，上海古籍出版社，2007 年 3 月第 1 版，第 394 頁。

〔註 220〕（三國）曹丕：《典論‧論文》，（清）嚴可均：《全三國文》，商務印書館，1999 年 10 月第 1 版，第 83 頁。

〔註 221〕韓格平：《建安七子詩文集校注譯析》，吉林文史出版社，1991 年 10 月第 1 版，第 171 頁。

「有感而作」〔註 222〕。這種解釋未免過於膠著，也忽視了文學創作中的想像功能。漢魏時期描寫大海的賦作不多，以班彪《覽海賦》為最早，還有曹丕的《滄海賦》。而班固的《覽海賦》、曹操的《滄海賦》僅存一二句。王粲的《遊海賦》無疑為這一題材的創作起到推動作用。晉代木華的《海賦》、潘岳的《滄海賦》、孫綽的《望海賦》等，在表現技巧等方面，均受到王粲《遊海賦》的影響。王粲等漢魏時期描寫大海的賦作，對晉代山水詩的興起，也起到一定催生作用。關於《浮淮賦》的寫作背景，《三國志・魏書・武帝紀》說，建安十四年（公元 209 年）七月，曹操的軍隊從渦河進入淮河，經過淝水，屯軍合肥，東征吳國〔註 223〕。此次東征，只是曹操虛晃一槍，雙方並未交兵。王粲和曹丕奉命同作。王粲選擇此次東征中驚心動魄的場面——渡淮水，加以描寫，展現渡淮曹軍的強大陣容和昂揚鬥志。《浮淮賦》是征戰題材賦作的精品。《閑邪賦》中的「閑邪」，是防止邪惡的意思。在《藝文類聚》卷十八人部二・美婦人中，還輯錄陳琳的《止欲賦》、阮瑀的《止欲賦》、應瑒的《正情賦》、曹植的《靜思賦》，均為同一主題的賦作。這些賦輯錄在子目「美婦人」下，無非是告誡人們不要沉湎女色。《寡婦賦》中的「寡婦」，指阮瑀妻。據曹丕《寡婦詩序》說，舊友阮瑀，不幸早亡，「傷其妻孤寡」，於是作《寡婦詩》〔註 224〕。曹丕還寫了《寡婦賦》，其序中說，命令王粲等人一起也創作同題賦〔註 225〕。《藝文類聚》卷三十四人部十八・哀傷，除輯錄曹丕和王粲的《寡婦賦》外，還輯錄丁廙妻的《寡婦賦》，當亦作於此時。賦中流露出對阮瑀妻的關懷與同情。《大暑賦》是同題共作。參見劉楨的《大暑賦》論析。此賦中寫到皇家避暑之行，與其他賦作的內容有異。《神女賦》是同題共作。陳琳、楊脩、應瑒等都有同題賦作，而以王粲的《神女賦》保存較為完整，也較具代表性。此賦繼承宋玉《神女賦》等賦作的傳統，又融入建安時期的時代元素，即在客觀描寫神女的美麗的同時，注重作者主觀情感的宣洩。《出婦賦》描寫棄婦。《藝文類聚》卷三十人部十四・別下，還輯錄曹丕和曹植的《出婦賦》。

〔註 222〕張蕾：《王粲集校注》，河北教育出版社，2013 年 6 月第 1 版，第 44 頁。

〔註 223〕（晉）陳壽撰，（南朝宋）裴松之注：《三國志・魏書・武帝紀》，中華書局，1982 年 7 月第 2 版，第 32 頁。

〔註 224〕（三國）曹丕：《寡婦詩》，逯欽立輯校：《先秦漢魏晉南北朝詩》，中華書局，1983 年 9 月第 1 版，第 403 頁。

〔註 225〕（三國）曹丕：《寡婦賦》，（清）嚴可均輯：《全三國文》，商務印書館，1999 年 10 月第 1 版，第 38 頁。

王粲此賦當是曹氏兄弟同題賦的和作，譴責喜新厭舊的負心漢，表達對棄婦的同情。《傷夭賦》感歎戰亂和瘟疫等對生命的摧折，是當時動盪時代的縮影，為這類賦獨特的價值所在。《藝文類聚》卷三十四人部十九・哀傷，還輯錄曹丕的《悼夭賦》、曹植的《慰子賦》，當為同題材之作。《鶡賦》寫鶡鳥的勇猛善鬥，以及鬥則「期必於死」的精神〔註 226〕。曹操、曹植有同題賦。

韋誕的《敘志賦》屬於寫志賦一類。龔克昌等認為此賦作於「致仕前」〔註 227〕。陸侃如則認為作於嘉平五年（公元 253 年）〔註 228〕，是作者晚年表白心志之作。現存漢魏寫志賦九篇，韋誕的《敘志賦》是其中的佳作。

繁欽的《暑賦》寫暑熱，是與曹植、劉楨等人的同題賦作。參見劉楨的《大暑賦》論析。賦中寫到「物焦人渴」等現象，將關注點移至普通人的生活，與寫上流社會的賦作不同。《彌愁賦》繼承屈原香草美人的比興傳統，借助對一位閒靜、優雅的美女的描寫，表達淡淡的憂思，抒發客居他鄉的愁緒。建安時期，出現創作以勸愁止欲為主旨賦作的風氣，繁欽的《彌愁賦》、王粲的《閒邪賦》、應瑒的《正情賦》、陳琳的《止欲賦》等，就屬於這一類作品。《愁思賦》，《初學記》作「《秋思賦》」，抒發秋天裏的憂愁，傷時感懷，哀婉淒切，文情並茂。

丁儀的《厲志賦》是言志賦，賦中除了表達自己的志向外，還敘說自己人生的危難處境。劉熙載論及古人的言志之賦，列舉漢代崔篆的《慰志賦》、漢代馮衍的《顯志賦》、三國魏劉禎的《遂志賦》、三國魏丁儀的《厲志賦》、晉代棗據的《表志賦》，晉代曹攄的《述志賦》〔註 229〕。除了這幾篇賦外，《藝文類聚》卷二十六人部十・言志之文體「賦」中，還輯錄東漢班固的《幽通賦》、三國魏曹植的《玄暢賦》《幽思賦》、三國魏韋誕的《敘志賦》、晉代夏侯惇的《懷思賦》、晉代潘尼的《懷退賦》、晉代傅咸的《申懷賦》、晉代陸機的《遂志賦》《懷土賦》、南朝梁元帝的《玄覽賦》《言志賦》；這些賦，在《藝文類聚》編者看來，也都是「言志」的，所以把它們輯錄在子目「言志」之文

〔註 226〕（三國）曹植：《鶡賦》，（清）嚴可均：《全三國文》，商務印書館，1999 年 10 月第 1 版，第 138 頁。

〔註 227〕龔克昌、周廣璜、蘇瑞隆：《全三國賦評注》，齊魯書社，2013 年 6 月第 1 版，第 204 頁。

〔註 228〕陸侃如：《中古文學系年》，人民文學出版社，1985 年 6 月第 1 版，第 566 頁。

〔註 229〕（清）劉熙載著，王氣中箋注：《藝概箋注》，貴州人民出版社，1986 年 6 月第 1 版，第 285 頁。

體「賦」中。劉熙載說，賦並不是都用來言志的，言志的賦，題目中也不一定都有「志」字〔註230〕。《藝文類聚》輯錄的言志賦，有的題目中就沒有「志」字。

丁廙的《蔡伯喈女賦》讚美蔡琰的美德與才華，同情她的不幸遭遇，作於文姬歸漢後。蔡琰，字文姬。整篇賦敘事、抒情富於變化，細膩委婉。曹丕有同題賦作。

曹丕的《滄海賦》大概創作於隨曹操北征烏桓之時，曹操的《步出夏門行・觀滄海》就是這一期間的詩作。賦用寫實的手法描繪渤海的壯美，是現存三國賦中為數不多的描寫大海的賦作。《寡婦賦》是為亡友阮瑀之妻而作，以第一人稱的手法，抒發寡婦的孤苦無依，自悲自歎。以第一人稱手法創作賦，曹丕有開創之功。晉代潘岳《寡婦賦》有「阮瑀歿，文帝悼之」的句子，顯然潘岳《寡婦賦》是受了曹丕的影響。《槐賦》詠槐樹。王粲有同題賦，是奉命之作。這篇賦是現存最早一篇詠槐賦。《濟川賦》寫濟川，描寫細膩生動。濟川，即古濟水。此篇是現存最早描寫濟水的賦。

關於何晏的《景福殿賦》的寫作背景，《文選》李善注引《典略》說：魏明帝想要東巡，擔心夏天太熱，所以在許昌建造景福殿。景福殿建成後，命令文士作賦，「平叔（何晏，字平叔）遂有此作。」〔註231〕賦讚美景福殿的高大雄偉，藉以顯示曹氏君王的赫赫功勳。同時創作的，還有韋誕、夏侯惠的同題賦，而以何晏此賦最佳，是宮殿賦的名作。

曹植的《離繳雁賦》描寫一隻受傷的雁，表達作者悲憫的情懷。《感婚賦》繼承屈原香草美人的比興手法，借「良媒不顧」「歡媾不成」，比喻自己的懷才不遇。關於曹植的《登臺賦》，《三國志・魏書・陳思王植傳》記載著一段佳話：曹植十餘歲的時候，就很善於寫文章。曹操看過曹植的文章，有些懷疑，問：「這些文章是請人代作的嗎？」曹植請求面試以證明自己的才華。當時，鄴都的銅雀臺剛剛建成，曹操與兒子們登上銅雀臺，讓每人各作一篇賦。「（曹）植援筆立成，可觀，太祖（曹操）甚異之。」〔註232〕據《三國志・魏

〔註230〕（清）劉熙載著，王氣中箋注：《藝概箋注》，貴州人民出版社，1986年6月第1版，第285頁。

〔註231〕（南朝梁）蕭統編，（唐）李善注：《文選》，上海古籍出版社，1986年8月第1版，第522頁。

〔註232〕（晉）陳壽撰，（南朝宋）裴松之注：《三國志・魏書・陳思王植傳》，中華書局，1982年7月第2版，第557頁。

書・武帝紀》記載，建安十五年（公元210年）冬造銅雀臺〔註233〕。曹植時年十九歲。其他同題之作，皆亡佚，《登臺賦》成為描寫銅雀臺的最早賦作，且遠勝於後世陸雲、盧諶的同題賦。曹植的《愁霖賦》寫連日陰雨帶來的不便，是同題材賦作的延續。《敘愁賦》代嫁入皇宮的兩個妹妹抒寫離別的愁緒，題材較為獨特。《慰子賦》哀悼愛子早夭，抒發永訣的哀傷。《酒賦》模仿西漢揚雄的同名賦作，文辭雅正；寫飲酒之樂，甚為精彩。《東征賦》為征伐題材。《三國志・魏書・陳思王植傳》記載：建安十九年，曹操東征孫吳，「使（曹）植留守鄴」〔註234〕。曹植在京城遙祝「元勳（大功）之必舉（取得）」，遂作此賦。《大暑賦》與劉楨、王粲、陳琳等的《大暑賦》，為同題共作。李善注《文選・（楊脩）答臨淄侯箋》說：曹植曾作《大暑賦》，楊脩也寫了一篇，「竟日不敢獻。」〔註235〕「竟日不敢獻」的原因，大概是由於楊脩看到自己的賦不如曹植所作；可見當時在楊脩眼中，曹植《大暑賦》的水平是很高的。《閑居賦》寫春日景物，抒寫自己因「介特（孤高）」而「無儔（同伴）」的內心孤獨。《出婦賦》是棄婦題材，與王粲、曹丕的《出婦賦》為同一主題。曹植另有《棄婦篇》（也作《棄婦詩》）。關於《棄婦篇》的作意，趙幼文認為是諷刺平虜將軍劉勳的。劉勳因悅於司馬氏女，藉口妻無子將其出之〔註236〕。《出婦賦》中有「悅新婚而忘妾」的話，大概《出婦賦》與《棄婦篇》所詠為同一題材，但《出婦賦》已非全篇，故所詠不可確知。這類作品，反映了曹植對婦女問題的關切。《神龜賦》寫號稱能活千歲的烏龜之死，說明萬物有生必有死，進而否定神仙長生的思想，較有認識價值。曹植的《節遊賦》先寫景物之美，再寫遊覽之樂，最後說，放縱自己盡情遊樂，「非經國之大綱」，歸結到「節遊」的主題，表達棄遊樂、建功業的思想。《車渠碗賦》詠西域出產的一種用車渠做成的碗，頌讚其精美。據曹丕《車渠碗賦序》說，車渠是一種玉石〔註237〕。曹丕以及徐幹、應瑒均有同題賦作。這種題材，賦作中較為少

〔註233〕（晉）陳壽撰，（南朝宋）裴松之注：《三國志・魏書・武帝紀》，中華書局，1982年7月第2版，第32頁。

〔註234〕（晉）陳壽撰，（南朝宋）裴松之注：《三國志・魏書・陳思王植傳》，中華書局，1982年7月第2版，第557頁。

〔註235〕（南朝梁）蕭統編，（唐）李善注：《文選》，上海古籍出版社，1986年8月第1版，第1819頁。

〔註236〕（三國魏）曹植著，趙幼文校注：《曹植集校注》，中華書局，2016年10月第1版，第53頁。

〔註237〕（三國）曹丕：《車渠碗賦》，（清）嚴可均輯：《全三國文》，商務印書館，

見，值得珍視。《迷迭香賦》詠西域出產的一種植物——迷迭香，寫它「弗見凋於嚴霜」，四季常青的特點，讚揚它比暮秋的蘭草還要芳香，比崑崙山的靈芝草還要美麗。這篇賦與《車渠碗賦》都反映了當時與西域的貨物交流。《芙蓉賦》詠荷花，說「百卉」雖然華美、茂盛，但是沒有荷花「獨靈」；對同類題材的賦作有啟發。《感節賦》寫春季與朋友一起外出遊覽，描寫春天裏的各種景物，也表達「人生之忽過」「年命之早零」的遲暮之感。《寶刀賦》歌詠寶刀。賦序說，建安中，家父魏王（曹操）讓人鑄造五枚寶刀，三年才鑄成，以龍、虎、熊、馬、雀作為標誌。曹植得一枚。賦寫寶刀的製造過程、寶刀的鋒利等，而造寶刀的目的是「揚武備以禦凶」。這一篇是現存最早的描寫寶刀的賦。《白鶴賦》讚頌白鶴淑惠、賢良的優雅氣質，感歎白鶴的潔白、美麗；也寫出白鶴被綁縛的孤獨與愁苦，希望有一天能夠解開繩索，「得奮翅而遠遊」。此賦似有所寄託，不是單純的詠鶴。《愍志賦》襲用《楚辭》句式，抒發待嫁女子的哀怨，以及渴望婚姻自由的情懷。《九愁賦》抒發心中的多重憂思，自述困窘的境遇。題目模仿《九辯》《九思》等，寫法上也多取法《離騷》。清代丁晏在《曹集詮評》中讚其「文辭淒咽深婉，何減靈均？」〔註 238〕《洛神賦》作於黃初四年（公元 223 年）。賦序說，自己到京師去朝見魏文帝，回來時經過洛水。據古書上說，洛水之神名宓妃。於是借鑒宋玉的《神女賦》《高唐賦》，寫了這篇賦。賦作辭采華茂，生動傳神地描寫出神女的美豔，體現了曹植「文才富豔」的創作特色。晉代書法家王羲之父子各寫數十本《洛神賦》，可見東晉士人對此的傾賞。後代美女題材的作品多襲用其中的詞彙。《洛神賦》是建安賦的代表作。《愁思賦》描寫秋天的肅殺，抒發秋天的愁緒，感慨季節變換，「芳景遷」，仙人赤松子、王子喬難以追慕，凡人誰也不能成仙，流露出青春短暫、時光流逝的傷感。《靜思賦》寫一個優雅俊美的女子，聰明賢惠，在「秋風起於中林」的季節，感慨年華空逝，抒發哀怨。陳琳有《止欲賦》、應瑒有《正情賦》，曹植的《靜思賦》應當屬於這一類題材。《橘賦》取法屈原的《橘頌》，但並非一概頌菊，而是寫橘從南方移栽到北方後，不能適應北方的土壤，難以生長，藉此「哀草木之難化」。《鷂雀賦》寫鷂與雀的搏殺，以鷂與雀的對話展開情節，是一篇寓言賦。賦中多用口語，這種語言特色為後世俗賦所繼承。《蟬賦》稱讚蟬「淡泊而寡欲」的美德；還將蟬比作伯

1999 年 10 月第 1 版，第 41 頁。

〔註 238〕（清）丁晏：《曹集詮評》，（上海）商務印書館，1935 年 3 月再版，第 8 頁。

夷、柳下惠，讚譽其高潔的品格。同時描寫蟬的險惡處境，有自喻作者自己現實境況的性質，豐富了詠蟬作品的內容。《九華扇賦》，據賦序介紹，這把九華扇是漢桓帝賜予作者祖父曹騰的。賦寫扇子的材料來自不周山上的「名竹」，製作過程也極其精細，因此它十分珍貴；構思奇巧，展現作者的創作才華。

卞蘭的《讚述太子賦》寫於建安末年曹丕立為太子之時，賦多溢美之詞，語句誇張。《三國志．魏書．武宣卞皇后傳》裴松之注引《魏略》說：卞蘭寫此賦「讚述太子德美」，太子稱其義可嘉，「賜牛一頭」，從此兩人的關係更加親密〔註239〕。此賦用語雖有不實之處，但藝術上還是值得推崇的。

鍾會的《蒲萄賦》讚美葡萄的「殊偉」「獨珍」，說葡萄是特異、卓越的品種，出奇的珍貴。據賦序，荀勗亦有同題賦，但荀賦僅存六句殘句。鍾會和荀勗的《蒲萄賦》都是現存較早的描寫葡萄的賦作。

楊泉的《五湖賦》讚美五湖的輝煌盛大，寫其深廣，連通著海上仙山蓬萊、瀛洲，日月出沒其中；語言極盡誇飾，有漢大賦的遺風。《贊善賦》說古人往往追求善行，躲避惡行，勸導人們「行德安而保身」，即實施善行以保全自己，有教化意義。《蠶賦》讚美蠶的作用是，「成天子之袞冕，著皇后之盛服」，描寫蠶的形態與活動，還寫了蠶絲的製作過程等內容。除荀子的《蠶賦》外，楊泉的《蠶賦》是現存較早的完整的詠蠶賦。《織機賦》寫織機的製作，重點是寫織女的紡織。織女是「麗姿妍雅」，容貌靚麗，身姿美好，高雅不俗；織女的紡織是「足閑」「手習」，腳法熟練，手法靈活；織布機發出的聲音是「濁者含宮，清者應商」；機聲低沉厚重的，像是宮調音樂；機聲清越的，如同商調音樂。對紡織活動作了美化、誇張的描繪。《草書賦》讚美草書是六種字體中最奇美的；草書的筆法如行雲游龍，筆力雄健，筆鋒婉轉多姿。這是最早描寫書法藝術的賦作。

晉代共選錄賦家九十一人，賦作三百六十篇。

傅玄的《陽春賦》鋪敘美妙的春景，語言清麗，是較早描寫陽春題材的賦作。《大寒賦》描寫大寒節氣冰天雪地的肅殺蕭條景象，頗有凜冽之氣，是較早描寫大寒題材的賦作。《李賦》詠李，描述李樹種植、生長、開花、結實的過程，章法嚴謹，烘托渲染，辭采典雅鮮麗。《桃賦》突出桃樹的功用之美，

〔註239〕（晉）陳壽撰，（南朝宋）裴松之注：《三國志．魏書．武宣卞皇后傳》，中華書局，1982年7月第2版，第158頁。

例如果可以充饑，花可以美化生活等，將桃樹的功用之美與外形之美的描寫相結合，結構嚴謹完整。《瓜賦》描寫甜瓜的生長、開花、結果以及種類、外形、顏色、口味等，不以誇飾見長，而以真切取勝，是同題材賦中的佳作。《雉賦》以排比的句式，展現雉雞的華采，將其稱為祥瑞之物，能夠興家樂業。《鬥雞賦》描寫競鬥雄雞鮮豔的色彩、高大的英姿、傲慢的性格、爭鬥的結局，如見其形，如聞其聲，形態畢現，是第一篇鬥雞題材的賦作。《狗賦》（一作《走狗賦》）描寫獵犬的雄姿與高超的本領；託物寄意，以良犬來歌頌德才兼備之士。在諸多獸畜賦中，此賦尤為可觀。

孫楚的《井賦》宣揚老莊思想，是晉代較早以玄言入賦之作。《笑賦》將「笑」作為描寫對象，寄託作者的獨特感情；清代袁枚也有《笑賦》，均是這類賦的代表作品。宋代吳曾《能改齋漫錄》卷七「笑林」條云：「秘閣有《古笑林》十卷。晉孫楚《笑賦》曰：『信天下之笑林，調謔之巨觀。』《笑林》本此。」〔註 240〕亦可見孫楚《笑賦》的影響。《韓王臺賦》馳騁想像，以誇張、反襯等手法，再現早已湮沒的古臺盛景，借古鑒今，警戒當世統治者切莫驕奢淫侈。孫楚有《相風賦》，傅玄、傅咸、張華、潘岳、陶侃等亦均有《相風賦》，可藉以考知當時候風儀的形狀。孫楚《雁賦》呈現的則是另一種景觀——描寫大雁任性自然的特質。它們有著廣闊的生存空間，常常棲息在「長川」「洪波」等人跡罕至的地方，遠離喧囂、熱鬧與紛爭，是名副其實的「野雁」。這種「野雁」的形象，常常用作避世隱居的意象。

成公綏，劉勰《文心雕龍·詮賦》將其與左思、陸機、郭璞等人，並稱為「魏晉之賦首」〔註 241〕。他的《天地賦》是描寫天地的首篇賦作，在題材上具有開創意義。明代張溥尤其推重成公綏賦的序文，認為讀他的賦「不如讀其序」〔註 242〕。《晉書》本傳說成公綏「雅好音律，嘗當暑承風而嘯，泠然成曲」，於是創作《嘯賦》〔註 243〕。《嘯賦》是漢魏六朝時期唯一一篇描寫嘯的賦作，「激揚嘽緩，彷彿有聲」，因此「見貴於時」〔註 244〕。張華素來推重成

〔註 240〕（宋）吳曾：《能改齋漫錄》，上海古籍出版社，1960 年 11 月第 1 版，第 184 頁。
〔註 241〕（南朝梁）劉勰著，詹瑛義證：《文心雕龍義證》，第 300 頁。
〔註 242〕（明）張溥著，殷孟倫注：《漢魏六朝百三家集題辭注》，人民文學出版社，1960 年 1 月第 1 版，第 138 頁。
〔註 243〕（唐）房玄齡等：《晉書·文苑列傳·成公綏》，中華書局，1974 年 11 月第 1 版，第 2373 頁。
〔註 244〕（明）張溥著，殷孟倫注：《漢魏六朝百三家集題辭注》，人民文學出版社，1960 年 1 月第 1 版，第 138 頁。

公綏，「每見其文，歎伏以為絕倫」〔註245〕。這「文」自然包括《晉書》摘錄的《天地賦》和《嘯賦》。《大河賦》上承應瑒的《靈河賦》，讚頌黃河的壯美和奔騰不息的個性，是「中國文學史上第一次對黃河進行正面的歌頌」〔註246〕。《琵琶賦》在構思上借鑒三國魏孫該的《琵琶賦》，先寫琵琶的製作，次寫琵琶的樂音特色，是對琵琶題材賦作的繼承與拓展。

顧凱之的《雷電賦》鋪敘雷電的聲威，氣勢磅礴，驚心動魄，是傳世顧賦中藝術水準最高者。《詩品》稱顧凱之「文雖不多，氣調警拔」〔註247〕。雖稱其文，亦適用於賦。《觀濤賦》描寫浙江潮的壯闊、水中奇異的景物，想像豐富，文采絢爛，為精美之作。

江逌的《井賦》是眾多同題材賦作中較有特色的一篇。晉代郭璞、孫楚、王彪之以及南朝梁代的江淹均有《井賦》。《竹賦》讚頌竹的美質，清新自然，感人至深。

李顒的《雷賦》是較早的以雷為描寫對象的賦作。

傅咸《患雨賦》的運意修辭，是同題材賦作的上品。《喜雨賦》是魏晉時期諸多勸農、憫農主題「感雨賦」中的重要一篇。《感涼賦》先誇張地描寫酷熱之毒，再寫涼爽忽至令人爽快；前後對比，突出「感涼」題旨。《神泉賦》寫作者居所庭前的湧泉；較之兩晉其他水域賦，則精巧奇珍。《小語賦》與宋玉《小言賦》類似。劉大白認為，宋玉的偽《小言賦》是模仿傅咸的《小語賦》而作〔註248〕。不論劉大白的考證是否成立，此亦可見《小語賦》的影響之大。《申懷賦》既寫作者盡職盡責效忠朝廷之所為，又多有「諒無補於明時」「塞賢哲之顯路」的自謙自責之辭，最後表達「永收跡於蓬廬」的歸隱之情。《感別賦》抒發與友人離別的惆悵之情；用往日「情相親愛，有如同生」的深情，襯托離別後的思念之苦，筆法絕佳。《遂登芒賦》（一作《登芒賦》）寫登芒山悼念荀勗元妃，進而感歎人生短暫、世事無常。《明意賦》是作者擔任御史中丞時奉詔治獄所作。「明意」即「明志」，賦表現剛正弘毅的性格。張溥

〔註245〕（唐）房玄齡等：《晉書．文苑列傳．成公綏》，中華書局，1974年11月第1版，第2375頁。

〔註246〕龔克昌：《文變染乎世情——談魏晉南北朝賦風的轉變》，《文史哲》1990年第5期，第40頁。

〔註247〕（南朝梁）鍾嶸著，曹旭集注：《詩品集注》（增訂本），第330頁。

〔註248〕劉大白：《宋玉賦辨偽》，《中國文學研究》1927年（《小說月報》十七卷號外），第7頁。

說：「長虞（筆者注：傅咸字長虞）短篇，時見正性，治獄《明意賦》云：『吏砥身以失（筆者注：失，當作「存」）公，古有死而無柔』，一生骨鯁，風尚顯白。」〔註 249〕《紙賦》圍繞「紙」的產生、特點、作用展開，又能隨物附情；「廉方有則，體絜性貞。含章蘊藻，實好斯文。」「攬之則舒，捨之則卷。可屈可伸，能幽能顯」數句，精當華美，寄慨遙深。《羽扇賦》序文說，作者所寫的這種扇子是東南特產，它是「吳人截鳥翼」做成的，「勝於方圓二扇」。賦寫扇子的製作過程及其形態和質地、優點與妙處等。《鏡賦》寫鏡子的製作材料、製作過程及其色澤、形狀和作用等；明寫鏡，卻實有寄託。浦銑說：「晉傅長虞《鏡賦》云：『不有心於好醜，而眾形其必詳。同實錄于良史，隨善惡而是彰。』六朝以下，唯知回風卻月、垂龍倚鳳，更無此有斤兩句矣！」〔註 250〕《畫像賦》寫觀看春秋時期楚國人卞和畫像的感受，藉以諷世寄懷，指出君子貴在「立身揚名」，並暗指朝廷知賢不舉。《玉賦》與《畫像賦》異曲同工，借美玉「獨見知於卞子」，慨歎「知己之不可遇」，呼籲薦舉賢才。《燭賦》歌頌燭的作用，由燭火自煎，聯想到士人「殺身以成仁」，詠物與抒情相結合。《款冬賦》描寫款冬花在仲冬之月、萬木凋零之時，「獨保質而全形」，讚美其堅貞高貴的氣節、傲然霜雪的品質。《桑樹賦》寫晉世祖司馬炎種植的一棵桑樹，它逾三十年而「茂盛不衰」，仍然高大茂盛，進而讚美晉帝興邦立業，「累德以彌光」；通篇用典自然，渾然一體。《燕賦》借「燕今年巢在此，明歲故復來者」鋪展開來，以物喻人：臣子也應該像燕子一樣，「一委身乃無餘，豈改適而更赴？」忠貞不渝。浦銑說：「晉傅咸《燕賦》，不多著墨，而包括無遺。尤愛其兩句云：『諒鳥獸之難群，非斯人而誰與？』何其確切。」〔註 251〕《螢火賦》吟詠螢火蟲「不競於天光」「在晦而能明」的無爭不私的品質，以此為喻，表彰忠臣良將盡忠盡誠的貞潔美德。同時代的潘岳也有《螢火賦》，相比之下，傅賦更突出螢的象徵意義。《叩頭蟲賦》先闡述柔弱以保全自身的道理；再由理及物，寫叩頭蟲「謙卑以自牧」，所以既無人類的傷害，也無螳螂的禍患；最後由物及己，表明「一日而三省」，「然後可以蒙自天祐

〔註 249〕（明）張溥著，殷孟倫注：《漢魏六朝百三家集題辭注》，人民文學出版社，1960 年 1 月第 1 版，第 127 頁。

〔註 250〕（清）浦銑：《復小齋賦話》，（清）浦銑著，何新文、路成文校證：《歷代賦話校證》，上海古籍出版社，2007 年 3 月第 1 版，第 390 頁。

〔註 251〕（清）浦銑：《復小齋賦話》，（清）浦銑著，何新文、路成文校證：《歷代賦話校證》，上海古籍出版社，2007 年 3 月第 1 版，第 397 頁。

之吉無不利」的處世態度。將理、物、我三者融為一體的詠物方式，是此賦的顯著特徵。

夏侯湛的《春可樂》（一作《春可樂賦》）描寫春意盎然、植被吐翠之時，與君子、淑人踏春歡遊的圖景。《秋可哀》（一作《秋可哀賦》）描寫秋季的蕭條與荒涼，感歎時光易逝、人生難再。《春可樂》《秋可哀》也可以看成以鋪陳直敘的賦法寫的詩，是亦詩亦賦的作品。《褉賦》描寫三月三日水濱修褉的習俗，場面壯大，氣氛熱烈，色彩濃豔。《大暑賦》描寫大暑節氣的酷熱。「上無纖雲，下無微風。」「洪液蒸於單簞兮，珠汗沾乎絺葛」等句，寥寥數筆，刻畫傳神。《獵兔賦》敘述獵兔的過程，情節生動，波瀾迭起，別有趣味。《宜男花賦》描寫宜男花優美的形態及其特性。關於宜男花，《風土記》云：「宜男，草也。」「宜懷妊婦人佩之，必生男。」〔註 252〕賦的語言華麗清雅。《芙蓉賦》讚頌芙蓉的美麗，具體描繪蓮蓬盛開的姿態，為其他同題材賦所不及；梁元帝以及唐代王勃的同名賦作，均受其影響。《浮萍賦》先寫浮萍「孤生」「纖根」，被風波任意擾動，進而由物及人，感慨「孤臣之介立」，在官場進退失據的處境。狀物擬人，亦物亦人，文辭清麗。《若石榴賦》（一作「《石榴賦》」）讚頌石榴是「華圃之嘉樹」，借石榴樹的美好以言志；此賦受屈原《橘頌》影響，文辭華美，細膩生動。《晉書．列傳．夏侯湛》稱其文章「善構新詞」〔註 253〕，此賦即為例證。《觀飛鳥賦》寫「逸遊之高鳥」使作者「目悅」「心嘉」，希望自己「亦歡翔而樂飛」；名為詠「飛鳥」，實則賦「歸田」之情，是抒寫閒情逸致的名賦。

潘尼《苦雨賦》是晉代僅存的、以雨為描寫對象的九篇賦作中的重要一篇；它記敘一場連綿的大雨，以及大雨帶來的不便。《釣賦》寫垂釣之樂；賦中多用誇張、比喻，文采斐然。《火賦》描寫火的特點，列述火的作用，頌讚火的功德，稱揚火的「功用關乎古今，勳績著乎百姓」。如此肯定火的作用，潘尼是第一人。《桑樹賦》是偶觀晉武帝親手種植的桑樹有感而作，描寫桑樹的挺拔姿態、高貴品質。陸機的《桑賦》、傅咸的《桑樹賦》亦同時而作。

陸機是被劉勰稱為「魏晉之賦首」的作家之一〔註 254〕。代表陸機賦傑出

〔註 252〕《藝文類聚》，第 1396 頁。

〔註 253〕（唐）房玄齡等：《晉書．列傳．夏侯湛》，中華書局，1974 年 11 月第 1 版，第 1491 頁。

〔註 254〕（南朝梁）劉勰著，詹瑛義證：《文心雕龍義證》，第 300 頁。

成就的是《文賦》，是第一篇以賦體形式闡述文學創作理論的作品，體大思精，多警策之語；繼承曹丕《典論・論文》的成果，對劉勰的《文心雕龍》、司空圖的《詩品》等均有一定影響，如《文心雕龍》就多處參酌吸收《文賦》的觀點。《白雲賦》是為數不多的以雲為主要描寫對象的賦作，抓住白雲的特點，用霞光、煙靄作襯托，寫出白雲的富於變化和色彩繽紛。這類作品前有荀子的《賦篇・雲》、晉代成公綏的《雲賦》、楊乂的《雲賦》等。陸機尚有《浮雲賦》，亦為《藝文類聚》收錄，陸機是創作此類賦較多的作者。《瓜賦》讚美瓜的品德，描摹瓜的外形，記述魏晉時期甜瓜的多個品種以及甘醇的味道，是同題材賦作中的佳構。漏刻是一種計時器，陸機的《漏刻賦》是較早描寫漏刻的賦作，陸雲讚其「清工」〔註 255〕。漢代張衡、蔡邕等均有詠扇之賦，魏晉此類題材賦作亦頗夥。陸機的《羽扇賦》並非單純詠物，實寓家國情思。此賦假託宋玉之辭，頗為誇飾，構思奇巧，影響後世，謝惠連《雪賦》假託鄒陽、枚乘、司馬相如，謝莊《月賦》假託曹植、王粲，均與其一脈相承。《桑賦》讚美司馬炎所植的桑樹枝繁葉茂，形奇花縟；辭藻精美，體物傳神。《愍思賦》悼念亡姊，借景抒情，悲情嗚咽。《思親賦》把對雙親的眷戀和景物描寫融為一體，表現強烈的悲痛與愧疚。《懷土賦》緬懷已故雙親，感歎行役辛苦，抒發濃烈鄉情，纏綿往復，淒惻動人。《思歸賦》抒發思歸的愁苦之情，感人至深。《行思賦》敘寫歸家途中所見所感，行文曲折，情思繾綣。《述思賦》言兄弟離別的相思。陸雲評其「深情至言，實為清妙」〔註 256〕。《歎逝賦》悼念亡親故友，淒婉動人，悲傷抑鬱。元代祝堯說：「此賦與江文通《恨賦》同一哀傷，而此賦尤動人。」〔註 257〕《大暮賦》詠生命衰暮，歎人生短暫，闡釋不同流俗的生死觀。《感丘賦》敘寫沿黃河東下，見兩岸荒冢累累，歎息生命不永，淒涼傷感。《感時賦》描狀對於冬季物候的種種體驗，反映出濃厚的生命意識。《祖德賦》讚美作者祖父陸遜的功德；《述先賦》讚美作者父親陸抗的功德；兩賦詠誦成功的先輩，以此激勵自己不應沉淪。李善注引臧榮緒《晉書》曰：「（陸）機惡齊王（司馬）冏矜功自伐，受爵不讓，及齊

〔註 255〕（晉）陸雲：《與兄平原書》，（清）嚴可均：《全晉文》，商務印書館，1999 年 10 月第 1 版，第 1076 頁。

〔註 256〕（晉）陸雲：《與兄平原書》，（清）嚴可均：《全晉文》，商務印書館，1999 年 10 月第 1 版，第 1076 頁。

〔註 257〕（元）祝堯：《古賦辨體》，《景印文淵閣四庫全書》（第 1366 冊），臺灣商務印書館，1983 年版，第 783 頁。

亡，作《豪士賦》。」〔註258〕此賦作於司馬冏被殺後。《晉書・陸機傳》則記載，此賦作於司馬冏敗亡前，誤。高步瀛《魏晉文舉要》有辨析〔註259〕。俞瑒評云：「文體圓折，有似連珠，但嫌紆緩，然自是對偶文章之先聲。」「對偶文能入議論，轉折盡致，陸宣公頗祖此。」〔註260〕為太康時期駢賦發展做出貢獻。《列仙賦》與《凌霄賦》是西晉時期僅存的兩篇神仙題材的賦；與以前同題材賦相比，這兩篇賦將當時流行的玄學思想融入賦中，使之具有強烈的玄學色彩，這是其創新之處。《遂志賦》明道述志；賦序羅列、評述前賢諸賦，言己作賦之由。作者認為「窮達異事而聲為情變」，闡述作者身世、性格、情感與賦作的關係，是對賦體創作理論的重要貢獻。《應嘉賦》歌頌隱士，突出其傲世絕俗，為答孫承《嘉遁賦》而作。

陸雲《愁霖賦》序文說，晉惠帝永寧二年（公元302年）夏天，鄴都淫雨成災，「稼穡沉湮，生民愁瘁」，與同僚同作《愁霖賦》〔註261〕，抒發民生之憂。崔君苗曾模仿陸雲的《愁霖賦》亦作同題賦，極佳〔註262〕。應瑒、曹丕、曹植以及同時代的潘尼、傅咸，均有愁雨題材的賦，但水準均不及陸雲此賦。《喜霽賦》作於《愁霖賦》不久，抒發霖雨初霽的喜悅，構思上頗具匠心。《歲暮賦》描寫歲暮嚴冬的肅殺，抒發思鄉悼亡之情，感歎人生之須臾，情調悲涼、憂傷，較之其兄陸機同一情蘊的《歎逝賦》，則更為動人。陸雲在《與兄平原書》中說：「頃哀思，更力成《歲暮賦》，適且畢．猶未大定，自呼前後所未有，是雲文之絕無。」〔註263〕《歲暮賦》為陸雲賦之力作。《逸民賦》塑造古代隱士的典型形象，表現出對隱逸生活的嚮往與追求。此賦一出，大將軍掾即「作《反逸民賦》」〔註264〕。《廣博物志》引《文士傳》說：「棘嵩見陸雲作《逸民賦》」，「遂作《官人賦》以反雲之賦。」〔註265〕由此可見《逸

〔註258〕（梁）蕭統編，（唐）李善注：《文選》，上海古籍出版社，1986年8月第1版，第2043頁。

〔註259〕高步瀛：《魏晉文舉要》，中華書局，1989年10月第1版，第97～98頁。

〔註260〕轉引自：（晉）陸機著，楊明校箋：《陸機集校箋》，上海古籍出版社，2016年7月第1版，第75頁。

〔註261〕（晉）陸雲著，劉運好校注整理：《陸士龍文集校注》，鳳凰出版社，2010年12月第1版，第84頁。

〔註262〕（晉）陸雲著，劉運好校注整理：《陸士龍文集校注》，第1136頁。

〔註263〕（晉）陸雲著，劉運好校注整理：《陸士龍文集校注》，第1146頁。

〔註264〕（晉）陸雲著，劉運好校注整理：《陸士龍文集校注》，第34頁。

〔註265〕（明）董斯張：《廣博物志》（二），上海古籍出版社，1992年2月第1版，第88頁。

民賦》的影響。此賦以逸民自況，與張衡等的詠歸田以遂志之作，異曲同工。《南征賦》描寫南征義軍，以「美義征之舉，壯師徒之盛」。此賦是晉代僅存的軍旅題材紀行賦；繼承漢賦手法，虛擬、誇張、比喻、襯托，氣勢宏偉，聲威浩大，是晉以來少見的敘事佳作。《寒蟬賦》描繪、歌詠蟬的天生淑質、高潔品質、優良美德等，感慨寒蟬的命運，抒發「思希光而無階」的失志悲情。當時的詠物賦多衹注重事形，與之不同的是，《寒蟬賦》也重人情和義理的抒發。名為詠蟬，實為自況；詠物以諷世喻人。比喻和襯托錯綜運用，形象鮮明，寓意明晰。

三、選錄的南北朝名賦

南北朝共選錄六十四位作者的二百零七篇賦。

南朝宋代共選錄二十六位作者的賦作六十七篇。

陶潛的《歸去來》又作《歸去來兮辭》。賦序交代寫作的背景：當初，因為家貧而出來做官。赴任不久，便生歸隱之心，於是，「自免去職」，寫下《歸去來》。賦描寫田園之景與歸田之樂，語言清新、精練，感情真摯、率性；繼承漢代張衡《歸田賦》的手法，灑脫、自然。清代的吳梯評價說：此賦「字字如肺腑出，遂高步晉人之上。」〔註 266〕

傅亮的《九月九日登凌囂館賦》寫九月九日登凌囂館的所見所感。作者面對肅殺的秋景「於感具盈」，既有人生的勞苦之感，又有對故鄉的懷念。登高遠望，即景生情，層次清晰，搖曳生姿。

顏延之《赭白馬賦》序說，宋武帝劉裕打天下時，駕車的有一匹赭白馬，「特稟逸異之姿」。武帝將它賜予文帝。赭白馬年歲已老，氣息已盡，死在馬廄中。文帝深感悲哀，令群臣作賦頌揚。賦作描摹赭白馬神奇的形態特徵，讚頌赭白馬超群絕倫的征戰本領。作者讚美赭白馬，實為歌頌帝王功德。全賦語言質樸，章法謹嚴，手法多變，對後世詠馬題材的詩文有一定影響。

謝靈運的《羅浮山賦》是感夢而作，並未親臨，所寫均為夢遊景象。李白的《夢遊天姥吟留別》也是寫夢遊名山，構思或受此影響。《歸途賦》約作於宋少帝景平元年（公元 423 年）秋，此時作者辭去永嘉太守返歸故里。據《宋書．列傳．謝靈運》記載，謝靈運作永嘉太守時，不理政事，遍遊永嘉山

〔註 266〕（清）吳梯：《巾箱拾羽》，清刻本。

水，後「稱疾去職」〔註 267〕。賦序中亦有「量分告退，返身草澤」的話。賦寫山林水澤的美景，以此襯托辭官歸隱、返回鄉里的輕鬆、愉悅心情。語言清新，全用偶句。《傷己賦》作於宋少帝景平二年（公元 424 年）劉義真被殺之後。廬陵王劉義真本是謝靈運依附之人；劉義真對謝靈運也很賞識，曾說過「得志之日」以謝靈運為宰相的話〔註 268〕。不料，景平二年六月，劉義真被殺，謝靈運失去靠山，為好友的不幸哀傷，遂作此賦。賦說：「卞賞珍於連城，孫別駿於千里。」把自己與劉義真的關係，比作卞和與和氏璧、孫陽（伯樂）與千里馬的關係，表達對劉義真賞識之舉的感念之情。傷悼故人的同時，也流露出傷人亦傷己的情感，哀婉含蓄，語義婉曲。《入道至人賦》作於始寧隱居期間。賦塑造一個世俗之外的「至人」形象。所謂「至人」，即道家所說的修養達到至高境界者。讚揚「至人」「入道而館真（守真）」「荒聰明以削智」「遁肢體以逃身」的抱樸守真、逍遙物外的生活。賦中說：「超塵埃以貞觀，何落落此胸襟」，反映了佛學內容對賦體創作的滲透。用對偶句描寫景致，清新，整飭。《撰征賦》作於晉安帝義熙十三年（公元 417 年）春，是述行大賦。據《宋書・列傳・謝靈運》記載，宋高祖劉裕攻長安，謝靈運「奉使慰勞高祖於彭城，作《撰征賦》」〔註 269〕，為劉裕送行。賦多寫沿途所涉及的歷史事件和歷史人物，不以描寫景物為主。借鑒劉歆、班彪等人述行賦的結構，又多發歷史興衰的感歎，較有歷史認識價值。用典頻繁，但不艱澀，語言較為明晰。《山居賦》寫故鄉始寧一帶的山水景色以及遊覽之樂，結尾流露出遁世歸隱的老莊思想。明代張溥評「廢張左，尋臺皓」等三句說：「宅心若此，何異《秋水》《齊物》？」〔註 270〕《宋書・列傳・謝靈運》記載，謝靈運在會稽時，曾經整修別墅。他的山莊背靠青山，江水環繞，占盡幽居之所的美景。在這段時間裏，「作《山居賦》」，「以言其事。」〔註 271〕用很大篇幅描寫自己的

〔註 267〕（南朝梁）沈約：《宋書・列傳・謝靈運》，中華書局，1974 年 10 月第 1 版，第 1754 頁。

〔註 268〕（南朝梁）沈約：《宋書・列傳・廬陵孝獻王義真》，中華書局，1974 年 10 月第 1 版，第 1635～1636 頁。

〔註 269〕（南朝梁）沈約：《宋書・列傳・謝靈運》，中華書局，1974 年 10 月第 1 版，第 1743 頁。

〔註 270〕（明）張溥著，殷孟倫注：《漢魏六朝百三家集題辭注》，人民文學出版社，1960 年 1 月第 1 版，第 169 頁。

〔註 271〕（南朝梁）沈約：《宋書・列傳・謝靈運》，中華書局，1974 年 10 月第 1 版，第 1754 頁。

山莊環境、規模布局，在文學史上還是首次。《江妃賦》描寫江妃的美麗。江妃的傳說源自西漢劉向的《列仙傳》。《列仙傳》說，江妃二女在江漢之濱遊玩，遇到鄭交甫，女解珮相贈。鄭交甫走了數十步，珮和二女都忽然不見了〔註272〕。賦作極寫江妃的美麗，辭藻華麗，俊逸清新。

謝惠連的《雪賦》虛構漢梁王與眾賓客宴集詠雪之事，展開敘述，鋪排描寫，語言駢儷；於虛構的情節中詠物，別具一格。《宋書》本傳稱此賦「以高麗見奇」〔註273〕。

袁淑的《桐賦》詠梧桐。讀書人常常喜歡在院子裏栽種梧桐。通過對梧桐的描寫，表達作者優雅的情趣。

謝莊的《月賦》虛構三國曹植和王粲賞月之事，鋪展成文，文辭清麗，「深情婉致」〔註274〕，創造了「美人邁兮音塵闋，隔千里兮共明月」的詠月抒情名句。《月賦》的影響很大，後人多有摹擬之作。《乘輿舞馬賦》寫一種會跳舞的馬，描摹其形態，展現其舞蹈時的風采等。《宋書·列傳·謝莊》記載，當時，河南進獻會跳舞的馬，皇帝下詔命令群臣作賦，「(謝)莊所上其詞曰：……」〔註275〕明代張溥認為《乘輿舞馬賦》與《月賦》齊名，「以兩賦概其群長。」〔註276〕

鮑照的《遊思賦》寫出行時的所見所感。錢仲聯《鮑參軍集注》以為是赴江州時作，丁福林等以為是赴荊州時作〔註277〕。寫深秋之景，運用比興、烘托等手法，借景抒情，抒發懷鄉的思緒、失意的感慨、歸隱的意願等。江淹的詩中曾化用這篇賦中的句子，可見其影響。清代姚華說《遊思賦》「遂啟唐風，更著功令」〔註278〕。《傷逝賦》哀悼亡妻。由悼亡妻聯想到「草忌霜而逼

〔註272〕(漢)劉向撰，滕修展、王奇注譯：《列仙傳注譯》，百花文藝出版社，1996年11月第1版，第50頁。

〔註273〕(南朝梁)沈約：《宋書·列傳·謝惠連》，中華書局，1974年10月第1版，第1525頁。

〔註274〕(清)許槤評選，黎經誥箋注：《六朝文絜箋注》，中華書局，1962年8月第1版，第9頁。

〔註275〕(南朝梁)沈約：《宋書·列傳·謝莊》，中華書局，1974年10月第1版，第2175頁。

〔註276〕(明)張溥著，殷孟倫注：《漢魏六朝百三家集題辭注》，人民文學出版社，1960年1月第1版，第184頁。

〔註277〕(南朝宋)鮑照著，丁福林、叢玲玲校注：《鮑照集校注》(典藏本)，中華書局，2016年10月第1版，第55頁。

〔註278〕姚華：《論文後編》，郭紹虞、羅根澤主編：《中國近代文論選》，人民文學

秋，人惡老而逼衰」，進而抒發「日月飄而不留，命倏忽而誰保」的人生短暫之歎，結尾又包含懷才不遇的感傷，使得這篇賦特色獨具。以「傷逝」名賦題，鮑照為首創。《蕪城賦》，宋本《鮑照集》題下注曰：「登廣陵城作。」〔註279〕用對比手法寫廣陵（今揚州）城的昔盛今衰，語句駢儷、遒勁。清代姚鼐稱此賦奔放蒼茫的氣息，驚心動魄的語彙，構建「賦家之絕境」〔註280〕。宋代秦觀的《揚州詞》亦襲用《蕪城賦》的語句，可見其影響深遠。《觀漏賦》借觀漏（古代的計時器）抒發人生短暫的感慨，名為「觀漏」，實則歎逝。賦序點明賦的主旨：「因生以觀我，不可恃者年。憑其不可恃，故以悲哉！」賦蘊含著壯志未酬的感慨，抑鬱不平之氣充溢其間，沉痛、慷慨。《芙蓉賦》在前代同題材賦作的基礎上，翻出新意，既描寫芙蓉的外在美，又稱讚其內在高雅的品質，感歎其「終從歲而零歇」的不幸，實以芙蓉喻人，藉以抒發美好的理想難以實現的哀怨。《舞鶴賦》重點寫鶴在「掩雲羅而見羈」（陷於高高張開的羅網而被擒獲）的處境下優美的舞姿。借對鶴的描寫，抒發作者仕途不順、有志難騁的鬱悶與惆悵。或四字句，或六字句，句式整齊，語言凝練。《野鵝賦》寫籠中野鵝的遭際以及思歸不能的愁苦。賦序說，有人給臨川王劉義慶獻上一隻野鵝，劉義慶的兒子憐憫其被拘繫在籠中，命鮑照為它作一篇賦。賦採用擬人化的手法，加之以景物襯托，渲染野鵝的愁緒。結尾寫祈求將野鵝放生，又反映了作者的悲憫情懷。元代祝堯說此賦「猶得古詩之餘情」，「此賦從禰正平（禰衡）《鸚鵡賦》中來，可與並看。」〔註281〕《尺蠖賦》中的尺蠖，是尺蠖蛾的幼蟲，身體細長而柔軟；行動時，一屈一伸向前爬行；止息時，身體能斜向伸直。這篇賦讚揚尺蠖「觀機而作」，「逢險」則屈，「值夷」則伸。對尺蠖行止情狀的描寫，反映的是作者的處世態度。

南朝齊代共選錄七位作者的賦作十八篇。

王僧虔的《書賦》以賦體論書，揭示書家手、目、筆、心幾者的相互關係。王僧虔的書法理論，在齊梁時代非常突出。

張融的《海賦》是描寫大海的大賦。《南齊書·列傳·張融》記載，張

出版社，1959年10月第1版，第669～670頁。

〔註279〕（南朝宋）鮑照著，丁福林、叢玲玲校注：《鮑照集校注》（典藏本），中華書局，2016年10月第1版，第17頁。

〔註280〕（清）姚鼐：《古文辭類纂》，嶽麓書社，1988年2月第1版，第936頁。

〔註281〕（元）祝堯：《古賦辨體》，《景印文淵閣四庫全書》（第1366冊），臺灣商務印書館，1983年版，第779、797頁。

融「浮海至交州，於海中作《海賦》」〔註282〕。賦渲染大海浩大的聲勢，介紹海中的物產，描繪海邊的美景，懸想海上的神山。作者以目睹耳聞為基礎描寫大海，神奇生動。《南齊書》評價張融的作品是「文辭詭激，獨與眾異」〔註283〕。

謝朓的《七夕賦》寫七夕時節仰望銀河，描摹所見的織女形象，狀寫君王的情思。鋪飾誇張，想像豐富。《思歸賦》賦序敘說自己早年為了一點點俸祿而步入仕途，近來自我反省，人生之路絕非遊宦一途。這篇賦的主旨當是反省遊宦。敘述田園生活之樂，描寫田園的美景，反覆申述自己誤入仕途的懺悔，表達欲歸田園而不能的遺憾。賦作清新真切，是陶淵明《歸去來兮辭》後的又一同題材佳作。《酬德賦》是為答謝朋友沈約而作。沈約極其賞識謝朓，誇讚謝朓的五言之作是「二百年來無此詩」〔註284〕。謝朓與沈約兩人常有唱和。賦中說：「知莫深於知己」，道出朋友之道的真諦。這篇賦辭雅氣壯，慷慨蒼涼。《遊後園賦》題下有「奉隨王教作」。蔡邕《獨斷》說：「諸侯言曰教。」〔註285〕此賦當是謝朓陪同隨郡王蕭子隆遊覽竟陵王蕭子良西邸的後園，奉蕭子隆之命而作。描寫後園的花草和宮殿臺閣，突出遊覽之樂；最後寫飲酒、誦典等優雅的文人生活，表達對蕭子良學識、修養的欽佩。情景交融，意境優美，用典貼切。《高松賦》題下有「奉司徒竟陵王教作」。《初學記》卷二十八作《和蕭子良高松賦》。此賦當是奉竟陵王蕭子良之命而作。讚美高松頑強、旺盛的生命力和傲霜鬥雪的堅貞品質；詠物言志，較之前人單純詠松之作，在技法上略勝一籌。

南朝梁代共選錄二十六位作者的賦作一百一十三篇。

沈約的《高松賦》是和作。竟陵王蕭子良有《高松賦》，沈約、謝朓、蕭子恪、王儉均有和作。據陳慶元推斷，此賦作於永明七年（公元489年）〔註286〕。賦詠上等宅院「北園」的松樹，寫它高「百仞」，枝繁葉茂；歷經滄桑，「經千

〔註282〕（南朝梁）蕭子顯：《南齊書·列傳·張融》，中華書局，1972年1月第1版，第721頁。
〔註283〕（南朝梁）蕭子顯：《南齊書·列傳·張融》，中華書局，1972年1月第1版，第725頁。
〔註284〕（南朝梁）蕭子顯：《南齊書·列傳·謝朓》，中華書局，1972年1月第1版，第826頁。
〔註285〕（南朝梁）蕭統編，（唐）李善注：《文選》第1640頁。
〔註286〕（南朝梁）沈約著，陳慶元校箋：《沈約集校箋》，浙江古籍出版社，1995年12月第1版，第14頁。

霜而得拱（粗大）」。或直接描寫，或用飛鳥、雲朵來襯托，寫出松樹的美姿。《傷美人賦》表達思念美人，而美人未至的惆悵，是對傳統題材的延續。《郊居賦》的寫作情況，據《梁書·沈約傳》記載，沈約生性不喜歡喝酒，也沒有別的什麼嗜好，雖然皇帝對他的恩寵很厚重，但沈約的生活卻非常節儉樸素。他在東田修建一所房子，能夠遠望郊外的高山。「嘗為《郊居賦》」以抒發情懷〔註 287〕。描繪郊野的美景和郊居之樂，表達對山林田園的眷戀；文辭鋪排，內容豐贍。謝靈運有《山居賦》，沈約的《郊居賦》是在謝之後又一篇描寫田園生活的賦作。《梁書·王筠傳》記載，王筠讀到《郊居賦》中的一些語句，「皆擊節稱賞」〔註 288〕。《愍衰草賦》用對比手法寫草的昔盛今衰，借「憔悴荒徑」的秋草，抒發暮秋客居的哀愁。全賦騷駢相間，融入大量的五言詩句。騷體、駢句、五言詩句融為一體，是賦體形式上的新變和獨創。清代陳祚明評此作是「景中有情，思歸之懷，不言已喻」，「時號絕倡（唱）」〔註 289〕。

江淹的《赤虹賦》多角度、多手法描繪赤虹，是現存較早描寫虹霓的賦。《四時賦》寫四季不同的景物使人產生的不同的情感變化。結構上的獨到之處是，先總寫四季見景物而生悲傷的原因，後分別從春夏秋冬不同季節的景物變化入手抒發複雜的悲思。《江上之山賦》描寫江景，感慨世道艱難。因景生情，情景交融，語句洗練遒勁。唐代張說的《江山愁心賦》取法江賦。《麗色賦》通過四季景色之美和居室之美，襯托絕代佳人的美麗；辭采華麗，繁縟豐贍。錢鍾書的《管錐編》說此賦「賦麗人而以四季分襯」，「此構前人未有」〔註 290〕。《待罪江南思北歸賦》作於江淹被罷黜為建安吳興令時，江淹在此待罪三年。賦寫自己素有宏才大志，竭誠盡忠，不料卻「樊天網而自罹」，流離江南，篇末表達「願歸靈於上國」的北歸願望。感情悽愴沉鬱，文辭秀逸、清雋，堪與《恨賦》《別賦》媲美。江淹的《別賦》描寫富貴者之別、遊俠之別、從軍者之別、遠赴絕國者之別、夫婦之別、學道成仙者之別、戀人之

〔註 287〕（唐）姚思廉：《梁書·沈約傳》，中華書局，1973 年 5 月第 1 版，第 236 頁。

〔註 288〕（唐）姚思廉：《梁書·王筠傳》，中華書局，1973 年 5 月第 1 版，第 485 頁。

〔註 289〕（清）陳祚明評選，李金松點校：《采菽堂古詩選》，上海古籍出版社，2008 年 12 月第 1 版，第 748、746 頁。

〔註 290〕錢鍾書：《管錐編》，中華書局，1986 年 6 月第 2 版，第 1408 頁。

別等七種典型的黯然銷魂的離情別緒；善於用景物烘托人的情感，蒼涼悲壯。明代張溥說《別賦》《恨賦》「音制一變」，「能寫胸臆」〔註 291〕。清代許槤稱江淹是六朝「鑿山通道巨手」，此賦「一氣呵成，有天驥下峻阪之勢」〔註 292〕。江淹的《恨賦》列舉秦始皇、趙王遷、李陵、王昭君、馮衍、嵇康等六個歷史人物的不幸結局，泛寫孤臣、孽子、遷客、流戍等各類失意之人的悲慘境遇。最後歸結為：「自古皆有死，莫不飲恨而吞聲。」明代張溥說《恨賦》《別賦》「音制一變」，「能寫胸臆」〔註 293〕。清代許槤說：《恨賦》《別賦》是江淹的「創格」，《恨賦》「以激昂勝」，《別賦》「以柔婉勝」〔註 294〕。《倡婦自悲賦》寫漢代宮女失寵獨居的悲苦，是傳統宮怨題材的延續。《傷友人賦》哀悼亡友袁炳，讚美袁炳的「逸才」「博學」，追述彼此的情誼，表達哀思；結構嚴謹，文辭絢麗，情致深厚。漢魏六朝時期，詠燈燭的詩文較多，《藝文類聚》卷八十火部中「燈」和「燭」兩個子目均有摘錄。江淹的《燈賦》將燈分為大王之燈和庶人之燈，分類吟詠，較有特色。《蓮花賦》描寫蓮花的形態與生長環境，讚美蓮花的品格：「冠百草而絕群，出異類之眾夥。」這篇賦對後世採蓮題材賦作多有影響。《青苔賦》描寫青苔的生長環境和不幸遭遇，巧於構思，善於比興。《翡翠賦》描寫兩隻翡翠鳥，寫它們的美麗以及絕命於獵人之手的命運，實際是借鳥自喻；對偶精工，辭采絢麗。

陶弘景的《水仙賦》中的「水仙」，是指「水上的仙人」，並非指水仙花。描寫水上仙人，歌詠水，羨慕神仙，表現長生求仙的主旨，反映作者的道家思想傾向。東漢的桓譚有《仙賦》，惜已亡佚。現存以仙人作為描寫對象的賦，陶弘景的《水仙賦》較早。《雲上之仙風賦》亦屬於同類題材，讚頌列子的「有待之風」可以一舉萬里，「太虛無為之風」能夠囊括宇宙。

任昉的《答陸倕感知己賦》是對陸倕贈賦的酬答。陸倕有《感知己賦贈任昉》，《藝文類聚》亦選錄。追述當年兩人「定一遇於班荊」的往事，闡述「膠投漆中」的親密關係，表達彼此「相知」的情義。

〔註 291〕（明）張溥著，殷孟倫注：《漢魏六朝百三家集題辭注》，人民文學出版社，1960 年 1 月第 1 版，第 218 頁。

〔註 292〕（清）許槤評選，黎經誥箋注：《六朝文絜箋注》，中華書局，1962 年 8 月第 1 版，第 18、22 頁。

〔註 293〕（明）張溥著，殷孟倫注：《漢魏六朝百三家集題辭注》，人民文學出版社，1960 年 1 月第 1 版，第 218 頁。

〔註 294〕（清）許槤評選，黎經誥箋注：《六朝文絜箋注》，中華書局，1962 年 8 月第 1 版，第 12、18 頁。

丘遲的《思賢賦》悼念亡友，表達對朋友的思念之情，讚美朋友「備百行之高致」，以及給予自己的教誨。突出自己的「思」，表彰朋友的「賢」，是這篇賦在表達上的特色。《還林賦》序說，這篇賦是作者「自京師」「歸舊嶺」所作，是「記行途所經」，表達對「子陵之釣」「滄浪之歌」式的超塵脫俗隱居生活的嚮往；語句凝練、華美。

吳均的《吳城賦》中的「吳城」，即今蘇州。作者曾因修撰齊史忤逆梁武帝而被罷免奉朝請，這篇賦大概作於此時。寫吳城興衰，悼古傷今，流露出仕途失意的哀怨；語言簡練利落，句式參差，婉轉清新。《南史．文學傳．吳均》稱其詩賦「清拔，有古氣」〔註 295〕，可謂確論。《八公山賦》中八公山的得名，源自《太平寰宇記》的記載：當年，淮南王和八公一起登臨此山，埋下黃金，之後兩人「白日昇天」，人們便稱這座山為八公山〔註 296〕。賦描寫八公山超群拔俗的景致，糅進八公山得名的神奇傳說，突出八公山的神秘。運用四六句式，對仗嚴謹；用典貼切，語言俊秀。

關於裴子野的《寒夜賦》，據《梁書．謝徵傳》記載，裴子野曾經在寒夜直宿的時候，寫下這篇賦，並把它贈與謝徵《梁書》此賦題作《寒夜直宿賦》〔註 297〕。賦抒發「夜悠長而難曙」的寂寞，句式整齊，語言流利。《遊華林園賦》抒發遊覽園林美景的閒適與愜意，體制短小，語言簡潔質樸。

陸倕的《感知己賦贈任昉》是贈與朋友任昉的。《梁書．陸倕傳》記載，陸倕和樂安人任昉關係友善，是好朋友，陸倕寫了《感知己賦》贈給任昉〔註 298〕。賦表達對既是朋友、又是知己的任昉的敬仰與感激，流露的是朋友之間坦誠的真性情，抒情性強，文辭典雅，婉轉抑揚。《思田賦》抒發隱逸之思，期望在田園美景中尋找一份清淨與悠閒；但「思田」卻不能真正回歸田園生活，所以總有「情鬱悒其何置」的無奈。

蕭子範的《家園三日賦》描寫鄉村上巳日祓禊的習俗。人們在郊外祭祀神靈，祈求幸福美滿，展示當時民風民俗的一個側面。《建安城門峽賦》描寫山勢的「盤紆」，「干霄帶雲」，林木「翠鬱」，流水「奔湍」「如電」，潭水清澈

〔註 295〕（唐）李延壽：《南史．文學傳．吳均》，中華書局，1975 年 6 月第 1 版，第 1780 頁。

〔註 296〕（宋）樂史：《太平寰宇記》，《景印文淵閣四庫全書》（第 470 冊），臺灣商務印書館，1983 年版，第 267 頁。

〔註 297〕（唐）姚思廉：《梁書．謝徵傳》，中華書局，1973 年 5 月第 1 版，第 718 頁。

〔註 298〕（唐）姚思廉：《梁書．陸倕傳》，中華書局，1973 年 5 月第 1 版，第 401 頁。

映日等，極為傳神。《傷往賦》借描繪「芳茂」的「蘭菊」、「榮色」的「蕣槿」，經繁霜而凋零，抒發美人遲暮的哀傷。

張纘的《南征賦》寫作者從建康前往湘州的見聞和感受。將所經之地的重要歷史事件串聯其中，增加了賦的歷史厚重感；揮灑自如，凝重沉鬱。《離別賦》表達對忘年交劉之遴的懷念。劉之遴被害，作為摯友，作者表達了無盡的哀思，回憶兩人同朝為官的親密交往，稱讚劉之遴的「世德之清輝」，款款深情，真率哀切。《妒婦賦》寫妒悍之妻，手法誇張，比如描寫一旦惹起妒婦的嫉妒之心，觸犯她忌諱的事情，便會不計後果，「赴湯蹈火，瞠目攘袂」，甚至毀壞家財，「投兒害婿」。這篇賦的題材較為獨特。《懷音賦》抒發與邵陵王蕭倫的真摯友情；借《詩經》中「感我好音」的詩句，以名賦題，反映了兩人深篤的朋友情誼。

蕭綱的《大壑賦》展開想像，描寫「渤海之東」、「不知幾億」的大壑，寫其「吞匿」「眾水」的博大氣勢；全憑想像為文，是這篇賦的特點。《箏賦》承襲漢賦層層鋪敘的手法，敘述箏的製作，描摹箏曲的美妙，狀寫樂伎演奏，均真切可感。《梅花賦》歌詠凌寒開放、風姿獨具的梅花，語言清新，描摹真切。

蕭綸的《贈言賦》是對張纘《懷音賦》的回贈，盛讚張纘才高德隆，回憶昔日交往的歡樂，抒寫即將離別的依依不捨。蕭倫的回贈之賦，向摯友傾吐心聲，暢敘友情，真切動人。

蕭繹的《玄覽賦》，據《御製集》所說，是「追敘宦跡」之作，其中，不乏對歷史興衰、朝代更迭的反思，為歷來同題材賦增添新的內容。《蕩婦秋思賦》寫「蕩子之別十年」時，蕩子之婦在秋天裏的相思之情，情景交融，「婉麗多情」〔註 299〕。《採蓮賦》寫蓮花的美姿、採蓮女的美色，並把兩者結合起來，構成清新自然、充滿情趣的意境。

南朝陳代共選錄五位作者的賦作九篇。

張正見的《石賦》詠巨石，又融入精衛取石填海等神話傳說和李廣射虎誤石等歷史故事，為賦平添神奇色彩；語言華麗，音韻和諧，通篇運用對偶，「實開律賦之先」〔註 300〕。《山賦》歌詠東、西、南、北的「神山」，稱其「峻美」；贊古聖賢治理山川的豐功偉績；描摹群山的多姿多彩，畫面高遠，氣魄豪邁。

〔註 299〕（清）許槤評選，黎經誥箋注：《六朝文絜箋注》，中華書局，1962 年 8 月第 1 版，第 12 頁。

〔註 300〕（清）李調元：《賦話》卷一，清刻本。

沈炯《歸魂賦》的題目，取自《招魂》「魂兮歸來，反故居些」。以作者的經歷為敘述順序，敘述荊州被俘、自魏東歸的見聞和感受。敘家世，述仕宦，展現歷史大事，描寫關中風物，抒發思鄉之情，內涵豐富；以抒情來統攝全文的內容，新穎獨特。

通過以上梳理和分析，可知《藝文類聚》共選錄先秦至唐前名賦四百三十篇。其中，先秦：兩人，十四篇；西漢：十二人，二十八篇；東漢：二十二人，五十六篇；三國魏：十八人，七十六篇；三國吳：一人，五篇；晉代：四十人，一百五十四篇；南朝宋代：九人，二十五篇；南朝齊代：四人，八篇；南朝梁代：十五人，四十六篇；南朝陳代：兩人，三篇；北周：兩人，十五篇。《藝文類聚》共選錄賦作八百八十一篇；其中選錄的名賦比例，約占百分之四十九。

選錄的歷代賦作名篇的具體作者和篇目，詳見本書附錄：《藝文類聚》選錄的歷代名賦。

主要參考書目

B

1. （漢）班固撰，（唐）顏師古注：《漢書》，中華書局，1962 年 6 月第 1 版。
2. （南朝宋）鮑照著，丁福林、叢玲玲校注：《鮑照集校注》（典藏本）（全二冊），中華書局，2016 年 10 月第 1 版。

C

1. （漢）蔡邕：《獨斷》，《景印文淵閣四庫全書》，臺灣商務印書館，1983 年版。
2. （三國魏）曹植著，趙幼文校注：《曹植集校注》，中華書局，2016 年 10 月第 1 版。
3. 曹之：《中國古籍版本學》，武漢大學出版社，1992 年 5 月第 1 版。
4. 曹之：《中國古籍編纂史》，武漢大學出版社，1999 年 11 月第 1 版。
5. 曹書傑：《中國古籍輯佚學論稿》，東北師範大學出版社，1998 年 9 月第 1 版。
6. 曹道衡、沈玉成：《南北朝文學史》，人民文學出版社，1991 年 12 月第 1 版。
7. 曹道衡、沈玉成：《中古文學史料叢考》，中華書局，2003 年 7 月第 1 版。
8. 曹道衡、劉躍進：《南北朝文學編年史》，人民文學出版社，2000 年 11 月第 1 版。

9. 曹道衡、劉躍進：《先秦兩漢文學史料學》，中華書局，2005 年 2 月第 1 版。
10. 曹道衡、沈玉成：《中國文學家大辭典》（先秦漢魏晉南北朝卷），中華書局，1996 年 8 月第 1 版。
11. 曹道衡：《樂府詩選》，人民文學出版社，2000 年 12 月第 1 版。
12. 曹道衡：《漢魏六朝辭賦》，上海古籍出版社，2011 年 7 月第 1 版。
13. 曹明綱：《賦學概論》，上海古籍出版社，1998 年 11 月第 1 版。
14. 曹明綱：《賦學論稿》，上海古籍出版社，2012 年 5 月第 1 版。
15. 曹勝高、岳洋峰：《漢樂府全集匯校匯注匯評》，崇文書局，2018 年 9 月第 1 版。
16. （晉）陳壽撰，（南朝宋）裴松之注：《三國志》，中華書局，1982 年 7 月第 2 版。
17. （宋）陳振孫：《直齋書錄解題》，《四庫全書薈要》，吉林人民出版社，1997 年 5 月第 1 版。
18. （宋）陳與義：《陳與義集》，中華書局，1982 年 10 月第 1 版。
19. （元）陳澔：《禮記集說》，上海古籍出版社，1987 年 3 月第 1 版。
20. （明）陳耀文：《花草粹編》（上、下），河北大學出版社，2007 年 4 月第 1 版。
21. （清）陳祚明評選，李金松點校：《采菽堂古詩選》，上海古籍出版社，2019 年 5 月第 1 版。
22. 陳宏天、呂嵐：《詩經索引》，書目文獻出版社，1984 年 3 月第 1 版。
23. 陳子展：《楚辭直解》，復旦大學出版社，江蘇古籍出版社，1988 年 2 月第 1 版。
24. 陳必祥：《古代散文文體概論》，河南人民出版社，1986 年 1 月第 1 版。
25. 陳瑛主編：《中國倫理思想史》，湖南教育出版社，2004 年 4 月第 1 版。
26. 陳引馳編校：《劉師培中古文學論集》，中國社會科學出版社，1997 年 6 月第 1 版。
27. （清）程廷祚：《青溪集》，黃山書社，2004 年 12 月第 1 版。
28. 程千帆：《閒堂文藪》，齊魯書社，1984 年 1 月第 1 版。
29. 程章燦：《魏晉南北朝賦史》，江蘇古籍出版社，2001 年 6 月第 1 版。

30. 程俊英：《詩經譯注》，上海古籍出版社，1985 年 2 月第 1 版。
31. 褚斌傑、譚家健主編：《先秦文學史》，人民文學出版社，1998 年 11 月第 1 版。
32. 褚斌傑：《中國古代文體概論》（增訂本），北京大學出版社，1990 年 10 月第 1 版。
33. 崔煉農：《樂府歌辭述論》，人民文學出版社，2017 年 6 月第 1 版。

D

1. （日）大東文化大學東洋研究所：《藝文類聚（卷一）訓讀》，平成二年。
2. （日）大東文化大學東洋研究所：《藝文類聚（卷十二）訓讀》，平成二年。
3. 戴克瑜、唐建華主編：《類書的沿革》，四川省圖書館學會編印，1981 年。
4. 鄧嗣禹：《燕京大學圖書館目錄初稿．類書之部》，燕京大學圖書館，1935 年 4 月。
5. （清）丁晏：《曹集詮評》，（上海）商務印書館，1935 年 3 月再版。
6. 丁福保：《歷代詩話續編》，中華書局，1983 年 6 月第 1 版。
7. （明）董斯張：《廣博物志》，上海古籍出版社，1992 年 2 月第 1 版。
8. 董志廣校注：《潘岳集校注》（修訂版），天津古籍出版社，2005 年 3 月修訂第 1 版。
9. （晉）杜預注，（唐）孔穎達等正義：《春秋左傳正義》，（清）阮元校刻：《十三經注疏》，中華書局，1980 年 9 月第 1 版。
10. （唐）杜甫撰，（清）仇兆鰲詳注：《杜詩詳注》，上海古籍出版社，1992 年 11 月第 1 版。
11. （唐）杜佑：《通典》，《景印文淵閣四庫全書》，臺灣商務印書館，1983 年版。
12. 杜黎均：《二十四詩品譯注評析》，北京出版社，1988 年 6 月第 1 版。
13. （清）段玉裁：《說文解字注》，中華書局，2013 年 7 月第 1 版。

F

1. （南朝宋）范曄撰，（唐）李賢等注：《後漢書》，中華書局，1965 年 5 月第 1 版。

2. 方孝岳：《中國文學批評》，三聯書店，1986 年 12 月第 1 版。
3. 方師鐸：《傳統文學與類書之關係》，天津古籍出版社，1986 年 8 月第 1 版。
4. 方寶璋、鄭俊暉：《中國音樂文獻學》，福建教育出版社，2006 年 5 月第 1 版。
5. （唐）房玄齡等：《晉書》，中華書局，1974 年 11 月第 1 版。
6. （唐）房玄齡注，（明）劉績補注：《管子》，上海古籍出版社，2015 年 8 月第 1 版。
7. 費振剛主編：《先秦兩漢文學研究》，北京出版社，2001 年 12 月第 1 版。
8. 費振剛、胡雙寶、宗明華輯校：《全漢賦》，北京大學出版社，1993 年 4 月第 1 版。
9. （明）馮惟訥：《古詩紀》，《景印文淵閣四庫全書》，臺灣商務印書館，1983 年版。
10. 馮浩菲：《中國古籍整理體式研究》，高等教育出版社，2003 年 7 月第 1 版。
11. 馮莉：《〈文選〉賦研究》，北京語言大學出版社，2016 年 6 月第 1 版。
12. （晉）傅玄撰，劉治立評注：《〈傅子〉評注》，天津古籍出版社，2010 年 3 月第 1 版。
13. 傅剛：《〈昭明文選〉研究》，中國社會科學出版社，2000 年 1 月第 1 版。
14. 傅剛：《〈玉臺新詠〉與南朝文學》，中華書局，2018 年 6 月第 1 版。
15. 傅璇琮、謝灼華主編：《中國藏書通史》，寧波出版社，2001 年 2 月第 1 版。
16. 傅榮賢：《中國古代圖書分類學研究》，臺灣學生書局，1999 年版。
17. （唐）封演撰，趙貞信校注：《封氏聞見記校注》，中華書局，2005 年 11 月第 1 版。
18. 傅道彬：《晚唐鐘聲——中國文學的原型批評》（修訂本），北京大學出版社，2007 年 5 月第 1 版。

G

1. （晉）干寶著，黃滌明譯注：《搜神記全譯》（修訂版），貴州人民出版社，2008 年 9 月第 1 版。

2. （漢）高誘注：《呂氏春秋》，《諸子集成》（6），上海書店，1986 年 7 月第 1 版。
3. 高亨：《周易大傳今注》，齊魯書社，1979 年 6 月第 1 版。
4. 高亨：《詩經今注》，上海古籍出版社，1980 年 10 月第 1 版。
5. 高光復：《漢魏六朝四十家賦述論》，黑龍江教育出版社，1988 年 9 月第 1 版。
6. （晉）葛洪：《抱朴子內外篇》，《景印文淵閣四庫全書》，臺灣商務印書館，1983 年版。
7. （晉）葛洪：《西京雜記》，中華書局，1985 年 1 月第 1 版。
8. 葛兆光：《中國思想史》，復旦大學出版社，2004 年 7 月第 1 版。
9. 葛曉音：《八代詩史》（修訂本），中華書局，2007 年 3 月第 1 版。
10. 龔克昌：《中國辭賦研究》，山東大學出版社，2010 年 11 月第 2 版。
11. 龔克昌、蘇瑞隆等：《兩漢賦評注》，山東大學出版社，2011 年 4 月第 1 版。
12. 龔克昌、周廣璜、蘇瑞隆：《全三國賦評注》，齊魯書社，2013 年 6 月第 1 版。
13. （清）顧炎武著，（清）黃汝成集釋：《日知錄集釋》，上海古籍出版社，1985 年 6 月第 1 版。
14. 顧易生、蔣凡：《先秦兩漢文學批評史》，上海古籍出版社，1990 年 4 月第 1 版。
15. （晉）郭璞注，（宋）邢昺疏：《爾雅注疏》，（清）阮元校刻：《十三經注疏》，中華書局，1980 年 9 月第 1 版。
16. （宋）郭茂倩：《樂府詩集》，中華書局，1979 年 11 月第 1 版。
17. （元）郭翼：《雪履齋筆記》（叢書集成初編），中華書局，1991 年第 1 版。
18. 郭紹虞主編：《中國歷代文論選》，上海古籍出版社，1979 年 11 月第 1 版。
19. 郭紹虞：《中國文學批評史》，百花文藝出版社，1999 年 3 月第 1 版。
20. 郭紹虞：《照隅室語言文字論集》，上海古籍出版社，2009 年 7 月第 2 版。

21. 郭英德等：《中國古典文學研究史》，中華書局，1995 年 11 月第 1 版。
22. 郭英德：《中國古代文體學論稿》，北京大學出版社，2005 年 9 月第 1 版。
23. 郭預衡：《中國散文史》（上），上海古籍出版社，1986 年 5 月第 1 版。
24. 郭預衡：《中國散文史》（中），上海古籍出版社，1993 年 10 月第 1 版。
25. 郭建勳：《漢魏六朝騷體文學研究》，湖南教育出版社，1997 年 3 月第 1 版。
26. 郭建勳：《先唐辭賦研究》，人民出版社，2004 年 5 月第 1 版。
27. 郭建勳：《辭賦文體研究》，中華書局，2007 年 4 月第 1 版。
28. 郭醒：《〈藝文類聚〉研究》，遼海出版社，2017 年 4 月第 2 版。

H

1. （漢）韓嬰撰，許維遹校釋：《韓詩外傳集釋》，中華書局，1980 年 6 月第 1 版。
2. （唐）韓愈著，錢仲聯、馬茂元校點：《韓愈全集》，上海古籍出版社，1997 年 10 月第 1 版。
3. 韓仲民：《中國書籍編纂史稿》，中國書籍出版社，1988 年 5 月第 1 版。
4. 韓格平：《建安七子詩文集校注譯析》，吉林文史出版社，1991 年 10 月第 1 版。
5. 韓格平：《建安七子綜論》，東北師範大學出版社，1998 年 1 月第 1 版。
6. （魏）何晏等注，（宋）邢昺疏：《論語注疏》，（清）阮元校刻：《十三經注疏》，中華書局，1980 年 9 月第 1 版。
7. （梁）何遜著，李伯齊校注：《何遜集校注》（修訂本），中華書局，2010 年 1 月第 1 版。
8. （清）何文煥：《歷代詩話》（上、下），中華書局，1981 年 4 月第 1 版。
9. （清）何焯著，崔高維點校：《義門讀書記》，中華書局，1987 年 6 月第 1 版。
10. 何新文、蘇瑞隆、彭安湘：《中國賦論史》，人民出版社，2012 年 4 月第 1 版。
11. 何詩海：《漢魏六朝文體與文化研究》，北京大學出版社，2011 年 7 月第 1 版。

12. （宋）洪興祖撰，白化文等點校：《楚辭補注》（重印修訂本），中華書局，1983 年 3 月第 1 版。
13. （宋）洪邁：《容齋隨筆》，上海古籍出版社，1978 年 7 月第 1 版。
14. 侯文學：《班固集校注》，人民出版社，2019 年 12 月第 1 版。
15. （明）胡應麟：《詩藪》，上海古籍出版社，1979 年 11 月新 1 版。
16. （明）胡應麟：《少室山房筆叢》，上海書店出版社，2001 年 8 月第 1 版。
17. （明）胡震亨：《唐音癸籤》，上海古籍出版社，1981 年 5 月第 1 版。
18. （明）胡之驥：《江文通集匯注》，中華書局，1984 年 4 月第 1 版。
19. 胡適：《中國哲學史大綱》，上海古籍出版社，1997 年 12 月第 1 版。
20. 胡道靜：《中國古代典籍十講》，復旦大學出版社，2004 年 5 月第 1 版。
21. 胡道靜：《中國古代的類書》，中華書局，2005 年 5 月新 1 版。
22. 胡平生譯注：《孝經譯注》，中華書局，1996 年 8 月第 1 版。
23. 胡建次、邱美瓊：《中國古代文論承傳研究》，中國社會科學出版社，2012 年 1 月第 1 版。
24. （漢）桓譚撰，朱謙之校輯：《新輯本桓譚新論》，中華書局，2009 年 8 月第 1 版。
25. （宋）黃震：《黃氏日抄》，《景印文淵閣四庫全書》，臺灣商務印書館，1983 年版。
26. （清）黃生：《字詁》，《景印文淵閣四庫全書》，臺灣商務印書館，1983 年版。
27. 黃侃平點，黃焯編次：《文選平點》，上海古籍出版社，1985 年 7 月第 1 版。
28. 黃侃：《文心雕龍劄記》，中華書局，2014 年 9 月第 1 版。

J

1. （三國魏）嵇康撰，戴明揚校注：《嵇康集校注》，中華書局，2015 年 1 月第 1 版。
2. （日）吉川幸次郎著，（日）高橋和已編，章培恒等譯：《中國詩史》，復旦大學出版社，2001 年 12 月第 1 版。
3. 賈奮然：《六朝文體批評研究》，北京大學出版社，2005 年 10 月第 1 版。
4. （南朝梁）江淹著，丁福林、楊勝鵬校注：《江文通集校注》，上海古籍出版社，2017 年 12 月第 1 版。

5. 姜書閣：《駢文史論》，人民文學出版社，1986 年 11 月第 1 版。
6. （明）焦竑：《國史經籍志》，《叢書集成初編》，商務印書館，1936 年～1939 年版。
7. （清）焦循：《孟子正義》，《諸子集成》(1)，上海書店，1986 年 7 月第 1 版。

K

1. （美）康正果：《風騷與豔情》，上海文藝出版社，2001 年 8 月第 1 版。
2. （漢）孔安國傳，（唐）孔穎達等正義：《尚書正義》，（清）阮元校刻：《十三經注疏》，中華書局，1980 年 9 月第 1 版。

L

1. 來裕恂著，高維國、張格注釋：《漢文典注釋》，南開大學出版社，1993 年 2 月第 1 版。
2. 來新夏：《古典目錄學淺說》，中華書局，2003 年 10 月新 1 版。
3. 賴力行：《中國古代文學批評學》，華中師範大學出版社，1991 年 3 月第 1 版。
4. 賴力行：《中國文學批評的傳統與轉化》，湖南師範大學出版社，2008 年 12 月第 1 版。
5. （清）勞孝輿：《春秋詩話》，（上海）商務印書館，1936 年 12 月初版。
6. 冷衛國：《漢魏六朝賦學批評研究》，商務印書館，2012 年 12 月第 1 版。
7. （清）黎庶昌輯，朱熹集注：《覆元本楚辭後語》（古逸叢書 25），貴州人民出版社，2002 年 10 月影印版。
8. （唐）李百藥：《北齊書》，中華書局，1972 年 11 月第 1 版。
9. （唐）李延壽：《南史》，中華書局，1975 年 6 月第 1 版。
10. （唐）李延壽：《北史》，中華書局，1974 年 10 月第 1 版。
11. （唐）李林甫等撰，陳仲夫點校：《唐六典》，中華書局，1992 年 1 月第 1 版。
12. （唐）李冗：《獨異志》，中華書局，1983 年 6 月第 1 版。
13. （宋）李昉等：《太平御覽》，中華書局，1960 年 2 月第 1 版。
14. （宋）李昉等：《文苑英華》，中華書局，1966 年 5 月第 1 版。

15. （清）李兆洛：《駢體文鈔》，《四部備要》，中華書局版。
16. 李昌遠：《中國公文發展簡史》，復旦大學出版社，2007 年 5 月第 1 版。
17. 李士彪：《魏晉南北朝文體學》，上海古籍出版社，2004 年 4 月第 1 版。
18. 李德山：《文子譯注》，黑龍江人民出版社，2003 年 1 月第 1 版。
19. 李運富編注：《謝靈運集》，嶽麓書社，1999 年 8 月第 1 版。
20. 李鴻雁：《先秦漢魏六朝敘事詩研究》，中國社會科學出版社，2017 年 4 月第 1 版。
21. 李劍鋒：《元前陶淵明接受史》，齊魯書社，2002 年 9 月第 1 版。
22. 李中華、朱炳祥：《楚辭學史》，武漢出版社，1996 年 10 月第 1 版。
23. 李孝中校注：《司馬相如集校注》，巴蜀書社，2000 年 12 月第 1 版。
24. 力之：《〈楚辭〉與中古文獻考說》，巴蜀書社，2005 年 12 月第 1 版。
25. 梁啟超：《中國歷史研究法》，河北教育出版社，2000 年 12 月第 1 版。
26. 梁啟超：《論中國學術思想變遷之大勢》，上海古籍出版社，2001 年 9 月第 1 版。
27. 梁啟超：《清代學術概論》，上海古籍出版社，2005 年 4 月第 1 版。
28. 梁啟超：《中國近三百年學術史》，東方出版社，1996 年 3 月第 1 版。
29. 梁漱溟：《中國文化要義》，學林出版社，1987 年 6 月第 1 版。
30. 林家驪校注：《吳均集校注》，浙江古籍出版社，2005 年 8 月第 1 版。
31. 林家驪：《徐幹集校注》，河北教育出版社，2013 年 6 月第 1 版。
32. 林家驪：《阮瑀應瑒劉楨合集校注》，河北教育出版社，2013 年 6 月第 1 版。
33. （唐）令狐德棻等：《周書》，中華書局，1971 年 11 月第 1 版。
34. （漢）劉向撰，向宗魯校證：《說苑校證》，中華書局，1987 年 7 月第 1 版。
35. （漢）劉向撰，滕修展、王奇注譯：《列仙傳注譯》，百花文藝出版社，1996 年 11 月第 1 版。
36. （漢）劉向、劉歆撰，（清）姚振宗輯錄，鄧駿捷校補：《七略別錄佚文　七略佚文》，上海古籍出版社，2008 年 12 月第 1 版。
37. （漢）劉安著，（漢）高誘注：《淮南子注》，《諸子集成》（7），上海書店，1986 年 7 月第 1 版。

38. （漢）劉熙：《釋名》，中華書局，2016 年 4 月第 1 版。
39. （魏）劉劭、王象等編，（清）孫馮翼輯：《皇覽》，《叢書集成初編》，商務印書館，1936 年～1939 年版。
40. （南朝梁）劉勰著，詹瑛義證：《文心雕龍義證》，上海古籍出版社，1989 年 8 月第 1 版。
41. （南朝梁）劉峻著，羅國威校注：《劉孝標集校注》（修訂本），學苑出版社，2003 年 6 月第 1 版。
42. （唐）劉肅：《大唐新語》，中華書局，1984 年 6 月第 1 版。
43. （唐）劉餗：《隋唐嘉話》，中華書局，1979 年 10 月第 1 版。
44. （唐）劉知幾撰，（清）浦起龍釋：《史通通釋》（上、下），上海古籍出版社，1978 年 4 月第 1 版。
45. （後晉）劉昫等：《舊唐書》，中華書局，1975 年 5 月第 1 版。
46. （清）劉熙載著，王氣中箋注：《藝概箋注》，貴州人民出版社，1986 年 6 月第 1 版。
47. （清）劉寶楠：《論語正義》，《諸子集成》（1），上海書店，1986 年 7 月第 1 版。
48. 劉海峰、李兵：《中國科舉史》，東方出版中心，2004 年 6 月第 1 版。
49. 劉葉秋：《類書簡說》，上海古籍出版社，1980 年 2 月第 1 版。
50. 劉躍進：《中古文學文獻學》，江蘇古籍出版社，1997 年 12 月第 1 版。
51. 劉躍進：《秦漢文學編年史》，商務印書館，2006 年 5 月第 1 版。
52. 劉師培：《中國中古文學史講義》，中國人民大學出版社，2004 年 9 月第 1 版。
53. 劉師培：《劉師培經典文存》，上海大學出版社，2004 年 5 月第 1 版。
54. 劉乾先、韓建立、張國昉、劉坤：《韓非子譯注》（上、下），黑龍江人民出版社，2003 年 1 月第 1 版。
55. 劉濤：《中國書法史》（魏晉南北朝卷），江蘇教育出版社，2002 年 12 月第 1 版。
56. 劉鋒傑主編：《文學批評學教程》，華東師範大學出版社，2010 年 7 月第 1 版。
57. 劉全波：《魏晉南北朝類書編纂研究》，民族出版社，2018 年 6 月第 1 版。

58. 劉全波：《類書研究通論》，甘肅文化出版社，2018 年 2 月第 1 版。
59. 劉中文：《唐代陶淵明接受研究》，中國社會科學出版社，2006 年 7 月第 1 版。
60. 劉安志：《新資料與中古文史論稿》，上海古籍出版社，2014 年 7 月第 1 版。
61. （漢）陸賈：《新語》，《諸子集成》，上海書店影印，1986 年 7 月第 1 版。
62. （晉）陸機撰，張少康集釋：《文賦集釋》，上海古籍出版社，1984 年 1 月第 1 版。
63. （晉）陸機著，楊明校箋：《陸機集校箋》，上海古籍出版社，2016 年 7 月第 1 版。
64. （晉）陸雲著，劉運好校注整理：《陸士龍文集校注》，鳳凰出版社，2010 年 12 月第 1 版。
65. （明）陸時雍：《詩鏡總論》，丁福保：《歷代詩話續編》，中華書局，1983 年 6 月第 1 版。
66. 陸侃如：《中古文學系年》，人民文學出版社，1985 年 6 月第 1 版。
67. 逯欽立輯校：《先秦漢魏晉南北朝詩》，中華書局，1983 年 9 月第 1 版。
68. 逯欽立：《漢魏六朝文學論集》，陝西人民出版社，1984 年 11 月第 1 版。
69. （秦）呂不韋輯，（漢）高誘注：《呂氏春秋》，《諸子集成》，上海書店影印，1986 年 7 月第 1 版。
70. 呂紅光：《唐前文體觀念的生成與發展》，浙江大學出版社，2014 年 7 月第 1 版。
71. 羅振玉：《鳴沙石室佚書正續編》，北京圖書館出版社，2004 年 2 月第 1 版。
72. 羅根澤：《中國文學批評史》（全二冊），商務印書館，2015 年 12 月第 1 版。
73. 羅宗強：《魏晉南北朝文學思想史》，中華書局，1996 年 10 月第 1 版。
74. 羅熾、白萍：《中國倫理學》，湖北人民出版社，2002 年 10 月第 1 版。
75. 駱鴻凱：《文選學》，中華書局，1989 年 11 月第 1 版。

M

1. （元）馬端臨：《文獻通考》，商務印書館，1935 年 3 月初版。
2. 馬積高：《歷代辭賦研究史料概述》，中華書局，2001 年 4 月第 1 版。

3. 馬積高：《賦史》，上海古籍出版社，1987 年 7 月第 1 版。
4. 馬茂元：《古詩十九首初探》，陝西人民出版社，1981 年 6 月第 1 版。
5. 馬振鐸、徐遠和、鄭家棟：《儒家文明》，中國社會科學出版社，1999 年 9 月第 1 版。
6. （漢）毛亨傳，鄭玄箋，（唐）孔穎達等正義：《毛詩正義》，（清）阮元校刻：《十三經注疏》，中華書局，1980 年 9 月第 1 版。
7. 毛禮銳、沈灌群主編：《中國教育通史》（二），山東教育出版社，1986 年 12 月第 1 版。
8. 毛春翔：《古書版本常談》，上海古籍出版社，2002 年 7 月第 1 版。
9. （戰國）孟軻著，（清）焦循撰：《孟子正義》，《諸子集成》，上海書店影印，1986 年 7 月第 1 版。
10. （戰國）墨翟著，（清）孫詒讓：《墨子閒詁》，《諸子集成》，上海書店影印，1986 年 7 月第 1 版。
11. 穆克宏：《魏晉南北朝文學史料述略》，中華書局，1997 年 1 月第 1 版。
12. 穆克宏：《昭明文選研究》，人民文學出版社，1998 年 12 月第 1 版。

N

1. 倪士毅：《中國古代目錄學史》，杭州大學出版社，1998 年 5 月第 1 版。
2. 聶石樵：《先秦兩漢文學史稿》，北京師範大學出版社，1994 年 4 月第 1 版。
3. 聶石樵：《魏晉南北朝文學史》，中華書局，2007 年 11 月第 1 版。
4. 聶恩彥：《郭弘農集校注》，山西人民出版社，1991 年 4 月第 1 版。

O

1. （唐）歐陽詢撰，汪紹楹校：《藝文類聚》，上海古籍出版社，1999 年 5 月新 2 版。
2. （唐）歐陽詢撰，汪紹楹校：《宋本藝文類聚》，上海古籍出版社，2013 年 12 月第 1 版。
3. （宋）歐陽修、宋祁：《新唐書》，中華書局，1975 年 2 月第 1 版。
4. 歐明俊：《古代文體學思辨錄》，人民出版社，2015 年 7 月第 1 版。

P

1. 潘樹廣：《古典文學文獻及其檢索》，陝西人民出版社，1984 年第 1 版。

2. 潘樹廣主編：《中國文學史料學》，臺灣五南圖書出版公司，1996 年 12 月初版。
3. 潘善祺：《詩體類說》，上海古籍出版社，2011 年 9 月第 1 版。
4. 彭斐章、喬好勤、陳傳夫：《目錄學》（修訂本），武漢大學出版社，2003 年 11 月修訂版。
5. 彭邦炯：《百川匯海：古代類書與叢書》，（臺北）萬卷樓圖書公司，2001 年版。
6. （唐）皮日休著，蕭滌非、鄭慶篤整理：《皮子文藪》，上海古籍出版社，2017 年 7 月第 2 版。
7. （清）浦銑著，何新文、路成文校證：《歷代賦話校證》，上海古籍出版社，2007 年 3 月第 1 版。

Q

1. 戚志芬：《中國古代的類書、政書和叢書》，商務印書館，1996 年 12 月第 1 版。
2. （清）錢大昕：《補元史藝文志》（叢書集成初編），中華書局，1985 年新 1 版。
3. 錢穆：《中國近三百年學術史》，中華書局，1986 年 5 月第 1 版。
4. 錢鍾書：《管錐編》，中華書局，1986 年 6 月第 2 版。
5. 錢倉水：《文體分類學》，江蘇教育出版社，1992 年 7 月第 1 版。
6. 錢林森編：《法國漢學家論中國文學：古典詩詞》，外語教學與研究出版社，2007 年 5 月第 1 版。
7. 瞿蛻園、朱金城校注：《李白集校注》，上海古籍出版社，1980 年 7 月第 1 版。

R

1. （南朝梁）任昉：《文章緣起》，《景印文淵閣四庫全書》，臺灣商務印書館，1983 年版。
2. 任繼愈主編：《中國道教史》（增訂本），中國社會科學出版社，2001 年 9 月第 1 版。
3. 任繼愈主編：《中國佛教史》，中國社會科學出版社，1985 年 11 月第 1 版。

4. 任繼愈：《老子繹讀》，國家圖書館出版社，2015 年 4 月第 2 版。
5. 任中敏編著，何劍平、張長彬整理：《敦煌歌辭總編》（上、中、下），鳳凰出版社，2014 年 9 月第 1 版。
6. 任競澤：《中國古代辨體理論批評研究》，中國社會科學出版社，2016 年 4 月第 1 版。
7. （三國魏）阮籍撰，陳伯君校注：《阮籍集校注》，中華書局，2014 年 10 月第 1 版。
8. 芮執儉：《易林注譯》，敦煌文藝出版社，2001 年 10 月第 1 版。

S

1. 尚學鋒等：《中國古典文學接受史》，山東教育出版社，2000 年 9 月第 1 版。
2. （南朝梁）沈約：《宋書》，中華書局，1974 年 10 月第 1 版。
3. （南朝梁）沈約著，陳慶元校箋：《沈約集校箋》，浙江古籍出版社，1995 年 12 月第 1 版。
4. （清）沈德潛：《說詩晬語》，鳳凰出版社，2010 年 4 月第 1 版。
5. （清）沈德潛選，聞旭初標點：《古詩源》，中華書局，2017 年 8 月第 1 版。
6. 石志鳥：《中國楊柳審美文化研究》，巴蜀書社，2009 年 7 月第 1 版。
7. （南朝梁）釋寶唱等：《經律異相》，（日）高楠順次郎等：《（大正新修）大藏經》（第 53 卷），臺灣佛陀教育基金會據日本昭和間排印本再版，1990 年。
8. （唐）釋道宣：《廣弘明集》，《景印文淵閣四庫全書》，臺灣商務印書館，1983 年版。
9. （漢）司馬遷：《史記》，中華書局，1982 年 11 月第 2 版。
10. （宋）司馬光：《資治通鑒》，中華書局，1956 年 6 月第 1 版。
11. 宋大川、王建軍：《中國教育制度通史》（第二卷），山東教育出版社，2000 年 7 月第 1 版。
12. 蘇晉仁、蕭煉子校注：《宋書樂志校注》，齊魯書社，1982 年 11 月第 1 版。

13. （清）孫詒讓：《墨子閒詁》，《諸子集成》（4），上海書店，1986 年 7 月第 1 版。
14. 孫培青、裘士京、杜成憲主編：《中國考試通史》（卷一），首都師範大學出版社，2004 年 11 月第 1 版。
15. 孫欽善：《中國古文獻學史》，中華書局，1994 年 2 月第 1 版。
16. 孫欽善：《中國古文獻學史簡編》，高等教育出版社，2001 年 9 月第 1 版。
17. 孫欽善：《中國古文獻學》，北京大學出版社，2006 年 5 月第 1 版。
18. 孫紹振、孫彥君：《文學文本解讀學》，北京大學出版社，2015 年 4 月第 1 版。
19. 孫晶：《漢代辭賦研究》，齊魯書社，2007 年 7 月第 1 版。
20. 孫尚勇：《樂府文學文獻研究》，人民文學出版社，2007 年 6 月第 1 版。

T

1. 湯用彤：《隋唐佛教史稿》，中華書局，1982 年 8 月第 1 版。
2. 湯用彤：《漢魏兩晉南北朝佛教史》，中華書局，1983 年 3 月第 1 版。
3. 湯炳正：《楚辭類稿》，巴蜀書社，1988 年 1 月第 1 版。
4. （晉）陶淵明著，郭維森、包景誠譯注：《陶淵明集全譯》，貴州人民出版社，2008 年 9 月第 1 版。
5. （明）陶宗儀：《書史會要》，上海書店，1984 年 11 月第 1 版。
6. 陶敏、傅璇琮：《唐五代文學編年史》（初盛唐卷），遼海出版社，1998 年 12 月第 1 版。
7. 田曉菲：《烽火與流星——蕭梁王朝的文學與文化》，中華書局，2010 年 1 月第 1 版。

W

1. 萬光治：《漢賦通論》，巴蜀書社，1989 年 12 月第 1 版。
2. 汪辟疆：《目錄學研究》，華東師範大學出版社，2000 年 11 月第 1 版。
3. 汪小洋、孔慶茂：《科舉文體研究》，天津古籍出版社，2005 年 3 月第 1 版。
4. 汪耀進：《意象批評》，四川文藝出版社，1989 年 5 月第 1 版。

5. （漢）王充：《論衡》，《諸子集成》，上海書店影印，1986 年 7 月第 1 版。
6. （魏）王弼、（晉）韓康伯注，（唐）孔穎達等正義：《周易正義》，（清）阮元校刻：《十三經注疏》，中華書局，1980 年 9 月第 1 版。
7. （梁）王筠撰，黃大宏校注：《王筠集校注》，中華書局，2013 年 9 月第 1 版。
8. （五代）王定保撰，姜漢椿校注：《唐摭言校注》，上海社會科學院出版社，2003 年 1 月第 1 版。
9. （宋）王應麟：《困學紀聞》，遼寧教育出版社，1998 年 3 月第 1 版。
10. （宋）王應麟：《玉海》，《景印文淵閣四庫全書》，臺灣商務印書館，1983 年版。
11. （宋）王應麟：《漢藝文志考證》，清華大學出版社，王承略、劉心明主編：《二十五史藝文經籍志考補萃編》（第一卷），2014 年 3 月第 1 版。
12. （宋）王溥：《唐會要》，中華書局，1955 年 6 月第 1 版。
13. （宋）王欽若等：《冊府元龜》，中華書局，1960 年 6 月第 1 版。
14. （宋）王楙：《野客叢書》，中華書局，1987 年 7 月第 1 版。
15. （明）王世貞著，羅仲鼎校注：《藝苑卮言校注》，齊魯書社，1992 年 7 月第 1 版。
16. （清）王先謙：《釋名疏證補》，上海古籍出版社，1984 年 3 月第 1 版。
17. （清）王先謙：《荀子集解》，《諸子集成》（2），上海書店，1986 年 7 月第 1 版。
18. （清）王先謙：《莊子集解》，《諸子集成》（3），上海書店，1986 年 7 月第 1 版。
19. （清）王先謙：《漢書補注：外二種》，上海古籍出版社，2008 年 1 月第 1 版。
20. （清）王兆芳：《文體通釋》，1925 年印本。
21. （清）王仁俊輯：《玉函山房輯佚書三種》，上海古籍出版社，1989 年版。
22. （清）王鳴盛：《十七史商榷》，中國書店影印，1987 年版。
23. 王國維：《觀堂集林》，河北教育出版社，2001 年 11 月第 1 版。
24. 王國維：《宋元戲曲史》，華東師範大學出版社，1995 年 12 月第 1 版。
25. 王重民：《中國目錄學史論叢》，中華書局，1984 年 12 月第 1 版。

26. 王仲犖：《隋唐五代史》，上海人民出版社，2003年4月第1版。
27. 王炳照、徐勇主編：《中國科舉制度研究》，河北人民出版社，2002年6月第1版。
28. 王立群：《〈文選〉成書研究》，商務印書館，2005年2月第1版。
29. 王立群：《現代〈文選〉學史》，中國社會科學出版社，2003年10月第1版。
30. 王立：《心靈的圖景——文學意象的主題史研究》，學林出版社，1999年2月第1版。
31. 王利器：《新語校注》中華書局，1986年8月第1版。
32. 王運熙、楊明：《魏晉南北朝文學批評史》，上海古籍出版社，1989年6月第1版。
33. 王運熙、楊明：《隋唐五代文學批評史》，上海古籍出版社，1994年10月第1版。
34. 王運熙：《樂府詩述論》，上海古籍出版社，1996年6月第1版。
35. 王運熙、王安國：《漢魏六朝樂府詩》，上海古籍出版社，2011年7月第1版。
36. 王瑤：《中古文學史論》（典藏版），北京大學出版社，2014年5月第4版。
37. 王鎮遠：《中國書法理論史》，黄山書社，1990年7月第1版。
38. 王吉祥、王英志：《貞觀政要注譯》，河北人民出版社，1987年4月第1版。
39. 王明：《抱朴子內篇校釋》（增訂本），中華書局，1985年3月第2版。
40. 王琳：《六朝辭賦史》，世界圖書出版西安有限公司，2014年6月第1版。
41. 王燕華：《中國古代類書史視域下的隋唐類書研究》，上海人民出版社，2018年8月第1版。
42. 王輝斌：《中國樂府詩批評史》，武漢大學出版社，2017年10月第1版。
43. 王易：《樂府通論》，文化藝術出版社，2018年8月第1版。
44. 王雙：《漢唐騷體賦校輯》，中國社會科學出版社，2014年5月第1版。
45. （北齊）魏收：《魏書》，中華書局，1974年6月第1版。

46. （唐）魏徵、令狐德棻：《隋書》，中華書局，1973 年 8 月第 1 版。
47. 魏宏燦：《曹丕集校注》，安徽大學出版社，2009 年 10 月第 1 版。
48. （唐）溫大雅：《大唐創業起居注》，上海古籍出版社，1983 年 10 月第 1 版。
49. 聞一多：《聞一多全集》，湖北人民出版社，1993 年 12 月第 1 版。
50. 聞一多：《唐詩雜論》，中華書局，2003 年 6 月新 1 版。
51. 無名氏、（晉）葛洪：《燕丹子．西京雜記》，中華書局，1985 年 1 月第 1 版。
52. （唐）吳兢：《樂府古題要解》，丁福保：《歷代詩話續編》（上），中華書局，1983 年 8 月第 1 版。
53. （宋）吳開：《優古堂詩話》（《叢書集成初編》本），中華書局，1985 年新 1 版。
54. （宋）吳曾：《能改齋漫錄》，上海古籍出版社，1979 年 11 月新 1 版。
55. （明）吳訥著，于北山校點；（明）徐師曾著，羅根澤校點：《文章辨體序說．文體明辨序說》，人民文學出版社，1962 年 8 月第 1 版。
56. （明）吳訥著，凌郁之疏證：《文章辨體序題疏證》，人民文學出版社，2016 年 8 月第 1 版。
57. 吳宗國：《唐代科舉制度研究》，遼寧大學出版社，1997 年 3 月第 2 版。
58. 吳楓：《中國古典文獻學》，齊魯書社，2005 年 3 月第 1 版。
59. 吳云主編：《魏晉南北朝文學研究》，北京出版社，2001 年 12 月第 1 版。
60. 吳云、唐紹忠：《王粲集注》，中州書畫社，1984 年 3 月第 1 版。
61. 吳云：《20 世紀中古文學研究》，天津古籍出版社，2004 年 6 月第 1 版。
62. 吳承學：《中國古代文體形態研究》（第三版），北京大學出版社，2013 年 9 月第 1 版。
63. 吳承學：《中國古典文學風格學》，北京大學出版社，2011 年 7 月第 1 版。
64. 吳兆路、林俊相、甲斐勝二主編：《中國學研究》（第七輯），濟南出版社，2005 年 3 月第 1 版。
65. 吳廣平：《宋玉研究》，嶽麓書社，2004 年 9 月第 1 版。

X

1. （南朝梁）蕭子顯：《南齊書》，中華書局，1972 年 1 月第 1 版。
2. （南朝梁）蕭綱著，肖占鵬、董志廣校注：《梁簡文帝集校注》，南開大學出版社，2015 年 7 月第 1 版。
3. （南朝梁）蕭繹著，陳志平、熊清元校注：《蕭繹集校注》（上、下），上海古籍出版社，2018 年 12 月第 1 版。
4. （南朝梁）蕭繹撰，陳志平、熊清元疏證校注：《金樓子校注》，上海古籍出版社，2014 年 11 月第 1 版。
5. （南朝梁）蕭統編，（唐）李善注：《文選》，上海古籍出版社，1986 年 8 月第 1 版。
6. （南朝梁）蕭統編，（唐）李善、呂延濟、劉良、張銑、呂向、李周翰注：《六臣注文選》，中華書局，2012 年 5 月第 1 版。
7. 蕭滌非著，蕭海川輯補：《漢魏六朝樂府文學史》，人民文學出版社，2011 年 6 月第 2 版。
8. （南朝齊）謝脁著，曹融南校注集說：《謝宣城集校注》，上海古籍出版社，1991 年 11 月第 1 版。
9. （明）謝榛：《四溟詩話》（叢書集成初編），（上海）商務印書館，1936 年 6 月初版。
10. 謝建忠：《中國文學批評方法》，電子科技大學出版社，1995 年 4 月第 1 版。
11. 熊承滌：《中國古代教育史料繫年》，人民教育出版社，1985 年 12 月第 1 版。
12. （南朝陳）徐陵編，（清）吳兆宜注，程琰刪補：《玉臺新詠箋注》，中華書局，1985 年 6 月第 1 版。
13. （南朝陳）徐陵撰，許逸民校箋：《徐陵集校箋》，中華書局，2008 年 8 月第 1 版。
14. （唐）徐堅等：《初學記》，中華書局，2004 年 2 月第 2 版。
15. （明）徐禎卿：《談藝錄》，（清）何文煥：《歷代詩話》（下），中華書局，1981 年 4 月第 1 版。
16. 徐公持：《魏晉文學史》，人民文學出版社，1999 年 9 月第 1 版。
17. （漢）許慎撰，（宋）徐鉉校定：《說文解字》，中華書局，2013 年 7 月第 1 版。

18. （明）許學夷：《詩源辯體》，人民文學出版社，1987 年 10 月第 1 版。
19. （清）許槤評選，黎經誥箋注：《六朝文絜箋注》，中華書局，1962 年 8 月第 1 版。
20. 許結：《中國辭賦理論通史》，鳳凰出版社，2016 年 10 月第 1 版。
21. （戰國）荀況著，（清）王先謙集解：《荀子集解》，《諸子集成》，上海書店影印，1986 年 7 月第 1 版。

Y

1. 鄢化志：《中國古代雜體詩通論》，北京大學出版社，2001 年 6 月第 1 版。
2. （北齊）顏之推撰，王利器集解：《顏氏家訓集解》，上海古籍出版社，1980 年 7 月第 1 版。
3. （宋）嚴羽著，郭紹虞校釋：《滄浪詩話校釋》，人民文學出版社，1983 年 8 月第 2 版。
4. （清）嚴可均輯：《全漢文》，商務印書館，1999 年 10 月第 1 版。
5. （清）嚴可均輯：《全後漢文》，商務印書館，1999 年 10 月第 1 版。
6. （清）嚴可均輯：《全三國文》，商務印書館，1999 年 10 月第 1 版。
7. （清）嚴可均輯：《全晉文》，商務印書館，1999 年 10 月第 1 版。
8. （清）嚴可均輯：《全宋文》，商務印書館，1999 年 10 月第 1 版。
9. （清）嚴可均輯：《全齊文》，商務印書館，1999 年 10 月第 1 版。
10. （清）嚴可均輯：《全梁文》，商務印書館，1999 年 10 月第 1 版。
11. （清）嚴可均輯：《全陳文》，商務印書館，1999 年 10 月第 1 版。
12. （清）嚴可均輯：《全後魏文》，商務印書館，1999 年 10 月第 1 版。
13. （清）嚴可均輯：《全北齊文》，商務印書館，1999 年 10 月第 1 版。
14. （清）嚴可均輯：《全後周文》，商務印書館，1999 年 10 月第 1 版。
15. （清）嚴可均輯：《全隋文》，商務印書館，1999 年 10 月第 1 版。
16. （春秋）晏嬰著，（民國）張純一校注：《晏子春秋校注》，《諸子集成》，上海書店影印，1986 年 7 月第 1 版。
17. （漢）揚雄著，（晉）李軌注：《法言》，《諸子集成》（7），上海書店，1986 年 7 月第 1 版。

18. （漢）揚雄著，張震澤校注：《揚雄集校注》，上海古籍出版社，1993 年 10 月第 1 版。
19. （宋）楊億口述、黃鑑筆錄、宋庠整理，李裕民輯校：《楊文公談苑》，上海古籍出版社編：《宋元筆記小說大觀》（一），上海古籍出版社，2001 年 12 月第 1 版。
20. 楊伯峻譯注：《論語譯注》，中華書局，1980 年 12 月第 2 版。
21. 楊伯峻譯注：《孟子譯注》，中華書局，2010 年 2 月第 3 版。
22. 楊東蓴：《中國學術史講話》，江蘇教育出版社，2005 年 4 月第 1 版。
23. 楊天宇：《禮記譯注》，上海古籍出版社，1997 年 4 月第 1 版。
24. 楊明：《漢唐文學辨思錄》，上海古籍出版社，2005 年 4 月第 1 版。
25. 楊金梅：《隋代詩歌研究》，社會科學文獻出版社，2011 年 7 月第 1 版。
26. （唐）姚思廉：《梁書》，中華書局，1973 年 5 月第 1 版。
27. （唐）姚思廉：《陳書》，中華書局，1972 年 3 月第 1 版。
28. （清）姚振宗：《隋書經籍志考證》，王承略、劉心明主編：《二十五史藝文志經籍志考補萃編》（第十五卷），清華大學出版社，2014 年 4 月第 1 版。
29. （清）姚鼐：《古文辭類纂》，嶽麓書社，1988 年 2 月第 1 版。
30. 姚福申：《中國編輯史》（修訂本），復旦大學出版社，2004 年 6 月第 2 版。
31. 姚名達：《中國目錄學史》，上海古籍出版社，2002 年 6 月第 1 版。
32. 葉德輝：《書林清話》，中華書局，1957 年 1 月第 1 版。
33. 葉嘉瑩：《中國古典詩歌評論集》，廣東人民出版社，1982 年 5 月第 1 版。
34. 易重廉：《中國楚辭學史》，湖南出版社，1991 年 5 月第 1 版。
35. （清）永瑢等：《四庫全書總目》，中華書局，1965 年 6 月第 1 版。
36. 游國恩等主編：《中國文學史》（一、二），人民文學出版社，1963 年 7 月第 1 版。
37. （唐）虞世南：《北堂書鈔》，學苑出版社，2015 年 5 月第 1 版。
38. （明）俞安期：《唐類函》，《四庫全書存目叢書》，齊魯書社，1995 年 9 月第 1 版。
39. （清）俞樾著，張道貴、丁鳳麟標點：《春在堂隨筆》，江蘇人民出版社，1984 年 1 月第 1 版。

40. 俞君立、陳樹年主編：《文獻分類學》，武漢大學出版社，2001 年 10 月第 1 版。
41. 俞紹初校點：《王粲集》，中華書局，1980 年 5 月第 1 版。
42. 余嘉錫：《目錄學發微》（含《古書通例》），中國人民大學出版社，2004 年 9 月第 1 版。
43. 余嘉錫：《世說新語箋疏》，中華書局，1983 年 8 月第 1 版。
44. 余冠英：《漢魏六朝詩選》，人民文學出版社，1978 年 12 月第 1 版。
45. 余冠英：《樂府詩選》，中華書局，2012 年 9 月第 1 版。
46. 余冠英：《漢魏六朝詩論叢》，商務印書館，2010 年 12 月第 1 版。
47. 于智榮：《賈誼新書譯注》，黑龍江人民出版社，2003 年 1 月第 1 版。
48. （北周）庾信撰，（清）倪璠注，許逸民校點：《庾子山集注》，中華書局，1980 年 10 月第 1 版。
49. （美）宇文所安著，賈晉華譯：《初唐詩》，生活．讀書．新知三聯書店，2004 年 12 月第 1 版。
50. （清）袁枚：《隨園詩話》，人民文學出版社，1960 年 5 月第 1 版。
51. 袁珂：《山海經校注》，上海古籍出版社，1980 年 7 月第 1 版。
52. 袁梅：《楚辭詞典》，山東教育出版社，2000 年 5 月第 1 版。
53. 袁行霈主編：《中國文學史》（第一卷），高等教育出版社，1999 年 8 月第 1 版。
54. （唐）元稹撰，冀勤點校：《元稹集》（上、下），中華書局，1982 年 8 月第 1 版。

Z

1. （宋）曾鞏著，陳杏珍、晁繼周點校：《曾鞏集》（全二冊），中華書局，1984 年 11 月第 1 版。
2. 曾棗莊：《中國古代文體學》，上海人民出版社、上海書店出版社，2012 年 12 月第 1 版。
3. （宋）章樵注：《古文苑》，《景印文淵閣四庫全書》，臺灣商務印書館，1983 年版。
4. （清）章學誠著，葉瑛校注：《文史通義校注》，中華書局，1985 年 5 月第 1 版。

5. （清）章學誠著，王重民通解：《校讎通義通解》，上海古籍出版社，2009年6月第1版。
6. （清）章宗源：《隋書經籍志考證》，王承略、劉心明主編：《二十五史藝文經籍志考補萃編》（第十四卷），清華大學出版社，2012年5月第1版。
7. 章太炎講演，曹聚仁整理：《國學概論》，中華書局，2009年5月第1版。
8. （晉）張華撰，范甯校證：《博物志校證》，中華書局，1980年1月第1版。
9. （晉）張湛注：《列子》，《諸子集成》（3），上海書店，1986年7月第1版。
10. （明）張溥著，殷孟倫注：《漢魏六朝百三家集題辭注》，人民文學出版社，1960年1月第1版。
11. （明）張自烈編，（清）廖文英補：《正字通》，國際文化出版公司，1996年1月第1版。
12. （清）張玉穀著，許逸民點校：《古詩賞析》（全二冊），中華書局，2017年2月第1版。
13. 張國剛、喬治忠等：《中國學術史》，東方出版中心，2006年1月第2版。
14. 張滌華：《類書流別》（修訂本），商務印書館，1985年6月第1版。
15. 張舜徽：《中國文獻學》，華中師範大學出版社，2004年3月第1版。
16. 張顯成：《簡帛文獻學通論》，中華書局，2004年10月第1版。
17. 張伯偉：《中國古代文學批評方法研究》，中華書局，2002年5月第1版。
18. 張伯偉：《全唐五代詩格匯考》，江蘇古籍出版社，2002年4月第1版。
19. 張玉鍾、劉學豐、陳瑞玲、馬玉英主編：《新編圖書情報學辭典》，學苑出版社，1989年12月第1版。
20. 張清常、王延棟：《戰國策箋注》，南開大學出版社，1993年3月第1版。
21. 張濤：《孔子家語譯注》，人民出版社，2017年11月第1版。
22. 張濤：《列女傳譯注》，山東大學出版社，1990年8月第1版。
23. 張煜：《樂府詩題名研究》，北京大學出版社，2013年8月第1版。

24. 張蕾：《王粲集校注》，河北教育出版社，2013 年 6 月第 1 版。
25. 張蘭花、程曉菡校注：《三曹七子之外建安作家詩文合集校注》，河北教育出版社，2013 年 6 月第 1 版。
26. 趙含坤：《中國類書》，河北人民出版社，2005 年 5 月第 1 版。
27. 趙超：《簡牘帛書發現與研究》，福建人民出版社，2005 年 6 月第 1 版。
28. 趙敏俐、楊樹增：《20 世紀中國古典文學研究史》，陝西人民教育出版社，1997 年 8 月第 1 版。
29. 趙敏俐：《漢代樂府制度與歌詩研究》，商務印書館，2009 年 12 月。
30. 趙守正：《管子通解》，北京經濟學院出版社，1989 年 10 月第 1 版。
31. 趙光勇、王建域：《〈傅子〉〈傅玄集〉輯注》，陝西師範大學出版總社，2014 年 12 月第 1 版。
32. （漢）鄭玄注，（唐）賈公彥疏：《周禮注疏》，（清）阮元校刻：《十三經注疏》，中華書局，1980 年 9 月第 1 版。
33. （漢）鄭玄注，（唐）孔穎達等正義：《禮記正義》，（清）阮元校刻：《十三經注疏》，中華書局，1980 年 9 月第 1 版。
34. （漢）鄭玄注，（唐）賈公彥疏：《儀禮注疏》，（清）阮元校刻：《十三經注疏》，中華書局，1980 年 9 月第 1 版。
35. （宋）鄭樵：《通志》，商務印書館，1935 年 3 月初版。
36. 鄭文箋注：《漢詩選箋》，上海古籍出版社，1986 年 2 月第 1 版。
37. （南朝梁）鍾嶸著，曹旭集注：《詩品集注》（增訂本），上海古籍出版社，2011 年 10 月第 2 版。
38. 中華書局編輯部：《小學名著六種》，中華書局，1998 年 11 月第 1 版。
39. （宋）朱熹：《四書章句集注》，中華書局，1983 年 10 月第 1 版。
40. （宋）朱熹：《詩集傳》，上海古籍出版社，1980 年 2 月新 1 版。
41. （宋）朱熹撰，蔣立甫校點：《楚辭集注》，上海古籍出版社、安徽教育出版社，2001 年 12 月第 1 版。
42. （清）朱駿聲：《說文通訓定聲》，中華書局，1984 年 6 月第 1 版。
43. 朱自清：《朱自清古典文學論文集》，上海古籍出版社，1981 年 7 月第 1 版。
44. 朱自清：《古詩歌箋釋三種．古詩十九首釋》，上海古籍出版社，1981 年 8 月第 1 版。

45. 朱廣賢：《中國文章分類學研究》，民族出版社，2000 年 8 月第 1 版。
46. （宋）祝穆：《古今事文類聚》，《景印文淵閣四庫全書》，臺灣商務印書館，1983 年版。
47. （戰國）莊周著，（清）郭慶藩集釋：《莊子集釋》，《諸子集成》（3），上海書店，1986 年 7 月第 1 版。
48. 莊芳榮：《中國類書總目初稿》，臺灣學生書局，1984 年版。
49. 周桂鈿、李祥俊：《中國學術．通史》（秦漢卷），人民出版社，2004 年 12 月第 1 版。
50. 周文駿主編：《圖書館學情報學詞典》，書目文獻出版社，1991 年 12 月第 1 版。
51. 周繼良主編：《圖書分類學》（修訂本），武漢大學出版社，1992 年 6 月修訂版。
52. 周慶華：《詩話摘句批評》，臺灣花木蘭文化出版社，2010 年 9 月第 1 版。
53. 蹤凡：《漢賦研究史論》，北京大學出版社，2007 年 5 月第 1 版。
54. 蹤凡：《賦學文獻論稿》，商務印書館，2017 年 7 月第 1 版。
55. 鄒雲湖：《中國選本批評》，上海三聯書店，2002 年 7 月第 1 版。
56. （春秋）左丘明：《國語》，商務印書館，1935 年 12 月初版。

附錄：《藝文類聚》選錄的歷代名賦

朝　代	作　者	賦作題目
先秦	荀況	(1)《雲賦》,(2)《智賦》,(3)《賦》,(4)《禮賦》,(5)《鍼賦》
	宋玉	(1)《風賦》,(2)《登徒子好色賦》,(3)《大言賦》,(4)《小言賦》,(5)《諷賦》,(6)《釣賦》,(7)《笛賦》,(8)《高唐賦》,(9)《神女賦》
西漢	揚雄	(1)《甘泉賦》,(2)《逐貧賦》,(3)《幸河東賦》,(4)《反騷》,(5)《蜀都賦》,(6)《羽獵賦》,(7)《酒賦》
	司馬相如	(1)《美人賦》,(2)《陳皇后長門賦》,(3)《弔秦二世賦》,(4)《子虛上林賦》,(5)《上林賦》,(6)《大人賦》
	劉歆	(1)《遂初賦》,(2)《甘泉宮賦》,(3)《燈賦》
	董仲舒	(1)《士不遇賦》
	司馬遷	(1)《悲士不遇賦》
	班婕妤	(1)《自傷賦》,(2)《搗素賦》
	劉徹	(1)《李夫人賦》
	賈誼	(1)《簴賦》,(2)《服鳥賦》
	王褒	(1)《洞簫賦》
	枚乘	(1)《梁王兔園賦》,(2)《七發》
	劉安	(1)《屏風賦》
	孔臧	(1)《鴞賦》
東漢	趙壹	(1)《窮鳥賦》
	杜篤	(1)《祓禊賦》,(2)《首陽山賦》,(3)《書攄賦》,(4)《論都賦》

	李尤	(1)《函谷關賦》,(2)《辟雍賦》,(3)《德陽殿賦》,(4)《平樂觀賦》,(5)《東觀賦》
	班彪	(1)《覽海賦》,(2)《北征賦》,(3)《遊居賦》
	蔡邕	(1)《漢津賦》,(2)《檢逸賦》,(3)《述行賦》,(4)《青衣賦》,(5)《琴賦》,(6)《筆賦》,(7)《彈棋賦》
	張衡	(1)《溫泉賦》,(2)《髑髏賦》,(3)《歸田賦》,(4)《冢賦》,(5)《舞賦》,(6)《西京賦》,(7)《東京賦》(8)《南都賦》
	馮衍	(1)《顯志賦》
	班固	(1)《幽通賦》,(2)《西都賦》,(3)《東都賦》
	班昭	(1)《東征賦》,(2)《針縷賦》
	蘇順	(1)《歎懷賦》
	張超	(1)《譏青衣賦》
	傅毅	(1)《舞賦》,(2)《琴賦》,(3)《洛都賦》,(4)《七激》
	馬融	(1)《長笛賦》,(2)《圍棋賦》
	崔駰	(1)《大將軍西征賦》,(2)《反都賦》,(3)《大將軍臨洛觀賦》
	王延壽	(1)《魯靈光殿賦序》,(2)《夢賦》,(3)《王孫賦》
	王逸	(1)《機賦》,(2)《荔支賦》
	張紘	(1)《環材枕賦》
	邊孝先	(1)《塞賦》
	黃香	(1)《九宮賦》
	朱穆	(1)《鬱金賦》
	閔鴻	(1)《芙蓉賦》
	禰衡	(1)《鸚鵡賦》
三國魏	曹丕	(1)《濟川賦》,(2)《滄海賦》,(3)《寡婦賦》,(4)《槐賦》
	曹植	(1)《愁霖賦》,(2)《大暑賦》,(3)《洛神賦》,(4)《靜思賦》,(5)《幽思賦》,(6)《節遊賦》,(7)《感節賦》,(8)《出婦賦》,(9)《愍志賦》,(10)《慰子賦》,(11)《敘愁賦》,(12)《愁思賦》,(13)《九愁賦》,(14)《感婚賦》,(15)《東征賦》,(16)《寶刀賦》,(17)《登臺賦》,(18)《閑居賦》,(19)《九華扇賦》,(20)《酒賦》,(21)《車渠碗賦》,(22)《迷迭香賦》,(23)《芙蓉賦》,(24)《橘賦》,(25)《白鶴賦》,(26)《離繳雁賦》,(27)《鷂雀賦》,(28)《神龜賦》,(29)《蟬賦》,(30)《七啟》
	應瑒	(1)《愁霖賦》,(2)《靈河賦》,(3)《撰征賦》,(4)《西狩賦》,(5)《馳射賦》,(6)《慜驥賦》

	繁欽	(1)《暑賦》,(2)《愁思賦》,(3)《弭愁賦》
	劉楨	(1)《大暑賦》,(2)《黎陽山賦》,(3)《遂志賦》,(4)《魯都賦》
	王粲	(1)《大暑賦》,(2)《遊海賦》,(3)《浮淮賦》,(4)《閒邪賦》,(5)《出婦賦》,(6)《傷夭賦》,(7)《思友賦》,(8)《寡婦賦》,(9)《登樓賦》,(10)《神女賦》,(11)《鶡賦》
	卞蘭	(1)《讚述太子賦》
	陳琳	(1)《止欲賦》,(2)《武軍賦》,(3)《神武賦》,(4)《神女賦》
	阮瑀	(1)《止欲賦》,(2)《箏賦》
	丁儀	(1)《厲志賦》
	韋誕	(1)《敘志賦》
	崔琰	(1)《述初賦》
	楊脩	(1)《許昌宮賦》,(2)《神女賦》,(3)《孔雀賦》
	丁廙	(1)《蔡伯喈女賦》
	徐幹	(1)《齊都賦》
	何晏	(1)《景福殿賦》
	邯鄲淳	(1)《投壺賦》
	鍾會	(1)《蒲萄賦》
三國吳	楊泉	(1)《五湖賦》,(2)《贊善賦》,(3)《蠶賦》,(4)《織機賦》,(5)《草書賦》
晉代	成公綏	(1)《天地賦》,(2)《大河賦》,(3)《嘯賦》,(4)《琵琶賦》
	陸機	(1)《白雲賦》,(2)《感時賦》,(3)《祖德賦》,(4)《述先賦》,(5)《思親賦》,(6)《述思賦》,(7)《豪士賦》,(8)《遂志賦》,(9)《懷土賦》,(10)《行思賦》,(11)《思歸賦》,(12)《歎逝賦》,(13)《愍思賦》,(14)《大暮賦》,(15)《應嘉賦》,(16)《感丘賦》,(17)《文賦》,(18)《漏刻賦》,(19)《羽扇賦》,(20)《列仙賦》,(21)《瓜賦》,(22)《桑賦》
	江逌	(1)《井賦》,(2)《竹賦》
	孫楚	(1)《井賦》,(2)《笑賦》,(3)《韓王臺賦》,(4)《相風賦》,(5)《雁賦》
	李顒	(1)《雷賦》
	潘尼	(1)《苦雨賦》,(2)《釣賦》,(3)《火賦》,(4)《桑樹賦》
	陸雲	(1)《愁霖賦》,(2)《喜霽賦》,(3)《歲暮賦》,(4)《逸民賦》,(5)《南征賦》,(6)《寒蟬賦》

傅咸	(1)《患雨賦》,(2)《喜雨賦》,(3)《感涼賦》, (4)《神泉賦序》,(5)《小語賦》,(6)《申懷賦》, (7)《感別賦》,(8)《遂登芒賦》,(9)《明意賦》, (10)《紙賦》,(11)《羽扇賦》,(12)《鏡賦》,(13)《畫像賦》, (14)《燭賦》,(15)《款冬賦》,(16)《玉賦》,(17)《桑樹賦》, (18)《燕賦》,(19)《螢火賦》,(20)《叩頭蟲賦》
顧凱之	(1)《雷電賦》,(2)《觀濤賦》
傅玄	(1)《陽春賦》,(2)《大寒賦》,(3)《李賦》,(4)《桃賦》, (5)《瓜賦》,(6)《雉賦》,(7)《鬥雞賦》,(8)《狗賦》
夏侯湛	(1)《春可樂》,(2)《秋可哀》,(3)《禊賦》,(4)《大暑賦》, (5)《獵兔賦》,(6)《宜男花賦》,(7)《芙蓉賦》, (8)《浮萍賦》,(9)《若石榴賦》,(10)《觀飛鳥賦》
潘岳	(1)《秋興賦序》,(2)《登虎牢山賦》,(3)《滄海賦》, (4)《西征賦》,(5)《懷舊賦》,(6)《悼亡賦》,(7)《寡婦賦》, (8)《籍田賦》,(9)《笙賦》,(10)《閑居賦》,(11)《狹室賦》, (12)《射雉賦》,(13)《相風賦》,(14)《河陽庭前安石榴賦》
張協	(1)《登北芒賦》,(2)《七命》
阮瞻	(1)《上巳會賦》
郭璞	(1)《江賦》,(2)《鹽池賦》,(3)《井賦》,(4)《南郊賦》, (5)《登百尺樓賦》,(6)《蜜蜂賦》,(7)《蚍蜉賦》
支曇諦	(1)《廬山賦》
孫綽	(1)《遊天台山賦序》,(2)《望海賦》
應貞	(1)《臨丹賦》
木玄虛	(1)《海賦》
庾闡	(1)《海賦》,(2)《涉江賦》,(3)《楊都賦》,(4)《閑居賦》, (5)《狹室賦》
張載	(1)《濛汜池賦》,(2)《敘行賦》,(3)《扇賦》,(4)《瓜賦》
祖臺之	(1)《荀子耳賦》
左思	(1)《白髮賦》,(2)《蜀都賦》,(3)《吳都賦》,(4)《魏都賦》
呂安	(1)《髑髏賦》
張華	(1)《永懷賦》,(2)《歸田賦》,(3)《朽社賦》,(4)《相風賦》, (5)《鷦鷯賦》
仲長敖	(1)《核性賦》
夏侯淳	(1)《懷思賦》,(2)《笙賦》
棗據	(1)《表志賦》,(2)《船賦》

	曹攄	(1)《述志賦》
	袁宏	(1)《東征賦》
	向秀	(1)《思舊賦》
	孫瓊	(1)《悼艱賦》
	束晳	(1)《貧家賦》,(2)《讀書賦》,(3)《勸農賦》,(4)《餅賦》
	嵇康	(1)《琴賦》
	摯虞	(1)《疾愈賦》,(2)《觀魚賦》
	陶侃	(1)《相風賦》
	張敏	(1)《神女賦》
	楊該	(1)《三公山下神祠賦》
	羊祜	(1)《雁賦》
	阮籍	(1)《獼猴賦》
南朝宋	謝靈運	(1)《羅浮山賦》,(2)《歸途賦》,(3)《傷己賦》, (4)《入道至人賦》,(5)《撰征賦》,(6)《山居賦》, (7)《江妃賦》
	謝莊	(1)《月賦》,(5)《乘輿舞馬賦》
	謝惠連	(1)《雪賦》
	傅亮	(1)《喜雨賦》,(2)《九月九日登陵囂館賦》,(3)《征思賦》
	袁淑	(1)《桐賦》
	何瑾	(1)《悲秋夜》
	鮑照	(1)《遊思賦》,(2)《傷逝賦》,(3)《蕪城賦》,(4)《觀漏賦》, (5)《芙蓉賦》,(6)《舞鶴賦》,(7)《野鵝賦》,(8)《尺蠖賦》
	顏延之	(1)《赭白馬賦》
	陶潛	(1)《歸去來》
南朝齊	謝朓	(1)《七夕賦》,(2)《思歸賦》,(3)《酬德賦》, (4)《遊後園賦》,(5)《高松賦》
	卞伯玉	(1)《大暑賦》
	張融	(1)《海賦》
	王僧虔	(1)《書賦》
南朝梁	沈約	(1)《麗人賦》,(2)《傷美人賦》,(3)《郊居賦》, (4)《愍衰草賦》,(5)《高松賦》
	張纘	(1)《南征賦》,(2)《離別賦》,(3)《懷音賦並序》, (4)《妒婦賦》

	江淹	(1)《赤虹賦》,(2)《四時賦》,(3)《江上之山賦》, (4)《麗色賦》,(5)《待罪江南思北歸賦》,(6)《別賦》, (7)《恨賦》,(8)《倡婦自悲賦》,(9)《傷友人賦》, (10)《燈賦》,(11)《蓮花賦》,(12)《青苔賦》,(13)《翡翠賦》
	蕭綱	(1)《大壑賦》,(2)《箏賦》,(3)《梅花賦》
	蕭子範	(1)《家園三日賦》,(2)《建安城門峽賦》,(3)《傷往賦》
	裴子野	(1)《寒夜賦》,(2)《遊華林園賦》
	吳筠	(1)《八公山賦》,(2)《吳城賦》
	蕭衍	(1)《孝思賦》,(2)《圍棋賦》
	丘遲	(1)《思賢賦》,(2)《還林賦》
	蕭繹	(1)《玄覽賦》,(2)《蕩婦秋思賦》,(3)《採蓮賦》
	蕭綸	(1)《贈言賦》
	陸倕	(1)《感知己賦贈任昉》,(2)《思田賦》
	任昉	(1)《答陸倕感知己賦》
	陶弘景	(1)《水仙賦》,(2)《雲上之仙風賦》
	蕭子暉	(1)《冬草賦》
南朝陳	張正見	(1)《石賦》,(2)《山賦》
	沈炯	(1)《歸魂賦》
北周	劉璠	(1)《雪賦》
	庾信	(1)《春賦》,(2)《三月三日華林園馬射賦》,(3)《七夕賦》, (4)《蕩子賦》,(5)《哀江南賦》,(6)《傷心賦》, (7)《小園賦》,(8)《竹杖賦》,(9)《鏡賦》,(10)《象戲賦》, (11)《燈賦》,(12)《對燭賦》,(13)《枯樹賦》,(14)《鴛鴦賦》